RAINBOW APOCALYPSE

Illustration de couverture : © **Patrick Connan**

www.lerouergue.com

épik

Tristan Valroff

rainbow apocalypse

rouergue

prologue

Personne ne s'y était attendu : nous avons d'abord cru à une gigantesque farce, puis nos sourires incrédules se sont figés sur nos visages.

Les fées sont arrivées, sorties d'on ne sait où, et ont transformé le monde et ses habitants. Elles nous ont offert une apocalypse couleur arc-en-ciel.

1. la station-service

J'ai trouvé ce chariot en plein milieu de la forêt. Le propriétaire était mort. Nous nous sommes permis d'en prendre possession. Avant, nous n'avions qu'une remorque minable. L'échange était avantageux. Ça fait un an que nous voyageons avec. Il tient bien le coup, et il y a largement assez de place pour notre cargaison.

J'ai écrit dessus, en grosses lettres roses : Bibliothèque Itinérante. Puisque c'est de ça qu'il s'agit : nous ne transportons que des livres. Et puis ça décourage les bandits. Ils voient tout de suite que nous sommes pauvres.

Maylis est une licorne forte et robuste comme un cheval de trait ; c'est elle qui tire le véhicule. Pour l'instant, nous avançons sous une drache torrentielle : une pluie niagaresque qui lui dégouline le long de la corne, et qui détrempe sa crinière.

– Fait chier, dit-elle.

– Quoi ? je lui demande.

– Comme si c'était pas évident. La pluie. La pluie et la boue. J'ai de la boue plein les sabots. Fait chier.

– Je te brosserai quand on sera au sec.

– Pourquoi il a fallu que les fées me fassent toute blanche ? Y a pas plus salissant que le blanc, merde. J'ai sans arrêt l'air de m'être roulée dans un caniveau.

– On est bientôt arrivées, de toute façon.

Je suis installée à l'avant du chariot, un parapluie déplié à la main. Léa se tient à côté de moi ; je l'abrite elle aussi. Une petite dragonne aux écailles roses, immobile, silencieuse, les yeux plongés dans son livre : un roman de Fred Vargas. Une acquisition récente.

– C'est intéressant ? je lui demande.

Il faut croire que oui, car elle ne répond pas. Elle tourne une autre page. Je doute même qu'elle m'ait entendue.

– Eh ! Léa ! lui crie Maylis. Pose ton bouquin et sois un peu avec nous, s'il te plaît.

– Hein ? demande l'intéressée, comme si on venait de la réveiller.

– T'es notre garde du corps officielle, je te rappelle. Il faut que tu réagisses au quart de tour. On compte sur toi. Il faut que tu restes attentive à ce qui se passe autour de nous. À tout moment il peut y avoir un truc. Tu peux pas te permettre de déconnecter, comme ça.

– Désolée.

– C'est bon, dis-je. Elle a quand même le droit de lire.

Même sans attirer l'attention des bandits, voyager avec une protection s'avère nécessaire. La nature, telle que reconstruite par les fées, regorge de prédateurs en tout genre. À ce titre, la machette que je porte à la ceinture ne me sert pas qu'à couper les fougères, et l'arbalète que j'ai dans le dos ne trahit pas un intérêt spécifique pour le tir sportif. Mais avoir un dragon avec soi présente l'avantage de décourager les attaques. La plupart des bêtes sauvages perçoivent son odeur de loin, et préfèrent ne pas s'exposer à une incinération potentielle. Léa n'est pas un spécimen de très grande taille, mais il lui suffit d'ouvrir la gueule pour calciner sa cible jusqu'aux os.

Cela dit, cette pluie pourrait suffire à réduire l'efficacité de ses flammes. Dans le doute, autant que je me prépare à sortir mon arbalète. De toute façon, si une bête quelconque surgit des arbres, Maylis ne manquera pas de nous le signaler : son ouïe et son odorat sont tous deux extrêmement fiables.

Cependant, cette fois-ci, c'est Léa qui nous avertit, sortant de son mutisme :

– Il y a quelque chose de bizarre.

– Quoi ? demande Maylis. J'entends rien et je sens rien.

– Dis… Sarah… ? On ne s'est pas trompées de chemin, par hasard ?

– Non, je réponds. Aucun risque. On suit le même itinéraire. T'as bien vu qu'on est passées devant la vieille grange rouillée ?

– Oui mais… alors, c'est quoi, ce qu'on a devant nous ?

– Quoi ? demande Maylis. Je vois rien avec toute cette flotte.

– Vous allez bientôt voir. Là, regardez.

Et, parmi les troncs d'arbres gris et bleus, derrière les fourrés, commence effectivement à se découper quelque chose d'étrange.

Je ne comprends pas tout de suite de quoi il s'agit. C'est blanc. Anormalement blanc, anormalement propre. Une structure difficilement identifiable qui, Léa a raison, ne devrait pas se trouver sur notre route.

– C'est quoi ce bordel ? demande Maylis, traduisant le fond de ma pensée.

Et puis nous y arrivons. Notre trouble ne fait que grandir. Une fois devant l'anomalie, je ne sais plus quoi dire. Les autres non plus.

C'est une station-service. Un bâtiment bas et carré, entouré d'un rectangle de bitume. Portes vitrées. Enseigne colorée. Devant, des pompes à essence. Une voiture – une vraie voiture – est garée en face.

Tout est intact. Aucun lierre, aucune plante grimpante le long des murs. Les vitres sont toujours en place, transparentes et immaculées. La voiture n'a pas été désossée, n'a pris ni la rouille ni la mousse. Aucune racine n'a percé le bitume.

C'est comme si cet endroit n'avait pas bougé depuis l'Invasion. La pluie tombe dessus comme si de rien n'était.

– Vous voyez toutes les deux la même chose que moi ? je demande.

– Une station-service. Ouais, dit Maylis. Je le sens mal. C'est sans doute une illusion. Mais s'il y avait un prédateur derrière tout ça, j'aurais déjà dû le détecter.

Sans jamais avoir eu la malchance d'en rencontrer, nous avons toutes entendu parler de monstres qui piègent leurs victimes avec des illusions. Si c'est bien ce à quoi nous avons affaire, il suffirait que nous fassions quelques pas pour qu'une gueule immense, toute de dents et de bave, surgisse du néant et se referme sur nous.

Mais ce que dit Maylis me perturbe. Rien ne lui échappe, d'ordinaire. Et elle dit ne rien sentir.

Je descends du chariot. Léa, ayant remis son livre dans le grand sac banane qu'elle porte en bandoulière, bondit à ma suite.

– Ça a l'air réel, dit-elle, plissant les yeux.

Je me penche, ramasse une pierre. La jette contre une pompe à essence. Elle rebondit, tombe sur le bitume humide.

– Si c'était une illusion, la pierre l'aurait traversée… Et puis ça n'a pas de sens. Quand des animaux carnivores projettent des illusions, c'est de la nourriture, généralement. Des arbres fruitiers ou des proies faciles. C'est jamais aussi gros.

– Il… il y a bien de la nourriture, ici, dit Léa. Regarde.

Des rayonnages transparaissent derrière les vitres. Dessus, des paquets jaunes, verts, bleus. Un frigo, des rangées de canettes et de bouteilles. De quoi faire rêver. De quoi faire encore augmenter mon sentiment d'irréalité. Il y a pas mal d'années que cet endroit aurait dû être dévalisé.

– À mon avis, dit Maylis, c'est… c'est un coup des fées. Elles peuvent tout construire, non ? C'est elles qui ont fait ça. On ferait mieux de s'en aller.

Non. Je ne pense pas que ce soit ça. Je reste à scruter la station-service. Sans toutefois avancer.

– Qu'est-ce que vous foutez ? Allez, on s'arrache. C'est pas le genre d'endroit où s'attarder.

– Les fées ne sont pas derrière ce machin, dis-je.

– Quoi ?

– Les fées ne fabriquent jamais des bâtiments comme ça. Symboliquement, c'est tout ce qu'elles détestent. Pollution, société de consommation… Elles ont détruit tous les endroits de ce genre. Même au summum de leur créativité, elles n'iraient pas faire ça.

– Qu'est-ce que tu me racontes comme conneries, là ? Genre tu sais comment elles pensent. C'est des *fées*, Sarah. Personne peut les comprendre. Je sais pas quel genre d'embrouilles c'est mais je tiens pas à le découvrir. Allez, remontez maintenant.

Mais je ne suis pas d'humeur à repartir. Je prends conscience que si je n'élucide pas ce mystère tout de suite, je continuerai à y penser pendant des mois. Des semaines et des semaines de démangeaisons mentales en perspective. J'ai horreur des zones troubles.

Je pose un pied sur le bitume et m'avance vers les pompes à essence.

– Eh ! dit Maylis.

Elle répète :

– Qu'est-ce que tu fous ?

– Si c'est des fées, j'ai les moyens de le gérer, dis-je en retour.

– Mais… mais t'es malade ! Putain… t'es malade… Reviens !

Je m'approche de la pompe à essence. J'en saisis le pistolet. Embout en métal. Tube de caoutchouc. Indéniablement matériel.

– Je confirme, dis-je. C'est bien réel.

– Repose ce truc ! hurle Maylis. Et reviens ici tout de suite !

Je remets bien le pistolet en place, mais sans retourner vers le chariot. Je me dirige vers la station-service : il faut que je voie ce qu'il y a à l'intérieur. Arrivée devant la porte, je range mon parapluie dans la poche de mon manteau. Par mesure de précaution, je sors ma machette.

– Mais Léa, putain, dis-lui quelque chose !

– Je crois que je vais l'accompagner.

– Quoi ?

– Ben... j'ai bien envie de voir, moi aussi.

– Mais qu'est-ce qu'il y a à voir ?

Léa me rejoint à quatre pattes, sans se donner la peine de s'envoler.

– Super, dit Maylis. Et si vous crevez toutes les deux, qui c'est qui va me détacher ? (Elle secoue son attelage.) Vous êtes marrantes, vous. Deux grosses connes égoïstes. Vous avez intérêt de faire vite.

Je pousse la porte d'entrée et le tintement d'une sonnette métallique retentit.

– J'ai jamais vu autant de nourriture au même endroit, dit Léa. Sauf quand j'étais petite.

– Ouais. Moi aussi, ça fait assez longtemps.

– Est-ce que la nourriture est réelle, tu crois ?

Elle se dresse sur ses courtes pattes arrière, se dandine jusqu'à un paquet de chips, le saisit, commence à en lire les ingrédients.

– Évite de manger quand même, lui dis-je. Maylis a peut-être raison de se méfier. Ça reste louche tout ça...

Je continue à scruter les lieux. Il n'y a personne. Ou s'il y a quelqu'un, il est bien caché. Les néons, au plafond, sont éteints. S'ils avaient été alimentés en électricité, je pense qu'à ce stade je n'aurais même pas été étonnée.

Mon regard se porte vers le tourniquet à livres. Des noms connus, des best-sellers. Du policier (Harlan Coben, Mary Higgins Clark). Des romans sentimentaux (Danielle Steel, Nora Roberts). De la science-fiction (Frank Herbert, Asimov). Et puis de la fantasy (dans notre catalogue, ce n'est pas ce qu'on nous emprunte le plus ; j'imagine que c'est l'époque qui veut ça).

Derrière, il y a l'espace revues. Je lève les yeux : en haut sont placés les magazines pour adultes. J'en examine un exemplaire : il n'y a pas tromperie sur la marchandise. Maintenant qu'Internet a disparu, les gens comptent sur moi pour pourvoir à ce genre de besoins. C'est aussi ce qui aide la bibliothèque à survivre.

– Les livres sont normaux, on dirait… dit Léa.

– Ouais. On va se servir, hein. Même si c'est bizarre, il y a pas moyen que je laisse ça de côté.

– Eh, eh… regarde.

Léa s'approche de moi. Elle ouvre un livre grand format – pour enfants. S'étend une gigantesque illustration : une fée en robe rose, munie de gigantesques ailes de papillon et d'une baguette à bout étoilé. Je souris.

– Ils étaient tellement pas renseignés, à l'époque, dis-je. Enfin, ils pouvaient pas vraiment savoir.

– Mais c'est un livre d'époque, ou pas, finalement ? Il a l'air tellement… neuf. J'ai jamais vu ça.

– Ben… c'est comme la station-service. On a déjà remarqué que ça clochait un peu.

– L'atmosphère… dit Léa, qui semble chercher ses mots, l'atmosphère est bizarre aussi. C'est… c'est pas que ça sent la mort, mais ça sent pas la vie non plus. Ça sent le… ça sent le… (Elle ferme les yeux, les rouvre.) ça sent le *rien*.

Je ne comprends pas vraiment ce qu'elle veut dire. Je me contente de hausser les épaules.

– Je vais voir dans l'arrière-boutique, dis-je. Avant de repartir, j'aimerais bien que…

Et puis soudain, un éclair vert.

L'éclair vert, ou « verclair », c'est l'une des pires choses qu'on puisse rencontrer dans une vie. Certains le revoient encore dans leurs flash-back post-traumatiques. Je me souviens d'un mec assez drôle qui avait eu l'idée, dans un village où j'étais passée, de faire éclater un petit pétard vert. Juste une blague. Les villageois l'ont tabassé, ils lui ont cassé deux ou trois côtes, et lui ont à peine laissé le temps de se remettre avant de le foutre dehors, de l'exiler définitivement.

C'est pour dire qu'on ne plaisante pas avec l'éclair vert.

Car oui, voir un éclair vert, ça signifie qu'une fée vient de se téléporter devant toi.

Un éclair vert apparaît donc juste devant Léa. Elle pousse un cri, se jette en arrière, les ailes étendues, et renverse un présentoir.

Moi, je reste où je me trouve. J'ai seulement eu le réflexe de me protéger les yeux.

Eh merde. Peut-être que Maylis avait raison.

De toute façon, fuir ne sert à rien. Je recule d'un pas. Je glisse ma machette dans ma ceinture. J'essaie de maîtriser mes mouvements : je glisse doucement une main sous mon manteau.

Les fées, c'est comme les abeilles. Il faut rester calme avant tout. La force seulement en dernier recours.

Elle se dresse en face de moi. À peine deux mètres de distance. Elle fait à peu près ma taille. Deux grandes pales de lumière verte, dans son dos, font office d'ailes. Une combinaison noire, lisse et sans coutures, lui recouvre la totalité du corps – sauf la tête. Une face blême, une peau à demi transparente. Des cheveux blancs. Deux petits yeux méchants. Des lèvres presque inexistantes.

Ses ailes s'éteignent sans un bruit. Elle continue à me regarder. Je ne sais pas comment réagir. Sa bouche s'ouvre – découvrant ses petites dents blanches et pointues.

– Toi, dit-elle.

Cessant quelques secondes de me fixer, ses yeux vont à droite, à gauche, couvrent l'ensemble de la boutique. Aucune vraie question ne m'a été posée. Je ne réponds rien.

Léa s'est reculée dans un coin. Elle est terrifiée. Moi aussi. C'est une réaction logique. Son corps se tend comme un arc, elle fait le gros dos, entrouvre la gueule – prête à cracher le feu. D'un regard, je lui intime de ne pas commettre cette erreur. Elle se retient ; deux volutes blanches s'échappent de ses narines.

– Toi... répète la fée, toujours à mon adresse. Est-ce que c'est toi qui as fait ça ? Ou alors... (Elle se tourne vers Léa.) Est-ce que c'est toi ? Je te déconseille de me cracher du feu dessus, sinon, petit dragon, ça va mal se terminer.

Il y a quelque chose d'étrange chez cette fée. D'habitude, quand on les rencontre, elles arborent toujours un air joyeux, goguenard, vous balançant leurs sortilèges avec le sourire, et se foutant de votre gueule en toute allégresse. Il est rare de les voir prendre quoi que ce soit au sérieux.

Mais cette fée – chose exceptionnelle – n'a pas exactement une tête à plaisanter. Elle ne semble être qu'hostilité pure.

J'essaie de calmer le jeu :

– Je ne comprends pas ce que vous dites. On va s'en aller. Pas besoin de s'enflammer. Excusez-nous, on n'aurait pas dû venir ici. C'est notre faute.

Mais la fée s'excite encore davantage, semble carrément survoltée.

– Où est Fanwë ? dit-elle.

– Quoi ?

– Fanwë ? Elle est où ?

– Qui... qui est Fanwë ? demande Léa.

– Vous... vous l'avez fait disparaître ? C'est vous qui avez fait apparaître cette... cette *chose* à la place ?

Ma capacité de compréhension a des limites. Au bout d'un moment, j'arrête de faire des efforts. Je ne peux émettre qu'un seul constat : *On dirait qu'elle a peur.*

Mais voilà qu'elle lève le bras. Ce n'est plus vraiment le moment pour la diplomatie et les tentatives de dialogue. Si je ne fais rien, elle me lancera un sortilège. Ce qui n'est pas vraiment souhaitable.

Je m'y étais préparée. Avant que la fée ait le temps d'esquisser le moindre geste, je plonge la main sous mon manteau, et je sors mon arme ultime.

Un manuel de mathématiques, niveau seconde générale.

Les fées sont sensibles à tout ce qui est carré, logique, froid, rationnel. Cette connaissance vitale peut nous sortir de multiples situations périlleuses – comme celle-ci. J'ai replié un coin de page au chapitre des vecteurs. Selon moi, c'est ce qu'il y a de pire.

Et à présent, j'écrase le manuel ouvert sur la tête de la fée.

Elle est projetée en arrière, s'écrase contre le frigo à boissons.

– Que… ? dit-elle, à moitié sonnée.

Elle lève vers moi deux yeux hagards.

Il ne faut pas en rester là. Il ne faut pas que je lui laisse le temps de se ressaisir.

Je me rue sur elle et, ouvrant le livre sur une page pleine d'équations, je le lui enfonce sur le visage.

La fée se débat, hurlant allègrement, mais je tiens toujours le manuel appuyé. Les fées sont extrêmement perméables : celle-ci est en train de souffrir le martyre, l'esprit assailli de chiffres féroces et de théorèmes infernaux.

Quelque chose me frappe au ventre. Peut-être son pied, peut-être son genou. J'en ai le souffle coupé, et elle me rejette en arrière. Je renverse tout un rayonnage de sucreries, et je ne me rattrape que de justesse.

La fée se relève. Elle me hurle dessus :

– Je vais te… !

Sa main se met à briller. Sortilège imminent.

Je plonge derrière une étagère. Le sort qu'elle me lance – jet de lumière blanche – ne fait que heurter le carrelage à l'endroit où je m'étais trouvée. D'ordinaire, une fée vise mieux que ça. Elle doit encore être déboussolée. Mais elle me regarde à nouveau, tend son autre main, et une force invisible m'immobilise.

– Sarah ! crie Léa.

– Ne fais rien ! je lui réponds aussitôt.

Je m'élève au-dessus du sol. Impossible de me dégager. Télékinésie : la magie de la fée me tient prisonnière. L'une de ses mains se charge de me garder en suspension, tandis que l'autre – encore une fois – luit d'un éclat peu engageant. Cette fois-ci, c'est pour ma pomme.

Heureusement, mes bras sont encore libres. Et j'ai toujours ma machette à portée de main. Je fais donc la seule chose que je puisse faire : je m'en saisis et la lance en direction de la fée.

Mon arme tournoie en l'air, et le manche lui atterrit en plein dans le nez. Elle recule, déstabilisée, se couvrant le visage. Son sort de télékinésie s'annule. Je retombe sur mes deux pieds.

Munie de mon manuel, je repars à la charge.

Elle n'a pas le temps de se ressaisir que je lui assène une torgnole algébrique. Comme soulevé par un boulet de démolition, tout son corps part s'écraser contre l'espace magazine ; elle tombe, une avalanche de papier s'abat sur elle.

J'ouvre grand les pages de mon manuel.

– Non !... Non ! hurle-t-elle alors que je le lui enfonce de nouveau sur le visage.

Et je continue à appuyer, tout en récitant, avec le plus grand calme possible :

– Paul a sept euros et dix centimes dans son portemonnaie. Les sucettes coûtent quatre-vingt-dix centimes chacune. Sachant cela, combien de sucettes pourra-t-il acheter, et combien d'argent lui restera-t-il à la fin ?

Je fais attention à me trouver hors de portée de ses jambes. Ne pas me laisser renverser une deuxième fois. Sous les pages, elle a recommencé à crier : d'abord un hurlement étouffé, puis de plus en plus aigu, jusqu'à ce que mes tympans vibrent de douleur.

Et, enfin, l'éclair vert irradie à nouveau. Un flash brutal qui me brûle la rétine. Je suis obligée de fermer les paupières.

Quand je les rouvre, je m'aperçois que c'est sur le carrelage de la boutique que j'appuie le manuel de maths.

La fée a disparu. Retournée dans la tour la plus proche. Se faire soigner, sûrement, se remettre du traumatisme que je viens de lui infliger.

Que quelqu'un me donne une médaille. C'est la deuxième fois que je bats une fée en combat singulier.

2. la tour

Une fois l'affrontement terminé, Léa prend une grande goulée d'air. Je me redresse et en profite moi aussi pour souffler.

– C'était… dit Léa. C'était…

– Dis-le. C'était intense ? Épique ?

– Intense, oui. J'ai vraiment cru que t'allais pas t'en sortir. Mais… « épique » n'est pas le mot que j'emploierais. C'était impressionnant, en tout cas. D'une certaine manière.

« *D'une certaine manière.* » Mouais. Ça veut tout dire. Impossible de vraiment prendre ce type de combat au sérieux. Pourtant, il s'agit bien de l'unique manière de remporter une victoire face à un adversaire féerique. Bien que ma machette m'ait aidée, les armes conventionnelles ne sont que d'une efficacité limitée contre les fées. Elles se régénèrent. Impossible de les tuer.

– Je pense, dit Léa, qu'on ferait mieux de se tirer d'ici.

Je pense pareil. Ce n'est qu'une question de temps avant que les renforts arrivent.

Mais nous ne repartons pas les mains vides. Je sais que jamais je ne retomberai sur une telle quantité de revues cochonnes. La bibliothèque a quelques usagers réguliers à qui je dois bien ça.

– Je vous l'avais dit.

Maylis aime quand les événements lui donnent raison. Et quand ça arrive, s'il y a une chose qu'elle aime encore davantage, c'est marteler à quel point, toi, tu as eu tort. Une occasion rêvée d'étaler sa sagesse, son esprit mesuré, de poser en parangon de bon sens nageant dans un monde de stupidité absolue.

– Mais, évidemment, vous ne m'avez pas écoutée. Vous savez pourtant que j'ai un instinct naturel pour ces choses-là, merde. Et vous avez frôlé la catastrophe, seulement pour des bouquins, quelques magazines de cul… La fée, là, elle aurait pu te transformer en crapaud ou en blatte géante, Sarah. Et tu sais quoi, si ça t'était arrivé, j'aurais même pas compati, parce que t'aurais vraiment été trop bête.

– Ce ne sont pas les fées qui ont créé ce lieu, dis-je.

– Et comment tu sais ça ?

– Parce que la fée ne savait pas elle-même ce que c'était. Elle était bizarre. Elle a dit des choses que je n'ai pas comprises. Je crois qu'elle m'a accusée d'avoir fait pousser cette station-service. C'est pour ça que ça a dégénéré…

– Si tu n'avais pas eu ton manuel de maths avec toi…

– J'ai *toujours* mon manuel de maths avec moi. Je ne serais jamais entrée si je n'avais pas été correctement équipée. Pour qui tu me prends ?

– T'as seulement eu de la chance, alors arrête un peu de te la péter, tu me feras jamais croire le contraire.

Elle fait passer mes compétences de combattante à la trappe mais tant pis, le plus important est de comprendre ce que fait cette station-service ici. Quelque chose pouvant même surprendre une fée. Je déteste les mystères insolubles.

J'expose à Maylis la seule explication qui me paraît possible :

– C'était peut-être un sorcier.

– Quoi ?

– Le gars qui a fait apparaître la station-service, c'était peut-être un sorcier.

– Écoute, me dit Maylis. Il y a des choses qu'il vaut mieux essayer de ne pas comprendre… Et je pense même pas que ce soit un sorcier, ils ont tous des pouvoirs de merde. Et… et puis pourquoi on continue à parler de l'origine de ce truc, d'abord ? Oublie ça. Et n'en parle à personne. Tout ce que t'auras retiré de ça, c'est d'avoir foutu une fée en rogne. Faut juste espérer qu'elle veuille pas se venger.

– C'est une fée : elle m'aura sûrement oubliée demain… La dernière fois que j'en ai battu une, y a eu aucune retombée. Je vois pas pourquoi y en aurait cette fois-ci.

– Ton optimisme me sidère.

Optimiste, moi ? Je me fie seulement à mon expérience… Et si je ne vois pas de raison valable de m'inquiéter, inutile de me ronger les ongles pour rien.

Bientôt, les remparts de bois et de tôle du village de Sainte-Ursule apparaissent. Il fait encore jour, les portes sont ouvertes.

Sainte-Ursule est une étape incontournable de notre itinéraire. En tant que bibliothèque, il faut bien repasser par les mêmes lieux : la date de prêt de certains bouquins est arrivée à échéance, nous sommes venues les récupérer. Notre vie est routinière et répétitive, mais je ne m'en plains pas spécialement.

Une fois les portes passées, nous croisons Martin, un vieux minotaure, qui nous salue :

– Ah. C'est vous. Toujours vivantes ?

– Ouais, dis-je. On est revenues crécher ici. Est-ce que tu peux me dire où est le maire, s'il te plaît ?

– Il est à l'hôtel de ville.

Je me tourne vers mes deux associées :

– Bon, je vais voir le maire. Léa, si tu pouvais commencer à monter la tente à livres sur la place, ce serait bien.

– Euuh… me répond-elle.

Je sais très bien que Léa entretient un rapport problématique avec les travaux manuels – y compris (et surtout) le dressage de tente. Il faut croire que les griffes n'aident pas. Raison de plus pour qu'elle s'entraîne. Il reste cependant fort probable qu'à mon retour, je me retrouve encore à faire le boulot à sa place.

Sainte-Ursule est un village qui n'a pas vraiment été affecté par l'Invasion, et que les fées ne se sont pas donné la peine de raser. C'est un coin assez rustique, murs de pierre et toits de lauze, ça devait leur plaire, ça a son charme. Depuis, ils ont ajouté des remparts, mais les maisons demeurent intactes – encore loin de tomber en ruine ou d'être dévorées par la végétation. La proportion d'humains et de Chimères est à peu près égale, ce n'est pas une communauté haineuse ou sectaire. Si je devais m'installer quelque part, à titre définitif, ce pourrait tout à fait être ici. Cependant, la sédentarité n'est pas compatible avec mon métier actuel, et de toute façon je finirais par m'encroûter. Parenthèse gastronomique : la lentille est la spécialité locale.

Je pousse les portes de l'hôtel de ville. Le maire est dans le hall, en train de s'entretenir avec une faunette qui m'a emprunté *Orgueil et Préjugés* la fois dernière et qui devra me le retourner. Le maire, lui, est un humain naturel, comme moi. Il était déjà maire avant l'Invasion – un vieil agriculteur endurci, élu et réélu sans discontinuer. Je ne crois pas que quiconque se soit déjà présenté face à lui. Quant à savoir s'il fait du bon boulot : le village tient toujours debout, ce qui est déjà un bilan positif.

Il se tourne vers moi, s'arrachant à sa discussion, et m'adresse un grand sourire :

– Eh bien, dit-il avec son accent provençal habituel, on dirait que c'est le retour de la petite bibliothèque rose. Vous êtes vraiment réglées comme une horloge.

Il claque des doigts, d'où jaillissent quelques étincelles bleues. Le maire est un sorcier. Il n'a qu'un seul pouvoir, et c'est celui-ci. Il fait partie de ces gens qui ont développé des capacités magiques après l'Invasion. Bizarrement, beaucoup d'entre eux, comme le maire, n'ont jamais subi la moindre exposition directe aux sortilèges féeriques. Certains l'expliquent comme une réaction spontanée à la magie ambiante. Dans tous les cas, les pouvoirs des sorciers, comme celui du maire, se caractérisent souvent par leur profonde inutilité.

– Vous avez pas eu de soucis avec les Emplumés, sur le chemin ? Non ?

– Non. Pas le moindre souci, ni avec les Emplumés ni avec qui que ce soit.

Je ne lui dirai rien de la station-service et de ma confrontation avec la fée. Je n'aime pas parler de moi, tout comme je n'aime pas raconter mes anecdotes de voyage. Je n'ai jamais vraiment apprécié me mettre en scène auprès des autres. Ça m'ennuie.

– Est-ce que vous avez quelque chose pour moi ? je demande.

– Ouais. Vous avez de la chance, la récolte de lentilles a été bonne. J'ai un sac rien que pour vous. Trente kilos. On vous donnera aussi du foin en supplément, pour la licorne. Vous dormirez comme d'habitude dans mon vieux garage. Ça ne vous dérange pas ?

– C'est toujours mieux que de dormir dehors, dis-je en repensant néanmoins à l'énorme scolopendre qui m'avait rampé sur la joue la dernière fois. Pas grave. Ça ne se reproduira pas une deuxième fois.

Je repense à la station-service, et je lui pose tout de même la question :

– Rien de bizarre qui se serait passé dans le coin, récemment ?

– Bizarre… dans quel sens ?

– Au sens large.

– Ben… non. Y a juste les Emplumés qui font parler d'eux, je vous dis. Ils ont redoublé les vols sur les transports de passage, ils sont sur les chemins, et ils nous chourrent nos sacs de lentilles. Ils se servent, comme ça, sans gêne. Encore heureux, y a pas eu grand mal, ni morts ni blessés, mais là, au village, y a déjà quelques esprits échauffés qui parlent de représailles… Il y en a même qui imaginent se payer les services des Blousons écarlates… Et évidemment, je préférerais ne pas les voir fouiner dans nos affaires.

– Ah.

Les Blousons sont une bande qui a évolué jusqu'à devenir une véritable armée, et qui a essaimé partout dans le Sud. Ils ont tendance à vouloir annexer tous les villages qu'ils traversent, à les inclure dans leur réseau de protection, avec impôts à la clé. Si les villageois font appel à eux, ils leur mettront définitivement le grappin dessus, tout le monde sait comment ils fonctionnent. Or, le maire ne tient pas à céder son indépendance.

– Dites, me demande-t-il, par le plus grand des hasards, est-ce que vous comptez les voir, cette fois-ci ? Les Emplumés ?

– Nan. Je leur ai prêté des bouquins qu'une fois. Vu l'état dans lequel je les ai récupérés, maintenant j'évite.

– Dommage. Il me faudrait quelqu'un pour temporiser. Quelqu'un d'extérieur. Si c'est moi qui m'y colle, j'ai peur de provoquer un malentendu, et qu'ils croient que je les menace.

Pour résumer : ils lui font peur. Mais je connais les Emplumés. Ils font suer, mais si d'apparence ils peuvent paraître intimidants, on ne peut qu'à peine les qualifier de bandits.

– Je veux bien m'en charger, dis-je. Mais bon, sans vouloir abuser, ce sera pas un service gratuit. Vous avez quelque chose de plus à m'offrir ?

Le maire me sourit. Un quart d'heure plus tard, je sors de l'hôtel de ville, le sac de lentilles sous le bras, et à la main une bouteille de piquette issue directement des vignes de Sainte-Ursule. J'hésite entre la conserver afin de la troquer contre quelque chose d'autre, ou bien laisser Maylis la boire.

La bibliothèque est désormais installée. Les gens viennent, ramènent leurs emprunts passés, choisissent d'autres livres. Je me charge de remplir le registre. Plusieurs demandent à voir mes magazines particuliers. Je ne les leur prête que s'ils sont disposés à me laisser quelque chose en échange : pain, chou-fleur, trucs du genre – de quoi manger autre chose que des lentilles. Ils devront impérativement me rendre ces revues avant mon départ : de toute façon, ils ont toujours vite fait de les lire.

Léa est une grande lectrice, une bien plus grande lectrice que je ne le suis moi-même, et ce, malgré ses treize ans. Avec le temps, elle a acquis une connaissance parfaite de notre catalogue. Elle oriente les usagers dans leurs lectures, toujours avec justesse et pertinence. Je mentirais si je disais ne pas éprouver une pointe de fierté à son égard. Elle est revenue de loin, et l'élève a carrément dépassé le maître. Elle est plus chaleureuse que moi, également, ce qui joue en sa faveur. Maylis, elle, n'endosse pas la fonction de bibliothécaire à part entière : il est compliqué de manipuler les livres quand on a des sabots à la place des mains, et elle ne possède pas vraiment le sens de l'accueil. Elle reste plantée près de la tente, à scruter les usagers d'un œil torve, et gueule si l'un d'eux essaie de nous voler un ouvrage. Rien ne passe outre sa vigilance. Elle est notre sentinelle.

La journée se termine. Deux ou trois heures d'activité avant que le soir ne tombe. Nous rouvrirons un peu demain matin, avant de repartir vers d'autres horizons.

Avant de nous coucher, Léa, Maylis et moi remballons les affaires et filons dans le garage du maire. Léa ronfle, mais au moins elle dort paisiblement – ça fait un moment qu'elle ne crache plus de feu dans son sommeil –, donc je ne dirai rien. Maylis marmonne des insultes dans ses rêves.

Je finis de lire un chapitre du *Comte de Monte-Cristo* (j'en suis au deuxième volume). Enfin, je repose mon livre, pages ouvertes. Je m'enroule dans ma couverture, je ferme les yeux, et…

… Et c'est alors que les choses partent en vrille. Je n'ai rien vu venir.

Je rouvre les paupières. Autour de moi, tout est vert, d'un vert aveuglant, d'un mauvais goût extrême.

Je me relève. Plus de couverture.

J'appelle :

– Léa, Maylis ?

Mais personne ne me répond. Le vert m'entoure toujours. Je n'arrive pas à percevoir où commencent les murs et le plafond – comme si j'étais enfermée dans une sorte de bulle.

J'essaie de me persuader qu'il s'agit d'un rêve. Mais d'habitude, j'ai l'œil pour reconnaître les productions de mon subconscient : c'est souvent malsain, sordide et gluant – même quand je ne cauchemarde pas. Impossible que mon cerveau ait pu construire un décor aussi propre et épuré. Du vert, et rien d'autre. Pas de porte de sortie. Aucune source lumineuse spécifique, sans que je sois pour autant plongée dans l'obscurité. Je suppose que les parois émettent leur propre lumière.

Je m'agenouille. Pose un doigt sur le sol. Une surface dure mais presque caoutchouteuse, étrangement chaude au toucher.

Il n'y a pas cinquante conclusions à tirer de tout cela. Je pense avoir éventé le mystère.

Les fées. Forcément à cause de ma dernière rencontre.

Et Maylis aura encore eu raison. Les fées ont peut-être meilleure mémoire que je l'aurais cru, finalement. Sans doute ai-je été un peu présomptueuse.

Elles ont dû me tomber dessus pendant mon sommeil, me kidnapper et me ramener ici. C'est ce que j'imagine. Puis le vert omniprésent ne trompe pas, je suis sûrement à l'intérieur d'une de leurs tours.

Est-ce que ma situation est enviable ? Non, clairement pas. C'est un miracle qu'elles ne m'aient pas déjà transformée en Chimère. Je les imagine en train de se concerter : peut-être me réservent-elles un châtiment spécial, pour avoir baffé l'une d'entre elles à coups de mathématiques. Si les fées se targuent de ne jamais tuer, elles peuvent vous affliger de sortilèges qui pour certains rendraient la mort préférable.

Je vais sans doute devoir les supplier, implorer leur pardon pour minimiser les dégâts. La dignité est une notion à laquelle on attache trop d'importance.

Sans prévenir, une voix aigre résonne, venue de nulle part.

– Deux secondes. J'arrive bientôt. Patiente encore un peu.

Je me glace. Puis me ressaisis, et lance dans le vide :

– Si c'est par rapport au livre de maths de la dernière fois, je suis désolée, j'ai mal réagi, ça se reproduira plus.

Je ne crois pas avoir l'air spécialement convaincante. Déjà petite, j'étais nulle en théâtre.

La voix ne me répond pas. Je hasarde :

– Eh… oh ? Mais sans plus de succès.

Tant pis. Je jette l'éponge. Je m'assieds sur le sol, et j'attends.

Et puis une fée arrive. Dans un flash vert, évidemment. Passer par une porte aurait été trop simple.

Elle porte l'inévitable combinaison noire. Cheveux tout aussi noirs. Teint crayeux, sans couleurs. Un signe distinctif, cependant, la différencie des autres fées que j'ai eu l'occasion de croiser : la pierre verte incrustée sur son front. Ça, et l'inhabituelle dureté de son regard : un caractère froid et incisif que je n'ai jamais relevé chez ses congénères.

C'est la deuxième fée que je vois à afficher une expression sérieuse. Je doute que ce soit de bon augure.

J'ouvre la bouche. La fée lève la main, m'arrête aussitôt.

– Du calme. Je t'ai déjà entendue te justifier. C'est bon. Je ne suis pas sourde.

– Je tenais juste à donner ma version de l'affaire, est-ce que je peux…

– Tu auras le temps de donner ta version, mais…

Elle s'interrompt, se masse la tempe droite, pousse un long soupir. Enfin, elle reprend, les sourcils anormalement plissés :

– On va se mettre à l'aise, avant toute chose. Assieds-toi sur ta chaise.

– Quelle ch… oh.

En me retournant, je peux voir qu'un petit cylindre, derrière moi, s'est élevé hors du sol – de l'exacte même teinte verte. Apparaît également devant moi un genre de table : un plateau vert et transparent qui reste en suspension dans l'air.

C'est la première fois que j'ai l'occasion de voir à quoi ressemble l'ameublement féerique. Plutôt minimaliste.

La fée s'est elle-même assise sur un cylindre, a posé ses coudes sur la table. Je l'imite.

– Je suis Shenn Zerka, dit la fée. Administratrice générale du secteur. Sarah Zenati, je t'ai fait venir pour que tu me parles en détail de ce que tu as vu hier.

Elle connaît non seulement mon prénom, mais mon nom de famille, que je n'ai pourtant pas l'habitude de crier à tout bout de champ. Même Maylis et Léa, je préfère les tenir dans l'ignorance de mon véritable patronyme. J'ai mes raisons.

Je reste sur la défensive :

– De ce que j'ai vu… ?

– La station-service. Tu as rencontré une fée du nom de Le-An Kala. Reprends depuis le début et explique-moi comment les choses se sont déroulées. Sois la plus exacte possible. Je ne te demande pas de te justifier ni de construire une plaidoirie en ta faveur. Sois précise et honnête, et tout se passera bien.

Jamais je n'ai entendu une fée parler de cette manière. Elle ressemble presque à quelqu'un de normal – quelqu'un qui raisonne de façon logique.

– Qu'est-ce que vous voulez dire par… tout se passera bien ? Vous voulez dire que vous me laisserez partir ?

– Oui.

– Et dans quel état ?

– Il y a des chances que tu repartes d'ici sans avoir à subir le moindre sortilège permanent. Mais il vaut mieux que tu m'obéisses. Kala est très en colère contre toi. Ce n'est que grâce à mon intercession qu'il ne t'est encore rien arrivé. Maintenant, raconte-moi tout, depuis le début. Je n'ai pas de temps à perdre.

C'est quoi, un flic du monde des fées, un truc du genre… ? Je ne suis plus sûre de comprendre les tenants et aboutissants de cette histoire.

Je rassemble mes souvenirs, je les mets bout à bout, et je lui livre un récit cohérent. Inutile de mentir quant au fait d'avoir utilisé ce manuel de maths. Je prends seulement la peine de spécifier que mes intentions de base n'étaient pas belliqueuses, et que je me suis défendue avant toute chose. Shenn Zerka m'adresse un regard agacé qui m'incite à ne pas trop développer cette parenthèse. Les faits, rien que les faits.

Quand j'ai fini, elle me pose la question :

– Et tu n'as vu personne ?

– Personne d'autre ? Non. Maylis, Léa, moi, et… la fée. Dites… qui est Fanwë, au fait ? Le nom qu'elle a gueulé ? C'est une autre fée ou bien ?

Mais l'administratrice ne semble pas disposée à me répondre.

– Tu n'as dit à personne ce que tu avais vu ?

– Non. J'ai pas jugé ça nécessaire. Et je suis même pas sûre qu'on m'aurait crue…

– Bien. C'est bien.

– C'était quoi, ce machin, au fait ? Vous pouvez au moins me dire ça, non ?

– Tu n'es pas en position de poser des questions.

Frustrant. Et voilà qu'elle change à nouveau de sujet :

– Je ne vais pas te mentir, agresser une fée de la sorte est un délit grave. J'imagine que tu en as pleinement conscience.

– Mais puisque je vous ai dit que…

– Qu'importe. J'ai confisqué ton manuel de mathématiques, tu ne pourras plus t'en servir. C'est la moindre des choses. La logique voudrait qu'on ne te laisse pas partir de la tour impunie. Kala a même fait part de sa volonté de t'infliger une punition elle-même. Elle souffre encore.

– Deux trois équations…

– Et, en lisant ton dossier, j'ai pu voir que tu n'en es pas à ton coup d'essai. Deux secteurs plus haut, dans la région régie par la châtelaine Brenn Vatti, tu as commis exactement le même délit, envers la personne de Hü-Attann Azkala. C'est une anomalie administrative des plus graves, que tu n'aies eu à subir aucune sanction. Tu es théoriquement impardonnable.

Je n'aime pas la tournure que prennent les choses. J'ai l'impression d'être piégée dans un ascenseur pour l'enfer en pleine chute libre. Plus que le roussi, ça commence carrément à sentir le cramé.

– Excusez-moi, mais… au début de notre conversation, vous m'avez dit que si je témoignais le plus honnêtement possible – ce que j'ai fait –, je repartirais d'ici sans sortilège ni rien, alors…

– J'ai dit qu'il y avait *des chances* que tu repartes d'ici sans rien. Je suis toujours rigoureuse dans le choix de mes mots. Et je n'ai pas menti. Il y a des chances.

– Ben alors soyez sympa, et dites-moi ce qu'il faut que je fasse pour les saisir, ces chances.

La fée toussote un peu. Puis reprend.

– En recoupant les données des différents secteurs par lesquels tu es passée, j'ai pu reconstituer ton profil. Ton parcours est intéressant. J'avais moi-même entendu parler du Roi-Dragon, un peu au nord d'ici, le fameux chef des Écorcheurs. Qui aurait pu se douter que tu étais sa fille ? Dis-moi, est-ce que tes deux amies sont au courant, pour tout ça ? Pour ton passé de bandit ?

Je me raidis. Pourquoi suis-je surprise ? Elle connaît mon nom de famille, rien de plus normal qu'elle sache pour mon père, ainsi que pour mes anciennes activités.

– Non, je réponds. Elles ne sont pas au courant.

Et cela doit rester ainsi. Surtout pour Léa. Elle ne doit surtout pas savoir.

– C’est bien ce que je pensais, dit Shenn Zerka. On ne se vante pas de choses comme ça. Mais rassure-toi, je ne leur ai rien dit à ce sujet.

– Attendez… Vous leur avez parlé ? je réponds.

– Bien sûr. Je vous ai interrogées toutes les trois. Vous étiez toutes les trois témoins. C’est logique. Elles ne m’ont pas appris grand-chose de plus que toi. Elles attendent dans des cellules différentes.

– Vous n’allez rien leur faire ?

– Non. Nous allons les relâcher. Elles ne risquent rien. Contrairement à toi.

J’espère pouvoir la croire. Mais je n’aime pas ça. Je préférerais être la seule concernée. C’est moi qui ai décidé d’explorer cette station-service. S’il arrivait quelque chose à Léa et Maylis, alors j’aurais réellement des raisons de regretter cette initiative. Tu me diras, elles ont déjà été changées en Chimères, et ce, il y a longtemps. Les fées ne les transformeront pas une deuxième fois ; ce n’est pas dans leurs habitudes. Ce qui ne veut pas dire non plus, loin de là, qu’elles ne peuvent rien leur faire : certaines de leurs punitions connaissent des formes plus subtiles.

– Bon, dis-je. Est-ce qu’on peut en venir au fait ? Pourquoi vous parlez de mon parcours ? Vous attendez quelque chose de moi, c’est ça ?

– Oui. Effectivement. J’allais y venir. Voilà. Nous sommes à la recherche d’un homme.

– Ah… et… et… Et vous voulez que je le retrouve ou bien ?

– Entre autres. Nous ne savons pas à quoi il ressemble avec précision, mis à part qu’il mesure environ un mètre quatre-vingts de haut, et possède une barbe assez épaisse. Les quelques témoignages que nous avons recueillis ne nous ont pas aidées à élaborer un portrait plus précis. Sache qu'il s'agit de quelqu'un de très particulier. Ce que je vais te dire, à partir de maintenant, est absolument confidentiel…

– J'ai déjà deviné pourquoi vous le voulez. Enfin, je crois. C'est le gars qui a fait pousser la station-service, c'est ça ? C'est un sorcier, non ? Il fait ce genre de trucs, et vous, vous aimez que moyen.

– Un sor… ? dit la fée, comme si elle ne comprenait pas, avant de se reprendre. Ah ! non. Pas quelqu'un comme ça. Cet homme, c'est… c'est autre chose. Mais tu as globalement saisi l'idée. Globalement.

– Mais j'aimerais vous demander pourquoi vous vous chargez pas de ça vous-mêmes. Vous êtes des fées, vous avez pas l'habitude de déléguer le boulot, si ? Vous m'avez vous-même retrouvée, vous m'avez fait venir ici le temps d'un après-midi. Je serai pas spécialement plus compétente que vous. Et pourquoi moi, d'ailleurs ? L'offre est si limitée que ça ?

– Tu as déjà battu deux fées. Les gens qui en ont battu une seule se comptent sur les doigts d'une main. Tu es, somme toute, un choix tout à fait acceptable. D'autant plus que cette mission demandera quelqu'un d'assez endurci, quelqu'un qui a déjà tué, de préférence.

Un air lourd tombe sur la pièce.

– Pourquoi ? je demande. Quels problèmes risque de me poser… cette personne ?

La fée se mord les lèvres et finit par sortir, comme à contrecœur :

– Nous ne te demandons pas seulement de le retrouver… mais aussi de le tuer.

Elle aurait dû me le préciser dès le début, mais on dirait que me l'avouer la met mal à l'aise. Dans tous les cas, tout s'explique. La raison pour laquelle elles me délèguent le travail. Les fées ne tuent jamais – jamais de façon directe. Ce sont d'ailleurs les seuls êtres capables de raser des villes entières sans tuer qui que ce soit.

– Il doit mourir, m'explique-t-elle. Ça ne me plaît pas. Ça ne plaît à aucune d'entre nous, mais c'est comme ça. Il est profondément dangereux. C'est un meurtrier récidiviste. Nous ne pouvons pas nous permettre de le laisser en vie. En te demandant ça, je me salis, nous nous salissons toutes, mais nous n'avons pas d'autre choix. Toi, tu as déjà ôté la vie à de multiples reprises. Ça ne devrait pas te poser beaucoup de problèmes.

Pas me poser beaucoup de problèmes. Hum.

– Dites… vous avez vu ce que je fais, actuellement ? Avec ma bibliothèque itinérante, ma distribution de livres, etc. ?

– Oui. Je suis au courant de ton domaine d'activité actuel. Ça ne me dérange aucunement.

– Est-ce que vous croyez que je me serais reconvertie de cette façon, est-ce que vous croyez que j'aurais quitté les Écorcheurs si, justement, j'en avais pas marre des meurtres et des trucs du genre ? Vous pouvez trouver d'autres gens : si vous parlez à mon père, par exemple, il sera ravi, lui, de s'en charger personnellement, ou bien d'envoyer quelqu'un pour…

Mais la fée hausse le ton :

– Tu as le choix : soit tu acceptes, soit tu subis un châtiment. C'est aussi simple que ça. Libre à toi de refuser, mais tu auras à en subir les conséquences.

Je me tais. Elle vient de me rappeler – assez justement – dans quelle situation je me trouve.

– Il doit mourir, répète-t-elle. S'il y avait une autre façon de gérer le problème, je le ferais. Mais nous n'avons pas d'autre option. Je ne peux rien te dire de plus. Tout ce que tu as à savoir, pour retrouver cet homme, c'est qu'il laisse derrière lui d'autres zones telles que celle que tu as découverte hier. Cherche, et tu finiras par le retrouver. Pour le tuer, choisis la méthode qui te plaira, tu as carte blanche. Moi, je ne veux pas m'impliquer davantage que je ne le fais déjà.

Elle s'éclaircit la voix, se redresse sur sa chaise, les doigts entrecroisés.

– Donc, une bonne fois pour toutes, est-ce que tu acceptes ?

– Ben… vous l'avez dit vous-même, j'ai pas trop le choix.

– Je prends ça pour un oui. Bien. Une fois ta mission terminée, tu n'entendras plus parler de nous. Tu bénéficieras d'une amnistie complète pour toutes tes offenses à notre encontre. La châtelaine Brenn Vatti te place sous sa protection le temps que dureront tes recherches, Kala ne pourra se venger d'aucune façon. (Elle croise les doigts, s'incline très légèrement.) Évidemment, notre contrat doit rester secret. Si ça venait à se savoir… tu sais à quoi t'attendre. Garde bien ça en tête, et sache que je te surveille. J'ai placé une marque, sur toi, ainsi que sur tes amies, pour m'assurer qu'elles ne parlent pas de notre entrevue.

– Une marque ? Comment ça ?

– Elle est invisible, évidemment. Mais elle me permettra de t'observer à tout instant. Je suivrai tout ce que tu fais à distance.

Pour moi qui n'ai jamais apprécié de me sentir fliquée, c'est un peu un enfer personnel qui se concrétise. La confiance règne.

– Sur ce, continue la fée, je vais te renvoyer à l'extérieur. Tu devras commencer à le chercher immédiatement.

– Euh… juste, avant que nous finissions, est-ce que je peux vous poser une question ?

– Quoi ? Si c'est en rapport avec ton contrat, c'est un non. Tu sais tout ce que tu dois savoir.

– Non. C'est par rapport à vous. C'est la première fois que j'arrive à avoir une conversation construite avec une fée. Habituellement, vous vous comportez comme des gosses sous psychotropes. Sans vouloir vous vexer. Comment ça se fait… ?

La fée me regarde puis soupire une fois de plus. De son doigt, elle indique la pierre précieuse à son front.

– C'est comme ça. Je suis une administratrice. Il en faut bien, des comme moi. Il faut bien faire tourner la machine.

– J'espère que vous êtes assez payée.

La fée sourit – pour la première fois depuis le début de notre entretien, un sourire fatigué.

– On ne fonctionne pas comme ça. (Puis, reprenant tout son sérieux.) Au revoir, maintenant. Nous aurons le plaisir de nous revoir par la suite.

Elle tend une main vers moi – il y a encore un éclair vert, mais cette fois-ci, il accompagne ma propre disparition.

3. le début d'une traque

Il y a l'éclair, donc, et les parois de la salle verte se volatilisent aussitôt, laissant la place à un ciel mauve pâle. C'est le matin. Le soleil vient à peine de se lever.

J'ai atterri au milieu d'un pré. Au loin, des arbres. Je me retourne. Derrière moi, à environ deux cents mètres, s'élève la tour féerique, verte et translucide.

Je viens juste d'en sortir, on dirait.

À côté de moi, un flash. Du coin de ma rétine, je localise l'immense masse blanche qui vient d'apparaître. Maylis se tient droite sur ses quatre pattes, cligne une paire d'yeux éberlués. Qu'elle tourne ensuite vers moi. Sa surprise semble encore redoubler.

– Sarah, dit-elle simplement.

– Ouais. Ouais, c'est moi, je réponds.

Elle allonge la tête vers moi : sa corne manque de me crever l'œil. Elle me scrute de haut en bas. Ses naseaux me reniflent, prennent une grande inspiration.

– Elles ne t'ont rien fait. Je ne comprends pas pourquoi.

– C'est compliqué.

– Tu l'aurais mérité. Putain. Moi-même, j'ai un peu envie de te défoncer, là. Tu te rends compte dans quelle merde tu nous as mises ?

Autre flash. Maylis effectue un brusque écart. Comme je m'y attendais, c'est Léa qui vient d'apparaître. Elle est repliée sur elle-même, crispe avec force les muscles de ses paupières, comme une condamnée à mort qui ne veut pas voir le coup de fusil.

– Bon. Tu vois, dis-je à l'adresse de Maylis. On est toutes là. C'était rien qu'un… un désagrément passager. Voilà.

Entendant cela, Léa ouvre un œil. Puis se redresse sur ses deux pattes postérieures. Regarde ses griffes, commence à se palper le corps. Vérifiant certainement que les fées ne lui ont pas ajouté de membres supplémentaires, n'ont pas donné à ses écailles un magnifique motif jaune à pois verts ou d'autres joyeusetés du genre.

– Je… je… balbutie-t-elle.

– Elles t'ont juste lancé un sort de téléportation, c'est tout, dit Maylis. C'est bon. T'as rien.

Léa laisse doucement tomber ses mains griffues. Et au fur et à mesure que la pression retombe, de grosses larmes lui montent aux yeux.

– J'ai eu tellement peur, dit-elle d'une voix blanche. J'ai eu tellement peur.

Même si je risquais bien plus qu'elle, sa peur reste néanmoins compréhensible.

– Shenn Zerka vous a posé des questions, non ? La fée avec la pierre sur le front ?

– Ouais. Des questions sur la station-service, dit Maylis. Ce qu'on avait vu, etc. Je lui ai dit la vérité, comme quoi t'étais la seule à avoir attaqué cette fée.

– T'as bien fait.

– J'ai connu quelqu'un, les fées l'ont transformé en ruche vivante, elles l'ont farci de guêpes, parce qu'il avait *seulement voulu* taper l'une d'entre elles – et sans manuel de maths. Comment t'as fait pour t'en sortir sans rien, sans une égratignure ? Tu aurais dû *au moins* te faire chimériser.

– J'ai passé un contrat.

Léa tourne ses yeux embués de larmes vers moi. Le regard de Maylis s'aiguise.

– Quel genre de contrat ? demande-t-elle.

Je ne réponds pas. Elle allonge encore le cou. Ses oreilles pivotent vers moi.

Je sais ce qu'elle est en train de faire.

– Ça a à voir avec cette histoire, c'est ça ? Ton contrat ?

– Inutile d'écouter les battements de mon cœur. Je ne te dirai rien.

– On est déjà là-dedans, par ta faute. J'ai le droit de savoir.

Ses yeux noirs et opaques continuent de me fixer.

– Tu sais… les fées m'ont demandé… si je n'avais pas aperçu un homme, près de la station-service. Ça a à voir avec lui, c'est ça ?

Je me souviens d'un *James Bond*, quand j'étais petite, où l'agent 007 réussissait à maîtriser son rythme cardiaque. Je suis incapable de telles prouesses. Maylis ouvre mon cœur comme un livre – et il donne par lui-même des réponses à ses questions : « oui » ou « non ».

Je recule et je la préviens :

– Arrête tout de suite.

– Non. Qu'est-ce qu'elles t'ont demandé de faire, à propos de cet homme ?

Je m'éloigne encore.

– Elles m'ont demandé de le retrouver, c'est bon, t'es contente ? Maintenant, arrête. Vraiment. Tu me les brises.

Il n'y a pas de question supplémentaire. Mais à la manière dont elle me regarde, je devine que je ne l'ai pas convaincue.

– Tu vas devoir le retrouver ? dit Léa. Comment ça... ? Les fées peuvent pas le faire elles-mêmes ?

– Oui. C'est vrai, ça, commente Maylis.

Je n'aime pas son ton insidieux. J'explique alors :

– Elles ne peuvent pas mener une enquête par elles-mêmes, elles ont la flemme, alors elles sous-traitent. Elles ont vu que j'avais battu deux fées, elles ont dit que j'étais débrouillarde, elles m'ont choisie. Voilà. C'est tout. Vous aviez pas à le savoir. Je vais devoir retrouver cet homme. Et une fois que je l'aurais trouvé, elles vont elles-mêmes se charger de lui, parce qu'elles aiment pas ce qu'il fait.

– C'est donc lui, dit Léa, le responsable, pour la station-service.

– Oui.

Je m'éloigne encore de Maylis de quelques pas. Je sais pourtant que je ne réussirai pas à la duper ainsi. Je n'ai qu'à espérer qu'elle cesse son interrogatoire de son propre chef. Même si, la connaissant, ce serait faire preuve d'optimisme.

– Le pauvre… dit Léa. Elles doivent vraiment pas lui vouloir du bien.

Elle ne sait pas à quel point.

Je me sens forcée de me justifier :

– Les fées m'ont dit qu'il était dangereux, et qu'il avait déjà tué des gens.

– Elles peuvent te dire ce qu'elles veulent, me dit Maylis.

– Peut-être, je lui réponds. Mais je préfère les croire.

J'ai déjà nui à assez d'innocents par le passé. Je n'aurais pas envie que quelqu'un vienne s'ajouter à la liste. Si je dois assassiner quelqu'un, autant qu'il l'ait mérité.

Nous sommes rentrées à Sainte-Ursule. On était bien obligées : nous y avions laissé notre chariot et toutes nos affaires. Encore heureux, les remparts sont ouverts. Ici, les gens se lèvent tôt et sont déjà debout, à vaquer à leurs occupations. Visiblement, aucun d'entre eux n'a vu les fées nous kidnapper durant la nuit. Elles ont dû être discrètes, pour une fois.

– Vous êtes parties faire une randonnée matinale ? me demande une vieille.

Je réponds que oui, que nous adorons le chant des oiseaux qui se réveillent, la rosée qui perle sur les brins d'herbe, ce genre de conneries. Léa et Maylis mentent avec moi : elles non plus ne désirent pas devenir le centre de l'attention.

Le chariot est resté dans le garage. Je reprends mon arbalète, ma machette, je commence à rassembler mon nécessaire de survie.

– C'est là qu'on se sépare, dis-je à mes associées. Il faut que je commence à chercher le plus tôt possible. Vous, vous avez qu'à rester à Sainte-Ursule. Récupérez les magazines, et si je reviens pas d'ici trois jours, ce qui est plus que probable, suivez l'itinéraire habituel. Léa, tu es tout à fait capable de faire tourner la bibliothèque sans moi.

– Attends… dit Léa. Tu vas vraiment partir ? On ne va pas chercher ensemble ?

– Non. Ce truc, c'est moi que ça regarde. Ça ne vous apportera que des emmerdes. Maylis sera bien d'accord.

Mais Maylis, au lieu d'approuver, reste muette.

– On peut t'aider… continue Léa.

– Désolée, mais non. Pour le coup, vous feriez que m'encombrer. Je vais traîner, je vais poser beaucoup de questions, et puis c'est sordide, comme mission. Je vais pas vous forcer à bosser pour les fées avec moi.

– Tu comptes commencer par quoi ? me demande Maylis.

– Je vais demander au maire si un barbu est passé par ici. Après, j'irai voir les Emplumés. C'est ce que le maire m'a demandé. Je leur poserai des questions au passage. On sait jamais, j'aurai peut-être de la chance.

De la chance, j'ai intérêt à en avoir, même si Shenn Zerka n'a pas détaillé par le menu le châtiment que les fées comptent m'infliger en cas d'échec.

À partir de maintenant, je n'ai qu'un programme : chercher, chercher, chercher, le trouver, puis le tuer. Et, au passage, découvrir pourquoi les fées veulent trucider cet homme dont je ne connais même pas le nom.

4. les Emplumés

Me voilà seule, maintenant, à faire le trajet de Sainte-Ursule au repaire des Emplumés. J'ai mes armes, mon sac et assez de nourriture pour tenir plusieurs jours.

« Je suis ton garde du corps ! » a insisté Léa. Mais je peux me défendre moi-même. Avant de rencontrer mes amies, j'errais déjà à travers le territoire depuis un certain temps. J'ai commencé mes activités de bibliothécaire en poussant un caddie, seule dans les bois, quelques mois après avoir quitté les Écorcheurs.

À présent, je m'enfonce dans la forêt, passant sous de sombres branchages, faisant craquer les feuilles mortes sous mes pas. Je n'essaie pas d'être discrète. Je compte sur les Emplumés pour me repérer le plus vite possible. Il ne faut pas longtemps avant que j'entende quelque chose bruisser à ma droite. Enfin. Je m'immobilise, et je lève les deux mains, bien en évidence.

Les pas se rapprochent. Plutôt lourds : je peux déjà avoir une estimation du poids. J'entends :

– On ne bouge plus.

– Je me suis déjà arrêtée de bouger.

Je le regarde de biais. C'est bien un Emplumé. Il s'avance vers moi, tenant entre ses griffes une lance bricolée. Je crois que je l'ai déjà vu avant – même si je ne connais pas son nom.

Si les Emplumés s'appellent les Emplumés, c'est qu'il y a une raison. Les Emplumés sont, comme leur nom l'indique, couverts de plumes. Ce ne sont pas des oiseaux pour autant. Dents tranchantes, griffes, petits bras, longue queue – ce sont des dinosaures.

Je n'y connais rien en paléontologie, vraiment rien. Je n'ai même pas vu *Jurassic Park*. On m'a cependant certifié que, pour des dinosaures, ces plumes n'avaient rien d'anormal. Qu'il était depuis longtemps admis que les sauriens du Crétacé ressemblaient à des poulets mutants. Dans le cas des Emplumés, les fées auraient donc – ce qui est rare – témoigné d'une volonté de réalisme. À l'origine, il s'agissait d'une communauté, une cinquantaine de personnes. Les fées leur sont tombées dessus (je ne sais plus trop pourquoi, elles s'ennuyaient certainement), et ont choisi de les transformer ainsi. Et c'est depuis que cette bande de joyeux marginaux illuminent les alentours de Sainte-Ursule de leurs couleurs bigarrées.

L'Emplumé qui s'approche de moi est particulièrement imposant. À vue de nez, je dirais qu'il fait une demi-tonne. Il me surplombe nettement. Il serait peut-être intimidant s'il n'était pas si *rose* : ses plumes atteignent des extrémités chromatiques que même les concepteurs de chez Barbie n'ont jamais osé explorer. Ne manqueraient plus que les paillettes. Mais si ses couleurs évoquent un monde goût fraise, fait de sucreries en tout genre, ce n'est malheureusement pas le cas de son haleine – charogne et compagnie. Pas grave. Je n'ai qu'à respirer par la bouche.

– Qu'est-ce que tu fous ici ? me demande-t-il, plissant des yeux aussi roses que ses plumes.

– Je suis venue voir votre chef. C'est Cluzel qui m'envoie.

– On a pas de chef, on a un porte-parole, dit-il. Tu viens de Sainte-Ursule ?

– Non. Je suis la bibliothécaire itinérante. Je suis déjà passée par votre repaire. Deux fois.

L'Emplumé me dévisage quelques instants.

– Je crois que je te reconnais. (Il paraît un peu s'apaiser.) Où il est, ton chariot ? T'étais pas avec un dragon et une licorne ?

– Elles sont pas là. Et je viens pas vous voir pour distribuer des bouquins. Vous les avez trop bousillés la dernière fois que je suis venue. J'apporte un message.

– Comment ça se fait que tu fasses la messagère, toi ?

– C'est un boulot à mi-temps. Il faut bien vivre. Est-ce que je peux passer ? J'aimerais vraiment parler à votre *porte-parole*.

Une ou deux secondes passent ; il s'éclaircit la gorge :

– Ouais. Bien sûr. Je vais pas t'interdire le passage. Excuse-moi pour l'accueil. On est un peu sur les nerfs, en ce moment.

– Sur les nerfs pourquoi ? je lui demande.

– Des histoires. Quelqu'un a lancé une flèche enflammée sur une de nos cabanes, hier soir. On sait pas qui a fait ça. On a réussi à éteindre le feu, mais on aimerait pas que ça se reproduise.

On dirait que les représailles ont déjà commencé.

– Tu pensais que j'étais venue faire un truc du genre ?

– Nan. Je suspecte pas les bibliothécaires, dit-il, avant de renifler bruyamment. Je t'amène jusqu'au camp, tu pourras parler à Baptiste, y a pas de souci. Tu dégages pas de mauvaises ondes.

Son attitude s'est relâchée du tout au tout. Même quand les Emplumés veulent se faire menaçants, ça ne dure jamais longtemps. Ce n'est pas dans leur vraie nature. Ils abordent plutôt la vie de manière détendue. Ce sont les héritiers des mecs en sarouel qu'on voyait gratter leur guitare au parc municipal (ou, dans le pire des cas, taper sur leur djembé), ce sont les héritiers des mecs qui animaient des ateliers de capoeira et de slam thérapeutique. Beaucoup espéraient qu'ils disparaîtraient avec l'apocalypse mais, miraculeusement, ils sont toujours là. Maylis ne les supporte pas.

Certains ne se gênent pas pour les qualifier de bandits. De mon côté, j'ai quelques réserves – les vrais bandits, je sais ce que c'est. Les Emplumés, eux, ont une philosophie peu compatible avec le concept de propriété privée. Par exemple, voyant une charrette remplie de sacs de lentilles passer près de chez eux, ils ne vont pas hésiter à se servir et à en embarquer un ou deux.

Accompagné du dinosaure fuchsia, j'arrive à leur planque, qu'ils aiment qualifier de « village ». Personnellement, je ne peux décemment pas employer ce terme. Ils ont construit leurs maisons comme ils le pouvaient, avec des rondins de bois et des matériaux de récupération en tout genre : carton, tôle, pneus, tentures diverses. Même selon les standards d'un bidonville, c'est mal fichu. Ça se casse la gueule et ça prend la flotte. Certains, qui en avaient assez que leur cabane s'écroule sur eux pendant leur sommeil, se sont carrément résignés à dormir à la belle étoile. À leur décharge, leurs mains sont davantage conçues pour déchiqueter la viande que pour planter des clous.

Et les Emplumés sont là, de tailles et de couleurs variées. Ils tournent tous la tête vers moi. Certains m'arrivent au nombril, d'autres sont bien plus hauts que moi. Plumes vertes, bleues, rouges, jaunes, orange, violettes, roses (encore) – à eux seuls ils pourraient déclencher une crise d'épilepsie. Je repère le porte-parole, avec qui j'ai déjà eu l'occasion de m'entretenir pas le passé. Baptiste. Ce n'est ni le plus grand ni le plus coloré. Son corps revêt un plumage bleu pâle, et je le dépasse d'une tête.

– Baptiste, dit l'Emplumé rose. C'est la bibliothécaire qui veut te parler.

– Ah ! Ben tiens.

Baptiste s'avance vers moi, me prend la main entre les griffes.

– Bienvenue. Dis, ça fait longtemps qu'on t'a pas vue, toi, on se demandait quand t'allais revenir. Par contre… c'est normal que tu sois pas avec la bibliothèque ?

Je soupire :

– Je suis navrée de vous décevoir, mais je suis pas venue ici pour vous prêter des livres. Je suis venue ici pour parler avec vous. À la demande du maire de Sainte-Ursule.

L'expression de Baptiste s'assombrit un peu.

– Cluzel ? S'il a quelque chose à nous dire pourquoi il le fait pas lui-même ? Et puis t'es même pas de Sainte-Ursule, toi, si ? Pourquoi il t'envoie ?

– Est-ce que je peux vous parler en privé, s'il vous plaît.

Je fais de mon mieux pour avoir l'air sérieuse.

– Tu sais… moi, je suis pas chef. Je suis porte-parole officiel, c'est pas pareil. J'aime pas les entretiens privés. Ça donne l'impression qu'on a des trucs à cacher. Tout ce que t'as à dire, tu peux le dire ici.

Derrière lui, les autres Emplumés approuvent. J'oubliais à quel point cette communauté souhaite s'affranchir des modèles autoritaires – c'est franchement usant.

– Ben moi ça me met mal à l'aise de parler en public. Je préfère les conversations en tête-à-tête, quand on se pose calmement. T'auras qu'à leur rapporter tout ce que je t'ai dit après. Ils te font confiance, non ? Vous lui faites confiance, non ? Si c'est votre porte-parole…

– Bien sûr, dit une voix.

D'autres acquiescent mollement.

Au moins ils ne sont pas difficiles. Je me retrouve assez vite dans une cabane un peu moins pourrie que les autres. Des rondins de bois pour murs, plus ou moins bien accolés, un vieux tapis rapiécé en guise de porte, qu'on soulève en entrant, et une bâche en plastique faisant office de toit. Rien ne vient couvrir le sol, cependant : juste de la terre. Le luxe a ses limites.

Baptiste se couche, pattes repliées, sur un coussin posé tout au fond. Puis, bien installé, il me dit :

– Bon. Tu voulais un cadre intime et apaisé, le voilà. Alors, qu'est-ce qu'il nous veut ce bon vieux Cluzel ? Il a quelque chose à se faire pardonner, peut-être ?

Sa voix est chargée d'amertume. C'est compréhensible, compte tenu de ce qu'on vient de me raconter à propos d'hier soir. D'autres que lui se seraient énervés. Mais, je l'ai déjà dit, la colère ne sied pas vraiment aux Emplumés.

– J'ai appris, pour cette histoire de flèche enflammée, lui dis-je. Je suis sûre que Cluzel était pas au courant. Il m'a demandé d'apaiser les tensions, il m'a payé une bouteille de vin pour que je fasse l'intermédiaire. Alors c'est ce que je fais.

– Il t'a demandé d'apaiser les tensions ? me répond-il, surpris. Y a pas trop de tensions, ici. Nous, ça va, on est chill. Les tensions, c'est leur problème. Nous, on les a pas attaqués.

– Vous leur volez de la bouffe et ils aiment pas ça. Vous pouviez vous y attendre. Cluzel m'a envoyée pour parler de ça, d'ailleurs. Il aimerait bien que vous arrêtiez.

– Les vols... ? J'y peux pas grand-chose. Et puis on fait que leur prendre du surplus. Des lentilles, ils ont que ça, ils ont des champs entiers de lentilles, ils étouffent sous les lentilles. Alors qu'est-ce que tu veux, nous on a des végétariens qui mangent pas de gibier et qui chassent pas et qui ont quand même besoin de protéines. Et dans les lentilles, ben il y a des protéines. Qu'est-ce que tu veux faire, dans ce cas ? C'est même pas vraiment du vol, c'est plus de la redistribution de richesses. S'ils étaient pas aussi rapiats ils le feraient eux-mêmes.

L'argument « Robin des bois ». Je m'attendais à l'entendre, celui-là.

– Écoute, que ce soit bien ou pas bien, moi je m'en fous. Le truc c'est que ça va mal tourner, d'ailleurs ça commence déjà à mal tourner, et ça pourrait être encore pire.

Je laisse traîner un court silence, puis j'ajoute :

– Ils vont pas se contenter de vous balancer des flèches. Cluzel m'a dit que certains comptaient faire appel aux Blousons écarlates.

Comme caressées par un courant d'air froid, toutes les plumes de Baptiste se dressent.

– Oh, dit-il.

– T'imagines ce que ça impliquerait, non ?

– Ils iraient vraiment jusque-là ?

– Ils ont assez de lentilles pour les payer. Cluzel lui, ça l'emmerde. Et, à la fin, personne en sortira gagnant. Les Blousons mettront le grappin sur Sainte-Ursule, alors qu'ils ont jamais eu besoin d'eux, et vous, ben…

– D'accord, d'accord, j'ai compris.

– Désolée si je fais un peu oiseau de mauvais augure. Tu comprends pourquoi il hésitait à te dire tout ça en personne.

– Ouais, c'est un peu chaud, quand même.

Je ne le trouve pas suffisamment préoccupé à mon goût. Il a déjà repris son air relaxé.

– Je vais voir ce que je peux faire, du coup. Il va falloir que j'en parle avec tout le monde.

– Il y a qu'un seul truc à faire. Tu descends à Sainte-Ursule, tu vas voir Cluzel, tu t'excuses pour les vols et le banditisme, et vous trouvez des solutions ensemble. Je sais pas, y a certainement des collaborations que vous pouvez mettre en place… Les aider à travailler dans les champs, des trucs comme ça.

À la mention de travail, je perçois aussitôt la flemme se matérialiser dans son regard.

– Ouais… peut-être des trucs comme ça, t'as raison. Je vais faire ce qu'il faut, t'en fais pas. Demain, ou après-demain. Mais je consulterai les autres avant, bien sûr – t'as entendu le deal. Faut voir ce qu'ils en pensent… Bon, est-ce que c'est tout ce que t'avais à me dire ?

– Non. Justement. Il y a d'autres sujets que j'aurais voulu aborder. Mais qui n'ont rien à voir avec Cluzel.

– Ah. Ben alors pose tes questions, tant que je suis là. Je suis disponible.

– Je suis à la recherche de quelqu'un.

– Ah bon. Qui ça ?

– Je ne connais pas son nom. On m'a juste dit à quoi il ressemblait. Je sais qu'il a une barbe, et qu'il fait un mètre quatre-vingts…

– C'est pas super précis, tout ça. Qu'est-ce que tu lui veux ?

– J'y viens. C'est un sorcier. Il…

C'est alors que je me rends compte que ce n'est pas aussi facile à expliquer que ça en a l'air.

– Il fait apparaître… on va dire… des zones de normalité… ou d'anormalité, si tu veux.

– Ouh là, c'est hyper fumeux, tes histoires.

– Je t'explique : il fait apparaître des zones qui… qui ont l'air de ne pas faire partie de ce monde. Qui sont comme avant l'Invasion. Qui sont *anachroniques*, voilà, c'est le mot. On est tombées sur une station-service qui…

Quelque chose semble s'éveiller dans les yeux de Baptiste. Je m'arrête ; d'un geste, il m'enjoint à continuer.

– On est tombées, Maylis, Léa et moi, sur une station-service qui était intacte. Toute neuve. En pleine forêt. Sans végétation ni rien. Apparemment, c'est ce mec qui fait ça. On s'est pas trop attardées, y a les fées qui sont arrivées.

Me revoilà à faire quelques arrangements avec la vérité. Je ne pense pas être supposée dire pour qui je bosse, et de toute manière ce n'est pas quelque chose dont j'aurais envie de me vanter.

– Comment tu sais que c'est un sorcier qui a fait ça ? Et comment tu sais à quoi il ressemble ?

– Une nana que j'ai interrogée m'a parlé de lui. Apparemment, il serait passé dans le coin. C'est pourquoi je te demande. Est-ce que tu sais quelque chose ?

Je me doute que la réponse est « oui ». Pour une fois, j'ai de la chance.

– Il y a bien quelque chose de curieux, dit-il. On trouvait pas vraiment d'explications, et après cette flèche, j'avais un peu arrêté d'y penser. Mais… Tu sais quoi ? Viens avec moi. On sort. Faut que je te montre quelque chose. Faut marcher, par contre.

Marcher ne me pose pas de problème, j'ai l'habitude, la corne de mes pieds est aussi dure que les sabots de Maylis. Mais il faut que Baptiste décide puérilement de faire durer le suspense jusqu'à ce qu'on arrive à destination. Il prend soin de ne me livrer aucun détail particulier.

Et enfin, on y est. À environ quinze minutes de la planque se trouve une autre anomalie.

– Et voilà ! me dit-il, écartant ses petits bras à la manière d'un magicien de kermesse.

Ce sont des toilettes de chantier. Une cabine de plastique bleu, posée parmi les arbres, qui se dresse devant nous comme un monolithe extraterrestre. Et au sol, tout autour, un rond de pelouse verte, qui contraste de la plus étrange des façons avec l'humus brun de la forêt.

– Vous avez déjà essayé d'ouvrir ? je demande.

– Non. Personne a osé. Beaucoup ont même peur de s'en approcher. C'est trop bizarre. On s'est dit que ça devait être un genre d'illusion, créée par je sais pas trop quoi. Ou que c'était un piège. Bref. On a pas voulu prendre de risques. Et puis, de toute façon, on a pas *vraiment* besoin de quelque chose comme ça. Ta station-service, toi, t'y es entrée comme ça, sans hésiter ?

– J'ai un peu hésité. Mais je suis entrée quand même.

– Eh ben. T'es plus courageuse que moi alors. Si tu veux aller voir, je t'en empêcherai pas. À toi l'honneur.

Je m'avance. J'ouvre la porte. Il y a une cuvette, et du papier hygiénique, j'y crois à peine. Tout a l'air propre. Ça sent le chimique. Le détergent ou la javel – des odeurs que je n'ai plus senties depuis des années.

– On pourra peut-être démanteler cette cabine, dit Baptiste. On pourrait se servir du plastique pour consolider nos cabanes. Même si faut voir comment.

Je ressors. Tout ce que je sais, c'est que le gars que je cherche – le gars que cherchent les fées – est passé par ici. Mais l'inspection des toilettes ne m'en apprend pas plus.

– Ce sorcier, là, tu penses qu'il a fait apparaître ça juste parce qu'il avait besoin de couler un bronze ? me demande Baptiste. Tu penses qu'il fait ça à chaque fois ?

– Je sais pas. Je me suis pas posé la question.

Si ça se trouve, il n'y a même pas de sens à trouver dans ce que crée ce sorcier. Pourquoi avoir spécifiquement matérialisé une station-service, par exemple ? De même, l'idée qu'il fasse apparaître des toilettes de chantier à chaque fois qu'il veut se soulager me semble plutôt ridicule. Est-ce que je dois m'attendre à remonter une longue piste de cabines bleues pour le retrouver ?

Je questionne Baptiste plus avant :

– Et donc, toi et les autres, vous avez pas vu de barbu qui traînait dans les environs ?

– Il faudrait que tu leur demandes. Ce serait plus simple. En tout cas, j'ai rien entendu de ce genre. Mais je vois pas pourquoi on m'aurait signalé avoir croisé un barbu. Surtout qu'il y a des tonnes de mecs qui portent une barbe.

Depuis l'Invasion, il est vrai que l'industrie du rasoir a nettement périclité.

Baptiste tourne autour de la cabine. Soudain, sans raison manifeste, il s'arrête – les yeux dirigés vers le sol.

– Tiens, j'avais pas remarqué ça.

– Quoi ?

Il se penche, ramasse quelque chose dans les feuilles mortes. Je m'approche pour voir de quoi il s'agit.

C'est un mégot de cigarette. Orange et blanc. Quelque chose d'assez rare, désormais.

– Il a aussi le pouvoir de matérialiser des mégots, ton sorcier ? demande Baptiste. Ou alors est-ce que c'est un truc qu'il a fumé ?

– Je sais pas.

Il examine sa trouvaille d'un œil acéré.

– Je pensais jamais revoir des mégots aussi frais. Il suffirait de le rallumer pour pouvoir le fumer. Y a plus…

y a plus de cigarettes comme ça, maintenant. Ou alors bon courage pour les trouver. Limite, des trucs comme ça, il faudrait les garder dans des musées.

La question qu'a soulevée Baptiste un peu plus tôt est loin d'être idiote. S'agit-il d'un élément de décor ou est-ce une cigarette récemment fumée ? Instinctivement, je pencherais pour la deuxième hypothèse. Je ne peux encore rien affirmer avec certitude, mais si ce mégot était apparu dans le même ensemble que la cabine, il m'aurait paru logique de le retrouver sur la marge de pelouse, et non dans l'humus forestier. De plus, je ne vois pas l'intérêt qu'aurait eu le sorcier à ajouter un tel détail. Je spécule peut-être un peu trop, mais cela ne semble pas s'accorder à l'allure proprette de ses créations. Lors de mon escale à la station-service, je n'ai remarqué aucune ordure.

Quelqu'un qui fume des cigarettes comme celles-ci – de *vraies* cigarettes – ne devrait pas être trop dur à trouver.

Soudain, un rayonnement vert illumine le côté droit de mon champ de vision.

Déjà ?

– Oh merde, dit Baptiste.

Et puis il s'enfuit – l'occasion pour moi de voir à quel point il court vite. Deux secondes lui suffisent pour se volatiliser dans les bois. Chacun pour soi. Je ne lui en tiendrai pas rigueur.

Je me tourne vers la fée. J'aurais au moins espéré avoir affaire à l'administratrice. Mais non. Je n'ai pas cette chance.

C'est l'autre. Celle que j'ai baffée avec mon livre de maths. Celle qui, selon Shenn Zerka, est déterminée à avoir ma peau. Cheveux blancs. Regard féroce. Je crois me souvenir de son nom. Kala. C'est assez simple à retenir.

Et, évidemment, je n'ai plus mon manuel. Inutile d'imaginer me défendre de la manière habituelle.

Kala me regarde. Un grand sourire s'étire sur son visage. Une expression de triomphe absolu. Elle me pointe du doigt.

– Ha ha ! Je te tiens ! Tu peux plus me mentir, maintenant !

Comme d'habitude, rester calme. Pas besoin de rendre la situation plus explosive qu'elle ne l'est déjà.

– Comment ça ? je demande. Est-ce que tu pourrais préciser ton propos ?

– Me prends pas pour une débile ! rugit-elle. La cabine, là. Les toilettes ! Fais pas l'innocente ! Je sais très bien que c'est toi qui as mis ça là !

Misère. Dans quoi suis-je tombée, cette fois-ci ?

– Ce n'est qu'un malentendu, dis-je. Ton administratrice, Shenn Zerka, m'a demandé de retrouver le sorcier qui a fait ça. Et c'est un travail que je fais pour vous. Je suis ses traces, et je viens juste d'en trouver une. Voilà.

– Non. T'étais déjà là à la station-service. Et t'es ici aussi. Zerka a rien compris. Elle a pas compris que c'était *toi* ! Mais moi, tu ne m'auras pas. Je sais, tu sais que je sais, et je sais que tu sais que je sais.

Et voilà. Discuter avec une fée ordinaire. C'est-à-dire un être dont le cerveau ressemble à une pelote de scoubidous colorés. Tu m'étonnes qu'elles aient besoin de gens comme Zerka. C'est à se demander comment elles ont pu nous envahir.

– Bon. Je vais abréger. Je ne suis pas une sorcière. Tu as tort. Shenn Zerka a dit que la châtelaine du secteur me plaçait sous sa protection, ce qui veut dire que tu ne peux rien me faire. Alors, sur ce, excuse-moi pour le livre de maths de la dernière fois, et laisse-moi partir. D'accord ?

Et puis ça recommence. Elle me lance le même regard haineux que lors de notre dernière rencontre. Le regard que lancerait quelqu'un prêt à te poignarder cent fois dans l'estomac.

Elle lève un bras. Sortilège.

Cette fois-ci, je ne peux rien faire pour l'en empêcher. Même si j'avais eu mon manuel de maths, je ne suis pas assez proche d'elle. On dirait que mon sursis touche à sa fin. Ce n'était qu'une question de temps.

Mais c'est derrière moi que l'effet se produit. Je me retourne. Une ronce gigantesque vient de surgir du sol, enlace la cabine bleue à la manière d'un immense serpent. Elle se resserre, comprime le plastique, qui commence à craquer. Puis les murs cassent avec fracas, tombent en morceaux. D'autres ronces émergent du sol, s'écrasent sur ce qu'il reste des toilettes de chantier, s'acharnent dessus.

Kala effectue un autre geste – et tout prend feu : les ronces, et le reste. Un feu purement magique, blanc et vivace.

Dès que l'incendie sera terminé, je sais qu'il ne restera rien de la cabine. Je suppose qu'un sort similaire a été réservé à la station-service.

Je m'éloigne de quelques pas.

– Toi, tu ne bouges pas, me dit la fée, les dents serrées. J'en ai pas fini avec toi.

– Je t'ai dit tout ce que j'avais à te dire.

Mais elle s'avance vers moi. Je continue à reculer. Je sens alors quelque chose s'enrouler autour de ma cheville droite. Je trébuche, tombe à la renverse. Une autre ronce vient m'immobiliser la jambe gauche, une autre encore se charge de mon bras droit… Bientôt, ce sont tous mes membres qui sont maintenus au sol. J'essaie de me débattre, mais ça ne sert à rien.

La fée me surplombe désormais. Elle s'agenouille, penche la tête : son visage glacial n'est maintenant plus qu'à quelques centimètres du mien. Je peux sentir sa respiration. Son haleine a un parfum de sève de pin.

– Vas-y, dit-elle. Fais un de tes trucs. Défends-toi si tu peux. Je n'ai pas peur de toi. Tu veux pas faire pousser un gratte-ciel ? Tu veux pas faire pousser une maison ? Ou bien, tu veux pas essayer de me faire disparaître ? Essaie seulement.

– Tu délires complètement. Même pour une fée, tu délires.

– Dis-moi ce que t'as fait de Fanwë, *maintenant*. Rends-la-moi, et je te laisserai partir.

– Mais je sais même pas qui c'est, Fanwë ! Bordel !

– Menteuse !

Quelques postillons viennent s'écraser sur ma joue. J'aimerais être en mesure de les essuyer.

– Allez, vas-y ! Utilise ta magie bizarre. Utilise ta magie de *drauth*. Ramène-la !

« Drauth » ? De quoi elle parle ?

Mais sa colère a déjà commencé à dériver vers autre chose. Ses yeux se brouillent : une larme perle, puis une autre. Et bientôt elle sanglote, et ça dégouline en grosses gouttes salées sur mon visage.

Alors seulement je crois comprendre ce dont elle m'accuse.

– Je ne suis pas ce que tu penses, dis-je. Et quoi qu'il soit arrivé à la Fanwë dont tu parles, je ne peux pas faire ce que tu attends de moi. Je n'ai pas le moindre pouvoir magique.

– Tu mens… me dit-elle, mais ses mots s'étranglent dans sa gorge.

Alors que je me demande comment sortir de cette impasse, j'entends une voix derrière la fée :

– Kala !

Une voix que je reconnais.

Je pousse un soupir de soulagement. Enfin. Au moins, Shenn Zerka tient ses engagements.

Kala se mord la lèvre de ses dents pointues et se relève. Les ronces me tenant toujours prisonnière, je ne peux pas l'imiter. Je me contente de redresser la tête.

Les deux fées se font face, et se livrent à une discussion agitée. Elles parlent leur langue – syllabes saccadées, intonations chantantes. Je n'ai pas pris option féerique au collège, et donc je ne comprends rien à ce qu'elles racontent. Zerka serre les poings, prend une voix forte et autoritaire. Kala chouine, pleure franchement, me pointe du doigt en gueulant je ne sais quoi. Zerka ne se laisse pas démonter : elle ne lui répond qu'une fois. Une réponse que je devine sèche et catégorique. Tout de suite après, le silence.

Kala s'essuie les yeux, crache une insulte ou un juron et disparaît dans un éclair vert.

Ne reste plus que Zerka. Elle me regarde, avec ce même air fatigué sur le visage, puis s'approche.

Les ronces qui me retenaient rentrent dans le sol et je peux enfin me relever.

– Je suis désolée, dit-elle. Je ne m'attendais pas à te revoir aussi rapidement.

– C'est quoi son problème ? Elle m'en veut à mort. Elle croit que c'est moi, le sorcier. Si vous étiez arrivée plus tard…

– Elle ne t'a rien fait, et elle ne te fera rien. Je le lui ai interdit.

– Expliquez-lui, bordel. Dites-lui que j'y suis pour rien.

– C'est compliqué. Elle a ses idées et il n'est pas impossible qu'elle revienne… t'importuner. Mais considère-la comme inoffensive.

– Inoffensive ? Vous vous foutez de ma gueule. Et vous dites qu'en plus elle va recommencer à me faire chier ? Vous pouvez pas la garder enfermée, plutôt ?

– Non, répond-elle, d'un ton qui n'amène aucune contradiction.

Zerka tourne alors la tête vers le brasier. Les flammes blanches ont nettement baissé et paraissent sur le point de s'éteindre, mais elles ont tout consumé : les ronces géantes et la cabine bleue. Il ne reste rien, ni cendres ni plastique fondu. Juste une large zone de terre nue et noircie.

– Excuse-moi. J'aurais dû mieux te surveiller. Je regardais ailleurs. Qu'est-ce que tu avais trouvé ?

– Il y avait des toilettes de chantier. Une cabine. C'est tout.

– Ah. Bien. Tes recherches portent déjà leurs fruits, on dirait.

– Dites, juste : qui est Fanwë ?

Une fois de plus, ma question la laisse silencieuse. Mais maintenant je pense avoir deviné pourquoi.

– Elle est morte, c'est ça ?

Zerka reste muette.

– C'est pour ça que vous m'envoyez faire le sale boulot, c'est pas seulement parce que vous avez pas envie de le tuer, c'est surtout parce que… c'est surtout parce que vous avez pas envie de vous faire tuer, vous. Vous ne voulez risquer la vie d'aucune fée.

J'en conviens : c'est une idée assez folle. Les fées sont réputées immortelles et invulnérables. Mais le comportement, les propos de Kala ne laissent aucune place au doute. Cette Fanwë, elle l'a perdue.

– Elle a trop parlé, finit par soupirer Zerka.

Avant d'ajouter, d'un air excédé :

– En effet, Fanwë n'est plus de ce monde. C'était la compagne de Kala. Et oui, c'est bien cet homme qui l'a tuée. Tu as tout juste. Sauf sur un point.

– Lequel ?

– Si je pouvais tuer cet homme moi-même, quels que soient les risques, même si ma vie était en jeu, je l'aurais fait. Mais je suis une fée, et *nous ne pouvons tout simplement pas nous le permettre*. Le simple fait de te demander de tuer quelqu'un a un prix. Mais tu comprends pourquoi il doit mourir. Nous sommes impuissantes face à lui et je n'ai pas d'autre solution que de déléguer cette tâche. Maintenant, essaie de deviner pourquoi je ne voulais pas que tu aies cette information.

– Parce que si ça venait à se savoir que quelqu'un tue les fées, alors…

– Nous paraîtrions faibles, et ça, la reine ne peut pas l'accepter. C'est une question d'honneur. Personne ne doit seulement *rêver* pouvoir nous ôter la vie. Et tu comprendras donc qu'il est de la plus haute importance que tu ne touches mot à personne, *personne*, de ce sujet. Si ta langue fourche, alors je révoque ton contrat, et tu subiras le châtiment que tu aurais dû recevoir, en dix fois pire.

Tout ça pour une simple question d'orgueil ? Et moi qui croyais que les fées n'accordaient pas d'attention particulière à leur image…

– Mais… s'il est capable de vous tuer, alors… comment ça se fait qu'il l'ait pas crié sur tous les toits ? À sa place, c'est ce que je ferais.

– Je ne sais pas. Il faut croire qu'il ne cherche pas la célébrité. Peut-être a-t-il peur de nous. C'est l'explication la plus logique. Dans tous les cas, ça nous arrange. Si ça se savait, il trouverait certainement des gens pour le protéger, beaucoup de gens pour se rallier à lui, et alors ce serait plus difficile pour toi de remplir ta mission. S'il est isolé, il est sans doute plus difficile à trouver, mais plus facile à atteindre. Tâche d'en profiter. Et de te dépêcher.

Me dépêcher. Soit. Facile à dire. Mais il est vrai qu'un homme capable de tuer une fée pourrait facilement être considéré comme un genre de messie par certains. Cela dit, encore faudrait-il qu'ils le croient : il s'agit d'un exploit plutôt difficile à avaler.

– N'en parle à personne, insiste-t-elle. Pas même à tes amies. Je les ai aussi surveillées et elles ont déjà deviné que tu devais tuer quelqu'un.

Ça me surprend à peine. Maylis, qui a dû cogiter, a sûrement communiqué ses conclusions à Léa. *Elle ne pouvait pas tout simplement se taire ?*

– Je ne te blâme pas, continue Zerka. Elles savent que je t'ai parlé, elles avaient matière à faire des conjectures, et la licorne est plus perspicace que je ne l'aurais cru. Rassure-toi : je ne compte rien leur faire, tant que tu t'assures de leur silence. Si elles apprennent qu'une fée est morte, en revanche…

– Elles n'en sauront rien.

– Bien. Sur ce, nous n'avons plus rien à nous dire. Fais tout ce que tu estimes nécessaire pour parvenir à tes fins, ça ne change pas.

Et elle repart – toujours de manière aussi lumineuse. Moi, je reste là. Les flammes ont disparu. Il règne désormais un silence surnaturel. Comme si la présence des fées, à elle seule, avait chassé les oiseaux, avait gelé le bruissement des feuillages. Mais après quelques secondes, les sons reviennent peu à peu : quelqu'un monte lentement le curseur, le volume retourne à son niveau initial.

Je me répète : un homme capable de tuer les fées. Tu m'étonnes qu'elles veulent le voir mort. Peut-être devrais-je m'émerveiller, me dire : quelqu'un est capable de lutter, quelqu'un est capable de leur rendre la monnaie de leur pièce. Si j'étais droite, si j'étais une humaine digne de ce nom, je renoncerais à l'instant à ma mission, et je me tiendrais prête à accepter mon châtiment.

La bonne blague. Comme si j'allais me sacrifier pour ce mec. Je suis loin d'être une idéaliste, Zerka sait très bien qui elle a choisi. Et puis, tuer cet homme ou non, ça ne changera rien. Comme s'il pouvait faire la révolution à lui tout seul. En accomplissant ma mission, je ne ferai qu'avorter un certain nombre d'espoirs superflus. Et je rendrai ainsi service à tout le monde. Je suis désolée pour ma future victime, mais c'est ma pomme avant la sienne. De toute manière, si ce n'est pas moi qui m'en charge, alors ce sera quelqu'un d'autre.

En partant, je repense à Zerka. J'ai oublié de lui demander ce que signifie le mot « *drauth* ». J'aurais aimé le savoir. Histoire d'être sûre que, quelle que soit la chose qui se cache sous ce nom, ça ne finira pas par me retomber sur le coin de la gueule. Avec la chance que j'ai, ce n'est pas impossible.

5. sur la route

Je retourne à la planque des Emplumés. Je vais leur dire au revoir et rentrer à Sainte-Ursule. Comme Zerka me l'a suggéré, il faut que je mette deux ou trois choses au point avec mes associées. Surtout, j'ai une licorne à baffer.

Sur le chemin, une idée commence à éclore, une idée qui impliquerait définitivement Maylis, mais vu qu'elle est déjà au courant…

– Sarah !

Ah. Tiens. La voix de Léa. Pour une surprise…

J'entends les branchages craquer. Elle atterrit en catastrophe devant moi, soulevant un nuage de feuilles mortes.

Je croise les bras :

– Qu'est-ce que tu fais là ? je lui demande.

– Le… le chef des Emplumés, il m'a dit que les fées… Il m'a dit qu'une fée était venue te…

– Tout s'est bien passé. Un petit accrochage, rien de plus. Par contre, je t'avais dit de rester à Sainte-Ursule. Qu'est-ce que tu fais là ?

Elle lève la tête vers moi :

– Maylis pense que les fées t'ont engagée pour tuer ce sorcier, me dit-elle tout de go. C'est vrai ?

Eh bien. Ça n'a pas traîné.

Elle poursuit :

– Elle pense que la seule chose que tu peux faire, et pas elles, c'est tuer quelqu'un. Et que c'est pour ça qu'elles font appel à toi, et que c'est aussi pour ça que t'avais aussi peur de nous le dire. Est-ce que c'est ça ? Dis…

Il n'y a plus rien à faire. Zerka m'avait prévenue. J'aurais aimé ne pas lui avouer, surtout à elle. Je maudis Maylis une fois de plus.

– C'est un secret, lui dis-je. Oui, je dois assassiner ce mec. Mais je te l'ai dit, c'est un meurtrier.

Au moins en ai-je la preuve, maintenant. Même si sa victime est une fée.

– Est-ce que t'es… vraiment obligée de faire ça ? me demande-t-elle.

– Ne me pose pas de questions idiotes, s'il te plaît. C'est lui ou moi. Et il y a des punitions féeriques qui sont pires que la mort.

– Pourquoi elles veulent que tu le tues ?

Je mens :

– Je ne sais pas.

Alors Léa baisse tristement ses yeux jaunes.

– Je n'aime pas ça, dit-elle. Elles auraient pas dû te demander ça. Ça ne te ressemble pas.

Léa m'a déjà vue me défendre, mais jamais tuer. C'est triste à dire mais, d'une certaine manière, les fées me connaissent mieux qu'elle.

– Tu comprends pourquoi je voulais faire ça seule ? T'es pas obligée de m'accompagner. En fait, il vaudrait peut-être mieux que…

Je n'ai pas le temps de finir qu'elle me foudroie du regard, comme si je venais de l'insulter.

– Même si tu sembles l'avoir oublié, je suis ta garde du corps. J'ai peur pour toi. Tu peux pas me demander de te laisser comme ça. D'ailleurs, ça fait même pas deux heures que t'es partie, et t'as déjà des problèmes. Attends, regarde.

Elle ouvre son sac banane, en extrait un livre qu'elle brandit à deux mains : *Éléments de syntaxe du français. Méthode d'analyse en grammaire générative*. Il ne s'agit pas de mathématiques, mais avec un titre pareil, l'efficacité offensive doit être à peu près similaire.

– Contre cette fée, dit Léa, j'aurais pu t'aider. J'étais prête à utiliser ça, tu sais.

– C'est sans doute une bonne chose que tu ne l'aies pas fait. Mais c'est gentil d'avoir pensé à moi. Bon… Si tu veux rester avec moi, je vais pas te virer non plus. Seulement, tu es prévenue : la mission n'est franchement pas chouette, et il y aura un mort à la clé. Il faudra que tu me suives pendant ce temps. Est-ce que tu as vraiment envie de t'embarquer là-dedans ?

Elle a beau être jeune, chacun doit assumer les conséquences de ses décisions. Elle doit savoir dans quoi elle se lance et si elle est prête à l'assumer.

– Tu n'as pas le choix, dit-elle. C'est pas ta faute. C'est celle des fées. Je t'abandonnerai pas à cause de ça.

Je ne sais pas ce qu'elle s'invente mais elle surestime totalement mon sens moral. Je n'ai pas spécialement envie de tuer ce type, mais puisqu'il faut le faire, je le ferai, quand bien même aurait-il été innocent. Si j'en ai honte, c'est seulement à cause du regard de Léa.

Elle vient avec moi, donc. Et, en toute logique, Maylis sera également de la partie. J'ai des projets spéciaux pour cette dernière : s'il s'avère que le sorcier sent la clope, je ne cracherai pas sur l'aide d'un odorat surdéveloppé. Elle me doit bien ça. Mais avant cela, il nous faut passer par le village des Emplumés, et essayer de récupérer le mégot que Baptiste a embarqué dans sa fuite. Il s'agit, après tout, d'un indice capital.

Mon retour laisse les Emplumés perclus de surprise. Chacun y était allé de ses pronostics. Qu'est-ce que les fées allaient bien m'infliger ? Je suspecte certains d'entre eux d'être déçus.

– Comment ça se fait ? me demande Baptiste. T'es immunisée à la magie, ou quoi ?

– Nan. La fée a changé d'avis. Elle a dit que j'étais bien comme j'étais. J'ai eu du bol.

– Bah ça. Tu dois avoir un bon karma.

Je pourrais lui assurer que ce n'est pas le cas, mais je me contente d'acquiescer. J'aimerais parler de choses plus sérieuses.

– Le mégot que t'as pris. J'aimerais bien le récupérer, si possible. Où il est ?

– Attends… Tu comptais le garder ? C'était… c'était important ?

– Oui. Plutôt. Pourquoi ? Qu'est-ce que t'en as fait ?

– Ben on l'a allumé, et on l'a fumé. On se l'est fait passer. Au bout d'un moment, il est devenu tout petit. JP l'a avalé par accident.

Il pointe une griffe vers le dénommé JP, plumage jaune canari, qui nous regarde en biais, l'air coupable. Je préfère ne faire aucun commentaire. Ils me désolent tellement que je ne leur en veux même pas. Il est temps de m'en aller. Si je reste ici plus longtemps, je vais finir par m'encastrer la tête dans un tronc d'arbre.

Sur le chemin de Sainte-Ursule, Léa me dit :

– Je les aime bien, moi. Ils sont gentils.

– Ouais. Ils sont peut-être gentils mais ils vont pas durer longtemps. Je le sens mal, cette histoire avec Sainte-Ursule, il va y avoir des morts.

– Mais… mais t'as bien été faire de la médiation, non ?

– Oui, mais je sais pas si ça va marcher. Je préfère pas me faire d'illusions.

Je retrouve Maylis à l'extérieur du garage du maire. Elle est assise sur l'arrière-train, ayant depuis longtemps senti mon arrivée.

– Ah ben tiens, me dit-elle, l'air moqueuse. Déjà de retour ? J'imagine que tu as déjà *retrouvé* le mec que tu cherchais. Qui aurait cru que ta visite à Dinotopia serait aussi fructueuse ?

Je m'approche, lui attrape la corne, abaisse doucement sa tête à mon niveau.

– Tu aurais dû te taire. La prochaine fois que tu essaies de deviner des trucs, fais-le en silence. Y avait pas besoin d'en faire profiter Léa.

Elle se relève sur ses quatre pattes, se dégage, secouant sa crinière.

– Oh, eh. J'ai rien fait d'autre que réfléchir à voix haute, et toi tu m'engueules.

Son mufle chevalin se fend alors d'un simili-sourire :

– En tout cas, tu viens de me prouver que j'ai vu juste. J'en étais même pas complètement sûre. Faut croire que je suis vraiment intelligente.

– Si t'étais *vraiment intelligente*, t'aurais fermé ta gueule.

– On va… on va éviter de se disputer, non ? intervient Léa. Tout va bien. C'est pas grave si on est au courant.

– Les fées auraient pu vous…

– Mais elles ne l'ont pas fait, dit Maylis. Alors arrête un peu. Pète un coup, respire. Si tu veux des excuses, je suis même prête à t'en faire. Mais, honnêtement, personne est mort. Enfin… pour l'instant.

Et, accompagnant ces derniers mots, elle m'adresse un clin d'œil.

– Maylis, dit Léa, rembrunie. On rigole pas avec ça. C'est pas drôle.

– Roh. Vous êtes lourdes toutes les deux… Bon, Sarah, je m'excuse de pas avoir tenu ma langue. Voilà. Ça te va comme ça ?

Si je disposais d'un détecteur de sincérité, l'aiguille ne pointerait pas bien haut. Mais je ne suis pas venue la voir pour l'accabler de reproches, j'attends autre chose de sa part.

– Ça me va. Passons. J'ai eu des renseignements, au repaire des Emplumés. Et je vais avoir besoin de toi…

Tout en m'assurant que personne ne nous écoute, je lui raconte tout. La cabine. Le mégot de cigarette. Ma rencontre avec les fées. Et, pour finir, la façon dont les Emplumés ont annihilé mon seul indice.

– Roh là là, quelle bande de cons, dit-elle.

– Je peux pas te faire sentir le mégot, mais j'imagine que si on te demande de reconnaître une odeur de clope industrielle, t'y arriverais, non ?

– Hmm… ça fait longtemps que j'ai pas senti ce type d'odeur mais… J'étais un peu fumeuse, à l'époque. Alors, je pense en être capable. Seulement…

– Seulement quoi ?

– Seulement, poursuit-elle en prenant un ton affecté, tu me demandes de m'embarquer dans ton histoire d'assassinat. J'aurais des raisons de refuser. Il y a une différence entre traîner une bibliothèque et *se rendre complice d'un meurtre*.

Elle ne dupe personne. La Maylis que je connais ne s'embarrasserait pas de ce genre de scrupules. Elle ne fait que saisir une occasion de marchander, d'obtenir quelque chose de moi.

– Bon, arrête avec les conneries, et dis-moi directement ce que tu veux. Je pense pas avoir grand-chose à t'offrir, par contre.

Maylis me sourit d'un de ces sourires carnassiers qui, s'ils contreviennent à son apparence équine, s'accordent on ne peut mieux à son caractère profond.

– Ce que je ne peux pas réclamer en biens, dit-elle, je le réclame en services. Alors écoute-moi bien. Je veux être entretenue correctement. Je veux un brossage complet au savon, avec épouillage minutieux, un récurage des sabots, un polissage en règle de la corne, et puis des tresses comme tu sais si bien les faire. Et ce, une fois par jour, durant le temps que je passerai à t'aider. Ce qui s'ajoute aux termes de notre contrat habituel, bien entendu, qui sont de me donner à manger une nourriture à peu près décente.

– On se sent d'humeur princière, à ce que je vois.

– Je. N'ai. Pas. De. Mains. Sinon, comme je me plais à te le rappeler, je le ferais moi-même. Tu sais combien de temps je passais sous la douche, avant l'Invasion ? J'avais tout un tas de savons parfumés, j'avais des shampoings de luxe, je me faisais des masques à l'argile, j'allais chez l'esthéticienne une fois par mois et chez la coiffeuse une fois par semaine, et Sephora était ma deuxième maison. J'aime prendre soin de moi et, compte tenu de mes standards, je ne te demande *vraiment* pas grand-chose...

Ce n'est pas la première fois que je l'entends râler à ce sujet. D'habitude, il faut dire que je me contente de deux trois coups de brosse – faire tomber la boue, retirer les tiques, le minimum syndical. Les tresses, ça ne s'est fait qu'une fois, je ne me souviens même plus pourquoi. Apparemment, elle a apprécié.

Je soupire :

– Si ce n'est que ça, c'est bon. Marché conclu. Je ferai tout mon possible pour que tu te sentes fraîche et pimpante. Mais ces conneries s'arrêteront dès que j'aurais mis la main sur ce sorcier.

Mais les yeux de Maylis flamboient d'une malice satanique. Quels que soient les termes que j'ai imposés, elle vient d'acquérir de nouveaux privilèges – et je peux déjà deviner qu'elle n'acceptera pas de les lâcher aussi simplement.

– C’est tout bon, alors. Tu comptes me réatteler à la bibliothèque ou bien ?

– Nan. On avancera plus vite sans, et on devra couvrir pas mal de terrain. Je vais la laisser en stand-by chez le maire, il est sympa, il acceptera. Tu porteras rien que la bouffe, les couvertures et le matos de cuisine. Et Léa vient aussi, puisqu’elle l’a demandé.

– Je me sentirais plus en sécurité avec elle, assure Maylis, tandis que Léa arbore un sourire ravi, tout en dents tranchantes. C’est quoi, la suite du programme, donc ? À part ce mégot, est-ce que les Emplumés t’ont mis sur une piste ?

– Non.

– Comme quoi ils servent vraiment à rien. Qu’est-ce que tu comptes faire ?

– Je sais pas. Chercher là où je peux.

– Je me demande vraiment pourquoi c’est à toi que les fées ont fait appel.

6. le troubadour

Quand on voyage, il n'est pas rare qu'on tombe sur des saloperies. Les fourmis géantes en font partie.

Ce sont des fourmis qui ressemblent à des fourmis, avec les six pattes, les antennes et le reste. La grande différence, c'est que celles-ci ont à peu près la taille d'un chien, ce qui, évidemment, change tout. On disait, à l'époque, qu'un insecte ne pouvait exister qu'à condition d'être de dimensions minuscules. Trop gros, il était supposé s'effondrer sur lui-même. Mais les fées ne se soucient pas des lois de la physique. Ce qui explique pourquoi nous nous retrouvons à affronter de telles horreurs.

Une paire de mandibules claque dans le vide : j'ai retiré ma jambe à temps. J'abats ma machette – la lame s'enfonce dans le crâne de la fourmi. J'ai à peine le temps de la retirer que trois autres se précipitent vers moi.

Je sais très bien ce qui m'attend si je me laisse déborder. Elles me découperont et me ramèneront membre par membre à leur fourmilière où j'irai nourrir les larves.

J'ai connaissance d'une liste assez étendue de destins peu enviables, et celui-ci est en bonne place dans le classement.

Tandis que je m'épuise en moulinets tranchants, Maylis lutte à sa façon – elle écrase des têtes chitineuses, des fourmis s'envolent sous ses ruades ou ses coups de corne.

– Mais vous allez dégager, bordel ! C'est un cauchemaaaar !

Elle n'a jamais ressenti d'affection particulière pour tout ce qui rampe et qui grouille.

Il y en a toujours plus qui sortent du bois. On a rarement vu ça. La fourmilière doit être toute proche. Je connais ce coin, pourtant : il n'y avait pas ce problème la dernière fois. Entretemps, une nouvelle reine a dû s'installer.

Je décapite, je coupe des pattes, des thorax, des antennes, mais rien à faire, ce sont toujours plus de mandibules qui claquent, qui s'avancent vers nous et qui nous encerclent.

Enfin, un torrent de feu salutaire surgit du ciel et vient frire toute une rangée de ces bestioles. Les fourmis s'écartent et se dispersent dans un concert de cliquetis. Léa est finalement intervenue : pendant que nous luttions, elle était occupée à prendre de la hauteur.

Je m'éponge le front de la manche. Léa amorce son atterrissage, descendant vers nous en cercles concentriques. Puis enfin elle pose ses pattes sur le sol et replie ses ailes.

– Désolée si j'ai pas craché plus tôt, dit-elle. J'essayais de pas vous brûler.

– Entraîne-toi à viser plus rapidement, par pitié, dit Maylis d'une voix blanche, tremblant de partout.

– C'est pas facile, je peux pas faire du sur-place quand je vole… Au fait ! Quand j'étais là-haut j'ai vu qu'il y avait quelqu'un dans l'arbre, juste à côté.

Elle nous indique un arbre au tronc violacé, à l'écorce parsemée de champignons orange. Je lève les yeux : les feuillages s'agitent. Deux pieds en surgissent et un corps finit par tomber sur le sol.

C'est un garçon asiatique, seize, dix-sept ans, qui me sourit un peu bêtement. Un élément attire tout de suite mon attention : l'étui à guitare qu'il porte dans le dos.

– Merci, merci beaucoup, dit-il. Vous êtes arrivées à temps… Un peu plus et je me faisais bouffer.

– C'était pas intentionnel, prend la peine de préciser Maylis.

Je continue à examiner le garçon à la guitare : pas de renflement notable dans ses poches, pas d'armes à la ceinture…

– C'est quoi que t'as dans ton étui à guitare ? je lui demande, sans plus de manières.

– Une guitare, répond-il, quelque peu déconcerté. Ce qui est logique.

– Tu te balades désarmé, donc, ou tu te sers de ta guitare pour taper les monstres ?

– Hein… ? Ben non, elle sert pas à ça, dit-il d'un air choqué.

Il s'agenouille, pose son étui devant lui, l'ouvre, et en effet, c'est une magnifique guitare qui s'offre à nos regards, possédant toutes ses cordes, et dont le bois verni n'est strié que de quelques rares rayures.

– Je m'appelle Guilhem. Je suis troubadour. Je vais de village en village et je fais profiter les gens de mon répertoire en échange du gîte et du couvert. Voilà.

– Ah ! mais c'est presque notre métier en fait ! dit Léa.

– Comment ça ? demande le troubadour.

– On est bibliothécaires, j'explique. Léa trouve que c'est presque pareil.

La mine souriante du troubadour ne suffit pas à masquer sa perplexité :

– Ah… ah bon. Vous avez pas l'air de…

– On est en pause professionnelle.

Dans d'autres circonstances, je lui aurais déjà dit au revoir, mais avec Léa et Maylis nous nous sommes fixé comme objectif d'interroger le plus de personnes possible.

– Dis, j'ai quelques questions à te poser. Vu qu'on t'a sauvé la vie, tout ça, tout ça, tu peux nous accorder un peu de ton temps ? Puis t'as pas l'air spécialement pressé.

– Non, bien sûr. À l'origine, j'avais même prévu de vous faire un petit concert privé en guise de remerciement.

– On verra ça après. D'abord, toi qui voyages, tu viens de quelle direction ? Est-ce que t'es passé par Villeneuve-le-Duc ?

C'est là que nous nous rendons. Nous comptons y interroger les gens. S'il en vient, il pourra peut-être nous donner des renseignements en avant-première.

– Ouais, j'y ai passé la nuit. Je suis reparti assez tôt ce matin.

– Bien. Tu vois, on mène une enquête. En fait, on cherche quelqu'un qui voyage dans les parages. Un mec avec une barbe, et qui doit mesurer un mètre soixante-dix… Je sais, c'est vague. Mais il est fort possible qu'il sente le tabac. Ça te dit rien ? Tu l'aurais pas vu là-bas ? Tu l'auras pas vu sur la route non plus ?

Son visage se fronce quelque peu. Son regard, pensif, se décale vers la gauche.

– Non, dit-il finalement. Ça me dit rien. Rien de particulier.

– Et des histoires de bâtiments style pré-Invasion, qui apparaissent subitement au milieu de nulle part, ça te dit rien non plus ?

– Hein ? Non. Non plus. Jamais entendu parler.

Ça valait le coup d'essayer. Tant pis.

Il reprend aussitôt son affabilité initiale.

– Je vous joue quelque chose à la guitare ? J'ai un répertoire très large et j'ai tout retenu par cœur, du vieux et du moins vieux. J'ai, au total, cent soixante et onze chansons. Je peux vous faire Georges Brassens, PNL, Michel Delpech, Renaud, Aya Nakamura, Joe Dassin… Par contre, me demandez pas Balavoine, c'est vraiment trop chaud niveau maîtrise vocale.

– Oh, oh ! s'exclame Léa. Est-ce que tu peux faire… euh… « La Poupée qui fait non » ?

– Celle-là ? Bien sûr que oui. L'orchestration originale est à la guitare, donc c'est facile et plutôt adapté. Laisse-moi juste le temps de l'accorder…

– C'était ma chanson préférée quand j'étais petite. Ma mère aimait bien la chanter.

Ses intonations se font déjà mélancoliques. Je ne sais pas si elle fait bien de demander cette chanson. À coup sûr, elle va pleurer avant la fin. Sa voix s'éraille dès qu'elle parle trop longtemps de sa mère. Tout ce qui se rapporte à elle la rend émotive.

Mais si c'est ce qu'elle veut…

Alors que Guilhem commence à pincer les cordes de sa guitare, Maylis penche la tête à mon oreille et me glisse :

– Sarah, j'aimerais te parler en privé. Tout de suite.

– Oh… d'accord.

Je m'adresse au troubadour :

– On va s'éloigner un peu. On doit parler de trucs gênants.

– Pas de souci, dit-il en continuant à accorder son instrument.

Léa, assise devant lui, le regarde faire avec attention, bien que la chanson n'ait pas encore commencé. Maylis m'emmène une quinzaine de mètres plus loin.

– Il ment, dit-elle.

– Comment ça ?

– Il ment par rapport au mec. Il sait quelque chose. J'ai fait attention à son cœur. Son rythme cardiaque a augmenté…

L'ouïe surnaturelle de Maylis est quelque chose que, bizarrement, j'ai tendance à oublier. Ça m'impressionne toujours autant.

– T'es sûre de toi ?

– Évidemment que je suis sûre, pour qui tu me prends ? Il te cache un truc.

Derrière nous, le troubadour commence à chanter : « *C'est une poupée/ Qui fait non, non, non, non…* » Je fais l'effort de ne pas le regarder. Je dis à Maylis :

– Merde. Maintenant, il faut que je fasse quelque chose, du coup.

Les lieutenants de mon père auraient trouvé une solution comme lui attacher la main à une souche d'arbre et lui couper les doigts un à un jusqu'à ce qu'il avoue. Même s'il s'agit d'une méthode à l'efficacité prouvée, j'aimerais éviter d'y recourir.

– Tu penses le tabasser ? me demande Maylis.

– Oui. Oui mais non. Il sait qu'on est bibliothécaires. Ça pourrait nuire à notre réputation. Et puis il y a Léa, elle pourrait mal le prendre. Il faut qu'on trouve autre chose. Il faut que j'y réfléchisse. On va éviter de le confronter directement… Tu sais quoi ? Je vais lui proposer de l'escorter. Toi, tu taperas la discute avec Léa, pendant que je l'isolerai un peu plus loin et que je tenterai une approche en douceur. Avec un peu de chance, tout se passera bien.

– Si j'étais à ta place, j'emploierais directement les grands moyens. Mais fais comme tu veux.

Nous retournons assister au concert. J'observe longuement la guitare du troubadour. Comment réagirait-il si je commençais à en arracher les cordes ? Je me reprends. Mon esprit prend souvent des détours tortueux. Pas de violence, d'aucune sorte : mon défi du jour. J'espère y arriver.

Il finit sa chanson. Léa applaudit. Je l'imite. Elle a l'œil humide, mais je m'étais attendue à pire.

– Tu chantes bien, dit-elle, tu chantes super bien !

– Ah. Pas tant que ça. Je n'ai pas une très grande tessiture : vous avez peut-être remarqué que ma voix s'effiloche un peu dans les aigus. Ma plus grande force, c'est ma mémoire.

– T'as vraiment du talent, dis-je. Il faudrait plus de gens comme toi. Et c'est pourquoi il est… regrettable que tu voyages sans armes. Si tu meurs, c'est toutes les chansons que tu sais jouer qui seront perdues avec toi.

– Qu'est-ce que vous voulez, je m'en suis sorti jusqu'ici, je…

– Dis, tu comptes aller où ?

– Vers le sud. Au prochain village que je croiserai.

– Il y en a un, au sud-est d'ici, à une heure de marche, à peu près. On en vient. Si tu veux, on peut te servir d'escorte. On a une garde du corps très efficace.

J'effectue un mouvement de tête vers Léa. Elle prend un air embarrassé.

– Mais, dit le troubadour, vous aviez pas des recherches à faire ?

– C'est bon. On n'est pas aussi pressées qu'on en a l'air. Et puis on peut pas te laisser comme ça. Qu'est-ce que tu en penses, Léa ?

– C'est vrai que… C'est vrai qu'une guitare c'est pas suffisant pour se défendre contre les dangers de la forêt.

– En plus, tu pourrais te perdre, dis-je.

– Franchement, je sais pas quoi vous dire, je suis même un peu gêné, je saurais même pas comment vous remercier…

– J'insiste. Comme paiement, t'auras qu'à nous faire un ou deux autres spectacles privés.

– Bon alors… D'accord. Merci encore.

– Y a pas de quoi.

Nous nous mettons en route.

Ses sourires semblent néanmoins un peu forcés. Sa gêne, me semble-t-il, dépasse le fait de se sentir redevable. Se doute-t-il de quelque chose ? Peut-être.

Comme nous l'avons planifié, Maylis lance une discussion avec Léa. Elle la laisse même monter sur son dos. Je crois qu'elles parlent de Polnareff. Maylis marche lentement. Elle nous laisse prendre un peu d'avance, au troubadour et moi.

Je lui demande d'où il vient. Depuis quand il parcourt les chemins. Il me répond que ça ne fait que deux semaines qu'il s'est mis à voyager. Auparavant, il se trouvait du côté de Bordeaux, ou de ce qu'il en reste. En chemin, il est passé par le royaume du Roi-Dragon (mon père, donc). Par la suite, il est resté trois jours à Albi, le siège des Blousons écarlates, et a hésité à y rester, avant de réaliser qu'il était tombé amoureux de cette vie de musicien vagabond.

– Ce que j'ai du mal à comprendre, dis-je, c'est comment t'as fait pour rester vivant jusque-là. Tout seul, sans armes…

– Ah. Il m'est arrivé plusieurs fois de voyager avec escorte… Enfin, avec d'autres gens, comme je le fais avec vous. Il y a aussi d'autres fois où j'ai marché seul, et où il s'est rien passé… Mais c'est vrai qu'aujourd'hui, j'ai eu pas mal de problèmes.

– Autre chose que les fourmis géantes ?

La gêne reparaît alors, inexplicablement :

– Euh… oui. Une bête qui m'a coursé ce matin. Mais j'ai réussi à la semer. Elle devait pas avoir si faim que ça. Enfin… C'est vrai que dès demain, je m'assure d'avoir toujours quelqu'un avec moi. Comme ça, j'arrêterai de prendre des risques inutiles…

Il se racle la gorge, enchaîne :

– À propos de toi, maintenant… Tu tiens une bibliothèque, c'est ça ?

– Oui. Une bibliothèque itinérante. Le vieux principe des bibliobus, qu'on remet en application. D'habitude, on a notre chariot, nos bouquins, tout ça. Mais là, on a dû s'arrêter temporairement.

– Pour vos recherches ?

– Pour nos recherches.

– Et… qu'est-ce que vous lui voulez à ce sorcier ? Vous le connaissez ? Ou bien…

– J'ai jamais dit que c'était un sorcier.

Il pâlit.

– Ah… mais si, tu m'as parlé de « bâtiments de style pré-Invasion » qu'il faisait apparaître…

– Je n'ai pas dit qu'il en était la cause.

– Ah ben… Ah ben on dirait que j'ai déduit ça tout seul, alors.

Depuis notre départ de Sainte-Ursule, je me suis fixé de ne jamais présenter ma cible comme étant le sorcier, et d'introduire le sujet des apparitions urbaines comme s'il s'agissait d'une information séparée. Des bâtiments qui poussent dans la nature, ça va, c'est juste bizarre. Mais si je parle aux gens d'un sorcier qui fait ce genre de trucs, ça risque de faire du bruit. Je n'ai pas besoin de trop en dire. Si ceux que j'interroge ne réagissent pas à mes questions, c'est qu'ils ne savent rien, et je peux passer à autre chose.

Ce que les gens savent des sorciers les empêche, généralement, d'arriver à des conclusions pertinentes. Il est difficile de concevoir qu'un humain puisse posséder de tels pouvoirs magiques. Avant confirmation par les fées, j'avais moi-même rejeté cette hypothèse. Notre troubadour, lui, a été particulièrement rapide à faire le lien. À qualifier directement, sans que je le fasse, cet homme de « sorcier ».

Mais ce n'est pas tant ce petit dérapage qui l'accuse que son embarras soudain. Sans surprise, Maylis avait raison à son sujet.

– Tu viens de te trahir tout seul, dis-je. Mais c'est pas grave. Ma pote licorne t'avait déjà grillé. T'avais aucune chance.

– Je ne vois pas ce que tu…

– Oh, arrête. C'est fini. Ça sert plus à rien de jouer la comédie.

Son allure ralentit. Il va peut-être essayer de nous faire faux bond. Je réduis l'écart, me colle contre lui, lui attrape discrètement la manche.

– N'essaie pas de t'en aller. C'est une mauvaise idée. Pour peu que tu acceptes de collaborer, il t'arrivera rien. On est sympas. On est *toutes* super sympas. Même moi. Et puis, j'ai pas envie de te brusquer devant Léa. Elle a aimé ce que t'a fait à la guitare, ça la rendrait triste. Ce serait mieux si tu pouvais tout raconter sans faire d'histoire. Je sais que tu préférerais ça, aussi.

Le troubadour n'a plus rien de joyeux, désormais. Sa bouche n'est guère plus qu'un pli raide. Il garde les yeux rivés vers le sol, évite mon regard. Je lui fais peur. Maylis et Léa, de leur côté, sont toujours en train de jacasser comme si de rien n'était.

– Qu'est-ce que tu as à cacher, et surtout, pourquoi tu nous le caches ? C'est la question que je me pose. Je ne te lâcherai pas tant que t'y auras pas répondu. On y arrivera. D'une façon ou d'une autre. Maintenant, t'es prévenu.

– Cet homme… dit-il d'une voix asséchée.

– Quoi ?

– Qu'est-ce que vous comptez lui faire ?

– Rien de méchant. Seulement le retrouver. Le reste, ce ne sont pas tes affaires.

Sa mâchoire reste serrée. Ses paroles sortent à contrecœur :

– Ce matin, quand je me faisais poursuivre par cette bête, c'est cet homme qui m'a sauvé la vie.

Tiens. Ton histoire m'intéresse.

– Beaucoup de gens te sauvent, on dirait. Développe, s'il te plaît.

Il semble encore hésiter. Mais, avant que je sois obligée d'insister, il reprend :

– Je ne sais vraiment rien de lui. Je n'ai fait que le croiser, il m'a sauvé, je veux pas…

– Tu n'as pas le choix. Répète-toi ça, ça allégera ta conscience. Commence par le début. J'aime les récits construits. C'était où ? Situe l'action.

– Je sais pas exactement. C'était en forêt. J'avais dépassé Villeneuve-le-Duc d'une heure ou deux de marche.

– Bon. Je note. Il t'a sauvé d'une bête, tu dis…

– Oui. Je sais pas ce que c'était. Ça avait quatre pattes, beaucoup de poils… et ça me poursuivait. Je courais du mieux que je pouvais, mais le machin était plus rapide que moi… J'ai couru longtemps dans la forêt, j'étais à bout de souffle, et… et je… et je suis tombé sur cet endroit.

– Quel endroit ?

– C'était un bureau. Un bureau sans murs. Il y avait du… du sol, du sol en plastique, là… non, du lino, du *linoléum*, c'est ça. Et puis, dessus, il y avait des tables, des chaises… Même des ordinateurs. Et…

– Et quoi ? je demande, essayant de relancer son élan narratif.

– Et il y avait cet homme… assis sur une chaise à roulettes. Il était installé à une table, là, comme ça. Et il… il fumait une cigarette.

– Il portait une barbe ?

Il acquiesce. Je lui demande alors :

– Il était habillé comment ?

Je ne sais pas si cette question est importante. Quelqu'un qui peut créer à volonté des chaises, des tables, des toilettes de chantier et des stations-services, quelqu'un comme ça pourrait très bien faire apparaître ses propres fringues – et donc en changer régulièrement, un luxe que peu d'entre nous sommes capables de nous payer aujourd'hui. Le troubadour me répond pourtant :

– J'ai… j'ai tout de suite vu qu'il y avait quelque chose de pas net avec ses vêtements. Ou plutôt, bizarrement, quelque chose de *trop* net. Il avait une chemise bleu ciel, une veste grise, un pantalon gris et des chaussures en cuir. Je crois même qu'il avait une ceinture. Il était propre. Tout était propre et bien coupé. Pas déchiré, ni rien. On aurait dit qu'il avait découvert un vieux stock de vêtements d'avant l'Invasion. J'ai cru à une hallucination. Mais j'ai quand même crié à l'aide, même si je ne pensais pas qu'il pourrait m'aider.

– Mais il t'a aidé, non ? Comment est-ce qu'il a fait ?

Avec ce genre de pouvoir, je pourrais l'imaginer matérialiser une arme dans sa main. Pourtant, cela n'aurait pas suffi à tuer une fée. Il y a forcément quelque chose de plus. J'attends la suite du récit.

– Il… je n'ai pas trop compris moi-même, me répond-il. Il s'est levé de sa chaise. La bête me poursuivait toujours : elle m'a foncé dessus. Puis le sorcier, il a marmonné quelque chose, je crois et… et puis la bête a disparu.

– Disparu ? Littéralement ?

– Oui. Littéralement. L'instant d'avant, elle était là, avec toutes ses dents, en train de baver en me regardant… et puis plus rien. Comme s'il n'y avait jamais rien eu. Comme si ça avait juste été mon imagination.

J'avais raison : il y a bien quelque chose d'autre avec ce sorcier. Shenn Zerka n'a pas menti, en me disant qu'il était dangereux.

Est-ce que c'est ce qu'il a fait à Fanwë ? Est-ce qu'il l'a fait disparaître comme ça ?

– Continue, dis-je au troubadour. Qu'est-ce qui s'est passé, après ?

– Après, il est venu me voir. Il m'a demandé si j'étais blessé. Je lui ai dit que non. Je lui ai pas posé de questions sur les tables et les chaises. J'étais un peu sonné. Il a vu ma guitare. Il m'a demandé si je savais en jouer. Je lui ai fait « Santiano ». Il était… il était plutôt sympa. Même si… même s'il me faisait un peu peur. J'étais soulagé quand on s'est séparés. Je l'ai juste remercié et je suis parti.

– Et c'est tout ?

– C'est tout.

Je le jauge du regard. Il me paraît sincère.

Léa discute encore avec Maylis – elle n'a pas entendu un seul mot de notre conversation.

– Tu aurais dû nous dire tout ça dès le début. Tu cherchais quoi, à le protéger ?

– Je ne sais toujours pas ce que tu lui veux. Et il… il vaudrait mieux pour toi que tu le rencontres pas. Dans ton propre intérêt. Son pouvoir est… J'ai simplement jamais vu ça.

Je hausse les épaules. Les sorciers sont des gens comme les autres. Une flèche dans le crâne, et ils meurent. Une lame dans le cœur, et ils meurent. Je parle d'expérience. Ses pouvoirs, cependant, me demanderont de prendre certaines précautions, d'aborder cet assassinat avec prudence.

Il a tué une fée. C'est quelque chose que je dois garder à l'esprit. Mais plus j'y pense, plus ça m'étonne. La magie, après tout, émane des fées. Et, jusqu'à présent, je croyais que rien de magique ne pouvait les atteindre. Les sortilèges de sorciers ne sont pour elles rien d'autre que des piqûres de moustique. Normalement il serait inconcevable que l'un d'eux parvienne à les détruire.

« *Tu veux pas essayer de me faire disparaître ?* » m'a dit Kala. C'est pourtant bien de ça qu'il s'agissait, avec Fanwë.

Je n'ai pas encore toutes les explications mais le troubadour m'a dit tout ce qu'il savait. Je tiens donc parole : nous continuons à l'escorter jusqu'à destination. Comme si de rien n'était, le groupe se resserre. Léa l'interroge sur son répertoire de chansons. Elle a lu le poème « Il n'y a pas d'amour heureux », mais aimerait savoir à quoi ressemble son adaptation par Brassens, célébrissime mais qu'elle n'a jamais eu l'occasion d'entendre. Il lui assure qu'il le lui jouera à la guitare.

À l'entrée du village, après nous avoir joué le morceau, nous lui disons au revoir. Alors que nous partons, Guilhem me lance un regard ambigu, qui sonne comme un avertissement.

Ce n'est qu'une fois éloignées que Maylis me demande :

– Alors, tu lui as tiré les vers du nez, hein ?

– Oui.

– Comment ça ? demande Léa, perplexe.

– À propos du sorcier, dit Maylis.

– Mais il avait dit qu'il savait rien…

– Si, il savait quelque chose et Maylis l'a remarqué, dis-je. Il voulait rien dire au début mais j'ai dû le convaincre un peu. Rien de plus.

– Ah.

Sa voix s'est un peu assombrie. Elle peut se montrer naïve, mais elle n'est pas idiote. Je pense qu'elle a une idée des moyens de persuasion que j'ai pu utiliser – ce qui jette un froid sur cette journée ensoleillée. Au moins ne m'a-t-elle pas vue le menacer.

Pour la rassurer, j'ajoute :

– Tout s'est bien passé. Maintenant on sait qu'il était plus au nord ce matin, pas loin de Villeneuve-le-Duc. Mais il n'a pas pu me donner de repère précis. Ce que j'ai appris, aussi, c'est qu'apparemment, notre gars a aussi le pouvoir de faire disparaître les choses. De faire disparaître les êtres vivants, d'un coup, comme ça.

Ça refroidit encore l'ambiance. Je leur relate le récit que m'a fait Guilhem.

Après m'avoir écoutée, Léa bredouille :

– Mais… mais dans ce cas, il est…

– Dans ce cas, conclut Maylis, il est très dangereux. Il pourrait te tuer d'un claquement de doigts.

– Oui, je leur réponds. C'est pourquoi quand je le verrai, je dois pas lui laisser de chance…

– Mais… dit Léa, anxieuse.

– Quoi ?

– Les fées… Elles ont dit que c'était un meurtrier, non ? Elles ont dit qu'il avait tué des gens ? Mais… Mais c'est pas cohérent avec ce que le troubadour t'a raconté. Il lui a sauvé la vie. Ce sorcier, il a plutôt l'air d'être quelqu'un de… de gentil.

– On peut être très gentil et en même temps un complet psychopathe. L'un n'empêche pas l'autre. Et j'imagine que les fées savent de quoi elles parlent.

– Mais il est toujours possible qu'elles aient menti.

Je lui assène alors :

– Elles n'ont pas menti. Et je t'ai déjà dit que ce que je faisais était moralement douteux. Tu as choisi de nous suivre en connaissance de cause.

Léa baisse la tête. J'ai donné l'impression de la réprimander, sans forcément en avoir l'intention. Tant pis. Je n'ai fait qu'énoncer une vérité.

7. la LSH

Nous avons échoué à retrouver les chaises et le linoléum décrits par Guilhem, même après avoir interrogé les habitants de Villeneuve-le-Duc. Nous nous sommes rendues encore plus au nord, et nous sommes allées enquêter aux Pins-Bleus. Là non plus, aucune info...

– Ce qui nous aide quand on étudie son parcours, me dit Maylis, c'est qu'il avance en ligne droite. Sainte-Ursule, le camp des Emplumés, Villeneuve-le-Duc, ça s'aligne toujours. Il ne fait pas masse de détours. Et je pense pas qu'il sache qu'on est sur ses traces.

– Il va peut-être en ligne droite, d'accord. Mais il passe pas par les villages. C'est un fantôme. Il se comporte pas comme quelqu'un de normal.

– On sait déjà que c'est pas quelqu'un de normal. Sois pas surprise.

À présent, je prends mieux la mesure de la chance monstrueuse que nous avons eue de croiser ce troubadour. Je pense que nos difficultés actuelles ne sont que temporaires. Qu'il suffit juste de persévérer. Le sorcier n'a pas pu disparaître, et quelqu'un d'autre finira forcément par le remarquer, ou par nous orienter sur ses traces.

Nous nous arrêtons pour dîner au milieu d'une immense plaine, dont l'herbe scintille de reflets dorés, et qui s'étend au-delà du regard, bosselée de quelques vagues collines. Une zone où nous ne sommes encore jamais passées. La platitude du paysage est plombante et s'ajoute à notre fatigue.

À peine le matériel de cuisine sorti, Maylis se dresse, tendue sur ses quatre pattes, l'air alerte. Elle lève la tête, hume l'air en retroussant la lèvre, comme le font les chevaux.

– Qu'est-ce qui se passe, Maylis ? T'as senti quelque chose ? lui demande Léa.

– Le vent m'a porté une odeur. Il y a… il y a des hommes qui arrivent. Je sais pas combien ils sont… Ils ont des montures. Ils se rapprochent vite.

– Est-ce que c'est des bandits ? s'enquiert une Léa angoissée. Est-ce que c'est… des Écorcheurs ?

– Nan, c'est pas leur territoire, ici. Je sais pas qui c'est…

À l'horizon, des formes apparaissent. Des cavaliers. Ils sont six. Je remarque que l'un d'eux tient quelque chose dans sa main. Un fusil. Le genre d'armes désormais difficile à trouver, et que l'on utilise à ses risques et périls. Les fées prévoient des sanctions impitoyables pour quiconque en possède, tout comme les appareils électriques. Cependant, il n'y a pas de fées dans les environs, et ici cela ne signifie qu'une seule chose : ils sont mieux armés que nous. De plus, chaque homme porte un losange blanc brodé sur le cuir de ses vêtements, symbole que j'identifie rapidement.

– C'est la LSH, dis-je.

– Oh merde, dit Maylis.

– Léa, envole-toi. Maylis, je monte sur ton dos. On va essayer de les semer.

J'enfourche Maylis.

– Et s'ils nous rattrapent, Léa, tu fuis. Tu essaies pas de nous sauver, tu fuis, d'accord ?

– Quoi… ? Mais…

– Ils ont des armes à feu ! T'as envie qu'ils se fassent des bottes en écailles avec ta peau, c'est ça ? Alors barre-toi !

La Ligue pour la suprématie humaine ne fait pas grand cas des Chimères. L'idéal aurait été que Maylis aussi puisse s'élever dans les airs (et m'embarquer avec elle au passage), mais malheureusement les fées n'ont pas jugé bon de la doter d'ailes, et nous devons composer avec les lois de la gravité.

Léa m'obéit et s'envole tandis que Maylis se lance à plein galop. J'agrippe deux mèches de crin en guise de rênes. Je ne suis pas très bonne cavalière. Heureusement, je n'ai qu'à serrer les jambes. L'herbe défile à toute allure.

Mais quelque chose ne va pas. À notre droite surgit un cheval, pareil à gauche. Et devant nous, émergeant de derrière une colline…

– Oh les bâtards ! crie Maylis.

Derrière cette colline, quatre autres chevaux galopent vers nous. Je comprends. Ils ne comptaient pas se contenter de nous courser. C'était une manœuvre réfléchie. Dès le début, ils nous ont repérées, et ont décidé de nous encercler.

À présent, le piège se resserre comme un lacet.

Maylis freine des quatre fers et manque de déraper. Elle amorce un virage, mais il est déjà trop tard. Nos poursuivants nous ont déjà rattrapées, ceux des côtés aussi. Le cercle s'est refermé, il n'y a plus aucune issue. Les montures – chevaux et autres créatures – ralentissent puis s'arrêtent. Maylis tourne et tourne encore, le regard affolé. Les cavaliers pointent leurs armes sur nous. Inutile de saisir la mienne. Ils sont tous parfaitement humains, tous parfaitement naturels, comme c'est le cas pour tous les membres de la LSH. Je peux sentir l'odeur de leur sueur.

Ils ne tirent pas. S'ils avaient eu l'intention de nous tuer, ils l'auraient déjà fait. *Qu'est-ce qu'ils veulent, du coup ?*

Ils restent longtemps sans rien dire. Puis l'homme au fusil, que j'avais déjà repéré, avance légèrement son cheval et ouvre la bouche :

– T'es la bibliothécaire.

Je ne sais pas s'il s'agit d'une question ou d'un constat. Dans le doute, je réponds :

– Non.

– Si. Te fous pas de nous. T'es avec une licorne. Et on a vu ton petit dragon s'envoler. Tu corresponds à la description.

– Soit. Qu'est-ce que vous voulez ? Des bouquins ? Manque de chance, j'en ai pas avec moi pour le moment. Je suis en pause pro…

– Le Maréchal veut te parler, dit-il.

Le Maréchal. C'est-à-dire leur chef. Contrairement aux Emplumés, eux ne prennent pas la peine de parler de porte-parole. Les rapports hiérarchiques sont clairs et définis. Ils placent l'autorité avant toute chose.

– Me parler ? C'est tout ?

– Si tu refuses, on t'embarque de force, et on tue ta Chimère. T'as pas envie que ça arrive, hein ? Alors, tu nous donnes tes armes et tu nous suis.

Si ce gars menace de tuer Maylis, il le fera. La LSH exterminerait toutes les Chimères post-humaines s'ils le pouvaient, ou les réduiraient en esclavage. Ils n'apprécient que les humains dits naturels.

Ils ont affronté les Blousons écarlates il y a un an. Ça a coûté la vie au Maréchal de l'époque, mais on dirait qu'ils lui ont trouvé un remplaçant. Je me doutais que la bande ne se disperserait pas. C'est comme la moisissure : tu frottes, tu frottes, et ça revient quand même.

– Si vous lui faites du mal, de n'importe quelle façon, je gronde, vous ne me mettrez pas d'humeur à collaborer.

– Nous sommes des hommes de parole et le Maréchal nous a dit de t'appréhender en douceur.

– Je peux vous demander pourquoi il s'intéresse à moi ?

– Tu verras ça avec lui. Mais je crois que tu peux le deviner assez facilement.

Je descends. Deux hommes s'approchent de moi. Ils prennent ma machette et mon arbalète. Enfin, ils me palpent, question de formalités. Je les laisse faire – même si maintenant je me sens comme nue. L'angoisse de Maylis ne faiblit pas. Ses os eux-mêmes semblent se tendre et se durcir. Alors qu'elle est d'habitude si prompte aux piques et aux commentaires acerbes, elle reste muette. Elle est parfaitement consciente que tous ces hommes cherchent le moindre prétexte pour lui trouer le crâne.

– Bien, dit l'homme au fusil. Remonte, maintenant. Juan, Vincent, vous l'escortez.

Les deux hommes me serrent de près. Le pas de Maylis est raide et mécanique. Elle murmure quelque chose, une seule fois, mais je n'arrive pas à la comprendre.

Je lève les yeux : au-dessus de moi, loin dans le ciel, j'aperçois un petit point rose se déplacer.

Les membres de la LSH, qui ont un temps possédé un territoire, sont à présent nomades. Mon escorte m'amène à leur camp, des tentes de cuir, de peau ou de tissu, artisanales ou industrielles, et un ou deux mobile homes. Rien de particulier à noter, si ce n'est, juste avant d'y entrer, le centaure coupé en deux : le torse est accroché à un arbre, les bras écartés, dans une posture quasi christique. Il porte la veste rouge des Blousons écarlates. La partie équine du corps, elle, repose en contrebas, colorant l'herbe d'un sang bruni. L'odeur caractéristique des entrailles mises à nu me heurte les narines.

Au moment de passer près du cadavre, l'homme au fusil me dit :

– Joli, hein ? Un Blouson éclaireur. On l'a chopé hier. Il a dégusté.

– Je vois ça.

Chimère et Blouson écarlate à la fois. Ce pauvre gars, quel que soit son nom, ne pouvait pas plus mal tomber.

Les LSH, contrairement aux Emplumés (par exemple), sont de vrais bandits, même s'ils n'aiment pas se qualifier ainsi. Ils ont une idéologie à porter, ce n'est pas pareil soi-disant. Ils justifient tout. Les Chimères méritent d'être pillées, la question ne se pose pas. Les humains naturels, eux, ont le devoir de contribuer à la grande cause, pour la fierté de l'espèce. Ainsi les vols commis à leur égard ne sont rien d'autre qu'un impôt légitime – et malheur à qui refuse de payer.

Je pourrais signifier mon dégoût et mon indignation, mais ce serait hypocrite. Les Écorcheurs les ont toujours largement concurrencés en matière de cruauté – le spécisme anti-Chimère en moins. Forcément : mon père est un dragon. Au moins, sa haine n'est pas sélective.

Des hommes se font cuire quelque chose à la broche au-dessus d'un feu de camp, et me regardent passer – tous les yeux se tournent lentement vers Maylis et moi. L'un d'eux, au visage de fouine, chuchote quelque chose à l'un de ses frères d'armes en me pointant du doigt.

Après avoir dépassé quelques tentes, l'homme au fusil descend de son cheval et m'enjoint à faire de même.

Je glisse à Maylis que nous allons nous en sortir. Je ne suis pas sûre d'y croire et Maylis n'y croit visiblement pas non plus. Aucune de nous deux n'est naturellement encline à l'optimisme.

Plus loin, un mobile home bleu, tagué d'un losange blanc. Je pense deviner qui en est le propriétaire. La porte s'ouvre. En sort un homme, assez grand, coiffé d'un béret noir, et impeccablement rasé. Sa panoplie, elle, n'échappe pas aux codes vestimentaires rigoureusement postapocalyptiques qui caractérisent les bandes telles que la LSH : du cuir, du cuir, et encore du cuir.

Parfois, je me dis que les fées auraient tout aussi bien pu débarquer dans les années 80.

Je devine qu'il s'agit du Maréchal. Il paraît heureux de me voir, avec son sourire de pub pour dentifrice. Ça ne me rassure pas forcément. On ne peut rien déduire de l'expression de quelqu'un : Zerka, quoique présentant une allure froide et morose, m'a laissée partir sans sortilège ni égratignure. Si je renverse ce schéma, rien ne m'interdit de penser que cet homme radieux me réserve en définitive les pires tortures.

Je vais plutôt essayer d'éviter ce genre d'idées. Les fées ont dit qu'elles voulaient me poser des questions. Le chef de la LSH souhaite lui aussi me parler. Sous cet angle, j'ai peut-être une chance de m'en sortir.

Le Maréchal s'avance vers moi, ses bottes cloutées s'enfonçant dans le sol boueux.

– On l'a trouvée à même pas une demi-heure d'ici, Maréchal, dit l'homme au fusil.

– Quelle chance, répond l'autre, d'une voix mielleuse, qui tire vers les aigus. Vous n'aurez pas eu à chercher longtemps. Ah ! Si seulement ça pouvait arriver plus souvent.

Il me jauge du regard – de ses deux petits yeux noirs et humides.

– Amenez-la chez moi, dit-il.

J'interviens :

– Minute. Vous m'avez amenée ici, hein, mais j'aimerais savoir ce que vous me voulez. D'abord.

– Mademoiselle, j'allais justement en discuter avec vous. Cela concerne vos investigations récentes. J'avais juste pensé, avant de vous faire venir, qu'il serait préférable de tenir notre entretien dans un cadre confortable, plutôt que de rester là, debout, dans la boue, dit-il, son pouce pointant vers le mobile home.

Mes investigations récentes… Je ressens tout à coup une appréhension certaine à m'isoler avec ce type au sourire louche.

– Qu'est-ce que vous comptez nous faire, après m'avoir parlé ? Je vous connais, hein. Si vous touchez Maylis…

– Qui est Maylis ? demande le Maréchal.

– C'est la licorne, dit l'homme au fusil.

– Ah. Eh bien. Je compte seulement monopoliser votre temps, mademoiselle, pour une durée qui n'excédera sans doute pas une heure. Considérez-vous comme une invitée. Cette Chimère faisant partie de vos possessions, nous n'y toucherons pas. Nous… (Il se tourne vers ses hommes.) Vous lui avez pris quelque chose ?

– Seulement ses armes, répond l'homme au fusil.

– Eh bien nous vous rendrons vos armes quand nous en aurons fini avec vous, et vous pourrez repartir sur votre licorne…

Je précise que jamais je n'ai considéré Maylis comme ma possession, et elle-même, bien entendu, ne s'est jamais considérée comme telle. Ce tordu ne fait que nous inscrire dans sa conception du monde. Il infériorise Maylis à dessein. S'il avait été seul avec elle, s'il n'y avait pas eu toutes ces armes, elle l'aurait déjà embroché sur sa corne.

– Nous ne tuons pas toutes les Chimères que nous rencontrons, non plus, dit-il, un air badin sur le visage. Il ne faut pas croire tout ce qu'on dit à notre sujet… Tiens, Charles, dit-il en se tournant une fois de plus vers l'homme au fusil, n'y avait-il pas un petit dragon avec elle ?

– Il s'est envolé avant qu'on les attrape, répond ce dernier.

– C'est une fille, dis-je. Et c'est moi qui lui ai dit de se barrer. Votre réputation est vraiment pas au top. Et c'est pas en laissant des cadavres de centaures devant votre camp que vous allez l'améliorer. Je dis ça, c'est pas agressif ni rien, hein. C'est juste un constat.

– Je vous sais gré de vos remarques concernant notre image, mais ce n'est pas exactement pour ça que je vous ai fait venir, mademoiselle.

Je déteste qu'on m'appelle « mademoiselle », mais je me tais. Il pose une main sur mon épaule – une énorme araignée ne m'aurait pas fait pire effet – et m'accompagne à son mobile home. Maylis reste immobile, en compagnie de Charles et des autres hommes de la LSH. J'aimerais m'excuser. Tout ce merdier découle de ma curiosité envers la station-service – une erreur qui n'en finira jamais de ricocher.

L'intérieur du mobile home est étonnamment bien rangé. Tout est en ordre, le ménage y est fait, pas grand monde n'a l'air d'y laisser traîner ses bottes.

Il retire d'ailleurs les siennes à l'entrée, et me demande de faire de même. Je les délace, les aligne proprement. Au passage, je jette un coup d'œil attentif à la décoration. Boîtes de conserve soigneusement disposées sur le buffet – à croire qu'il les collectionne. Un tableau pas très beau représentant une plage. Une horloge dont l'aiguille ne tourne pas. Un crâne de dragon. Ils auraient forcément tué Léa.

– Asseyez-vous, je vous en prie.

Je me méfie de la courtoisie, et je ne vois pas pourquoi cet homme – en position de force – se donne la peine de paraître aimable. Je m'assieds néanmoins, et il prend place en face de moi. Tous deux sur une toute petite table.

– Voyez-vous, dit-il, j'ai déjà entendu parler de vous. Je n'ai rien contre votre personne et trouve même votre entreprise louable. La culture est le terreau de toute civilisation. Quand l'humanité se reconstruira, on aura besoin de gardiens, de gens comme vous.

Ça commence mal. On n'est qu'au début de l'entretien, et j'ai déjà envie d'éclater de rire. Mais je me retiens.

– Ah, lui dis-je. Parce que vous croyez vraiment que l'humanité va se reconstruire ?

– Pourquoi, pas vous ?

– Nan. Pas vraiment. Peut-être à cause des fées, juste comme ça. Et puis, ma bibliothèque, c'est le terreau de rien du tout. Ça fait partie d'aucun projet. C'est quelque chose qui s'inscrit dans le présent. Je fais juste plaisir aux gens en leur filant de quoi lire. Et je suis sûre que vous savez que si on me consulte, c'est pour le stock non négligeable de magazines de cul que j'ai accumulé au cours du temps. Donc bon, la culture... Moyen, quoi.

Le chef a un petit rire sec.

– Certes, certes... Je mentirais si je disais ne pas avoir été informé des particularités de votre catalogue. Mais je vous trouve malgré tout beaucoup trop pessimiste. Moi, je crois en l'avenir. C'est ce que fait d'ailleurs la Ligue : nous nous focalisons sur la construction de l'avenir. Je me doute bien que vous n'êtes pas d'accord avec notre ligne idéologique, mais…

– Non, vraiment pas.

Il m'affiche un sourire de statue de cire, et me fixe, quelques secondes, sans rien dire. Je peux lire en sous-titres : « *Ne t'avise plus de m'interrompre.* »

Il reprend :

– Je me doute bien que vous n'êtes pas d'accord avec notre ligne idéologique, mais la LSH est avant tout une organisation humaniste – dans tous les sens du terme.

Le terme « humaniste », comme beaucoup de choses, ne veut plus rien dire aujourd'hui. Et s'il doit se faire récupérer par ce genre d'ordures, autant l'envoyer directement à la corbeille. Le Maréchal continue :

– Je sais bien – vous n'avez pas manqué de nous le rappeler tout à l'heure – que nous avons mauvaise presse. Nous sommes pourtant davantage que des bandits…

Et puis il me sort ce discours que je connais déjà. Rien de bien intéressant. Je ne pense pas qu'il espère me convaincre. Je crois qu'il a seulement une propension naturelle à se faire mousser. Ça me gonfle et, surtout, ça ne me dit pas pourquoi il a envoyé ses hommes me chercher.

Enfin, puisqu'il faut bien y arriver, on y arrive :

– J'ai eu vent de vos recherches, mademoiselle. Et ce que j'ai entendu a stimulé mon intérêt.

– Qu'est-ce que vous avez entendu, exactement ?

Le Maréchal s'enfonce sur sa chaise, croise les jambes.

– Je sais, dit-il, que vous avez interrompu vos activités pour vous lancer à la recherche d'un sorcier, aux pouvoirs plutôt incongrus, mais non moins impressionnants. Qui fait ressurgir des choses du passé.

Il en sait déjà trop à mon goût. Je vais tenter de l'orienter ailleurs. J'ai un mensonge tout prêt à lui servir.

– Vous mélangez tout. D'accord, je fais des recherches sur les « choses du passé » dont vous parlez. Et il se trouve qu'en parallèle, je cherche un mec, mais c'est un mec qui n'a rien d'un sorcier. Le mec que je cherche, c'est quelqu'un que je connais, il s'appelle Gérard, il s'intéresse aux mêmes trucs que moi, il fait les mêmes recherches, et moi, je voudrais juste…

Le Maréchal lève deux doigts joints. Je m'arrête. Son regard m'accuse. Un peu peiné, chargé de condescendance. Le regard qu'un professeur pourrait adresser à un élève pris en flagrant délit de triche.

– J'ai comme l'impression que vous me prenez pour une poire, dit-il.

– Non, pas du tout.

– C'est vous qui avez tiré vos propres conclusions. Vous avez présupposé que je n'avais pas connaissance de ce sorcier au préalable. Vous avez présupposé que je ne disposais d'aucune information, et vous avez en toute naïveté pensé pouvoir me mentir.

Il connaissait le sorcier avant ? J'aurais aimé le savoir avant de me ridiculiser de cette manière. Toute cette histoire n'est-elle qu'un gigantesque retour de karma concernant la façon dont j'ai traité le troubadour ? C'est comme si j'endossais sa position.

Il arbore un air satisfait, visiblement content de son effet.

– Allons, dit-il, presque paternel, ne faites pas cette tête. Je vois ce que vous avez voulu faire, c'était bien essayé. Mais j'apprécierais néanmoins que vous arrêtiez de me faire tourner en bourrique. Je ne suis pas d'un tempérament difficile, mais je reste humain, avec tous les défauts que cela implique, ce qui signifie que ma patience n'est pas infinie non plus. Tâchez de ne pas trop l'éprouver, je vous prie.

– J'essaierai. Mais… vous dites que vous connaissiez cet homme avant de…

– Il y a trois semaines, nous nous trouvions dans l'Aude, près de Carcassonne, dit-il.

Il dispose encore d'un sens géographique certain, malheureusement obsolète, maintenant qu'il n'y a plus ni régions ni départements, et que la forêt a englouti la plupart des villes.

– Nous avons entendu parler de lui là-bas. Il a créé une gigantesque affiche publicitaire, par la seule force de sa magie. Et d'autres choses ont été vues, tout aussi impressionnantes. J'ai lancé des hommes après lui, mais ils l'ont perdu. Pendant une semaine, il n'y a rien eu, avant que j'apprenne que vous étiez sur ses traces. Et voilà ce qui m'amène à m'intéresser à vous.

Il n'est pas étonnant que ce sorcier se soit fait remarquer avant même que je commence à le traquer. Seulement, pourquoi a-t-il forcément fallu que la LSH s'intéresse à lui ?

– Pourquoi vous le cherchez ? dis-je.

– Je pourrais vous retourner la question. Mais c'est quelque chose que vous pouvez déduire vous-même. Qui ne voudrait pas de ses pouvoirs ? Il arrive à matérialiser des objets à volonté. Imaginez les avantages : nous bénéficierions de structures, d'armes, de matériel, de quoi nous reconstruire. Et ce n'est même pas tout : avez-vous eu vent de sa capacité à détruire les Chimères ?

– Je savais… qu'il était capable de faire disparaître des êtres vivants.

– Des *Chimères*, appuie-t-il. Des Chimères plus spécifiquement. J'ai eu vent de deux rencontres où des Chimères et des humains ont essayé de le capturer. Seules les Chimères ont trouvé la mort : complètement effacées, vaporisées en un clin d'œil. Les humains, en revanche, il n'y touche pas. Devant nous, il est plutôt du genre à fuir.

Intéressant. Je vois maintenant ce qui séduit le Maréchal. C'est là le pouvoir rêvé de quiconque déteste les Chimères. Je n'imagine même pas comment il réagirait s'il savait que le sorcier peut tuer les fées. Zerka a raison de vouloir garder cela secret.

– D'après ce que j'ai entendu, continue-t-il, face à une magie comme celle-ci, même le Roi-Dragon ne pourrait rien.

Son regard erre quelques secondes dans le vague, rêveur. Avant de revenir se poser sur moi.

– Et vous, pourquoi le cherchez-vous ?

– Comme ça.

– Ce n'est pas une réponse satisfaisante, dit-il. Et vous le savez bien.

– Pourtant c'est vrai. Je suis tombée sur une station-service qu'il a faite, je me suis dit, je vais me mettre un peu en pause, et je vais lui courir après pour voir d'autres trucs du genre.

– Je conçois mal, dit le Maréchal, que la tâche que vous vous êtes fixée réponde à un objectif purement individuel.

– Oh, si. Si, si, croyez-moi, c'est très très individuel.

Je n'ai même pas l'impression de mentir. C'est vrai : je fais ça pour éviter que les fées se servent de moi comme sujet d'expérience. Un motif qui concerne ma seule personne.

– On peut trouver des trucs intéressants dans ce qu'il construit. J'ai pu trouver des bouquins pour enrichir le fonds de ma bibliothèque, par exemple.

Malheureusement, je ne le convaincs pas. Il se passe la langue sur les lèvres, n'essaie même pas de cacher ses doutes :

– Permettez-moi de ne pas vous croire, me dit le Maréchal.

– Eh ben me croyez pas. C'est votre problème.

– Je pense plutôt que…

Il s'arrête, se recule un peu sur sa chaise.

– Je pense plutôt que vous faites cela pour le compte de quelqu'un d'autre. Je peux imaginer que vos activités de bibliothécaire ne paient pas beaucoup, et je vois mal pourquoi vous vous seriez arrêtée de travailler du jour au lendemain. En revanche, si l'on était venu à vous promettre une récompense…

Parle-moi d'une récompense. Si je réussis, les fées me foutront la paix. C'est tout ce que j'obtiendrai. Cela dit, je ne demande pas plus.

Soudain, on frappe à la porte du mobile home.

– Et moi qui leur avais dit de ne pas venir me déranger, soupire le Maréchal d'un air vaguement affecté. Veuillez m'excuser. Je reviens dans un instant.

Il se lève, avance jusqu'à la porte, l'ouvre.

– Eh bien, qu'y a-t-il ? C'est une urgence, j'espère, ou…

Il s'interrompt, se penche mystérieusement vers son interlocuteur – que je ne distingue pas très bien. Je devine que l'autre lui glisse quelque chose à l'oreille. Ça dure bien une minute ou deux.

Enfin, le Maréchal relève la tête.

– Bien… bien, dit-il. J'aurai bientôt fini.

Sur ce, il me jette un regard. Retournant s'asseoir, je trouve un air étrangement enjoué à sa démarche. Aucune idée de ce que ça veut dire.

– Eh bien, dit-il, de nouveau en face de moi. Le timing fait bien les choses. Je n'ai même pas besoin de vous asticoter. Mes hommes viennent de lever le mystère. Je sais pour qui vous travaillez.

Il y a de quoi m'intriguer. Mais ils ont probablement tout faux. Je ne vois pas comment ils pourraient démontrer que j'ai été engagée par les fées.

– Vos hommes vous racontent n'importe quoi. Mais allez-y, dites-moi ce que vous pensez avoir découvert, si vous y tenez.

Le sourire du Maréchal s'étend. Il anticipe son effet. Se croit visiblement sur le point de lâcher une énorme bombe.

– Vous êtes la fille du Roi-Dragon, dit-il.

Il lui suffit de me regarder pour savoir qu'il a visé juste. Il m'a prise de court : la surprise me foudroie sur place, me saisit avec trop d'intensité pour que je paraisse innocente.

Et moi qui me suis toujours vantée de savoir rester stoïque.

Le Maréchal continue :

– L'un de mes hommes vous a reconnue. Il a déjà fait partie de vos prisonniers, et a réussi à s'échapper. Vous lui avez fait une impression durable, il faut croire.

Je me souviens de cette face de fouine qui m'a désignée du doigt, à mon entrée dans le camp, me fixant plus intensément que les autres.

– J'avais cru tout d'abord, poursuit le Maréchal en riant, que vous travailliez pour les Blousons écarlates. Mais non ! Tout s'explique ! Évidemment que votre père est intéressé. N'importe qui le serait.

– Vous extrapolez un peu. Un peu beaucoup même. Si vous étiez renseigné un minimum, vous sauriez que ça fait déjà deux ans que je bosse plus pour mon père.

– Et vous ne seriez pas restés en contact, c'est ça ?

– Non. Pas du tout. Je ne lui ai pas reparlé depuis. J'étais occupée avec ma bibliothèque.

– Bien sûr, répond le Maréchal, d'un ton sarcastique.

Je ne suis pas sûre qu'il aurait fait un très bon détective. Trop tendance à se cramponner aux hypothèses qu'il a en tête. Pas assez d'ouverture d'esprit.

– Je pourrais vous laisser à libre disposition de mes hommes, poursuit-il. Vous ne resteriez pas vivante longtemps, et ils finiraient par vous donner à manger aux bêtes. Les Écorcheurs, vous le savez sûrement, ne sont pas très populaires par ici.

En effet, mon père a déjà eu des querelles de territoire avec la LSH. Il les a toutes remportées. Leur rancœur est justifiée.

Il reprend :

– Mais vous êtes chanceuse : j'ai besoin de vous. Il faut que vous me disiez tout ce que vous savez à propos du sorcier. Tous les indices que vous avez découverts. Vous nous aiderez à chercher. Nous vous réquisitionnons. Après quoi, après quoi…

Je n'aime pas beaucoup sa façon de parler. Je préfère quand les gens prennent soin de terminer leurs phrases.

Heureusement, le Maréchal complète :

– Après quoi vous resterez chez nous, en tant qu'otage.

– Hein ?

– Qu'est-ce que le Roi-Dragon pourra bien nous offrir, pour que nous vous épargnions ? Que sera-t-il prêt à faire, pour vous, sa fille adorée ? J'ai hâte de le savoir.

C'est grotesque. Carrément grotesque.

– Écoutez. Je vais parler *pragmatiquement* et *rationnellement*. L'idée que vous avez, là, c'est une grosse connerie. Oubliez-la. Oubliez-la tout de suite. Il n'y a aucun moyen pour que vous en tiriez quoi que ce soit. Mon père… Mon père n'appréciera pas. Vraiment pas. Et vous ne faites pas le poids contre lui. Vous ne faisiez déjà pas le poids avant, et vous le faites encore moins maintenant. À lui seul, il pourrait tous vous anéantir, vous et tous vos hommes. Il vous réduirait en cendres. Donc non. Le mieux que vous puissiez faire, ce serait de me relâcher tout de suite.

Je pense ce que je dis. J'imagine que mon père accorde toujours une certaine importance à mon existence. Malgré mon départ, j'ose penser que mon sort ne lui est pas indifférent. De plus, il a toujours été sensible aux provocations. Celle-ci, entre toutes, le plongerait dans une colère hors de toute mesure. Je ne sais pas ce que se figure le Maréchal, mais il signerait son arrêt de mort.

– Je suis conscient des risques, dit-il. Mais je crois qu'il ne fera rien d'irraisonné. Vous serez une otage trop précieuse. Du temps où vous étiez encore dans sa bande, la LSH avait réfléchi à des plans pour vous kidnapper, le saviez-vous ?

Ça ne m'étonne pas. Par le passé, j'ai déjà été victime de deux tentatives d'enlèvement, initiées par d'autres groupes. Aucune d'elles n'a réussi. Mes kidnappeurs ont tous fini en cadavre écorché pendant au bout d'une chaîne. De quoi décourager quiconque aurait la même idée, pensait-on. Visiblement, ça n'a pas été efficace.

– De plus, continue-t-il, si ce sorcier est avec nous, votre père ne pourra rien nous faire. C'est plutôt lui qui irait se mettre en danger.

– Vous êtes confiant, on dirait. Vous imaginez déjà qu'il va vous rejoindre…

– Bien sûr. Je finirai bien par le trouver. Avec votre aide. Nous lui proposerons une association qu'il ne pourra pas refuser.

Je doute que le sorcier ait comme objectif de rejoindre la LSH. Si c'était le cas, il l'aurait déjà fait. Mais j'ai comme l'intuition que le Maréchal ne compte pas lui demander son avis, à lui non plus.

– Bon, je soupire. Je vous ai déjà dit ce que j'en pensais. Faites ce que vous voulez. Mais si vous me gardez ici, je peux vous demander une faveur ?

– Quoi donc ?

– Laissez partir Maylis. Vous aviez dit, à l'origine, que vous me laisseriez partir avec elle, alors si vous devez me garder, laissez-la partir toute seule…

– Pas question, répond le Maréchal.

Sur son visage est apparue comme une moue dégoûtée.

– J'ai changé d'avis. Je vous garde et elle aussi. Je vous la confisque. Cela dit, rassurez-vous, nous allons lui trouver une utilité, elle nous servira de bête de trait… Aussi, l'avoir en notre possession, compte tenu de la valeur que vous lui accordez, sera une assurance sur votre bonne conduite et votre pleine collaboration pendant que vous serez sous notre garde.

L'utiliser comme un moyen de pression. Soit. Au fond, je ne suis pas surprise – il n'avait aucune raison d'accéder à ma requête. La LSH n'est pas réputée pour sa charité. Et ce genre de levier peut s'avérer plus efficace que n'importe quelle menace physique. Moi, ils ne peuvent pas se permettre de trop me malmener ; Maylis, en revanche…

– On commence, dit le Maréchal. Dites-moi tout ce que vous savez. Après quoi nous chercherons à votre place… Vous pouvez déjà nous remercier.

Je n'ai plus qu'à espérer que les fées interviennent. Mais j'en doute.

8. une rencontre imprévue

Léa n'a jamais aimé voler. Les hautes altitudes l'effraient naturellement, et ni le temps ni l'expérience n'y ont changé quoi que ce soit. Elle n'a pas confiance en ses ailes, leur mouvement lui semble imprécis et maladroit. Le mécanisme du vol lui paraît horriblement précaire, elle n'a pas le sentiment de tout à fait le comprendre. Elle nourrit une hantise particulière à ce sujet, qui ressurgit parfois en rêve : la peur d'oublier comment voler. Suspendue dans le ciel, elle ne parvient plus à battre des ailes correctement, à saisir le vent, et chute comme une pierre pour s'écraser sur la terre ferme. Réduite à l'état de bouillie.

Même en ce moment critique, cette peur ne la quitte pas. En baissant les yeux vers le sol, elle sent le vide l'aspirer – elle vacille, se stabilise aussitôt. Elle essaie de recentrer ses angoisses : penser, plutôt, à Maylis et Sarah qui viennent de se faire capturer, et à ce qu'elle peut faire pour les aider. Pour l'instant, elle les suit depuis le ciel. Les hommes les ont emmenées, ne les ont pas encore tuées. Pour l'instant, ils ne font que les escorter jusqu'à une destination mystérieuse.

Ils sont trop nombreux. Même pour une cracheuse de feu, impossible d'intervenir. Sarah l'a prévenue : ils sont trop bien armés. Ses écailles, elle le sait, ne suffiraient pas à parer une flèche, et encore moins une balle de fusil. De plus, jusqu'ici, Léa n'a tué ni humain ni Chimère d'origine humaine.

Cette situation fait ressurgir des souvenirs, des souvenirs aux couleurs de cauchemar. Il y a deux ans. Sa mère qui elle aussi lui crie de s'enfuir et de s'envoler, le groupe d'Écorcheurs…

Une nausée s'annonce. Ne pas se remémorer cela. Léa coupe l'image. Demeure cependant le même sentiment d'impuissance. Tant de temps a passé, et rien n'a changé. *Ça ne peut pas arriver, pas encore une fois*.

La troupe de cavaliers finit par atteindre l'orée d'un bois. Bientôt, ils se dissimulent sous un dense toit de feuillages. Impossible de suivre leur itinéraire, à présent. Si elle plonge parmi les arbres, ils la repéreront à coup sûr. Mauvaise idée. Un suicide assuré.

Elle remarque cependant une clairière un peu plus loin : un îlot vert clair dans un océan vert foncé. Et dans cette clairière, de minuscules taches brunes, blanches, serrées les unes contre les autres. Tentes et habitations mobiles en tout genre. Un fumet de viande rôtie porté par le vent lui parvient aux narines ; elle se met aussitôt à saliver : automatisme carnivore.

Un campement. C'est forcément là qu'ils se rendent. Que compte leur faire la LSH ?

Impossible pour elle de le découvrir. Elle doit absolument chercher de l'aide.

Elle effectue un looping, et repart dans la direction opposée.

Le village des Pins-Bleus. Nommé ainsi à cause de la couleur caractéristique de la pinède qui l'entoure, est un village qui, contrairement à Sainte-Ursule ou Villeneuve-le-Duc, a été bâti après l'Invasion, et ne s'appuie sur aucune construction préexistante, aucune ruine. Les habitants l'ont construit à la force de leurs bras, aidés de leur seule intelligence manuelle – pour arriver à un résultat plus que correct. Les maisons ressemblent à des maisons : c'est déjà beaucoup.

Léa y est déjà passée ce matin, avec Sarah et Maylis. Par chance, elle n'a pas eu à voler longtemps pour y retourner. Elle sait que les Pins-Bleus sont sous la protection des Blousons écarlates. Elle en a vu un ou deux ce matin, qui faisaient partie de la garnison. Si elle les retrouve, peut-être pourra-t-elle les convaincre de l'aider. Aucune autre solution ne lui vient à l'esprit.

Elle atterrit entre deux maisons et s'élance à quatre pattes sur la terre battue. Près du centre, elle est déjà prête à crier à l'aide, à demander à parler aux Blousons.

Pourtant, elle ne croise personne.

Elle débouche sur la place centrale. Curieusement, même ici, tout est désert.

Alors, Léa s'arrête. *Mais… où est-ce qu'ils sont tous partis ?*

Parcourant la place du regard, elle repère enfin un mouvement. Une voix qui dit :

– Sers-m'en un autre.

Sans réfléchir, elle se précipite, avant de se figer sur place.

Oh non, ce n'est pas possible...

C'est un petit bistrot extérieur abrité de la pluie par un simple auvent de toile. Le barman est bien là, derrière le comptoir. Pâle comme un mort, d'une main tremblante, il verse une rasade de tord-boyaux dans le verre de sa seule cliente ; extraordinairement chanceux, il n'en fait tomber aucune goutte à côté. Alors seulement, rebouchant sa bouteille, il ose reprendre sa respiration, le front luisant de sueur.

La cliente porte son verre à ses lèvres, le boit d'un trait, puis le repose placidement sur le comptoir.

Et cette cliente, Léa la reconnaît. Peau blafarde. Cheveux blancs. Combinaison noire. Une fée. Et pas n'importe laquelle. La fée que Sarah et elle ont vue dans la station-service. Et qui a de nouveau agressé Sarah près du campement des Emplumés.

Kala.

Pas étonnant qu'il n'y ait personne sur la place. Ils se sont tous barricadés chez eux. La distance de sécurité à respecter vis-à-vis d'une fée est difficile à définir : trop loin n'est jamais assez.

Si elle me voit ou si elle me reconnaît, alors je suis mal barrée. Léa ne peut que plaindre le barman, qui lui jette des regards suppliants. Il finira changé en Chimère dans les dix prochaines minutes.

Je vais m'éloigner doucement, sans faire de bruit... un pas après l'autre. Calmement. Et Léa, à reculons, se dirige – lentement mais pas trop – vers l'allée la plus proche.

– Qu'est-ce que tu regardes comme ça, hein ? demande la fée au barman. Y a quelque chose derrière moi ?

Et elle se retourne. Ses yeux s'écarquillent. Léa ferme les siens. *Merde*.

– Toi, je te reconnais, dit Kala.

C'est ce qui pouvait arriver de pire. Léa ouvre les ailes, mais déjà la fée esquisse un mouvement. Une force invisible la soulève et la tire jusqu'au comptoir.

C'est fichu. Léa flotte en suspension, devant la fée qui la dévisage de son regard perçant.

– Mais pas de doute, pas de doute... C'est bien toi.

Puis, sans comprendre comment, Léa aboutit sur un tabouret de bois, juste à côté de la fée.

– Barman, encore un verre. Et tu lui en serviras un à elle aussi. Peut-être que ça marchera mieux si on boit à deux.

– Bien entendu madame la fée, répond ce dernier d'une voix à peine audible.

Il fait glisser un petit verre devant Léa, toujours figée, et débouche une fois de plus sa bouteille, avant de remplir les deux verres du même alcool, qui exhale une odeur de poire.

Qu'est-ce qu'elle me veut ?

Le grand problème, avec les fées : rien n'est simple. Rien n'est tout à fait prévisible.

– Je me souviens de toi, dit Kala. Petite dragonne prête à montrer les dents, même à une fée comme moi... Où est ta copine matheuse ? Et où est la licorne ? Je ne les vois pas. T'as décidé de voyager seule, c'est ça ? L'amitié n'a pas duré ?

Léa ne sait pas quoi lui dire. Elle bredouille :

– Euh non… Elles sont… elles sont loin.

– Ah, répond simplement la fée. Bois ton verre. Je viens de boire le mien, et toi, il faut que tu boives avec moi.

Elle s'adresse au barman :

– C'est bien comme ça que ça marche, non ?

– Ben… dit l'autre, tous les traits de son visage témoignant d'une panique silencieuse.

Il est plus prudent d'obéir. Léa saisit son verre, ouvre la gueule, y renverse tout le contenu. L'alcool lui brûle la langue, laisse un sillon ardent le long de son œsophage. Elle a l'habitude de cracher du feu, un peu moins d'en boire. Une quinte de toux la saisit aussitôt ; elle se raccroche au comptoir pour ne pas tomber de son tabouret. Un brasier s'allume dans son estomac ; Léa bascule la tête vers le sol, et vomit un jet de flammes.

Derrière le comptoir, le barman recule. La fée, quant à elle, éclate de rire.

– Eh ben. Au moins ta liqueur de poire marche sur quelqu'un, dit-elle.

Elle regarde le fond de son verre avant de reprendre :

– Il faut croire que le problème vient de moi.

Léa toussote encore un peu, expulse encore quelques brèves flammèches. Ses narines fument.

– Allons, allons, dit la fée.

– J'ai… dit Léa d'une voix rauque, sur un ton d'excuse, j'ai pas l'habitude de…

– J'ai bien compris.

Puis la fée reporte son attention sur le barman, fronçant pensivement les sourcils.

– Attends, dit la fée, je viens juste de comprendre… Tu sers à quoi, en fait, à part servir des verres ?

– C'est ma fonction, pour l'essentiel.

– Ça irait pas plus vite si je prenais directement la bouteille, si je veux me bourrer la gueule ?

– Ben…

– Passe-la-moi. Toi, tu peux te casser. Je vais boire directement au goulot. J'avais pensé à te transformer en quelque chose mais j'ai même plus envie. J'ai envie de rien. Barre-toi avant que je change d'avis.

Sous l'œil indifférent de la fée, le barman s'éclipse sans évoquer l'addition, ni quoi que ce soit de cet ordre. Léa, désormais, se retrouve totalement seule avec elle. Sa terreur aurait encore redoublé, si seulement l'alcool n'était pas en train de lui monter au cerveau.

Les contours des choses lui semblent s'amollir. Tout devient vague et flottant. Comme si elle évoluait au fond d'un étang. À côté d'elle, la fée empoigne l'énorme bouteille, commence à boire au goulot. Elle la repose après en avoir vidé la moitié. Léa ne cesse de la fixer, et alors seulement, elle remarque quelque chose que sa peur initiale lui avait caché.

Elle a l'air triste. Elle a l'air tellement triste.

– On m'a dit que c'était supposé te rendre joyeux, dit la fée. Il y a plein de gens qui font ça, chez vous, je me suis renseignée. Il y en a certains qui deviennent même accro. Je me demande pourquoi. Toi, ça te fait quel effet ? J'aimerais savoir.

– C'est… c'est bizarre. Je crois que je me sens pas très bien.

– Quel effet ? Est-ce que t'as envie de rire, dis ? Est-ce que tu te sens joyeuse ?

Léa se concentre pour comprendre les questions de la fée.

– Euh… joyeuse… ? Non. Pas vraiment.

– Quoi, alors ? Ça te fait sentir comment ? On dirait que ça fonctionne pas sur moi. Alors aide-moi un peu, j'attends que tu me le dises.

– Ça me rend… ça me fait voir flou. Ça me fait entendre flou.

Léa ne pense rien avoir dit de spécialement lumineux, mais la fée l'écoute néanmoins d'un air sincèrement attentif :

– Et pas d'émotions positives ? demande-t-elle. Ça améliore pas ton humeur ? Ça te fait pas oublier les trucs que tu voudrais oublier ? C'est pas ce que c'est censé faire ?

– Je… je sais pas… Je vous dis que c'est la première fois que je bois de l'alcool. J'ai mal au ventre. J'ai mal au ventre et tout est flou.

Cette fois-ci, la fée semble déçue.

– Ouais. Bon. Même pour toi, ça a pas beaucoup d'intérêt, alors. Je me suis fait arnaquer.

– J'ai… Madame la fée, j'ai… j'ai vraiment besoin d'y aller. Je suis désolée, mais…

– Tu vas rejoindre tes copines, c'est ça ?

Léa acquiesce en silence. La fée émet un reniflement bizarre. Un instant, Léa croit avoir commis un impair. *Je l'ai sûrement vexée, j'aurais dû me taire*… Elle se souvient alors du livre de grammaire générative qu'elle traîne dans son sac banane. Pourra-t-elle le sortir à temps ?

Mais la fée n'esquisse aucun geste hostile. Elle continue de parler.

– Ta copine, l'humaine, elle pue le mal à plein nez. Elle pue la mort et le mensonge. Ça pourrait presque être une *drauth*. Mais apparemment elle est innocente. Zerka me l'a assez répété. Je ne l'ai pas crue au début. Parce que… parce que l'autre, ta copine, elle avait l'air franchement, franchement, franchement très coupable. Mais elle est pas coupable de ça. Ce qui veut dire qu'elle est coupable de quelque chose d'autre, mais ça je m'en fous, c'est pas mes affaires. Zerka me l'a dit et redit, il faut que j'arrête de l'embêter. C'est pas de sa faute à elle, si maintenant je suis toute seule.

Sur ces derniers mots, les yeux de la fée luisent d'un éclat humide. Elle se les essuie d'un revers de bras. Léa ne comprend rien à son discours ; elle ne devrait pas s'en étonner. Qu'est-ce qu'une *drauth*, de toute façon ?

– Je dois compter sur elles pour retrouver cet homme, dit Kala. J'aimerais bien le faire à sa place, mais je ne peux pas. Donc, si elle n'est pas coupable, elle a pas intérêt de chômer. Tu ferais bien de le lui rappeler, quand tu la reverras. Elle est où, au fait ? Tu peux me répondre, non ? Qu'est-ce qu'elles font, en ce moment ?

– Eh ben, elles…

En temps normal, donner des indices à cette fée sur la position de Sarah serait *extrêmement* malavisé. Mais…

– Elles sont où ? répète Kala, d'une voix plus sèche.

En l'occurrence, elle n'a rien à perdre à mentir. De plus, leur conversation a pris un tour inattendu. Elle n'arrive pas à y croire elle-même.

Se pourrait-il qu'elle parvienne à tourner sa malchance à son avantage ?

Les risques sont là, mais il y a peu d'alternatives. Elle se lance. Advienne que pourra.

– Maylis et Sarah se sont fait capturer par la LSH, dit-elle.

– Hein ? C'est quoi, la LSH ?

– C'est… c'est un groupe d'humains. Des…

– Des pas transformés ?

– Oui. C'est un groupe d'humains qui tuent les Chimères et qui volent les gens. Ils sont… ils sont cruels, très cruels. Moi, ils m'auraient tuée. C'est pour ça que je me suis enfuie.

– Dommage pour elles. D'après ce que tu me dis, elles vont mettre du temps à s'en sortir. Si c'était dangereux pour toi, t'as raison d'être partie. T'es mieux ici, avec moi. Tu pourrais peut-être essayer de reprendre un verre.

Ça ne se passe pas exactement comme Léa s'y attendait. Même si elle savait déjà que l'esprit des fées prenait des chemins étranges et se heurtait à des impasses bizarres. Il lui faut se montrer plus explicite, quitte à faire une requête en bonne et due forme.

– En fait, dit Léa, elles risquent… elles risquent de pas s'en sortir du tout.

– Ah, c'est vrai que s'ils tuent les transformés, ça craint pour la licorne. Mais ton amie Sarah… elle risque rien, non ?

Puis, fronçant les sourcils :

– Pourquoi ils l'ont capturée, elle, d'ailleurs ?

– Je sais pas. Mais… mais ils sont violents. Ils vont sûrement leur faire du mal à toutes les deux.

Si ce n'est déjà fait. Léa essaie de repousser cette idée.

– J'étais venue chercher de l'aide, à la base, pour les sortir de là, dit Léa. Et… et… et vous êtes une fée. Vous pouvez la sauver, vous.

– Zerka m'a dit de la laisser tranquille. Je vais pas m'approcher d'elle.

Une réponse, brève, et profondément décevante.

– Mais non, dit Léa. Excusez-moi, mais… mais là ça compte pas. Là, je suis sûre que Zerka vous embêtera pas si vous venez l'aider.

– Aussi, j'aime pas beaucoup Sarah. Je l'aime pas de base, et en plus elle m'a tapé avec un livre-logique. Ça m'a fait mal.

– Mais… mais puisque je vous dis que… Mettons, si la LSH la tue, il n'y a plus de Sarah, et alors il n'y a plus personne pour retrouver le sorcier que vous cherchez…

Le visage de Kala s'éclaircit alors, comme si Léa venait juste de dégager un angle inédit du sujet.

– J'avoue que c'est embêtant, ça. Mais… si elle meurt pour des choses comme ça, alors, Zerka n'aurait pas dû la choisir. Elle ne pourra pas réussir. C'est la mauvaise personne. Alors pourquoi je devrais me soucier d'elle… ?

– Mais elle… elle va réussir !

Léa vient de hausser le ton. La fée cligne des yeux, surprise.

– Elle… elle a fait que ça, depuis qu'elle est partie, articule Léa. On a posé des questions, on a trouvé des indices, on a trouvé un témoin qui l'a vu, et on sait qu'il… on sait qu'il fume des cigarettes industrielles, et qu'il sent le tabac, et qu'en plus d'avoir le pouvoir de faire apparaître des choses, il a le pouvoir d'en faire disparaître.

À ce moment-là, curieusement, les yeux de Kala s'obscurcissent.

– On a pas commencé depuis longtemps, on… on est parfois un peu perdues, mais on avance, et là, ce qui nous est arrivé, c'est juste pas de chance. Vous ne pouvez pas lui en vouloir pour ça, elle a fait tout ce qu'elle a pu, rien que pour vous. Donc non, on est sur la bonne voie, et elle va réussir. Personne ne pourrait mieux se charger de ce travail qu'elle. Ne pas l'aider serait une grave erreur de votre part.

Léa s'arrête, reprend sa respiration. Si elle n'avait pas été désinhibée par la liqueur de poire, sans doute n'aurait-elle pas pu tenir un discours aussi enflammé face à une fée. Kala hoche silencieusement la tête.

– Tes deux amies, dit-elle, elles comptent beaucoup pour toi, non ?

– Euh… Oui, évidemment que oui.

– Si elles disparaissaient, tu serais malheureuse ?

Quelle question.

– Oui, répond-elle. Immensément malheureuse.

Les mots lui paraissent faibles. Elle sait très bien quel effet ça lui ferait. Elle l'a déjà vécu. Plutôt mourir que revivre ça.

La fée se lève de son tabouret, s'éloigne du comptoir.

– Tes ailes, dit-elle, elles te servent pas à rien ? C'est pas comme des ailes d'autruche ? Tu peux voler avec ?

– Euh… Oui, oui bien sûr.

– Alors montre-moi la direction et je te suis.

– Attendez… ça veut dire que vous acceptez ? Vous… vous acceptez vraiment de m'aider ?

– Oui, oui, tu vois bien que c'est ce que je suis en train de faire, répond Kala, d'un ton irrité. Je te dis : envole-toi, et je te suis.

Léa est décontenancée. *Je l'ai vraiment persuadée. Je vais vraiment avoir l'aide d'une fée.* Et alors se déploient dans le dos de Kala ses grandes ailes de lumière, d'une géométrie épurée, sans plumes ni nervures.

Léa s'empresse d'étendre ses propres ailes en retour, tape sur le sol, s'envole. Kala décolle juste après.

Mais qu'est-ce que je viens de faire, au juste ? continue-t-elle à se répéter le long du trajet.

9. raid

Je suis toujours dans le mobile home. Comme me l'a demandé le Maréchal, je lui explique où en sont mes recherches. Les mots sortent, mais ils m'écorchent la langue. Tout ce que je peux espérer, c'est l'aide de Zerka. Mais n'a-t-elle pas dit qu'elle essaierait de s'impliquer le moins possible ? Non seulement elle ne veut pas se « salir » en supervisant ma mission, mais si elle m'assiste de trop près, les gens vont penser qu'il existe un lien entre les fées et moi – ce qu'elle souhaite éviter à tout prix.

Si je le voulais, je pourrais me débarrasser du Maréchal. Il ne s'en doute sûrement pas, mais je me débrouille pas mal en combat rapproché. Même désarmée, je ne suis pas sans ressources. Je pourrais saisir cette tasse, sur le rebord de la fenêtre, la briser sur un coin de table et, à ma grande satisfaction, égorger ce fils de pute. Ça ne réglerait pas la question de tous ces hommes assoiffés de sang qui attendent à l'extérieur, mais il n'est pas exclu que…

Dehors, quelqu'un crie. Des mots difficiles à discerner. J'interromps mon récit. Le regard du Maréchal se tourne vers la fenêtre. Il se lève.

– Qu'est-ce qui se passe… ? demande-t-il.

Je hausse les épaules, même si sa question ne m'est pas adressée.

Il sort alors de sa poche quelque chose que je n'avais pas remarqué : un revolver. C'est le chef, après tout. Il fait évidemment partie de ceux qui possèdent une arme à feu.

D'autres cris se font entendre. Des cris humains. Des cris de bête. Le Maréchal fixe la fenêtre. Je ne sais pas ce qu'il voit, mais son visage devient aussitôt livide.

– Mon Dieu. Non.

Il se précipite hors du mobile home. Comme si je n'existais plus.

Je suis forcément curieuse. À mon tour, je regarde à travers la vitre.

C'est une scène singulière. Il y a des gens qui courent. Des éclairs colorés qui jaillissent de tous les côtés. Des supplications. Des râles de désespoir. Je crois saisir à peu près ce qui est en train de se passer.

Tout est bien qui finit bien, au final. J'ai du mal à réprimer un sourire. Il faut croire que Zerka est toujours de mon côté.

Je n'ai pas envie de prendre en pleine poire un sortilège perdu. Il suffit que j'attende : d'ici quelques minutes, il ne restera plus rien de la Ligue pour la suprématie humaine. *Cheh !*

Ce n'est qu'une fois le silence tombé que je me hasarde à sortir.

Des arbres et des plantes en tout genre ont crevé les tentes, défiguré complètement le campement. Comme souvent après le passage d'une fée. Leurs chevaux et leurs bêtes domestiques errent, complètement désorientés.

Et pour parler des membres de la LSH eux-mêmes, il ne reste pour chacun d'eux qu'un petit tas de vêtements. Et parfois, au milieu de ce tas de vêtements, un lapin au regard effaré. C'est le thème du jour, je crois. Les lapins. Il y en a qui restent sur place, il y en a qui bondissent de façon désordonnée, il y en a qui doivent se cacher. Des lapins d'apparence on ne peut plus ordinaire, si l'on passe outre leurs couleurs. Je vois du rouge, du vert, du bleu, des pelages à pois ou à rayures. Nous restons chez les fées.

Il est courant de voir ce genre de tableau après un raid féerique. Soit drôle, soit tragique. Les deux, parfois. En l'occurrence, je ne ressens aucune empathie pour les victimes.

Je vois Maylis. Elle traîne une corde à son cou – ils ont dû la lui passer un peu plus tôt. Près d'elle se tient Léa. Je ne m'attendais pas à la revoir si tôt. Ma joie serait à son comble, si elle n'était pas accompagnée d'une troisième personne.

Kala.

Elle. Qui m'a hurlé toute sa haine au visage la dernière fois que je l'ai vue. Qui rêverait manifestement de me tuer, si le meurtre était autorisé chez les fées. Qui croit que je suis responsable de la mort de son amante. Elle se tient debout, au milieu du camp détruit, ses cheveux blancs étincelant à la lumière du soleil. Et moi qui m'attendais à voir Zerka.

Quelqu'un, malgré l'inutilité de ce geste, a tiré sur Kala : une flèche lui dépasse du ventre, simplement plantée là. Elle n'en fait pas grand cas. Elle en empoigne la hampe, se mordant les lèvres, et, sous mes yeux, l'arrache comme elle aurait enlevé une écharde, avant de la lancer au loin. La plaie se referme immédiatement, tout comme le textile étrange de sa combinaison noire.

Ses yeux mauvais se portent alors dans ma direction. Peut-être, finalement, aurais-je mieux fait de rester enfermée dans le mobile home.

Léa lève la tête, me remarque à son tour.

– Sarah ! crie-t-elle, et elle se précipite vers moi. J'ai été chercher de l'aide ! dit-elle. Je suis tombée sur Kala en chemin, et elle a accepté de venir.

– Oui. Je vois.

Ça n'a pas pu arriver. C'est impossible. *Elle n'est pas venue m'aider, j'en suis sûre. Elle est venue exprès pour me chimériser personnellement.*

La fée s'approche elle aussi, tandis que Maylis reste en retrait.

– Elle a changé d'avis, reprend Léa. Elle a bien compris que t'étais pas une sorcière.

La façon dont Kala me dévisage ne transpire pas l'amour et le pardon pour autant. Elle me toise comme si j'étais un cafard de taille humaine. Cependant, je dois le reconnaître, elle ne dégage plus d'aura meurtrière à mon intention.

Kala croise les bras :

– Tu es incompétente, dit-elle. Tu es nulle. On t'a donné une mission, et tu fais n'importe quoi. T'as pas le temps de te faire capturer. Tu dois retrouver ce sorcier. C'est ce que Zerka t'a demandé. Ce que t'as fait là, c'est pas sérieux du tout. J'aurais pas dû venir t'aider.

Si je l'ai fait, c'est parce que la petite dragonne me l'a demandé et que je suis quelqu'un de gentil. Mais j'aurais peut-être pas dû.

Elle a visiblement troqué sa rage contre un mépris froid et hautain. C'est déjà préférable.

– C'était indépendant de ma volonté. J'ai jamais demandé à me faire capturer.

– Mais tu t'es fait capturer quand même. Point. Des choses comme ça peuvent pas continuer à arriver. C'est des choses qui arrivent aux incapables. Et ça va te ralentir.

– Nan. Ça va. J'ai pas perdu beaucoup de temps… Bon. J'imagine que je dois te dire merci.

Je jette un regard autour de moi et ajoute :

– C'est sympa, les lapins. C'est joyeux.

– J'étais d'humeur lapinesque, répond-elle sans se départir de sa morgue.

Et puisqu'il n'est pas rare qu'un événement inattendu en appelle un autre, le ciel devient vert. Plus exactement, un dôme se forme au-dessus de nous, et fait descendre ses parois incurvées tout autour du campement, coupant toute issue.

Kala semble aussi surprise que moi. Je comprends qu'elle n'est pas à l'origine de ce phénomène.

– Qu'est-ce que… qu'est-ce que c'est ? demande Léa, inquiète.

Kala elle-même semble perdre en assurance.

– C'est… C'est moi qui vais me faire engueuler, dit-elle. Je crois que c'est ça.

Et c'est alors que, comme pour attester ses dires, retentit la voix aigre de Zerka.

– Je ne suis pas contente.

Je ne sais pas à quel moment elle s'est téléportée mais elle se tient à quelques mètres de nous, comme si elle avait toujours été là. Elle tient un lapin rose par les oreilles, paralysé de terreur. Zerka paraît furieuse. Plus précisément, elle a l'allure caractéristique du cadre supérieur au bord du burnout obligé de gérer un problème dont il n'est pas à l'origine. Je suis persuadée d'être à deux doigts de la vérité.

Elle fait un pas vers la fée aux cheveux blancs :

– Kala. Qu'est-ce que je t'avais dit la dernière fois ?

– De rester loin de cette humaine.

– Et peux-tu me dire ce que tu viens de faire ?

– Je me suis un peu trop rapprochée de cette humaine.

– Non. Tu n'as pas fait ça. Tu as, *devant témoins*...

Elle brandit devant elle le lapin, qui se recroqueville en poussant un petit gémissement.

– Attesté de la relation contractuelle qui m'unit à elle. Combien de fois je t'ai répété que c'était un secret, un *secret* !

S'ensuit un interlude d'invectives en féerique.

– Comment tu fais pour être aussi... négligente !

Son bras décrit un arc de cercle, englobe la totalité du campement.

– Combien de gens t'ont-ils vue la sauver ? Combien de gens t'ont-ils vue parler avec elle ? Combien ? Tu sais ce que ça implique ?

Kala ne répond pas. Elle baisse les yeux, comme une gamine réprimandée par sa mère. Comme je ne suis pas directement concernée, je préfère ne rien dire. Zerka se passe la main sur le visage.

– J'ai dû intervenir vite, et tracer un champ de protection autour de la zone. Pour empêcher quiconque de partir et de répandre des rumeurs. Si je n'avais pas pensé à t'observer, je…

Elle soupire.

– Je commence à en avoir assez. Il y aura des sanctions.

C'est alors que Léa lève une griffe. Je lui jette un regard lui intimant de se taire, mais rien à faire, sa gueule s'ouvre quand même :

– Excusez-moi, madame… madame Shenn Zerka. Mais vous êtes plutôt injuste. Si Kala n'était pas intervenue, ces hommes auraient sûrement… Qu'est-ce qu'ils voulaient vous faire, en fait ?

Je commence à répondre :

– Ils voulaient se servir de moi pour retrouver le sorcier et… et après je sais pas.

Maylis et Léa sont là. Je ne parlerai pas devant elles de mon lien de parenté avec le Roi-Dragon, et de ce que la LSH comptait en faire. J'espère que le lapin que tient l'administratrice est encore trop terrorisé pour évoquer quoi que ce soit à ce sujet.

– Ce n'était pas une situation d'extrême urgence, dit Zerka. Rien ne justifiait *ça*. La discrétion. La discrétion, c'est tout ce que je demandais. C'est-à-dire pas grand-chose. Kala, c'est moi qui suis en charge. J'aurais moi-même mis en place un plan de sauvetage. Tu sais qu'il s'agit d'une affaire sérieuse, qu'il faut laisser aux administratrices. Je me serais arrangée pour faire échapper Sarah sans que personne ne s'en aperçoive.

Elle doit se douter que Kala aurait été incapable, à elle toute seule, d'élaborer un plan d'approche discret. Je crois que ça s'applique à la plupart des fées.

– Au lieu de quoi je dois gérer ça, continue Zerka. Bravo. Vraiment bravo. Et vous, d'ailleurs, c'est quoi ces histoires ? Vous avez besoin qu'on vous tienne par la main, peut-être ? Vous vous attendez à ce qu'on vienne vous sauver ? On est supposées rester *loin* de votre mission. La prochaine fois que ça arrive, je refile le travail à quelqu'un d'autre. Point final.

– Je vois pas ce que j'ai fait de mal. J'ai pas eu de chance, c'est tout. J'aurais pas pu prévoir.

– Eh bien à partir de maintenant sois plus prévoyante. Et je veux des résultats ! Le temps passe, et je commence à m'impatienter.

Déjà ?

J'essaie de la rasséréner :

– J'ai d'autres informations sur lui, que m'a données le Maréchal de la LSH. Pas grand-chose, mais c'est déjà ça. Vous voulez les entendre, ou c'est bon, vous avez tout vu en me surveillant et vous avez besoin de rien ?

Zerka semble alors s'apaiser quelque peu.

– Dis toujours. Au cas où il y ait effectivement des choses que je ne sache pas. Je n'ai pas écouté toute ta conversation avec cet homme.

– J'ai appris que le sorcier fait ses conneries depuis déjà un bout de temps, et j'ai appris qu'il avait effectivement déjà tué des gens, mais ça vous me l'aviez déjà dit. Le Maréchal, là, il m'a aussi dit qu'il était capable de faire disparaître les Chimères, exclusivement, et que ses pouvoirs n'atteignaient pas les humains naturels.

Dites-moi, le fait que je sois, justement, une humaine naturelle, ça faisait partie de vos critères de sélection ? Vous le saviez déjà ?

– Je ne sais pas grand-chose à propos de cet individu. Je n'ai pu me livrer qu'à des spéculations quant au fonctionnement de ses pouvoirs. Mais oui, j'ai eu cette intuition.

– Vous auriez pu me le dire.

– Je n'étais sûre de rien. Et qu'est-ce que ça change pour toi ?

– Je voyage avec deux Chimères. Ça les concerne.

– Ce n'est pas avec elles que j'ai passé un contrat. Et puis, maintenant, tout est réglé, elles sont au courant.

Elle regarde tour à tour Maylis et Léa.

– Vous savez à quoi vous attendre, et qu'il vaut mieux faire attention, avec lui. Est-ce que ça vous pose un problème ?

– Moi, dit Maylis, qui prend la parole pour la première fois, je suis juste ici pour suivre son odeur, pas pour me friter avec lui. Ça, c'est le job de Sarah. Donc, jusque-là, ça va encore.

– On dirait que tout va bien, alors, dit Zerka. Nous allons nous séparer ici. Je vais arranger ce bordel, et toi, Sarah, tu vas continuer ton travail. Et attention : je ne compte pas attendre indéfiniment.

Elle finit par repartir en téléportant tous les lapins avec elle. Elle va les enfermer jusqu'à savoir quoi faire d'eux. Je lui ai demandé si elle ne pouvait pas plutôt leur effacer la mémoire ou les hypnotiser. Elle m'a regardée d'un air quasi offensé :

– Les fées ne s'attaquent jamais à l'esprit d'autrui. Jamais.

D'abord l'interdiction de tuer, puis ça. Combien d'autres tabous pèsent sur la société féerique ?

Kala s'en va peu après. Avant de nous laisser, elle s'adresse à Léa :

– Tu ferais bien de t'en aller. Rien de bon ne t'attend avec elle. Choisis mieux tes amies.

Je préfère ne pas relever.

Nous avons donc plus ou moins provoqué la fin définitive de la LSH. Il s'agit d'un haut fait dont on pourrait se vanter mais, en l'occurrence, on s'en abstiendra.

Nous repartons donc, retrouvant au passage notre matériel de cuisine, resté exactement là où nous avions dû l'abandonner. Bientôt, la nuit tombe. Nos dernières aventures s'étant avérées plutôt énergivores, personne ne souhaite continuer la route sous les étoiles, et nous sortons les tentes et les sacs de couchage. Léa s'endort vite.

Moi, je suis occupée à brosser Maylis, à l'eau et au savon, comme stipulé dans les conditions de notre accord. La LSH ne lui a pas fait de mal, apparemment, juste un méchant coup de bâton sur la fesse gauche, ils n'ont pas eu le temps de la maltraiter davantage.

– Elles auraient dû les transformer en des trucs moins mignons que des lapins, dit-elle. Genre des scolopendres ou des cloportes.

– Ben au moins ils peuvent plus faire de mal à personne. Même s'il y a plus horrible que des lapins, je suis sûre qu'ils auraient encore préféré mourir. Pour des gens qui passaient leur temps à faire chier les Chimères, je crois qu'on peut parler de justice poétique.

– Moi, je préfère la bonne vieille justice qui tache. On aurait dû tous les égorger, les écorcher, et revendre leur fourrure dans le premier village venu. Ils nous auraient fait bien pire. C'est juste qu'ils en ont pas eu le temps.

Maylis est toujours nerveuse, ce qui se comprend. Elle laisse s'écouler quelques secondes, puis me demande :

– Au fait, j'ai une question à te poser.

– Quoi ?

– Est-ce que t'es vraiment la fille du Roi-Dragon ?

J'immobilise ma brosse.

– Je les ai entendus dire ça, m'explique-t-elle. Il y en a un qui a dit qu'il t'avait reconnue de quand il était prisonnier. Est-ce que c'est vrai ? Dis ?

Évidemment. Avec l'ouïe qu'elle a, ça n'a pas pu lui échapper. Je jette un coup d'œil en direction de Léa. Elle est enveloppée dans sa couverture. Je ne vois pas bien sa tête.

– Elle dort, dit Maylis. Tu peux me croire. Sa respiration ne laisse aucun doute. J'attendais justement qu'elle dorme pour t'en parler.

Je soupire. Que puis-je lui dire, exactement ? Même si j'essayais de lui mentir, elle le saurait.

– Il ne faut surtout pas qu'elle l'apprenne, dis-je. Si elle le savait, ça la détruirait. Tu imagines bien pourquoi.

– Oui. Bien sûr. Je suis pas folle.

Quelques mois avant que je la rencontre, Léa voyageait avec sa mère. Un vrai cœur d'or, paraît-il, ce qui ne l'aura pas empêchée de connaître une mort atroce aux mains d'un groupe d'Écorcheurs.

N'importe qui pourrait imaginer mes réticences à lui avouer dans quels rangs j'ai œuvré. Elle ne me le pardonnerait jamais.

– Honnêtement, dis-je, ça aurait jamais dû ressurgir. Ça fait deux ans que j'ai quitté la bande.

– La bande… C'est un peu plus qu'une bande, d'après ce que j'ai entendu. C'est carrément une armée, non ?

– Justement. C'est allé trop loin. C'est devenu trop gros. Et puis, j'étais arrivée au point de rupture. Donc je suis partie.

– Et… et ton père, il ne te recherche pas ? Il t'en veut pas ?

– Je ne lui ai pas fait de coup dans le dos – je ne suis pas comme ça. J'ai été lui dire. Il a accepté. J'ai emporté quelques bouquins, et j'ai quitté le territoire de mon père. La suite, tu la connais.

Comme elle se tait, j'ajoute :

– Qu'est-ce que tu penses de moi, maintenant ? T'es déçue, j'imagine.

Maylis renâcle, puis dit :

– Je te juge pas. Je sais qui tu es, je vais pas changer l'opinion que j'ai de toi juste à cause de ça. On a tous fait des trucs pas nets. Et je me doutais déjà que si tu cachais ton passé, c'est qu'il y avait une bonne raison. Tu remarqueras que je t'ai jamais trop questionnée là-dessus. Pourtant, tu sais que je pose beaucoup de questions. Moi aussi, il y a des trucs dont je suis pas fière et dont j'ai pas envie de parler. Et je sais que t'as rien à voir avec ce qui est arrivé à la mère de Léa.

Elle pense ce qu'elle dit, mais tiendrait-elle le même discours si elle avait pleinement conscience de ce que j'ai fait ? J'ai détruit, j'ai tué, j'ai torturé. Je me suis comportée exactement comme les autres.

J'insiste :

– Ne lui dis rien, vraiment. Pas comme la dernière fois. Car si elle l'apprend, il n'y aura pas de retour en arrière possible.

– C'était pas dans mes projets, je t'assure. J'ai pas envie de déclencher un drame. Le truc, c'est que si je l'ai su, Léa pourrait très bien l'apprendre elle-même, à un moment ou à un autre, et… Il faut te rendre compte que ça te pend au nez.

– Non. Déjà, c'était super improbable. Et maintenant que la LSH n'existe plus, je ne pense pas que ça arrivera une seconde fois. On est trop loin du territoire de mon père.

– Statistiquement, tu te rends compte qu'il nous arrive quand même beaucoup de choses « super improbables », comme tu dis.

– Ça sera bientôt fini. On reprendra la bibliothèque, et tout redeviendra comme avant.

– Je t'ai dit ce que j'avais à dire. Tu peux pas exclure les risques.

– Tu sais quoi ? Je ne veux plus en parler. C'est terminé. À partir de maintenant, pas un mot de tout ça, c'est tout ce que je te demande.

J'estime avoir assez frotté. J'abandonne ma brosse et j'essuie au torchon les quelques stries de mousse que j'ai laissées sur les poils de Maylis.

– Je vais me coucher, maintenant, le sujet est clos.

– Bien. Je vais pas t'embrouiller plus longtemps. Mais tu sais, il faut que…

– Il faut que rien du tout. Bonne nuit.

C'est sur ces mots que je regagne ma couverture. Les branchages sont clairsemés, leur entrecroisement libéré découpe de grands espaces de ciel bleu sombre. On peut voir briller les étoiles. La lune, un peu plus loin. Et comme je ne parviens pas à dormir, j'essaie de reconnaître les constellations.

10. un métro en forêt

C'est une aire de jeux. Un toboggan. Une balançoire. Un tourniquet. Un bac à sable. Tout autour, un grillage vert.

– Et vous avez découvert ça quand, exactement ?

Je me tourne vers le gamin qui nous a conduites ici. Il s'essuie le nez, me répond :

– C'est apparu hier soir. Avant, ça y était pas. Je viens souvent chasser par ici, avec mon père. Je vous jure que ça y était pas.

– Je te crois.

Effectivement, ça sent le neuf. Comme tout ce que nous avons eu l'occasion de voir auparavant.

– J'y suis jamais entré, dit le gamin. Ça me fait peur.

– Il n'y a aucun risque, lui dis-je. Dis, t'avais déjà vu un toboggan avant, toi ?

Il secoue la tête. Il est sans doute trop jeune pour se souvenir du monde d'avant l'Invasion. Il ne doit pas avoir plus de huit ans.

– Eh ben tu pourrais glisser dessus. Ça a rien de dangereux.

Je pousse le portique de l'aire de jeu. Maylis et le gamin restent à l'extérieur. Seule Léa me suit.

Je ne sais pas si réaliser une inspection en détail nous servira beaucoup, mais cette aire de jeu nous indique que nous sommes sur la bonne voie. Mon attention se dirige vers le banc, tout au fond, et les mégots brûlés à ses pieds. Il clope toujours, on dirait. Il avait moins fumé, près des toilettes de chantier. Peut-être s'y était-il arrêté moins longtemps.

Je demande au gamin :

– Dis, est-ce que par chez toi, il y a un homme qui se serait arrêté ? Barbu, avec des vêtements très très propres ?

– Y a pas beaucoup de gens d'ailleurs qui passent par ici, madame. Vraiment, à part vous, on a pas vu grand monde.

Le sorcier continue à éviter les villages. La solitude n'a pas l'air de le déranger.

Maylis longe le grillage, penche le cou par-dessus, du côté du banc, considérant les cigarettes avec intérêt.

– Est-ce que je peux m'en aller, madame ? me demande le gamin.

– Ouais, c'est bon. Merci beaucoup pour ton aide. Tu peux y aller.

Et il s'éclipse, nullement enclin à essayer tous ces jeux généreusement mis à disposition.

Maylis reprend la parole.

– Il se contente pas de fumer, dit-elle. Il fume *beaucoup*.

– On dirait bien.

Maylis prend un air pensif, puis dit :

– Il faudrait voir… il faudrait voir si on peut pas carrément le suivre à la trace, avec ça.

– Comment ça ?

– Ben si c'est un fumeur compulsif, et qu'il a le pouvoir de matérialiser des cigarettes à volonté, crois-moi, il y a de bonnes chances pour qu'on trouve un autre mégot dans un rayon de cent mètres à partir d'ici. Imagine qu'il laisse comme une piste, un peu comme le Petit Poucet, mais en version déchet. Les mégots, je pourrai les chercher, les repérer… Il faut seulement que je checke les environs, et puis…

– Mouais. Je sais pas. Et si tu trouves rien ? On aura juste perdu du temps.

– Je suis sûre qu'on aura plus de chance en utilisant ma méthode qu'en continuant à poser des questions. J'aimerais vraiment essayer.

Je reste sceptique. Cela dit, Maylis connaît mieux que moi le potentiel de son odorat, et l'acuité de ses sens n'a jamais cessé de me surprendre.

– Des vieux mégots, qui ont pris l'humidité, t'en serais capable ? je lui demande.

– Ceux-là, ils sentent déjà très fort. Je pense que c'est jouable. Il faut que je couvre une zone assez large. Et ça risque de prendre du temps. Laisse-moi… On va dire… Deux ou trois heures. Deux ou trois heures, et je te trouverai des résultats. On saura dans quelle direction aller.

Elle est marrante, à me parler d'heures. Je n'ai pas de montre. D'habitude on mesure le temps en se basant sur la trajectoire du soleil mais ce n'est pas grave. On va faire dans l'à peu près.

– Très bien. Je vais te laisser ta chance.

– Je vais trouver quelque chose, dit-elle. Je commence tout de suite.

Impossible de savoir si Maylis est vraiment sûre d'elle ou si c'est juste une impression qu'elle veut donner. Elle s'éloigne de l'aire de jeu, en humant l'air avec attention.

Léa décide de l'accompagner. Moi, je reste sur place : assise sur le banc, je sors *Le Comte de Monte-Cristo* et je lis en attendant. Le temps passe. Les pages aussi. J'en suis arrivée au point où le comte vient de mener avec succès sa vengeance contre Fernand, et je commence à me demander si je ne ferais pas mieux de lever mes fesses et d'aller chercher Maylis moi-même, gentiment la féliciter pour ses efforts même s'ils n'ont servi à rien, et supporter son humeur massacrante pour le reste de la journée.

Cependant, je perçois la silhouette de Léa dans le bleu du ciel, qui descend vers moi. Elle se met à décrire des cercles et me crie :

– Elle a trouvé ! Elle a vraiment trouvé ! Viens, je te montre !

Maylis est une meilleure détective que moi.

Je referme mon bouquin et je suis Léa qui, visiblement pressée, ne prend pas la peine de poser une patte au sol.

Maylis a trouvé une cigarette. Puis une autre. Et ainsi de suite. Effectivement, le mec est un grand fumeur. À ce rythme, le cancer va le tuer avant que je m'en charge.

– On aurait dû faire ça depuis le début, dit-elle, très satisfaite d'elle-même. On aurait dû commencer à faire ça depuis la cabine de toilette que tu as vue. Je ne pensais pas que c'était à ce point… C'est comme s'il faisait exprès de laisser une piste.

L'homme n'a fait que s'enfoncer en pleine forêt. Et nous nous y enfonçons à sa suite. Trouver les mégots devient de plus en plus facile. Non seulement Maylis se familiarise avec leur odeur, arrive à les repérer de loin, mais la route que nous retraçons ne s'embarrasse ni de lacets ni de tournants – un trajet parfaitement rectiligne. Le sorcier ne contourne rien, il se contente de traverser, sans s'arrêter.

Les arbres se resserrent, la forêt s'épaissit, les feuillages surplombants deviennent d'un noir de nuit ; une pénombre grisâtre nous enveloppe. Nous tombons, au passage, sur un simple tabouret en plastique. Puis, plus loin, un distributeur de snacks. Nous ne nous servons pas. Trop déconcertant pour susciter l'appétit.

Nous ne savons même plus s'il fait encore jour. Nous sommes au cœur du genre de zone forestière dont il faut, d'ordinaire, se tenir à l'écart. Des fleurs luminescentes criblent le sol, ouvrent innocemment leurs pétales sur notre chemin. J'entends des choses hurler au loin, d'autres gronder dans l'obscurité. Les naseaux de Maylis l'abreuvent d'informations peu rassurantes. Si Léa, accrochée à son dos, ne servait pas de repoussoir, un machin se serait déjà jeté sur nous. Moi, je marche à côté d'elles. Je garde la main sur ma machette. L'autre sur une torche que Léa m'a allumée. Nous ne parlons plus. Nous attendons seulement une éclaircie.

Et même si les arbres ne s'écartent pas, même si les ténèbres coagulent encore davantage, atteignant une consistance presque matérielle, nous effectuons néanmoins une découverte conséquente.

Léa, qui voit mieux que nous dans le noir, a été la première à la repérer. Nous nous en sommes approchées. Et à présent, nous y faisons face.

Et voilà, encore une grosse absurdité… je songe, en examinant ce qui s'offre à la lumière de ma torche.

Un réverbère de fer qui porte, juste en dessous de sa lanterne ronde, une petite pancarte rouge où il est indiqué « MÉTRO » en caractères industriels. Et, à côté, un escalier en béton qui s'enfonce dans le sol, dont les marches se perdent dans l'obscurité. Une entrée souterraine encadrée d'une rambarde métallique. Avec un panneau bleu et carré, affichant une publicité pour un parfum, et qui porte l'inscription : « Sully-Morland ».

– C'est le métro parisien, dit Maylis. Il a fait une… une entrée de métro. La vache.

– Le… le métro parisien… ? demande Léa.

– Oui, et c'est tout de suite identifiable, d'ailleurs. Regarde ce réverbère : on appelle ça un candélabre Dervaux, conçu par l'architecte Henri Dervaux, et assez représentatif du courant Art déco. Il y en avait beaucoup comme ça, à Paris.

Maylis m'a déjà raconté avoir travaillé comme guide touristique. Il s'agit sans doute de réminiscences de cette époque.

– D'accord, dit Léa. Mais pourquoi Paris ? C'est pas du tout la bonne région, c'est pas du tout le bon emplacement…

– Je pense qu'il en a rien à foutre de l'emplacement, dis-je.

Maylis effectue quelques pas.

– Ce que je me demande, c'est : est-ce que… est-ce qu'il a juste fait l'entrée, tu crois, où est-ce qu'il a fait tout… est-ce qu'il a creusé en dessous, aussi ? Non… même lui, il pourrait pas.

Je ne ferais pas d'affirmation aussi hâtive.

– Il faut aller voir, dis-je. Je descends. Vous m'accompagnez si vous voulez mais vous sentez pas obligées.

– Ça m'inspire pas, mais cette fois-ci j'y vais, dit Maylis. De toute façon, en bas ça peut pas être pire qu'à l'extérieur. Y a des tonnes de trucs qui arrêtent pas de nous reluquer depuis tout à l'heure…

Nous ne pouvons qu'abonder dans son sens.

Il s'avère que la bouche de métro n'est pas une impasse. Reste à voir jusqu'où elle s'étend, mais cette fois le sorcier a réalisé son œuvre la plus aboutie. Cela dit, comme pour la station-service, il n'y a toujours pas d'électricité. Trop complexe de recréer tout un réseau, j'imagine. Nous nous déplaçons donc toujours dans le noir. Les yeux de Léa parviennent à s'accommoder. Pour Maylis et moi, en revanche, notre champ de vision est limité à la lumière de ma torche.

– Tu me dis si tu sens le moindre effluve de tabac, dis-je à Maylis.

– D'accord. Mais je fais surtout gaffe à sentir les trucs qui peuvent nous tuer, hein. J'ai le sens des priorités.

– Oui, bien sûr, fais avec les priorités.

– Et si on tombe sur lui… Si je sens une odeur humaine *plus* une odeur de tabac, si je sens l'odeur de ce mec, alors je te laisse faire, hein. Moi, j'ai pas envie de disparaître.

Nous passons près d'une série de bornes électroniques – évidemment toutes désactivées – avant d'arriver aux tourniquets de fer. Ça faisait longtemps que je n'en avais pas vu. Je ne me sens pas nostalgique pour autant.

– T'as jamais pris le métro, toi, Léa ? Quand t'étais petite ?

– Non.

– Ben tu vois, on devait soit passer sa carte ici, soit prendre un ticket et le mettre dans une fente, là, et...

– Je sais quand même comment les métros fonctionnaient, me dit-elle d'un ton offensé. Je suis pas complètement ignorante non plus.

– Au moins, ça va, dit Maylis, c'est des tourniquets, pas des portiques, c'est facile à enjamber...

– Hé ! Hé ! crie une voix.

Un frisson me remonte l'échine. Je me retourne. À notre droite, une lumière vient de s'allumer.

Il s'agit du guichet. Et, comble de la surprise, quelqu'un se trouve derrière.

La vitre coulissante s'est ouverte, révélant une face grise et allongée. Qui nous regarde fixement de ses quatre petits yeux noirs. De longs cheveux noirs et secs descendent sur ses épaules. Pas de vraie bouche. À la place, des crocs d'araignée.

La créature du guichet n'a pas une tête à remporter des concours de beauté, certes. Mais des Chimères moches, tout le monde en a déjà vu. Ce qu'il y a de moins courant, c'est de voir des Chimères moches vêtues de l'uniforme de la RATP : chemise blanche et cravate rayée de vert.

Je n'ai même pas le réflexe de m'enfuir. Maylis et Léa sont aussi pétrifiées que moi.

– Eh ! Approchez un peu, dit la femme-araignée. C'est pas parce que les bornes connaissent un souci technique que vous pouvez vous permettre de frauder. C'est pas mon job à la base, mais à situation exceptionnelle mesure exceptionnelle, la vente est déléguée aux comptoirs d'information. Si vous avez pas de titres de transport, achetez-les ici. À moins que vous teniez à recevoir une amende de 150 €, à vous de voir.

Au moins, elle n'a pas l'air hostile. Enfin, pas dans le sens traditionnel du terme. Pas du genre à vouloir nous découper et nous déguster en sashimis, par exemple. Cela dit, j'ai le pressentiment que nous entrons dans un épisode qui surpassera tous les autres niveau bizarrerie. Je ne suis plus en mesure d'anticiper quoi que ce soit. Faire attention. Avancer à tâtons.

– Putain, dit Maylis à voix basse, j'avais pas repéré son odeur… Qu'est-ce qu'elle fait ? C'est une blague, ou bien…

– Je sais pas. Je vais lui parler, dis-je. Léa, viens avec moi.

On ne sait jamais. Elle devra peut-être jouer son rôle de garde du corps. Maylis reste où elle se trouve. Elle n'a pas plus de sympathie pour les araignées que pour les fourmis.

Une fois devant la vitre, je remarque d'où vient la lumière qui éclaire la guichetière : c'est une lanterne électrique, à piles, posée à côté d'elle. Je peux aussi voir qu'elle n'a pas de jambes. Le reste de son corps, sous son buste, n'est qu'un gigantesque abdomen gris et chitineux muni de multiples pattes acérées. Ça ne me surprend pas vraiment. J'ai déjà croisé d'autres Chimères qui ressemblaient plus ou moins à celle-là. C'est le genre de châtiment qui aurait pu m'attendre, le genre de sortilège que peuvent lancer les fées en colère. C'est en tenant compte de cas comme ceux-ci qu'on s'aperçoit que Kala, avec ses lapins, ne s'est pas montrée exagérément dure envers la LSH.

– Bonjour, dis-je.

– *Bonsoir*, répond l'autre.

Elle lève le bras : elle possède une main à trois longues griffes, et à son poignet, surprise, se trouve une montre. *Où elle a chopé ça ?* Elle en tapote le cadran.

– Il est vingt-trois heures quarante-cinq, dit-elle sèchement, comme si elle me reprochait quelque chose.

– Ah.

On dirait que j'ai affaire à quelqu'un de chiant.

– Qu'est-ce que vous faites ici ? je demande.

– Il faut bien qu'il y ait des gens qui bossent de nuit. Surtout si les bornes ne marchent pas. Tout comme les lumières, vous avez remarqué. Les techniciens sont censés réparer ça. Le métro fonctionne toujours, en revanche, ne vous faites pas de souci à ce niveau-là.

J'échange un regard circonspect avec Léa. La guichetière continue :

– Je vous ferai payer en liquide, par contre, parce que la carte bleue ne passe pas. La moitié des équipements sont hors service. Et moi qui suis obligée de faire ça… avec mon mal de tête carabiné. Vous auriez une aspirine ? Je vous fais les tickets gratuitement, pour une aspirine.

– Ah… ah non, pas d'aspirine, non désolé.

Derrière nous, Maylis écoute notre conversation avec deux yeux ronds. Moi, je ne comprends pas s'il s'agit d'une farce, d'un jeu de rôle, ou si la femme-araignée présente de sérieux soucis psychologiques.

– Tant pis, dit-elle. Bon, vous avez vos cartes Navigo ? J'imagine que non. Dites, est-ce que vous connaissez les tarifs, au moins ? Vous avez l'air complètement perdues. Vous n'avez pas l'habitude de prendre le métro, si ? Vous êtes des touristes, c'est ça ?

– Euh…

– Ce n'est pas grave. Je suppose que vous comptez acheter trois tickets ? Votre amie, derrière, elle compte aussi voyager… ? C'est un trajet en une fois, que vous comptez faire, ou vous comptez prendre le métro plusieurs fois ? Le ticket tout seul est à 1,90 €. Si vous achetez un carnet de dix tickets, vous ferez 25 % d'économies, soit un total de 16,90 €. C'est pour ça que je vous pose la question. Aussi, on fait des réductions enfants mais… la petite blonde, là, elle a plus de dix ans, non ?

Léa n'ayant pas d'autre coiffure que sa couronne de cornes, on peut comprendre que la qualifier de « petite blonde » ait de quoi nous interpeller. J'entends Maylis murmurer :

– C'est quoi cette merde…

– Nan, nan, elle a plus de dix ans, ça se voit, continue la femme-araignée. Désolée. Donc : qu'est-ce que vous choisissez ?

– Excusez-moi, dit Léa. Mais… est-ce que vous allez bien ?

Bon. Ce n'est pas de moi que viendra l'approche frontale du problème. Reste à voir ce que ça va donner.

– Comment ça : « Est-ce que je vais bien » ? demande la guichetière.

– Ben… comment dire…

Léa, quelque peu mal à l'aise, commence à se tripoter les griffes.

– Vous vous rendez bien compte que… que… que c'est pas une vraie station de métro, et que… vous êtes pas une vraie… une vraie dame du métro. Et surtout, je suis pas blonde. J'ai jamais été blonde, d'ailleurs.

Les crocs de la femme-araignée se contractent dans un spasme soudain. Ses quatre yeux se ferment simultanément. J'ai d'abord cru à une réaction de surprise, mais ce n'est que son mal de tête qui semble s'intensifier.

– Je comprends rien à ce que tu dis, petite, dit-elle. Vous auriez vraiment pas… une aspirine ? Même pas un Doliprane… ?

– Non, lui dis-je. Désolée. On aimerait bien mais on a vraiment rien contre la migraine.

– C'est pas… c'est pas grave, répond l'autre en regardant sa montre.

– Ça a l'air d'être un sale mal de tête, ce que vous avez.

– M'en parlez pas. Encore, ce matin, ça allait, mais ça a fait qu'empirer. J'aurais pu rentrer, mais… Enfin, demain, je me repose, je vais chez le médecin. C'est peut-être une mauvaise grippe.

– J'aurais une question à vous poser.

– Si… si vous voulez… C'est à propos de quoi ?

Je ne compte pas essayer de la tirer de son délire. Elle n'a pas eu l'air réceptive à la tentative de Léa. Mais elle m'intrigue. Je lui demande alors ce que je demande à tout le monde. En espérant que ça suscite une réaction de sa part, n'importe quoi :

– Est-ce que vous avez croisé un homme, sûrement bien habillé, avec une barbe, et qui fume beaucoup. Genre, vraiment beaucoup.

L'une de ses paupières tressaute. J'en prends note.

– Je… dit-elle, un peu difficilement. C'est quoi, cette question, encore ? Je vois passer beaucoup de monde. Les barbus qui fument ça se… ça se… je peux même pas les compter.

Inexplicablement, les doigts de sa main droite se resserrent. Elle s'enfonce les griffes dans la paume – à la lumière de la lanterne, je peux voir le sang perler.

La voix ébranlée, elle ajoute :

– Vous êtes trop vague… beaucoup trop vague…

Je ne lâche pas l'affaire pour autant, loin de là :

– C'est important. Je cherche à le retrouver. Je sais qu'il est passé par ici. Barbu. La dernière fois qu'on l'a vu il portait une chemise. Et il fume des cigarettes.

– Mais… (Un autre accès de migraine la saisit.) Mais pourquoi est-ce que vous me posez ces questions ? me demande-t-elle, subitement larmoyante. Vous voulez rien m'acheter ? Vous avez pas un endroit où vous devez aller en vitesse ?

– Sarah, me dit Léa en me tirant par la manche, on devrait peut-être…

– Juste une réponse. Vous savez rien, vraiment rien ?

– Non ! Je sais rien ! Je sais pas où il est !

Elle hurle carrément, derrière son guichet. Ses yeux sont tous les quatre embués de larmes.

– Pourquoi vous me demandez ça ? C'est pas mon domaine, je vous dis ! Il est jamais passé ! Ce sor… ce sor…

Les larmes laissent alors place à un jus noir qui s'écoule en longs sillons sur son visage. Léa raffermit sa prise sur ma manche. Je fais un pas en arrière.

La femme-araignée, elle, s'est immobilisée. Ses yeux continuent à dégorger, grands ouverts. Elle reste ainsi plusieurs secondes, comme apaisée.

– Vous ne pouvez pas le retrouver. Je ne peux pas vous aider, parce que de toute façon, je… je n'existe pas.

Et puis ses yeux éclatent. Deux jets noirs qui giclent sur le comptoir. Léa pousse un cri. La tête de la guichetière s'affale, s'écrase dans un grand bruit sourd.

– Qu'est-ce qui s'est passé ? demande Maylis, avançant vers nous. Qu'est-ce qu'elle a eu… ?

À côté de moi, Léa s'est mise à pleurer. Ça lui a fait une encore plus grosse impression qu'à moi. En matière d'étrangeté, mes pronostics se sont montrés bien loin de la vérité : c'était pire, bien pire que ce à quoi je m'étais attendue.

Je réponds à Maylis :

– Je crois qu'on a toutes une idée du mec qui lui a fait ça.

11. attaque nocturne

Je passe la main de l'autre côté du guichet, pour prendre le pouls de la femme-araignée. En effet, elle est tout à fait morte.

– Bon, ben, au moins la question du ticket se pose plus, maintenant, dit Maylis.

Léa lui envoie un regard assassin, lui montre à moitié les dents. Sans doute juge-t-elle le trait d'humour inapproprié.

– Oh, détends-toi, reprend la licorne, c'est qu'une blague.

Ce n'est pas la première fois que Léa voit des gens mourir. Je le sais. Mais rien à faire : même quand on croise un cadavre, ça la remue. Sans doute est-ce dû à son traumatisme.

Nous franchissons les tourniquets. J'ai auparavant troqué ma torche pour la lanterne électrique.

– C'est nous qui l'avons tuée, dit Léa, des larmes toujours plein la voix. On aurait dû… on aurait dû la laisser tranquille. C'est… T'aurais pas dû insister, Sarah.

– Je pouvais pas savoir. Les gens, d'ordinaire, meurent pas juste parce qu'on leur pose des questions.

– C'est quoi ce nouveau pouvoir ? intervient Maylis. D'abord il construit des trucs, ensuite il fait disparaître des trucs… et puis… et puis… et tu crois vraiment que c'est lui qui lui a bousillé le cerveau ? C'était vraiment de la magie ?

– Ses yeux ont carrément explosé. Ça me paraît clair.

Il est vrai que, foutue comme elle l'était, cette femme-araignée aurait eu, de base, pas mal de raisons de péter un plomb. Certaines personnes, après s'être fait chimériser, refusent toujours d'y croire. Il y en a qui se comportent comme si rien n'avait changé chez eux, s'enfonçant dans le déni (du type : « Non, je n'ai pas d'écailles, j'ai seulement la peau sèche. »). Les premières années après l'arrivée des fées, il y avait énormément de cas comme ça.

Mais ce que j'ai vu à l'instant, c'était encore autre chose.

– En tout cas, dis-je, la magie de ce mec a une logique. C'est toujours en lien avec le monde pré-Invasion. Il crée des constructions d'avant l'Invasion. Il a le pouvoir de faire disparaître les Chimères, qui n'existaient pas avant l'Invasion. Et cette Chimère-là, on dirait qu'il l'a forcée à agir comme si l'Invasion n'avait jamais eu lieu.

– On reste dans une optique de *renormalisation* du monde, donc, dit Maylis.

– Oui. On peut dire ça comme ça.

– C'est pas une renormalisation, dit Léa entre ses dents. Il y a rien de normal, là-dedans.

Nous arrivons sur un quai. Je m'approche de la bordure : au fond de la fosse, les rails reflètent l'éclat de ma lanterne. Pas de rame à l'horizon. Et l'autre qui me disait que tout fonctionnait. De plus, la voie ne continue que d'un côté. De l'autre, le tunnel s'achève brusquement, sur un mur de terre brute.

– Il a pas reconstruit tout le réseau francilien, on dirait, commente Maylis.

– Je trouve ça un peu rassurant, dis-je. Ça montre qu'au moins ses pouvoirs ont une limite. Mais quand même, il a fait apparaître tout un tunnel, avec des rails, et tout… Jusqu'où est-ce qu'il va ?

– Y a encore des odeurs de clope, en tout cas. J'arrive bien à les sentir. Il est passé par là. Il a suivi les rails.

– Bon. Alors on descend.

Je saute sur la voie. Léa et Maylis me suivent.

– Encore heureux qu'y ait rien qui marche, dit cette dernière.

Et nous nous enfonçons dans le tunnel.

Nous parcourons quelques centaines de mètres, et retrouvons un mégot au passage. Enfin, le tunnel débouche sur une autre station (« Pont-Marie »). Un autre mur de terre vient fermer la ligne.

Le sorcier n'a pu faire que remonter, donc nous remontons nous aussi. Après avoir passé une nouvelle série de portillons, nous tombons sur un autre guichet – mais celui-ci est vide. Tant mieux, je n'avais vraiment pas envie de faire une deuxième rencontre du même type.

À l'extérieur, une nuit dégagée nous accueille. Une brise fraîche effleure mes vêtements. J'ai l'impression de sortir d'un lac de boue. Je comprends de mieux en mieux la méfiance instinctive que les constructions de ce sorcier inspirent aux gens. Hormis leur incongruité naturelle, quelque chose d'impalpable suinte de leur matière même ; elles sont baignées d'une atmosphère bien à elles, froide, sèche, profondément viciée.

– On a quitté le cœur de la forêt, dit Maylis. Peut-être que ça valait le coup de passer par là. Ça nous a fait un raccourci.

– Je sais pas si j'aurais envie de repasser par un tunnel comme ça, dit Léa. Surtout si c'est pour...

Elle n'achève pas sa phrase. Elle ajoute seulement :

– Si cet homme fait des choses comme ça, alors je comprends pourquoi les fées veulent le tuer. Elles ont raison.

Comme l'a relevé Maylis, la forêt s'est désépaissie. Les arbres se sont espacés, l'obscurité a diminué : si j'éteignais ma lanterne, on pourrait se fier à la clarté de la nuit.

– Aussi... dit Maylis, prenant une inspiration. Il y a des gens qui nous observent.

À peine dit-elle cela que, du côté d'un fourré, un petit bruit mécanique se fait entendre.

Je suis assez familière des arbalètes pour immédiatement reconnaître de quoi il s'agit.

Je crie :

– Baissez-vous ! et je me jette au sol.

Un projectile fuse quelques centimètres au-dessus de ma tête. C'est moi qu'il visait. Je brandis mon arme devant moi et, en direction de l'ombre que je distingue vaguement, je projette mon carreau.

J'entends un cri. Je n'ai pas menti au troubadour en lui disant que j'avais l'œil vif. Pas le temps pour un deuxième tir, cela dit, pas le temps de recharger. La machette dégainée, je me rue vers les fougères. Je cours en zigzags, entre les arbres – un carreau réussit pourtant à riper sur la manche de mon manteau. Deux silhouettes se lèvent, l'une est à moitié penchée, blessée à la jambe. L'autre sort un long couteau dont la lame luit au clair de lune. Derrière lui, son compagnon pousse un gémissement et s'écroule. L'homme au couteau guette du regard la lame de ma machette. Il n'est pas très grand. Bras fins comme des allumettes. Visage juvénile. À la manière dont il se tient, changeant de prise, peu assuré sur ses jambes, je ne pense pas qu'il soit très expérimenté au corps-à-corps.

Pas un mystère, s'ils nous ont attaquées de loin.

Il allonge le bras, essaie de me planter. Je dévie son coup du plat de ma lame, lui expédie mon genou dans le ventre. Il se plie en deux, la respiration coupée, et lâche son couteau. J'abats le manche de ma machette sur le sommet de son crâne, et il s'effondre.

Je ramasse son arme et me dirige vers l'autre assaillant, un homme plutôt vieux, d'une soixantaine d'années. Il essaie péniblement de recharger son arbalète, alors même que je me rapproche. Je pointe ma lame dans sa direction.

– On lâche tout ça.

Il lève alors lentement les mains, en signe de reddition. Un bruit derrière moi me signale que Léa vient d'atterrir.

Le combat est terminé. S'il y a d'autres hommes dans les parages, ils tardent à se montrer.

– J'aime pas les gens qui se cachent, dis-je. Je préfère les attaques franches. En plus, quelle idée de nous tirer dessus. Vous avez pas vu qu'on a un dragon avec nous ? Si on avait voulu, on vous aurait cramés. Encore heureux qu'on soit gentilles. Hein, Léa ?

Elle ne dit rien. À vrai dire, je la sais incapable de brûler des gens ; ses flammes se sont toujours limitées aux créatures sauvages. Elle darde cependant un regard absolument implacable sur le garçon désarmé, qui n'ose même pas se relever.

Les sabots de Maylis se font entendre :

– Alors, c'est qui ? C'est des bandits ?

– On... on est pas des bandits, dit le garçon.

– Ah bon ? Vous y ressemblez beaucoup. Même si vous êtes plutôt mauvais, je leur réponds.

Alors seulement, le vieux ouvre la bouche – pour faire autre chose que gémir ou crier.

– On... on faisait que surveiller la station de métro. On était supposés... guetter ce qui allait en sortir. On est pas là... pour... pour tuer et voler les gens.

– Et qu'est-ce que vous avez essayé de faire, alors ?

– On a... on a entendu que la licorne nous avait repérés, et Antonio a tiré. Je vous jure, on voulait pas... C'était un accident.

– Accident mon cul, commente Maylis. C'est facile de dire ça quand on a perdu.

– Et comment ça se fait que vous vous soyez mis en tête de surveiller la station ? Je suis curieuse.

Cette fois-ci, c'est le garçon qui prend la parole :

– Il y a quelqu'un qui en est sorti. Il a tué trois personnes. Cette station, on savait pas ce que c'était vraiment, donc on nous a demandé de continuer à la surveiller pendant que… euh… C'est une histoire bizarre.

Je vais certainement devoir discuter avec mes agresseurs pendant plus longtemps que prévu.

– Une histoire bizarre, hein ?

Puis, m'adressant au vieux :

– Je vais enlever votre carreau, désinfecter votre plaie, et vous faire un bandage provisoire. Pour le reste, s'il faut recoudre, moi je sais pas bien faire, mais je peux cautériser si vous voulez.

– Je… je vais faire sans cautérisation. Quelqu'un au village pourra me recoudre.

Nous sommes donc près d'un village.

– En attendant, j'aimerais que vous me disiez tout ce qu'il y a à savoir sur l'homme qui est sorti de cette station. Après quoi on sera quittes. Entendu ?

12. Jeanne

Le vieux et le jeune sont père et fils. Le père s'appelle Baltasar et le fils Antonio. Ils viennent d'un village nommé Le Vieux-Moulin. Ce sont des fermiers – pas les plus habitués à tenir une arme. L'arbalète de Baltasar lui sert surtout pour la chasse, et celle d'Antonio n'est même pas à lui. Derrière le lieu de l'embuscade, ils ont laissé leurs montures attachées à un arbre : un âne, et un vieux cheval maigre.

On peut se demander ce qui pousse ce genre de gens à attendre tapis dans les fougères, et à tirer sur de parfaits inconnus. La station de métro doit sûrement jouer un rôle là-dedans. Elle a été repérée ce matin même par un groupe de chasseurs, qui sont restés assez longtemps devant pour en voir un homme sortir.

Le sorcier était « barbu, avec une chemise bleue ». D'après le témoignage d'un certain Quentin, le seul chasseur survivant, il avait « des vêtements même pas déchirés, très propres ».

– Vous dites qu'il a tué trois personnes. Comment il a fait ?

– Magie, dit Antonio.

– Apparemment, dit Baltasar, il les a effacés, comme ça, d'un revers de main. Quentin l'a clairement entendu dire : « Je vous réfute. » C'est ce qu'il a dit. Quentin s'est enfui, et il est venu nous prévenir, après… les choses sont devenues encore plus…

– Quentin, c'était un humain naturel. Ceux qui sont morts, c'était que des Chimères, non ?

– Euh… oui, c'est ça. Comment vous savez que… ?

– J'ai déjà entendu parler de lui. Il aime pas les Chimères. Un peu comme la LSH. Mais continuez, qu'est-ce qui s'est passé après ?

– On aime pas quand on tue les nôtres alors on a lancé une battue, et on a fini par le retrouver. On le tenait, et alors…

– Alors quoi ?

– Alors il a fait apparaître autre chose. Il y est en ce moment. Un immeuble, qui ressemble à… un centre commercial.

J'écarquille les yeux. À côté de moi, Léa fait la même tête. Maylis dit simplement :

– J'aimerais savoir ce qu'il y a de plus impressionnant entre ça et une ligne de métro.

Je ne sais pas. Ce qui est sûr, c'est que notre homme est de moins en moins discret.

– Et il y est toujours, vous dites ? je demande.

– Oui. On l'a encerclé. Et ils attendent qu'il sorte.

– Pourquoi vous êtes pas entrés le chercher ?

– Personne a osé. Ça sent le piège. Et si on mettait le pied à l'intérieur et qu'on disparaissait ? On sait même pas si le gars est humain.

– Aucun sorcier a jamais eu le pouvoir de faire ça, assène Antonio, visiblement très sûr de lui.

– Et même la station. Personne y est entré. En fait, si on nous a demandé de la surveiller, c'était pour voir si d'autres trucs en sortaient. Je sais même pas si c'est de ce monde…

À croire qu'ils s'attendaient à une invasion de barbus en chemise. Ça aurait sans doute été très drôle.

Baltasar poursuit :

– Forcément, vous, on vous a vues sortir, et du coup, on était méfiants.

– Cette station de métro est inoffensive, dis-je. Tout ce que fabrique ce mec est, en tant que tel, inoffensif. Le barbu, lui, par contre, est dangereux.

– Vous avez l'air de savoir beaucoup de choses sur lui.

– Je le cherche. Ça fait quatre jours. Mais non. Je ne sais pas grand-chose.

– Et… pourquoi vous faites ça ? me demande Antonio.

– Parce qu'on me l'a demandé. Je ne peux pas en dire plus.

– Vous êtes quoi ? Des genres de mercenaires ?

Je soupire. Je me vois mal leur expliquer qu'en réalité nous tenons une bibliothèque. Ils penseraient que je me moque d'eux.

– On peut dire qu'on est des mercenaires, oui, si c'est ce que vous préférez… Maintenant, j'aimerais bien, si possible, que vous me conduisiez là où se trouve ce sorcier.

– Vous comptez nous aider à le tuer ? demande Antonio.

– Oui. C'est pour ça que je suis venue ici, à la base, dis-je. Amenez-moi à lui, et je serai ravie de vous assister.

Nous repartons. Antonio sur son âne, Baltasar sur son cheval, qu'il monte sans trop de mal malgré sa blessure. Léa et moi, avec Maylis comme monture mutuelle, avançons à leur suite.

Maylis me dit :

– Tu devrais être contente. On dirait que ça se finit enfin.

– Ouais. Faut voir. Je serai vraiment soulagée qu'une fois qu'il sera mort. J'ai tendance à me méfier de tout ce qui est trop beau pour être vrai.

– Sarah… m'interpelle Léa.

Sa voix s'est faite soucieuse.

– Qu'est-ce qu'il y a ? je demande.

– Est-ce que… est-ce que t'es vraiment obligée de continuer ? Est-ce que tu pourrais pas t'arrêter là ? Je veux dire… Le sorcier est fichu, maintenant. Tu peux… tu pourrais pas juste les laisser faire ? C'est du pareil au même…

– Non. C'est pas fini. Je dois tenir mes engagements.

J'évite de trop en dire. Baltasar et Antonio sont trop près pour que nous puissions nous permettre de mentionner les fées.

– C'est qu'il est dangereux. C'est un tueur en série. Toi, il pourrait te…

– Pour toi, ce serait dangereux, pour Maylis aussi. Pas pour moi.

En fait, c'est plutôt autre chose qui m'inquiète. J'ai peur que Zerka vienne pinailler si le sorcier ne meurt pas de mes mains. Elle pourrait juger que je n'ai pas respecté ma part du contrat, et m'administrer le châtiment que j'étais censée éviter. Ce serait particulièrement vicieux, mais cette hypothèse n'est pas à exclure. Dans le pire des cas, j'essaierai de faire valoir que j'ai participé à la mise à mort.

– Léa a raison, intervient Maylis. On peut toujours avoir des surprises, avec ce type. Sois prudente, et prends pas de risques.

Baltasar ne nous a pas menti. C'est un centre commercial. Un large bâtiment vitré, aux grandes portes de verre. Plus tape-à-l'œil que tout ce que ce sorcier a pu faire jusque-là.

Tout autour, des villageois. Ils sont armés comme ils le peuvent. Arcs, arbalètes. Bâtons, lames de toutes sortes. Des armes de facture souvent médiocre, la plupart bricolées. Voir des fermiers ainsi équipés m'évoque des souvenirs. Le genre de combattants que mon père écrasait régulièrement. Dur de concevoir que, cette fois-ci, je me trouve dans le même camp qu'eux.

Les gens nous accueillent avec un regard soupçonneux. Une Chimère, notamment, vient vers nous : c'est une centaure-biche, *y a-t-il un nom pour ça ?* Elle tient une hache dans sa main. À côté d'elle, son portrait craché, sans la partie biche : une humaine des pieds à la tête munie d'une faucille. J'ai rarement vu des jumelles de ce genre.

Baltasar fait les présentations. Je me trouve présentement en face de la maire, Fanny, la Chimère, et de sa sœur Louise, l'humaine, qui se trouve être son adjointe. Il me laisse avec elles, partant avec son fils se faire recoudre auprès du médecin local. Les deux cheffes gardent un air froid. Est-ce que c'est un de ces coins où

« on aime pas les étrangers » ? Peut-être que blesser un de leurs hommes – quand bien même il m'aurait pardonnée – ne me garantit pas leur sympathie immédiate.

– Tu es sortie de la station de métro, donc ? me demande Louise.

– Ouais. Je suis encore vivante. Les constructions de cet homme ne sont pas mortelles. Lui, c'est une autre histoire. Je vous déconseille d'y aller avec des Chimères.

– Comment ça ? dit Fanny.

– Je suis sur ses traces depuis un moment. Il a le pouvoir de faire disparaître les Chimères. Mais il peut pas faire ça aux humains. La preuve, dès qu'il y en a un peu trop, il s'enfuit.

– C'est... particulier, me répond la centaure-biche.

– Tout est particulier, avec lui.

– Attends... Donc... par exemple, moi, je ferais bien de rester éloignée de lui, mais toi, t'aurais aucun souci à entrer directement dans le...

Elle regarde derrière elle, pointe le centre commercial du pouce.

– Dans ce machin, là ? Et à t'approcher de lui ?

– *A priori*, non. Je peux même m'occuper de lui toute seule, si vous voulez. Ça me dérange pas.

Les villageois se rapprochent peu à peu de nous, perplexes mais intrigués.

– Téma le dragon, dit une voix.

– Pas question, me répond Fanny. Il s'est attaqué à nous, c'est notre vengeance. Mais merci pour tes informations. On va quand même te laisser participer. On va monter un groupe d'humains, et t'en feras partie. Tu auras même l'honneur d'ouvrir la marche.

Un honneur, tout à fait. Plutôt un moyen de s'assurer que ce centre commercial ne foudroiera pas la première personne qui y entrera. Malgré tout ce que je leur ai dit, elles restent méfiantes, et je ne peux pas le leur reprocher.

– Pas de problèmes, je leur réponds avec un grand sourire. Je vais collaborer avec vous. Je vous remercie de l'avoir encerclé, déjà. Vous me rendez la vie plus facile.

– Notre but est pas de rendre la vie plus facile à qui que ce soit. Notre but est de venger nos morts, me répond Louise, assez sèchement.

Je préfère ne rien dire de plus.

Le plan d'attaque est plutôt sommaire. Les villageois continueront de surveiller les sorties, tandis qu'un groupe, dont je ferai partie, s'introduira dans le bâtiment pour chercher le sorcier. Nous fouillerons les lieux par binômes d'humains naturels. Avec tout ce monde, je ne sais même plus si je trouverai le moyen de tenir le sorcier au bout de mon arbalète.

Soudain, alors que nous sommes toujours occupés à palabrer, une ombre nous survole. Nous levons tous les yeux.

C'*est quoi ça, encore ?*

Quelque chose de lourd se pose entre les arbres. Même dans l'obscurité, j'arrive à discerner la silhouette d'un griffon. Quelqu'un se trouve sur son dos.

Le cavalier descend de sa monture. Il se rapproche, suivi du griffon. À la lumière des torches, le cavalier en question s'avère être une cavalière – et se dévoilent enfin les couleurs rouges de son uniforme.

Un Blouson écarlate.

Et merde, il manquait plus qu'eux.

À côté de moi, Fanny semble partager ma pensée.

– Qu'est-ce qu'ils viennent foutre ici, dit-elle, à l'adresse de sa sœur.

La cavalière est grande – des membres tout en longueur. Les cheveux courts, gants de cuir aux mains, arbalète dans le dos. Mon regard descend sur sa hanche : elle porte un sabre japonais. Je ne peux déjà plus la prendre au sérieux.

Je vais tenter de m'expliquer. Chacun sait que les fées détestent les armes à feu. En porter une, c'est s'exposer à leur colère. Si quelqu'un est réputé pour fabriquer des munitions artisanales, rafistoler ou fabriquer des fusils, elles lui tombent dessus à un moment ou à un autre. Elles préfèrent qu'on s'entretue de façon archaïque. Mais toi, ça t'arrange : elles t'ont donné l'occasion de ressortir le katana décoratif qui trônait au-dessus de ta cheminée. Et il n'en faut pas plus pour que tu te prennes pour un samouraï. Évidemment, ce serait mieux si tu savais *vraiment* t'en servir, mais quelle importance après tout. Je résume : selon mon expérience, 99 % des utilisateurs de sabre ne sont que des frimeurs, des abrutis imbus d'eux-mêmes, qui finissent par crever lamentablement à la première escarmouche, et méritent de toute manière une mort lente et douloureuse. Je pensais qu'il s'agissait d'une espèce en voie d'extinction.

Je croise les bras ; la flemme de cacher mon mépris. Le griffon de la Blouson, harnaché d'une selle, continue à la suivre. Il n'a pas de rênes, s'agit-il d'une Chimère post-humaine ?

– J'aimerais savoir ce qui se passe ici, demande-t-elle, avec le ton assuré et supérieur caractéristique des Blousons.

– C'est pas vos affaires, dit Fanny. On est occupés à rendre justice. C'est tout. Vous pouvez partir, on n'a pas besoin de vous.

J'aurais dit à peu près la même chose. Mais évidemment, la cavalière ne compte pas s'en tenir là.

– Cette zone est sous la protection des Blousons écarlates. Ce sont mes affaires, justement. Surtout quand des choses aussi étranges apparaissent dans les environs. Ce truc, là, ce n'était pas là avant, si ?

– Un sorcier, *qui a tué plusieurs personnes*, l'a fait apparaître et s'est réfugié à l'intérieur. Nous allons entrer et le tuer, c'est aussi simple que ça, dit Louise. Et le village du Vieux-Moulin n'est pas sous votre protection. Nous l'avons refusée plusieurs fois. On vous a jamais versé aucun impôt.

– Ceci concerne tout le monde, dit la cavalière. J'en rendrai compte à mes supérieurs. Et si une milice est en train de se former, j'en rendrai compte aussi. Ils risqueraient de ne pas apprécier.

Je me permets d'intervenir. Tous les villageois sont remontés à bloc ; si elle continue à se montrer aussi désagréable, ça risque de mal finir. Le moment est peut-être venu de faire rayonner mes compétences diplomatiques.

– Écoutez, vous n'avez rien à craindre. Il ne s'agit pas du tout d'une opération milicienne. Tous ces gars, ici, sont des villageois, qui participent à une expédition punitive spontanée tout ce qu'il y a de plus ordinaire.

Vous ne refuserez pas à un village qui ne se trouve pas sous votre juridiction de mener sa propre justice, si ?

– Nous sommes en dehors du Vieux-Moulin. Rien ne m'interdirait d'interpréter ce que vous faites comme une activité criminelle.

« *Activité criminelle.* » Laisse-moi rire. Huit ans ont passé depuis l'Invasion, et elle n'a toujours pas compris que le concept de crime est complètement dépassé.

La main de Louise se resserre sur sa faucille.

– Vous comptez nous en empêcher, alors ? Est-ce que vous pensez en être capable ? demande-t-elle, formulant ce qui ressemble assez à une menace.

Mes efforts de temporisation sont restés vains. Si la Blouson dispose d'un tant soit peu d'intelligence, elle fera marche arrière. Même avec son griffon, elle n'a clairement pas l'avantage.

Elle se tourne alors, lentement, vers le bâtiment vitré.

– Cet homme, qu'est-ce qu'il a fait ? Exactement. Je veux les détails.

La Blouson, plutôt que d'envenimer le débat, préfère rediriger la discussion. Sans doute n'est-elle pas si bête que ça. Désormais, l'enjeu, pour elle, est de ne pas complètement perdre la face.

Fanny lui répond en long et en large, lui explique tout. Elle lui dit également ce que je viens faire ici, mon rôle dans la traque de cet homme. J'ajoute qu'il a tué d'autres personnes sur son chemin, ce qui est vrai. La Blouson m'écoute.

Enfin, elle conclut :

– Vu ce que vous me dites, votre colère a l'air justifiée.

– Évidemment qu'elle l'est, dit Louise. Vous nous ferez pas revenir sur nos plans.

– Je vois ça. Je ne veux pas vous faire changer d'avis. Je vous demanderai seulement de m'accepter comme membre de l'opération. S'il est dangereux, vous aurez peut-être besoin de combattants expérimentés tels que moi. Et si je participe, votre justice sera légitimée par les Blousons écarlates…

Ce n'est là qu'une façon de sauver les apparences, de garder une illusion de contrôle. Louise a un rire amer ; elle aime décidément les Blousons encore moins que moi :

– On a jamais eu besoin de votre…

– C'est bon, intervient Fanny. Vous pouvez participer. On a besoin d'humains naturels, de toute façon. Et si ça peut vous faire plaisir. Vous irez avec la mercenaire, là.

Tout compte fait, m'entendre qualifier de « mercenaire » me paraît un peu étrange. Tant pis, j'ai accepté qu'ils me cataloguent ainsi, il est un peu tard pour s'en plaindre.

Toujours est-il que je me retrouve collée à une Blouson écarlate. Je n'aurais jamais imaginé cela arriver. En tant qu'Écorcheuse, j'étais plutôt habituée à les combattre.

Elle se présente :

– Caporal Jeanne Massol.

– Sarah, dis-je simplement.

Avant d'entrer, je décide de m'entretenir en aparté avec Léa et Maylis. Léa, en particulier, affiche un air soucieux.

Je tente de la rassurer :

– T'en fais pas, dis-je à Léa. Tu sais que j'ai de bons réflexes, je le vois, je le tue. Même s'il est capable de me faire quelque chose, il en aura pas le temps.

– J'ai quand même peur. Je le sens mal… Je le sens vraiment mal.

– Rien ne va se passer. T'as vu combien on est. Il n'a aucune chance.

Un peu plus loin, je remarque la Blouson écarlate échanger quelques mots avec son griffon. Sans les entendre distinctement je comprends qu'il s'agit bien d'une Chimère post-humaine.

– Fais attention quand même, dit Maylis. Ça mange pas de pain.

– Qu'est-ce que vous avez toutes à me materner, comme ça ? Arrêtez, vous allez me faire perdre la confiance.

Et, finalement, l'assaut est lancé.

13. le centre commercial

Comme prévu, Jeanne et moi entrons en premier. J'ai une main sur ma lanterne électrique, l'autre sur mon arbalète. Le reste de l'équipe – trois autres binômes – nous suit quelques mètres en arrière. Dans l'un d'eux se trouve Louise. Dans un autre, Antonio. Je sais qu'il aurait préféré rester faire le guet, mais on ne lui a pas laissé le choix.

Je ne compte pas les exclamations à voix basse, alors que le carrelage blanc et immaculé se dévoile sous les torches. Moi, je commence à avoir l'habitude.

Louise, bien que décontenancée, n'attend pas longtemps avant de nous donner des ordres.

– Bon. On va essayer de pas trop se séparer quand même. On fait étage par étage. On fouille tout. Si vous voyez quelque chose, vous hurlez.

Ce lieu est gigantesque. Se cacher n'y est pas difficile. Rien qu'au rez-de-chaussée, des rangées et des rangées de commerces déserts, auxquels s'ajoute un Monoprix tout entier. Après répartition, Jeanne et moi sommes chargées d'explorer l'espace vêtement du supermarché, une confiserie, ainsi qu'un magasin de disques. Un long travail.

– Cet endroit… dit Jeanne, passant entre des rayonnages de slips et de chaussettes. Il a vraiment recréé tout… tout ça ?

– Ben ouais. Tu peux le voir.

– Toutes ces ressources à disposition… Le Vieux-Moulin est tombé sur une mine d'or.

– Tu comptes faire réquisitionner tout ça par les Blousons écarlates ?

Elle ne me répond pas. Je devrais peut-être pas la taquiner. Mais si les Blousons avaient préalablement été informés de l'existence d'un pareil sorcier, ils n'auraient pas manqué de s'y intéresser, au même titre que la LSH. Seulement, la cabale est lancée, et elle ne peut rien y faire. De toute manière, j'imaginerais mal cet homme se laisser engager par qui que ce soit. D'après ce que je sais de lui, il lui manque une ou deux cases.

Fouiller dans l'obscurité est passablement ennuyeux. Une fois passées les fringues, nous nous dirigeons vers la confiserie. Jeanne hésite à piocher un nounours en chocolat, mais se ravise. Elle éprouve, semble-t-il, la même inhibition que moi vis-à-vis des denrées alimentaires générées par ce sorcier.

Afin de meubler le silence, je lui fais remarquer :

– C'est un joli katana.

– Merci.

– Il vient d'où ?

– Je l'ai pris il y a longtemps à un bandit mort. Je pense en faire un meilleur usage que lui.

Ça reste à voir. Je ne la questionne pas sur ses capacités au sabre, je n'ai pas envie de devenir vexante.

– Je vois que toi aussi, t'es plutôt bien équipée. T'es plus à l'aise à distance ou au corps-à-corps ? me demande-t-elle.

– Je préfère l'arbalète. Mais j'essaie d'être polyvalente, de m'entraîner de manière équitable dans les deux domaines.

À vrai dire, le rythme de mes entraînements, qui par le passé tenaient lieu d'exercices quotidiens, a largement diminué ces derniers temps.

– Et chez les Blousons, ça donne quoi ? Vous vous entraînez dur ? On vous donne des cours de close combat et on vous fait ramper dans la boue, ce genre de trucs ?

– On fait le nécessaire pour rester en forme.

Les Blousons écarlates sont censés être un niveau au-dessus du bandit de base. Mais s'ils comptent dans leurs rangs quantité d'hommes valables, comme ils recrutent large, ils ont également leur lot d'incapables. Reste à voir dans quelle catégorie se classe Jeanne. Le katana ne joue pas en sa faveur.

À nous tous réunis, nous ne trouvons rien au rez-de-chaussée. Je me demande si on aurait pas dû attendre que le jour se lève : un peu de lumière nous aurait avantagés. Quelqu'un pose d'ailleurs la question à Louise.

– Non, répond-elle, on a dit qu'on le trouverait *maintenant*.

Pas de discussion possible. Nous embrayons sur le premier étage.

Je continue à interroger Jeanne.

– Comment il s'appelle, le griffon qui était avec toi ?

– Bastien. C'est mon partenaire.

– T'as pas le mal de l'air ?

– J'ai plutôt pas intérêt.

C'est une réponse qui fait sens. Mais je n'ai pas le temps de dire autre chose qu'une détonation troue le silence, et résonne dans l'obscurité.

Je reste interdite, la main sur mon arbalète ; je peux sentir Jeanne se figer à côté de moi.

Alors, quelque chose me revient. L'une des raisons pour lesquelles la LSH voulait mettre la main sur le sorcier. Le Maréchal avait supposé que s'il pouvait matérialiser toutes ces choses banales, rien ne lui interdisait de faire apparaître des armes à feu.

Je crois qu'il avait raison. De quoi on a l'air, nous, avec nos pauvres flèches. *Encore une fois, j'ai été trop présomptueuse.*

Je me jette à terre. Je ne sais pas d'où est parti le coup. De la droite ? En hauteur, sans doute. Je remarque un peu tard que ma lanterne reste allumée et m'illumine comme un phare dans la nuit. Je l'éteins, pour l'instant, mieux vaut être aveugle que morte.

– Il est au troisième ét… ! crie quelqu'un, avant qu'un autre coup de feu vienne couvrir ses paroles.

Plus loin, je vois son corps qui bascule et une torche qui tombe. *Merde !*

Je me précipite en rampant vers l'ombre d'un pilier. Je hasarde un regard vers la balustrade du troisième étage. Noir total, total, total. *Léa aurait pu le voir, elle. Maylis aurait pu le sentir.* Elles auraient aussi pu mourir.

Évidemment, les hurlements résonnent dans tous les sens. Seule Jeanne, pas très loin de moi, conserve un calme étrange :

– On ferait peut-être bien de battre en retraite, dit-elle.

– Marc ! Marc, réponds-moi ! crie le binôme dudit Marc, qui au mieux est salement blessé, au pire déjà mort.

Le bout d'une torche oscille dans le noir à la manière d'une grosse luciole.

Je crois savoir ce qui va arriver. Au lieu de regarder cet inconscient se manger un pruneau, je préfère anticiper.

Ça ne manque pas. Comme un éclair, un flash, une photo en instantané. Derrière la balustrade, l'éclat du canon découpe, en aplats de noir et de blanc, l'espace d'une fraction de seconde, le portrait de ma cible.

Je le vois pour la première fois. Je vois sa chemise. Je vois son nez, droit et épais. La barbe qui lui obscurcit le bas du visage. Ses cheveux mi-longs. Son bras tendu et son doigt qui appuie sur la détente.

Un autre cri. La torche tombe. Adieu, ami de Marc dont je n'ai pas retenu le nom. Compte plutôt sur les gens du Vieux-Moulin pour se souvenir de toi.

– Il a l'air de bien viser en plus, ce con, dis-je. Mais personne ne me répond. Jeanne n'est plus à côté de moi, je ne la vois plus.

Les autres se cachent, s'abritent comme ils peuvent. Ici et là des taches de lumière chatoient encore. Ils n'ont pas tous éteint leurs torches. Il y a déjà deux victimes. Si on compte les trois Chimères tuées auparavant par le sorcier, cinq villageois auront trouvé la mort aujourd'hui. J'entends les hurlements de rage de Louise.

Dans tous les cas, je ne compte pas partir. Même si les autres battent en retraite, même si les autres ont peur de lui, tant mieux, ça veut dire qu'ils me le laissent à moi seule. Mais je dois d'abord me rapprocher. Je parviens à peu près à évaluer le trajet à emprunter pour atteindre l'escalator. De là, il faut que je remonte, et puis… Et puis arrivera ce qui arrivera.

C'est rien qu'un mec avec un flingue. J'ai battu pire. J'ai battu deux fées. De plus, s'il est contraint de nous tirer dessus, ça confirme que sa magie ne fonctionne pas sur les humains naturels.

Je retire mes bottes. Leur semelle fait trop de bruit, ce n'est pas ce qu'il y a de plus discret. Je quitte mon abri, ma lanterne éteinte et mon arbalète à la main. Ma cartographie mentale du décor se révèle juste : mon pied se pose rapidement sur la première marche de l'escalator, et je commence à les monter une à une. Le pistolet tire encore une fois. Une flèche siffle en réponse, mais se perd dans le vide.

Les secondes s'étirent, j'ai l'impression d'escalader une montagne, mais j'y suis. Le haut de l'escalator. L'étage supérieur. Je dois garder mon arbalète brandie. Je dois ouvrir l'œil, guetter l'éclat du prochain coup de feu. Et, ensuite, faire de mon mieux pour viser juste.

Qu'attend-il pour tirer ? Dévoile-toi. Ne me fais pas poireauter. Donne-moi ta position.

Et puis, « bang ». Encore une fois. Je le vois. Toujours près de la balustrade. Il s'est déplacé de quelques mètres. Je lève le bras, priant pour qu'il ne bouge pas trop. Et je tire.

Il grogne. Je me décale vivement sur le côté ; un autre éclat de lumière, accompagné d'une autre détonation, me montre le sorcier retourné vers moi, pointant son canon à l'endroit où je me trouvais juste avant.

J'ai dû le manquer de peu ; mais il m'a ratée lui aussi. Au moins l'obscurité nous handicape-t-elle tous les deux.

Ses chaussures claquent sur le sol alors qu'il fuit. Erreur : il aurait dû lui aussi se mettre pieds nus. Le carrelage ne pardonne rien. Je pose rapidement ma lanterne et sors ma machette avant de me précipiter sur ses pas.

En plus de ses semelles, j'entends sa respiration, rauque et lourde. Difficile de concilier activité physique et consommation intensive de cigarettes. Il reste humain après tout. Son cœur s'arrêtera de battre si j'y plante ma lame.

Alors que je continue à le poursuivre, il tire à l'aveuglette, couvrant ses arrières. La balle me loupe, mais ce n'est pas passé loin. Je reprends ma course. Je rogne la distance. Je suis plus rapide que lui.

Mais nous sommes toujours dans le noir, et il est toujours armé. Les choses peuvent toujours tourner en ma défaveur, l'univers peut se montrer très inventif en la matière.

J'ai compté cinq coups, mais je ne sais pas quelle est la capacité de son chargeur ni combien de balles il lui reste. Impossible de savoir quand il tombera à court et sera obligé de recharger. Je n'ose pas m'arrêter pour reloger un carreau dans mon arbalète, ça me ferait perdre du temps et il pourrait me semer. Je dois garder le rythme.

Plus loin devant moi, quelque chose se renverse. Bruit métallique. Sans doute une poubelle qu'il a heurtée. Je l'entends glisser. J'accélère très légèrement l'allure. Je pencherais pour six mètres, désormais.

Et c'est là qu'il embraie vers un couloir bordé de longues fenêtres rectangulaires, par lesquelles la nuit laisse passer une légère lumière bleutée. Je vois sa silhouette se découper.

C'est le moment ou jamais. L'attaquer tant que je suis encore dans le noir.

Une impulsion, et je bondis en avant. Il s'arrête, comme pris de stupeur, le flingue brandi dans ma direction.

Ma lame s'enfonce dans son poignet, entame nettement l'os, sans lui trancher la main pour autant. J'ai peut-être dû lui sectionner deux ou trois tendons, car ses doigts s'écartent aussitôt. Il ne crie pas, pas vraiment – juste un souffle caverneux.

Et il ne vacille pas non plus, reste droit sur ses appuis. N'importe qui, pourtant, aurait reculé, se serait tenu le bras en hurlant. C'est la réaction que j'avais escomptée. Pas de chance. Son autre main vole vers moi, comme une grosse chauve-souris noire, et se plaque sur mon visage.

Une onde de choc me traverse le crâne. Un genre de choc électrique, quelque chose d'inexplicable. J'essaie de me dégager, de retirer ma machette ; mais ma lame est coincée dans l'os, et il s'accroche toujours fermement à ma tête. J'ai laissé tomber mon arbalète ; de ma main libre, j'entreprends de décoller la sienne. Impossible.

Je comprends un peu tard qu'une certaine dose de magie se tapit là-dessous.

Qu'est-ce qu'il est en train de… ? Mes genoux commencent à ployer. Ses doigts semblent se contracter directement autour de mon cerveau. Une sorte de boue s'y infiltre peu à peu – tout s'embourbe, ça m'attaque de l'intérieur. Je m'entends crier, comme extérieure à moi-même. Bientôt, je ne vois plus rien, ou plus rien de ce que je suis supposée voir ; en transparence se superposent au réel des idées et des images qui ne m'appartiennent pas, comme si quelqu'un d'autre pensait au sein de mon propre esprit.

Je suis garde de nuit. Je vérifie que personne n'aille fouiller les boutiques. Je ferais bien de toutes les fermer, d'ailleurs. Tous ces rideaux ouverts. Je ne sais pas pourquoi, ils ont tous oublié de…

Je revois, en même temps, la femme-araignée du métro. Ses propos déconnectés. Ses yeux qui explosent. Et je pousse un hurlement à m'en écorcher les poumons.

Ce faisant, ma lame s'extirpe enfin de l'os. Je m'empresse de l'abattre à nouveau, sur l'autre bras – trop vite, sans précision. Je sens seulement que ses doigts se desserrent. Je me recule, cramponnée à ma machette. Ses bras ensanglantés se tendent vers moi.

Je ne me laisserais pas avoir deux fois. *Prendre note : il peut quand même utiliser un peu de magie sur les humains.*

J'hésite à porter un autre coup. Peur de rester bloquée de nouveau. Je le maintiens à distance du bout de ma machette.

– C'était quoi, ça ? Hein ? Qu'est-ce que t'as voulu me faire ?

Il ne me répond pas ; dans la pénombre, je ne distingue pas son expression. Mais ses blessures ne semblent pas l'incommoder plus que ça. C'est un problème.

Il fait un pas. Je lui entaille le ventre, avant de lui enfoncer la machette dans l'épaule. Le sang gicle allègrement. Mais il ne crie toujours pas.

D'un coup de pied, je le repousse – il tombe sur le dos.

À terre, allongé et vulnérable, il tend à nouveau les bras.

Je lève mon arme.

Depuis combien de temps n'ai-je pas tué ? En temps normal, j'en aurais déjà fini. Mais à le voir ainsi, j'éprouverais presque de la pitié pour lui.

– Désolée, dis-je. Ça n'a rien de personnel. Vois ça avec les fées.

– Les fées n'existent pas, dit-il d'une voix grave et rocailleuse.

J'interromps mon geste. Tiens. Il a l'air disposé à parler, finalement. Même si c'est pour dire n'importe quoi. Peut-être essaie-t-il de gagner du temps. Sous lui, une mare de sang commence à se former.

– Si les fées n'existaient pas, elles m'auraient pas envoyée te tuer. T'aurais pas dû les emmerder.

Ses yeux se ferment. Ses bras retombent lentement. Je sais différencier quelqu'un qui meurt et quelqu'un qui jette l'éponge. Nous avons ici affaire au deuxième cas de figure. Il vient de comprendre que quitte à se faire tuer, autant laisser le champ libre à ma lame. Mieux vaut une machette plantée dans le cœur que dans l'estomac.

– Je suis content de mourir, dit-il, par la main de quelqu'un de réel. C'est ce que je pouvais espérer de mieux.

C'est la première fois qu'on me qualifie de « quelqu'un de réel ». Un compliment plutôt bizarre.

– On va faire avec ça, comme derniers mots. Adieu. Au revoir, les fées. Au revoir, cinglé de sorcier. Je ne vous regretterai pas.

C'est alors que, de façon presque insignifiante, quelque chose de froid et métallique se pose sur mon cou.

Je m'immobilise. Ce que je sens, contre ma carotide, c'est le tranchant d'une lame.

– Merci pour tout ce que tu as fait, dit Jeanne. Mais on va s'arrêter là pour l'instant. Lâche ton arme.

14. les Blousons écarlates

Je ne trouve pas les mots pour définir l'étendue de ma consternation.

– Jeanne. Est-ce que c'est une blague ?

– Lâche ton arme. Après, on pourra parler.

Le contact de sa lame sur mon cou se fait plus pressant. J'obéis, ma machette tinte sèchement sur le carrelage.

– Est-ce que tu es sûre de ce que tu fais, là ? dis-je en affectant de rire. Si tu nous empêches de le tuer, les autres, ils te feront la peau. Tu le sais, ça, non ?

– Ils me feront rien du tout.

Elle paraît croire ce qu'elle dit.

En dessous de nous, l'homme ne bouge plus. Ses yeux sont toujours fermés. Pourtant, il respire encore. Les coups que je lui ai portés n'étaient pas mortels. J'aurais dû lui régler son compte rapidement, avant que l'autre Blouson n'intervienne et n'aille tout foutre en l'air. Tout ça parce que je me suis ramollie. Parce que j'ai perdu l'habitude de tuer.

– J'aimerais vraiment savoir comment tu comptes t'en sortir. Si j'ai pas pu l'achever, ils vont forcément vouloir le faire. Tu comptes faire quoi de lui, d'abord ? J'ai franchement du mal à comprendre.

– Regarde par la fenêtre.

Son sabre m'accompagne jusque devant la vitre. Je baisse le regard.

Et, tout à coup, la situation s'éclaircit.

En contrebas du bâtiment, il y a nettement plus de monde qu'avant. Chose notable : les nouveaux arrivants sont tous vêtus de rouge, et accompagnés de diverses créatures volantes. Ils encadrent de près les villageois, regroupés en rangs et désarmés. Parmi eux, je n'ai aucun mal à repérer Maylis, ainsi que Léa, qui se tient juste à côté d'elle. Elle n'a même pas tenté de s'envoler.

– Comment t'as fait pour… ? Oh. Bien sûr. Ton griffon a été prévenir tes copains. C'est ça ?

– C'est ça. Moi, il fallait juste que je vérifie que vous ne fassiez pas n'importe quoi avec ce sorcier.

– Mais… pourquoi ? Pourquoi vouloir le sauver ?

Je pose la question, mais j'imagine déjà la réponse.

– Regarde ce qu'il est capable de créer, par la seule force de sa volonté. Qui ne voudrait pas disposer d'une magie comme celle-là ?

– Il est fou. Il est complètement taré. Vous ne tirerez rien de lui. Tu ferais mieux de me laisser l'achever.

– Ce n'est pas à toi d'en décider. Il est à nous. Et, à la lumière de la petite discussion que vous avez eue ensemble, quelque chose me dit qu'il pourrait être encore plus intéressant qu'il n'y paraît.

Me viennent des sueurs froides.

– Qu'est-ce que t'as entendu, exactement ?

– Des choses suffisamment curieuses pour retenir mon attention. Est-il vrai que les fées embauchent des tueurs à gages ?

Je me mords la lèvre, ferme les yeux. Je me donnerais une baffe, si je le pouvais. Quelle conne. Zerka va sûrement pas tarder à se téléporter et m'administrer mon châtiment pour mon échec retentissant. Cependant rien ne se produit.

– Je ne vois pas de quoi tu parles et dans ton propre intérêt, oublie tout de suite ce que tu penses avoir entendu. Sinon, crois-moi, tu le regretteras.

– Ah bon, répond Jeanne, sarcastique. Tant pis. Je suis prête à prendre le risque.

Il ne faut pas longtemps avant que deux lueurs n'apparaissent dans le noir. Il ne s'agit ni de Louise ni d'aucun de ses hommes. Seulement deux Blousons écarlates, munis de lanternes.

L'un deux est un homme ordinaire. L'autre est un faune. Il porte trois barrettes dorées à son blouson. Quel grade cela représente, je ne sais pas exactement.

– Vous arrivez à temps, commandant, dit Jeanne.

Ah. Commandant. Au moins ça répond à ma question.

Le commandant avance. Ses sabots résonnent dans le silence.

– Le sorcier est vivant, commandant, explique Jeanne. Il aura besoin de soins, cette fille a essayé de le tuer, mais je l'en ai empêchée.

Le faune hoche silencieusement la tête. Il dégage le potentiel sympathie d'un frigo.

– Bon travail, caporal Massol, dit-il seulement.

À ces simples mots, Jeanne paraît aussi ravie qu'un caniche à qui l'on vient de balancer un sucre. J'ai presque pitié d'elle.

J'imagine que si ces deux Blousons ont pu arriver jusqu'ici, c'est qu'ils ont également maîtrisé ceux qui étaient aux étages inférieurs. Je me demande s'ils ont opposé plus de résistance.

Je prends la parole :

– Monsieur le commandant, je me tue à le répéter à votre ninja domestique, mais vous faites tous une grave erreur. Ce sorcier est un danger public. C'est un meurtrier, un meurtrier qui vise particulièrement les Chimères. Tuez-le ou laissez-moi le tuer, mais en tout cas ne le laissez pas en vie.

– Personne ne tuera personne, me répond-il. Pas avant que je sois informé de toutes les données du problème.

– Elle a été engagée pour le tuer, commandant, dit Jeanne. Et vous savez par qui ? Dis-leur.

– J'ai rien à dire.

– Je l'ai... je l'ai entendue parler avec ce sorcier, commandant. Juste avant qu'il s'évanouisse. Elle lui a dit, je cite : « C'est tout ce que t'as gagné à emmerder les fées. » Et elle a aussi dit que les fées l'avaient envoyée pour le tuer.

L'homme qui accompagne le faune lève un sourcil sceptique. Autant alimenter leur incrédulité :

– Qu'est-ce que tu racontes, dis-je. C'est le truc le plus grotesque que j'aie jamais entendu de ma vie.

– Arrête les mythos. C'est ce que tu as dit. Essaie pas de nous embrouiller.

Pitié. Faites que Zerka, Kala, n'importe qui d'autre intervienne. Le visage du faune est un mur illisible. Il s'approche de moi. Ses yeux, aux pupilles horizontales, scrutent les miens un long, très long moment.

À tous les coups, il va lui aussi me reconnaître. Il m'aura vue deux ans plus tôt et je m'en serais même pas souvenue. Ils vont me capturer pour m'exécuter publiquement et ils vont envoyer ma tête à mon père.

Heureusement, il se contente de détourner le regard et dit au caporal :

– Si c'est vrai, alors le Conseil mérite de l'entendre. Si c'est vrai.

– C'est n'importe quoi, je réponds. Cette nana fait de sérieuses hallucinations auditives et cet homme vous causera des ennuis aux proportions épiques. Et vous en serez personnellement responsable.

– Mais vous avez vu ce que ce sorcier a créé, dit Jeanne. De la nourriture, des bâtiments, tous ces objets... Rien que... rien que cet endroit est une source de richesses considérables. Et s'il peut en créer d'autres comme ça, s'il a le pouvoir de refaçonner le monde, exactement comme les fées, mais à l'envers, alors...

Le faune lève une main, l'interrompt aussi sec.

– Ce n'est pas de notre ressort. Il faut prévenir le Conseil. Ni moi ni aucun d'entre vous ici n'avons notre mot à dire. Nous aviserons après consultation.

Il ne partage pas vraiment l'enthousiasme de Jeanne. Peut-être n'est-ce qu'une impression, mais je sentirais même percer une inquiétude sous-jacente, derrière cette voix en apparence impavide. Soit l'étrangeté du lieu le met mal à l'aise, soit mes paroles ont eu un minimum de portée.

– Bruno, dit-il à l'homme qui l'accompagne. Tu portes le sorcier.

– S'il se réveille, il vous tuera, dis-je. Vous, en particulier. Il n'aime pas les Chimères. Il a le pouvoir de les faire disparaître, pouf, comme ça.

– Il n'a pas l'air près de se réveiller, dit Bruno penché au-dessus du corps. En fait, il a surtout l'air sur le point de clamser.

– D'où la nécessité de se dépêcher, et de le conduire à Michel pour qu'il lui dispense les soins nécessaires. Porte-le. Jeanne, tu restes en charge de la tueuse.

– Oui, commandant.

Bruno porte le sorcier couvert de sang sur ses épaules, et le commandant faune mène la marche. Jeanne, elle, du bout de son sabre, m'oblige à les suivre.

– T'es conne, en fait. T'es horriblement conne, lui dis-je. Mais tu portes un katana, donc c'est pas vraiment étonnant.

– Tais-toi et marche.

Nous finissons par sortir. Tout le monde a été rassemblé à l'extérieur et Louise semble au bord de l'explosion. Je la vois cracher aux pieds d'un Blouson écarlate. Sa sœur Fanny, plus mesurée, lui met la main sur l'épaule, essaie visiblement de la calmer. Peu à peu, toutes les têtes se tournent vers nous – et le sorcier inconscient que Bruno porte sur son dos. Le Blouson étend finalement le blessé au sol.

Le commandant appelle le médecin. Un autre Blouson, indissociable de ses coéquipiers, se détache et accourt aussitôt.

– Il saigne beaucoup, dit le faune. Vérifie ses blessures. On partira après.

Mais laissez-le crever, par pitié.

Les villageois, sans surprise, semblent plutôt d'accord avec moi – certains, dont Louise, menacent même de sortir du rang, mais les Blousons braquent leurs armes sur eux.

– Bande de porcs ! crie Louise. Vous allez vraiment le sauver ? Hein ? C'est comme ça ?

Ses invectives n'effleurent même pas le commandant. Il est tout entier focalisé sur le sorcier, dont le médecin est occupé à déboutonner la chemise.

– La petite dragonne et la licorne sont avec la tueuse. Qu'est-ce qu'on fait d'elles ? On les embarque aussi ? lui demande Jeanne.

– Peut-être. Il faut que je réfléchisse. En attendant, mets la fille avec les autres. Loin de cet homme, en tout cas.

Après m'avoir arraché mon carquois et sommairement fouillée, Jeanne m'amène rejoindre les villageois.

– T'as bien essayé de me faire passer pour une conne, dit-elle, mais ça n'a pas marché. On saura bientôt tout ce qu'il y a à savoir.

Puis, elle ajoute, plus bas :

– Collaborer avec les fées, franchement. Espèce de sale traîtresse.

Ouais, c'est ça. Comme si j'avais eu le choix.

Je me retrouve alors entre Léa et Maylis. Léa se triture les griffes, comme toujours lorsqu'elle est anxieuse. Maylis me glisse :

– On dirait que ça a pas trop marché, hein ?

– Oh, tais-toi. J'y étais presque.

– Dis, la samouraï, là, comment elle sait pour les f…

– M'en parle pas. C'est une catastrophe à tous les points de vue. J'essaie de sauver les meubles, je fais genre que c'est elle qui délire.

Léa, elle, observe le sorcier en train de se faire soigner. Elle peut évaluer l'étendue des blessures que je lui ai infligées.

– Je suis désolée que t'aies à voir ça, Léa.

– C'est pas… c'est pas grave. L'important c'est que tu sois encore en vie.

Elle me fixe avec des yeux soucieux et continue :

– Toi, il t'a rien, il t'a rien… ?

– Il a bien failli. Je crois savoir ce qu'il a fait à l'araignée de la station de métro. Il a voulu me faire la même chose.

– Tu te serais prise pour une meuf de la RATP ? me demande Maylis.

– Non, pour une gardienne de nuit.

Elle pouffe.

– J'aurais aimé voir ça.

– Pourquoi est-ce qu'ils sont venus ? dit Léa. Pourquoi est-ce qu'ils… est-ce qu'ils le soignent ? Ils ont pas entendu ce qu'il a fait ?

– Si. Mais il les intéresse. Ils comptent le présenter à leur Conseil. Et maintenant qu'ils savent pour ma mission, ils comptent m'embarquer avec lui. Probablement vous deux aussi.

– Ah, lâche Maylis. Bon. Mieux vaut eux que la LSH, déjà.

– Oui, pour les Chimères, c'est sûr, ça vaut mieux.

Je lui lance, au passage, un regard entendu – qu'elle comprend vite. Il n'est pas exclu que retenue par les Blousons à Albi, où je susciterai l'intérêt de tous, certains finissent par me reconnaître. Mon expérience avec la LSH me fait craindre le pire.

– Il faut qu'on trouve un moyen de s'échapper, je chuchote. Je me fais pas capturer plus de deux fois dans la même semaine. C'est une question de principe.

– Je comprends, répond Maylis. Mais là… ça m'a l'air un peu compliqué.

– Le tout, c'est d'analyser la situation. Premier avantage : ils ont beaucoup de gens à gérer et ne pourront pas lancer beaucoup de gars après nous. Deuxième avantage : ils n'ont que des montures volantes, en terrain forestier, ça va les gêner.

– D'accord. Mais la question immédiate qu'on peut se poser, c'est comment fuir *dans l'immédiat*. Si tu as un plan, fais-moi signe. Parce que là, je sèche un peu.

Elle a raison. Je dois encore réfléchir.

L'attention générale converge vers le sorcier et les soins qu'il reçoit. Même ceux qui nous surveillent ne peuvent s'empêcher de l'observer. Mais pas suffisamment pour discrètement leur fausser compagnie.

– Tu crois que t'arriveras à t'échapper sans… sans violence ?

– Je sais pas. Ce serait préférable. J'ai pas envie de trop les échauffer non plus.

Cependant, je continue à réfléchir.

– Maylis, je lui demande, est-ce que tu te sentirais de faire appel à tes talents d'actrice ?

Elle m'a déjà raconté avoir une expérience dans ce domaine, datant de sa vie humaine, par ailleurs très active.

– J'ai fait qu'avoir des petits rôles à la télé, hein, dit-elle. C'était pas la Comédie-Française mais, en toute modestie, je me débrouille. Donc ouais. Dis-moi ce que tu veux.

Je lui explique. Léa n'en donne pas l'air, mais elle écoute attentivement ; tant mieux, je m'adresse à elle aussi.

Un peu plus tard, elle commence à s'affaisser sur ses sabots. Se met à respirer fort. C'est tout juste si la sueur ne lui dégouline pas le long du mufle.

– Maylis… ? Ça va pas ?

– Ai… du mal… du mal à… respirer.

– Oh non, pitié, tu vas pas nous refaire ça.

Même si je le voulais, je ne serais pas capable d'en faire des tonnes. On pourrait tout à fait parler de non-jeu, mais cela concorde avec mon caractère naturel.

Maylis se racle la gorge, éructe un long filet de bave. Tout autour de nous, on s'écarte un peu. Ils font bien. Maylis se laisse tomber sur le côté, manque d'écraser quelqu'un. Je me jette sur elle, commence à lui donner des petites claques sur la bajoue.

– Oh ! T'arrêtes ça tout de suite ! C'est pas le moment ! Oh !

– Qu'est-ce qu'elle a ? Qu'est-ce qu'elle a ? crie Léa, l'air sincèrement paniquée. Elle doit se laisser embarquer par notre performance bouleversante.

C'est avec une attitude beaucoup plus nonchalante que le Blouson arrive. Celui qui était près de nous. Un pas trop vieux. Une arbalète pend au bout de son bras, le carreau engagé pointant vers le sol.

– Qu'est-ce qui se passe ?

– Elle fait une crise d'angoisse. Sévère.

– Vous pouvez pas appeler votre médecin ? demande Léa.

Le reste des villageois forment un cercle autour de nous. Ils ne nous laissent pas beaucoup d'air. Si quelqu'un voulait se mettre en tête de me viser, il connaîtrait quelques difficultés. Tant mieux. Si je l'isole…

Je me penche encore davantage sur Maylis. Léa se rapproche aussi. Je lui mets la main sur le poitrail.

– Elle a jamais fait ça avant ! continue Léa sur un ton tout aussi dramatique.

Je me penche encore davantage sur Maylis. Je lui parle directement à l'oreille – des mots calmes, des mots de consolation.

Le Blouson se rapproche, se penche, lui met la main sur l'encolure. C'est ce moment que je choisis pour lui envoyer mon pied dans l'entrejambe. Exclamations stupéfaites provenant des villageois. Il ne me reste plus beaucoup de temps pour le reste de la manœuvre. En quelques secondes, je lui arrache l'arbalète, et je bascule l'homme sur le dos de Maylis, avant de l'enfourcher moi aussi tandis qu'elle se relève.

À présent, les jambes serrées autour de ma monture, je maintiens l'homme pressé contre moi, le carreau de sa propre arme plaqué contre son visage. Les arbalètes se lèvent, pointent vers moi, mais n'osent pas tirer. Loin derrière, Jeanne me fixe avec rage.

J'aurais bien réglé mes comptes avec elle, tout comme avec le sorcier. Mais il faut admettre ses défaites, et il est difficile de concilier la fuite avec la victoire.

Derrière moi, j'entends Léa cracher du feu, puis quelqu'un qui pousse un « Putain ! » de surprise. Comme prévu, elle couvre mes arrières. Elle bondit à son tour sur la croupe de Maylis et nous partons au triple galop.

Nous filons entre les arbres.

– Ça a marché ! crie Léa.

– Ouais ben ça marchera pas longtemps, dit Maylis entre deux foulées. Vous êtes un peu lourds. T'as encore besoin de l'otage ? J'irais plus vite si tu lâchais du lest.

D'une poussée de la main, j'envoie le Blouson rejoindre le plancher des vaches. Un cri accompagne sa chute. Avec un peu de chance, il ne finira pas tétraplégique.

– Léa, aussi, poursuit Maylis, tu pourrais planter tes griffes ailleurs que dans mon cul ? Ce serait plus facile.

– Désolée.

Et elle plante ses griffes dans mes hanches. Bon. Je ne vais pas m'en plaindre, ce n'est pas moi qui cours. Je me penche et m'accroche à la crinière de Maylis.

Soudain, un cri de rapace vient couvrir le martèlement de ses sabots.

– Ça y est, ils ont lâché les fauves.

Je guette les cimes, je ne vois encore rien.

– Ils sont rapides, commente Léa.

– Qu'est-ce que je fais ? me lance Maylis, avant de bondir par-dessus une immense racine.

– Continue à galoper. Tu peux tenir encore longtemps ?

– Ça reste à voir.

– Au pire, j'ai un carreau.

Tirer à dos de licorne n'est pas ce qu'il y a de plus aisé. Nos poursuivants, perchés sur leurs bêtes ailées, sont en proie à des difficultés similaires, mais ils sont probablement entraînés.

– On court dans le sens du vent, dit Léa. Ça les avantage forcément.

– Merde, dit Maylis, je tourne, alors.

Et juste à l'instant où elle prend cette décision, les branchages au-dessus de nous se déchirent dans un immense craquement. Maylis freine des quatre fers, change de direction. Léa manque de tomber – je la rattrape par la queue. Elle se raccroche.

J'ai un regard en arrière : un hippogriffe. Posséder à la fois des sabots de cheval et des ailes implique des aptitudes au vol et à la course, pour notre plus grand malheur. Après son atterrissage en catastrophe, il se redresse et se met à nous poursuivre au galop. Un Blouson écarlate sur son dos tient les rênes d'une main. L'hippogriffe ouvre le bec, émet un cri perçant.

Il pourrait nous rattraper. Seulement, il s'est positionné droit dans ma ligne de mire. Dommage pour lui.

– Ralentis juste un peu, s'il te plaît, Maylis.

– Quoi ? Jamais, t'es malade !

– T'en fais pas, je vais le mettre hors-jeu, j'ai juste besoin de plus de stabilité.

Elle ralentit l'allure. J'ajuste mon tir et fais partir le seul carreau que je possède.

Je vois le trait se ficher dans la tête de l'hippogriffe, la bête tombe dans un tsunami de feuilles mortes.

– C'est tout ce qu'il y avait ? demande Maylis, sans cesser de courir.

– C'est peu probable.

– Je vois rien… mais je sens… ça sent le…

Mais je n'ai pas le temps de savoir quelle odeur spécifique Maylis vient de repérer, puisque j'écope moi aussi d'un carreau d'arbalète, venu de nulle part. Une explosion de douleur juste en dessous de la clavicule droite, une poussée qui me propulse en arrière.

Je me sens flotter dans les airs une demi-seconde avant de rencontrer le sol avec toute la violence que suppose une chute de ce type.

C'est mon dos qui encaisse le choc. Je rebondis. Je roule. Le carreau se brise, s'enfonce un peu plus. Le sang coule davantage, imbibe copieusement mon vieux tee-shirt. *J'arriverai jamais à le ravoir.*

Je reste étendue au sol. Je continue à réfléchir. Ça signifie que je ne suis pas morte ; mieux encore, que je ne me suis pas évanouie.

Me parvient la voix brumeuse de Maylis :

– Sarah !

Elle revient vers moi. J'essaie mollement de me relever, mais une vrille de douleur me traverse les os. Je me laisse retomber.

– On ne bouge plus ! crie Jeanne.

Sa voix vient des hauteurs. J'aurais dû me douter que c'était elle. Prenant appui sur mon bras gauche, je lève les yeux et la vois enfin.

Elle est perchée, accroupie, sur la branche d'un grand chêne. Son griffon, dans une posture parfaitement féline, enserre le tronc de ses quatre pattes griffues.

Jeanne tend son arbalète vers moi, et porte toujours, à sa taille, ce foutu sabre.

Le fait d'être menacée ne m'affecte même plus. L'air satisfait de Jeanne, en revanche, m'irrite davantage.

– Si la dragonne tente quoi que ce soit, croyez-moi, je tire. Alors, un conseil : tenez-vous à distance.

La branche sur laquelle elle se tient ne me paraît pas très épaisse. Si elle arrive à y tenir, c'est qu'elle ne doit pas peser lourd.

– Sarah… Tu vas bien ? demande Léa. Réponds-moi !

J'arrive à croasser :

– Rien de mortel. Par contre, mon épaule est foutue.

– Tu peux t'estimer chanceuse, dit Jeanne. Quelle idée de faire ça. Tu pensais vraiment pouvoir t'échapper ?

Soudain, faisant vibrer sa branche, elle pointe son arbalète vers Léa, qui s'est un peu approchée.

– Qu'est-ce que vous comprenez pas, dans « On ne bouge plus » ? Vous allez rester tranquillement ici, le temps que…

– Jeanne… ? dit le griffon.

C'est la première fois que je l'entends parler distinctement. Il a une voix douce et suave.

– Quoi ? répond Jeanne.

– Ta branche, elle est pas très *safe*. Tu ferais peut-être mieux de te mettre ailleurs.

– Je peux pas, je suis obligée de les tenir en joue. Elle va tenir. Elle est solide. Elle est juste flexible.

Et pour illustrer ses dires, elle appuie la main dessus. Un craquement lui répond. Ses yeux s'agrandissent.

– Oh, m…

– Jeanne, lui lance le griffon, revient vite vers m…

Mais, avant que Jeanne ait pu faire quoi que ce soit, la branche casse. Elle n'a même pas le temps de se rattraper. Il y a juste un cri. Et son corps qui tombe dans un bruit mat.

Une chute d'une quinzaine de mètres.

Elle est tellement bête.

– Jeanne ! crie le griffon, sans pour autant décoller de son arbre.

Je me remets debout comme je peux. Il n'y a plus de menace : Maylis et Léa s'avancent, quelque peu abasourdies par la brusque résolution de notre problème.

– Qu'est-ce que c'était nul, dit Maylis. Mon Dieu. C'était peut-être le truc le plus nul que j'aie vu de toute ma vie.

– Elle est morte ? demande Léa.

– Vous approchez pas d'elle ! crache le griffon en faisant mine de redescendre.

Léa lève la tête, crache un jet de flammes préventif en sa direction ; il s'arrête net.

Je marche doucement vers Jeanne. Sa jambe fait un angle bizarre. Comme pour répondre aux interrogations de Léa, ses doigts se crispent très légèrement sur l'humus.

– C'est bon, dis-je. Elle est vivante.

Entre moi, elle et le sorcier, nous sommes tous particulièrement chanceux en ce moment. Je crie au griffon, toujours sur son arbre :

– T'entends, elle est vivante !

Son arbalète a atterri à quelques pas. Léa la ramasse. Elle se redresse sur ses deux pattes, s'avance vers moi et me la tend.

– Merci, dis-je.

– Tu peux… tu peux la laisser comme ça, hein ? C'est pas comme si elle était dangereuse, me dit-elle.

Je serais pourtant tout à fait dans mon droit de, mettons, décapiter Jeanne avec son propre sabre. J'ai toujours ce carreau dans l'épaule : pas de quoi me rendre spécialement coulante. De plus, si elle n'avait pas été là, le sorcier serait mort, toute cette histoire serait derrière moi, nous serions déjà en route pour Sainte-Ursule afin de récupérer notre bibliothèque itinérante.

Seulement, Léa est là. Pas question que je le fasse devant elle. Et puis je n'en ai pas envie. Jeanne est inoffensive à présent. Et le meurtre gratuit ne défoule pas vraiment, pas autant qu'on le voudrait. La seule personne que je dois tuer, c'est ce sorcier.

On va dire que cette jambe cassée est une punition suffisante.

Je me contente de lui voler son carquois et de lui ôter ses bottes, que j'enfile. Chaque mouvement du bras me lance un peu plus. Il faudra que je trouve un moment pour m'arrêter et m'occuper de ma blessure. Après quoi je lance au griffon :

– On va partir. Estime-toi heureux qu'on soit sympas. T'auras qu'à la ramener.

– Tu lui prends pas son sabre ? me demande Léa.

– Non. Plutôt mourir.

Maylis s'abaisse, je lui monte dessus ; elle se redresse, et je me maintiens à cheval tant bien que mal.

– T'arriveras à… ? me demande Maylis.

– Oui, l'important c'est de se barrer. On s'arrêtera plus tard.

Léa saute en croupe. Maylis repart. Derrière nous, le griffon est descendu, et secoue le corps de Jeanne.

15. révélations

Nous nous sommes arrêtées près d'un ruisseau. Assise sur la rive, j'ai enlevé ma chemise, et j'ai retiré le carreau brisé. Je n'ai pas eu d'autre choix que de m'en charger moi-même : les griffes de Léa ne sont pas vraiment adaptées à la chirurgie, et ne parlons pas de Maylis.

Je n'ai même pas de désinfectant. Je croyais avoir une petite flasque d'alcool sur moi, mais j'ai dû la perdre. De toute manière, je dois d'abord arrêter l'hémorragie. Je plaque un tissu sur ma blessure pour faire compresse. Mais rien n'y fait. Ça continue de saigner.

– Il va falloir cautériser, dis-je. Léa, j'aimerais pas avoir à le faire moi-même. C'est plutôt déconseillé. Tu vas devoir m'aider…

– J'ai… j'ai jamais…

– C'est pas si compliqué. Il faut juste trouver quelque chose de métallique. Regarde dans le sac à cuisine. La louche devrait faire l'affaire.

Au moins ne nous ont-ils pas *tout* pris : quelques-unes de nos affaires sont toujours harnachées à Maylis.

Léa revient avec la louche. Je peux voir, à la façon dont elle l'examine, qu'elle est loin d'être confiante.

– J'ai jamais vu quelqu'un faire ce genre de truc, dit-elle. Recoudre, oui, mais cautériser…

– C'est pas grave. Tout ce que tu as à faire, c'est souffler sur la louche, là… et tu appliques la partie ronde sur la plaie. Il faut que t'appuies fort. Je vais sûrement hurler. Il est même possible que je te tape. Mais c'est normal. C'est juste parce que ça va faire très très mal.

– C'est une technique qui favorise les infections, dit Maylis. Si on avait du fil, ça serait mieux.

– On a pas de fil et même si on en avait, on en serait au même point, parce que figure-toi que je ne sais pas coudre. Et coudre sur moi-même, encore moins.

Je m'allonge sur les galets, bras écartés, la plaie en évidence. Léa s'approche de moi, examine son reflet déformé dans la louche. Elle ouvre la bouche, soit pour cracher du feu, soit pour dire quelque chose d'autre, quand une voix l'interrompt.

– Haha, ça commence à devenir gore, tout ça.

Je ferme les yeux. Il n'y a pas eu d'éclair vert, cette fois-ci, mais il n'y a nul doute sur l'identité de la personne.

De surprise, Léa laisse tomber la louche. Kala s'avance parmi nous, lui frotte la tête de la main d'un geste affectueux.

– Salut, toi.

– Euh… Bon… bonjour Kala. Qu'est-ce que… qu'est-ce que tu fais là ?

– Elle m'accompagne, dit Zerka. Elle est devenue mon assistante.

Cette fois-ci, l'administratrice n'est pas longue à se montrer. L'air plus austère que jamais. Son regard glacial.

– Vous êtes venue m'engueuler ? je lui demande.

– Non. Ce n'est pas le mot, me répond-elle. Pas le mot exact, en tout cas.

Son laconisme ne me met pas en confiance. Tout comme la présence de Kala à ses côtés – elle qui avait particulièrement envie de me punir.

Je dois accepter l'éventualité que Zerka soit venue m'administrer mon châtiment. Une conséquence prévisible de ma mésaventure avec les Blousons écarlates, et de ma bourde : avoir compromis la confidentialité de mon contrat.

– C'était bien parti, articule-t-elle. Nous t'avons regardée faire. Nous y avons cru jusqu'au bout. Tu étais remontée dans mon estime. Je me suis même félicitée d'avoir fait appel à toi. Tu avais tenu tes engagements. Tout paraissait aller pour le mieux dans le meilleur des mondes.

Elle ouvre alors les bras, comme pour soutenir le poids de l'univers. Elle est au-delà de la colère. Elle n'est désormais plus que tristesse et abattement.

– Alors pourquoi avoir tout fichu en l'air, à la dernière minute ? Pourquoi ?

– Les Blousons…

– Les Blousons écarlates ne justifient pas tes erreurs. *Qui* a l'idée de parler à sa victime avant de la tuer ? À quoi est-ce que ça t'avançait ?

– C'est juste que… Je sais pas… C'étaient juste quelques mots, à la base. J'étais sur le point de le tuer, je voulais montrer un minimum de considération pour…

Zerka siffle entre ses dents ; elle ne semble pas apprécier ma réponse. Kala, elle, reste impassible.

– Tu oublies que j'ai lu ton dossier. Je sais tout ce que tu as fait, avant. Invoquer la *considération* pour autrui, invoquer la morale ou l'éthique ne te ressemble pas. Est-ce que tu montrais autant d'égards envers les gens que tu as torturés et exécutés en public ? Envers les gens dont vous avez brûlé les récoltes ? S'il te plaît, ne sois pas indécente.

Merde.

Léa, à ces mots, s'est comme statufiée. Elle me regarde, regarde la fée. Elle ne comprend pas à quoi elle fait référence – pas encore.

Mais Zerka remarque sa réaction. Sa bouche sans lèvres s'étire, elle a un sourire mauvais.

Elle se retourne. Ses yeux oscillent désormais de Léa à Maylis, et de Maylis à Léa.

– Mais vous, vous ne savez rien, évidemment. Elle ne vous a rien dit. Vous voyagez avec elle, et vous ne savez même pas qui elle est.

Léa reste muette. Elle attend. Moi, je prends toute la mesure de la catastrophe sur le point de se produire.

Il faut que j'empêche ça. Si Zerka veut me punir, qu'elle choisisse quelque chose d'autre. Qu'elle m'enracine au sol et me recouvre d'écorce, qu'elle me remplisse de fourmis – mais par pitié, qu'elle se taise.

Je commence à me relever :

– Zerka, s'il vous plaît, ne…

– Tu as trahi notre secret. Il est logique que je trahisse le tien. Je ne fais que te renvoyer la balle.

Et son regard me dit que je ne peux rien faire d'autre qu'encaisser en silence. Quelque chose de brûlant me remonte déjà, dans la gorge et le nez.

J'aimerais m'excuser d'avance auprès de Léa. Mais il n'y a rien que je puisse dire pour tempérer ce qui va être raconté.

Zerka déplie sa main vers moi, me désigne cérémonieusement :

– Laissez-moi vous présenter Sarah Zenati. Tout juste vingt ans. C'est encore jeune, selon vos critères. Ça ne l'a pas empêchée de faire beaucoup, beaucoup de choses. Certaines choses qu'aujourd'hui, elle préfère garder secrètes. Vous avez déjà dû entendre parler de son père. Un dragon aux écailles noir et or, qui se trouve être à la tête des bandits les plus féroces des environs. Qui a poussé l'orgueil jusqu'à se faire qualifier de « Roi-Dragon ».

Maylis baisse la tête, ses yeux m'évitent. Moi, je n'ose pas regarder Léa. Je ne veux pas voir sa réaction. Je ne le supporterai pas.

L'administratrice reprend, toujours avec emphase :

– Vous me direz : on ne choisit pas sa famille. Vous pourriez croire qu'elle n'est qu'une victime. Elle s'est livrée aux exactions des Écorcheurs avec une complaisance notable. Pas mieux que votre bandit de base. Elle participait activement aux pillages, elle prenait part comme les autres aux affrontements, à ces massacres dont tout le monde a entendu parler. La digne fille de son père. Raconte-leur comment vous pendiez les gens la tête en bas et racliez leur peau avec vos grands couteaux. Raconte-leur, la fois où tu as toi-même décapité les fils de ce chef de village pour, je cite, « l'exemple ». Tu fais partie intégrante de la légende noire des Écorcheurs. Ils se sont un peu calmés, maintenant, mais du temps où tu y étais, c'était… impressionnant. Et puis, va savoir pourquoi, tu es partie. Tu devais en avoir assez. Et tu t'éloignes suffisamment du territoire de ton père pour éviter qu'on te reconnaisse, et tu te lances dans…

Elle fait semblant de pouffer.

– Dans la gestion de bibliothèque. Quelle idée. Une drôle de reconversion professionnelle, nous sommes toutes d'accord ? Mais ce n'est pas le pire. Le pire, c'est que tu n'assumes rien. Ta lâcheté est… incommensurable. Tu penses pouvoir te comporter comme si de rien n'était. Te faire des amis qu'auparavant, tu aurais sûrement tués sans la moindre hésitation. Tu crois… c'est drôle… tu crois mériter d'être aimée. Mais tu auras deviné que nous, nous ne t'aimons pas. Car les fées arrivent à te voir pour ce que tu es. Tu es déjà pourrie. Tu grouilles de l'intérieur. Il suffirait qu'on perce un peu, et toute la vermine s'échapperait, tu t'effondrerais comme une outre vide.

Sa logorrhée s'arrête. Elle me fixe, penchant légèrement la tête sur le côté.

– Oh non. Tu vas pas te mettre à pleurer…

Elle s'en est aperçue avant moi. Mes joues sont humides et mon nez coule. Ma gorge est complètement nouée. Je réprime les sanglots qui montent. Ça ne m'était pas arrivé depuis longtemps.

Zerka s'approche ; elle empoigne ma nuque, rapproche ma tête de son visage.

– Arrête la comédie. Ça suffit. Ce n'est pas la personne que j'ai engagée. Ça ne te convient pas. Le fait est que je sais ce que tu as fait, et que, honnêtement, ça m'arrange. On ne peut pas corrompre ce qui est déjà corrompu. Une personne de plus ou de moins à tuer, qu'est-ce que c'est, pour toi ? Tu es l'outil parfait, pour ce genre de travail. Et tu as même été efficace, finalement. Tu l'as retrouvé, et tu as même failli réussir. Maintenant, au moins, nous savons où il est… Mais est-ce que tu sais ce que je risque, moi, personnellement, à cause de ta connerie ? Est-ce que tu as déjà parlé à la châtelaine Brenn Vatti ? Je peux te paraître méchante, mais comparée à elle, je ne suis rien.

Sans lâcher ma nuque, elle pose son autre main sur ma blessure. Une faible lumière verte rayonne. La douleur s'atténue. Elle me pousse alors en arrière. Je tombe dans le ruisseau.

Ma main se porte machinalement à mon épaule. Mis à part un peu de sang, il n'y a plus rien : les chairs se sont ressoudées, la peau s'est refermée.

Zerka, sur la rive, me regarde de haut.

– Ce n'est qu'un sursis. Tu ne t'en tireras pas comme ça. Il y aura un châtiment. Seulement, comme tu t'es montrée d'une efficacité relative, nous te gardons à notre service… Si tu arrives à tuer cet homme, tu pourras espérer – je dis bien *espérer* – un peu de clémence de ma part, quand tout ça sera fini.

– Tu peux aller te faire foutre.

J'ai répondu d'une voix faible, en serrant les dents. Zerka hausse les sourcils, comme surprise.

Je continue, tout en me redressant :

– C'est bon. Tu peux y aller. Tu peux demander à Kala de me punir de la façon qu'elle voudra, ou me punir toi-même si tu veux. Vous pouvez faire ce que vous voulez de moi, j'en ai plus rien à foutre. J'en ai marre, aussi. Je suis fatiguée. Je suis rien qu'un déchet humain, de toute façon, c'est bien ce que tu dis, hein ? C'est tout ce que je mérite. Je préfère encore ça à aller crapahuter pour vous.

Pendant quelques secondes, nous n'entendons que le gazouillis de l'eau qui court.

Puis Zerka parle à nouveau, d'une voix particulièrement aigre :

– Alors permets-moi de déplacer le problème. Tu vois tes deux amies ?

Elle me les désigne d'un geste. Pas besoin d'avoir beaucoup d'imagination pour deviner la suite.

– Elles sont avec toi depuis le début, je pourrais presque, *presque* les considérer comme des extensions de toi-même. Si tu y mets de la mauvaise volonté, elles en feront les frais.

Salope.

– Alors relève-toi, poursuit-elle. Et fais de ton mieux.

J'aurais envie de fermer les yeux. De me laisser avaler par les flots du ruisseau, de m'y dissoudre et de disparaître. Ce serait facile. Ma honte, ma peine, cette fatigue immense que je porte en moi : tout prendrait fin, tout s'arrangerait, et j'aurais enfin la paix.

Mais il faut que je me bouge.

L'administratrice énonce d'une voix froide :

– Ils ont emmené ta cible à Albi. Nous nous retrouverons là-bas. Je te laisse y aller par tes propres moyens.

Puis elle se tourne vers son assistante :

– Kala. On s'en va.

Flash vert. Plus de Zerka.

Kala, pourtant, reste où elle se trouve. Pendant le coup de colère de Zerka, elle n'a pas ouvert la bouche. Elle se rattrape :

– Désolée, hein. Elle est de mauvaise humeur.

Elle nous passe en revue du regard – aucune d'entre nous n'est disposée à répondre quoi que ce soit.

– Il faut pas que je traîne non plus. On se voit plus tard.

Et elle disparaît elle aussi.

16. Léa

Léa se souvient très bien de la première fois qu'elle a rencontré Sarah. Elle ne l'a pas quittée depuis.

C'était dans une maisonnette en ruines, envahie de mousse et de plantes, les murs à moitié effondrés, le toit crevé par un hêtre gigantesque.

Léa s'y était installée. Ici ou ailleurs, ça n'avait pas d'importance. Tout se ressemblait – partout la forêt alignait ses teintes brun-vert écœurantes, tout sentait le moisi, la décomposition et l'humidité. Les gens, quand elle en croisait, revêtaient tous la même hostilité morne.

Cela faisait déjà longtemps qu'elle était seule. Elle n'avait pas compté les jours. La notion même de calendrier n'importait plus. Tout stagnait dans le même gris, sans avancer.

Elle savait que la mort la faucherait à un moment ou à un autre. Ses flammes ne la protégeraient pas éternellement. Quelque chose la mangerait. Quelqu'un la tuerait. Elle se blesserait d'une façon particulièrement stupide et succomberait des suites d'une infection. Ça ne l'angoissait même plus. Ça ne ferait qu'un monstre de moins. En attendant, elle mangeait ce qu'elle trouvait, chassant parfois lorsque la faim se faisait trop forte. Elle était maigre : son ventre s'était creusé, ses côtes ressortaient sous sa peau d'écailles.

Si Léa avait pu rembobiner le temps, elle aurait choisi de mourir avec sa mère. Elle ressassait ce regret en boucle, un bruit permanent, qui l'empêchait de trouver le sommeil. Elle se haïssait.

C'était donc dans cette maison – cette ruine inhabitée – qu'un matin, elle ouvrit l'œil, réveillée par un bruit.

Quelque chose, au rez-de-chaussée, faisait grincer le vieux parquet. Sans trop se soucier d'être bruyant ou non. Léa crut reconnaître une démarche humaine – ou du moins humanoïde. Elle se releva, étira ses ailes.

Qui est-ce que ça peut être ?

Il n'y avait plus rien à piller ici. Tout avait déjà été retourné. Peut-être quelqu'un d'autre qui venait s'installer. Trouver un endroit où dormir et s'abriter de la pluie.

Elle allait descendre. Voir de qui il s'agissait. Elle ne se souciait pas de la réaction de l'intrus. Il pouvait fuir tout comme il pouvait lui tirer dessus s'il était armé – ce qui était déjà arrivé. Pour ce qu'elle en avait à faire.

Léa avança lentement – le plancher craquait aussi de son côté. L'autre l'avait certainement déjà entendue. À quatre pattes, elle s'engagea dans l'escalier pour s'arrêter en haut des marches, glissant un regard derrière la rampe.

Et c'est là qu'elle la vit. Cette fille au teint mat et aux longs cheveux noirs emmêlés, enveloppée d'un anorak vert foncé. Elle ne bougeait pas. Elle tenait fermement une arbalète dans sa main droite. Évidemment, elle avait déjà repéré Léa. Au moins ne faisait-elle pas mine de la viser.

Dans l'encadrement de l'entrée se trouvait un caddie. Chose curieuse : dans ce caddie, il n'y avait que des livres.

– Humain ou pas humain ? demanda la fille avec un sang-froid marqué. Réponds-moi vite, qu'on soit fixés.

– H… humain, répondit Léa de sa voix d'enfant.

Elle se corrigea :

– Humaine.

Combien de temps cela faisait-il qu'elle n'avait pas parlé à quelqu'un ? Il lui semblait avoir perdu l'habitude.

La fille souffla.

– Bien. C'est le genre de choses que tu devrais annoncer directement quand tu rencontres des gens. Ça peut provoquer des malentendus.

– Désolée.

– C'est pas grave. Personne est mort. Dis-moi. T'habites ici ? C'est ta baraque ? T'habites toute seule ?

Cette dernière question – pas grand-chose pourtant – lui fit l'effet d'une pointe dans la poitrine.

– Je suis toute seule, répondit-elle. Mais c'est pas ma maison.

– Ah. Tant mieux. Tu vois pas d'objection à ce que je fouille les lieux, alors ?

Elle ne savait pas quoi en penser.

– Non, dit-elle.

Léa descendit l'escalier.

– J'aimerais savoir, continua la fille. Je sais pas si t'as remarqué, mais…

Elle pointa son caddie.

– Je suis occupée à chercher des bouquins. Est-ce que t'en aurais vu, qui traînent, ici ?

– Il y a rien, ici, dit-elle. J'ai pas regardé mais… des gens sont déjà passés, ça se voit. Vous… vous trouverez rien, c'est sûr.

– C'est pas dit. Les gens prennent tout et n'importe quoi, mais ils ont une grosse tendance à négliger les bouquins. Je m'en suis rendu compte, en cherchant. J'en ai déjà trouvé des tonnes dans des endroits qui avaient été fouillés de fond en comble. Donc bon, y a quand même des chances.

– Vous… vous collectionnez des livres ?

– Oui. Pour l'instant. J'ai un projet de bibliothèque. Mais pour faire une bibliothèque il faut d'abord des bouquins, sinon ça marche pas. Il y a un public, il y a une demande, et il n'y a pas beaucoup de monde pour y répondre. Donc je m'y colle.

– Oh.

Ça pouvait paraître idiot. Cela dit, dans l'avant-dernier village où sa mère et elle avaient habité, celui où s'était produit le raid féerique qui lui avait valu sa transformation en Chimère, les livres circulaient ; on se les prêtait, même si on n'en possédait qu'une quantité limitée. Léa avait déjà lu un certain nombre d'albums illustrés (*Le Diable des rochers*, *Chien Bleu*, *La Grosse Bête de monsieur Racine*), quelques bandes dessinées (*Gaston Lagaffe*, *Tintin*, *Johan et Pirlouit*). Deux ou trois romans jeunesse : *Les Désastreuses Aventures des Orphelins Baudelaire*, *Alex Rider* – malheureusement des tomes détachés du reste de la série, ce qui n'avait cependant pas empêché Léa de les apprécier. *Le Petit Prince* lui était aussi passé entre les mains et, comme pour beaucoup de monde, lui avait fait une forte impression ; elle se souvenait toujours clairement des aquarelles de Saint-Exupéry.

Une bibliothèque, ce n'est peut-être pas une mauvaise idée, conclut-elle. Elle commença à se demander quels ouvrages contenait le caddie. Il était rare, ces derniers temps, que quoi que ce soit stimule son intérêt.

La fille sembla lire dans ses pensées :

– Si tu veux voir ce que j'ai, je t'en prie. Qu'est-ce qui t'intéresse ?

Sarah ne trouva aucun nouveau livre ce jour-là mais, au moment de repartir, Léa prit place dans son caddie.

Jusqu'à maintenant, Léa admirait Sarah. Le mot n'est pas exagéré. Elle l'a admirée. Jamais elle n'aura autant admiré quelqu'un.

Léa l'avait aussitôt vue pour ce qu'elle était : une fenêtre, la seule issue possible. Si elle ne l'avait pas suivie, le monde aurait continué à se refermer lentement sur elle, jusqu'à la broyer vivante.

Maylis s'est ajoutée au groupe par la suite, traînant d'abord une remorque, puis ce chariot. L'univers filait de nouveau droit. Les choses étaient redevenues des choses, ce n'était plus ce magma vide et mort qui avait été le quotidien de Léa des mois durant. La bibliothèque, Sarah n'avait jamais donné l'impression d'y croire vraiment – une simple histoire de public et de demande, disait-elle toujours –, mais Léa pensait néanmoins faire partie de quelque chose d'exceptionnel, qui trouvait une finalité autre que la simple survie. C'était sans doute ce qui l'avait séduite, en premier lieu, au moment de voir ce caddie rempli de livres.

L'inutile n'existe pas. Le divertissement est aussi essentiel que le reste. Et c'était le message que la bibliothèque itinérante délivrait partout où elle passait. Qu'il s'agisse de romans sentimentaux ou de revues pornographiques, c'était toujours noble, invariablement beau.

Tout s'était reconstruit. Elles constituaient un trinôme stable. La franchise acide de Maylis, le sang-froid nonchalant de Sarah – et elle entre les deux. Un équilibre parfait, deux forces rassurantes auxquelles se rattacher et sur lesquelles s'appuyer. Elle leur a accordé sa confiance, et bien au-delà de ça.

Mais elle sait, à présent, que ce temps-là vient de prendre fin. Déjà les formes se dilatent, comme une photographie lentement passée à la flamme, et le sol sous ses pattes, les arbres, le ciel, les étoiles, l'eau du ruisseau, les sons, son corps même, s'embourbent, s'imprègnent d'une pesanteur de plomb. Elle se tient seule dans l'air immobile. Elle ne peut déjà plus respirer.

Elle s'est demandé, mollement, pourquoi Sarah ne réagissait pas aux accusations de la fée, pourquoi elle la laissait dire toutes ces horreurs. Mais Zerka a continué son réquisitoire, et pour la première fois, Léa a vu son amie pleurer.

C'est à cet instant qu'elle a compris. Sarah ne pouvait pas se défendre, pour la seule raison que la fée ne faisait que dire la vérité.

Sarah est une Écorcheuse.

C'est une mauvaise blague.

La fée jette Sarah dans le ruisseau. Léa entend toujours ce qui se dit, mais n'écoute plus.

Sarah est une Écorcheuse, se répète-t-elle.

Elle revoit des images de cauchemar. Une tête qu'elle voudrait ne pas reconnaître, fracassée contre un rocher. Une chemise arrachée, une jupe déchirée. C'est ce que sont les Écorcheurs.

Du fond de son ventre, une nausée commence à monter. *Ça ne peut pas être vrai, pourtant.*

Quelque part, elle ne sait pas où, une immense lézarde s'est ouverte. Léa ne trouve pas de mots pour définir les choses qui s'en échappent, mais malgré leur absence de nom, elle sait qu'elle les regrettera. Et ce, même si au fond, elles ne valent rien, même si, après tout, il ne s'est toujours agi que de mensonges.

Jamais elle n'aurait cru possible d'être trahie à ce point.

17. séparation

Le silence dure encore quelques instants. Je ne sais pas quoi dire. Tout le monde a l'air aussi perdu que moi.

– Bien… hasarde Maylis. C'était… c'était chaud.

– C'était vrai, hein ?

C'est à moi que Léa s'adresse. Ses yeux mouillés de larmes m'épinglent sans me laisser de porte de sortie.

L'idée de tout réfuter m'effleure l'esprit. Mais ce serait inutile – il est trop tard, il n'y a plus rien à raccommoder.

– C'était vrai.

Une larme lui coule le long du museau.

C'était exactement ce que je craignais. Je n'essaie pas de m'expliquer, il n'y a rien de justifiable, Zerka a raison. Et le regard de Léa ne fait que me renvoyer à ce que je suis. Je dois me montrer capable de l'accepter.

Enfin, elle tourne la tête. Elle s'éloigne, ouvre les ailes, s'envole.

Maylis crie :

– Léa ! Eh ! Attends ! Reviens !

Mais Léa s'est déjà élevée par-delà les frondaisons. Maylis se lance à sa poursuite.

– Toi, reste ici ! Je vais la chercher, me dit-elle au passage.

Elle disparaît elle aussi. J'entends le bruit de ses sabots qui s'éloignent, et qui se perdent au cœur de la forêt. Elle crie le nom de Léa. Ses appels se font de plus en plus lointains.

Bientôt, il n'y a plus rien.

Je referme ma chemise. Je vais ramasser mon tee-shirt, mon manteau. L'arbalète que j'ai volée à Jeanne.

C'est moi qui suis de trop. C'est moi qui aurais dû partir en premier. Quand Maylis reviendra ici, elle ne me trouvera pas.

Je recommence à marcher. Je rejoindrai Albi. J'essaierai d'achever ce sorcier. Les Blousons écarlates pourraient très bien me tuer avant. Et même si j'accomplis ma mission, je sais, de toute manière, que les fées se chargeront de mon cas.

Quelle que soit la façon dont ça se termine, au moins ça se terminera.

18. Maylis

Après avoir laissé Sarah les pieds dans le ruisseau, Maylis a couru. Longtemps.

Léa a finalement consenti à se poser, sur une butte rocheuse. Maylis la rejoint sur ce promontoire.

– Putain… dit-elle. Comme si j'avais pas déjà assez couru aujourd'hui… T'as presque réussi à me filer un point de côté.

Mais Léa ne lui répond pas. Elle reste assise sur la butte. Elle regarde les cimes qui pointent en contrebas. Au loin émergent les premières lueurs de l'aube.

Maylis reste plantée là, derrière elle. *Bon. J'ai l'air fine, maintenant. Qu'est-ce que je peux bien lui dire ?*

Question épineuse. Elle imagine parfaitement l'ampleur du choc.

– Je comprends que tu sois secouée, dit-elle.

Aborder les choses en douceur. Commencer par manifester de l'empathie. Attendre de voir, pour la suite.

– C'est une Écorcheuse… dit Léa d'une voix asséchée.

– C'*était* une Écorcheuse. Elle les a quittés.

– Ça change rien. Ils sont… ils ont…

– Je sais ce qu'ils ont fait.

Évidemment, Maylis a le luxe de pouvoir prendre du recul. Pas Léa. Peut-être n'arrivera-t-elle pas à la raisonner aujourd'hui. Peut-être jamais.

Quelle grosse pute, cette fée. Qu'est-ce qui lui a pris, de déballer ça ?

Mais ça devait fatalement arriver. Ça pendait au nez de Sarah, et elle n'a rien voulu entendre. Peut-être que si elles s'étaient organisées plus tôt, avec plus de délicatesse…

Non. Il n'y aurait eu aucune bonne manière d'annoncer ça. Léa aurait réagi de la même façon.

– Tu te doutais bien qu'elle avait fait des trucs pas nets dans le passé, quand même ?

– Mais pas ça. Rien de tout ça. N'importe quoi, mais pas eux. *Pas chez eux.*

– Tu sais pourquoi elle ne te l'a jamais dit.

Alors Léa se retourne vers elle. Ses yeux la fixent d'un air féroce inhabituel.

– Est-ce que tu savais, toi ?

– Oui.

Pas de mensonges. Pour le moment, c'est la dernière chose à faire.

Léa montre les dents :

– Et tu ne m'as rien dit ? Tu le savais et t'as…

– Je ne l'ai su que récemment. Calme-toi. Et qu'est-ce que ça aurait changé, que tu le saches ? Est-ce que là, ça t'a fait du bien, de savoir ça ?

– C'est pas la question ! rugit-elle. Comment tu peux… ?

Elle serre les dents, ses yeux se brouillent, et finalement elle éclate en sanglots :

– Comment vous avez pu me faire ça ?

Elle abuse. Maylis n'a jamais été Écorcheuse. Que Léa n'aille pas non plus rejeter la faute sur elle.

Léa sanglote à chaudes larmes, désormais. Maylis est désemparée. Ne pouvant physiquement pas la prendre dans ses bras, elle va devoir composer avec les mots. Mais avec Léa qui bafouille des trucs incohérents entre chaque pleur, il faut déjà trouver le moyen d'en placer une.

– Léa… Léa… Calme-toi. Écoute. On va revenir, toutes ensemble, et on va mettre tout ça au clair. On retourne la voir. Et elle t'expliquera tout…

– Non ! se braque Léa. Y a rien à expliquer ! Je veux plus la voir, plus jamais !

Pour sa défense, il est plutôt ardu d'expliquer avoir appartenu à une bande qui, selon la légende, fête Noël avec des sapins enguirlandés de tripes. Et rien que les faits qu'a mentionnés Zerka peuvent être compliqués à accepter, même pour quelqu'un n'ayant jamais eu maille à partir avec les Écorcheurs.

– Tu dois au moins écouter ce qu'elle a à dire, insiste néanmoins Maylis.

– Elle m'a dit tout ce qu'il y avait à dire.

– Non. Le monde est compliqué et les gens changent, Léa. Parfois, ils changent profondément. On ne peut pas se permettre de juger si on ne sait pas tout. Elle était à peine plus âgée que toi quand l'Invasion a commencé et que tout est parti en steak. Je sais à quel point il est facile de se faire embarquer dans des trucs qu'on ne contrôle pas. Surtout quand on est vulnérable. Et son père… son père est le roi des Écorcheurs, elle a fait ce qu'il fallait à l'époque pour survivre, c'est tout. Elle était obligée de suivre.

– La survie, ça excuse pas ça… Ma mère… ma mère n'a jamais fait de mal à personne.

Et tu vois comment elle a fini, se retient de dire Maylis. Elle a presque honte d'avoir eu une pensée pareille.

Elle assène alors :

– La Sarah qu'on connaît n'est pas une Écorcheuse, Léa. Moi, c'est tout ce que je sais, et je ne veux rien savoir de plus. Ce n'est pas en fouillant le passé d'une personne que tu apprendras à la connaître. On a passé plus de deux ans avec elle. Plus de deux ans. Tu crois qu'il y a eu que du mensonge, pendant tout ce temps ? Tu crois que Sarah n'est qu'une meurtrière sadique qui a bien bien bien caché son jeu ? Qui aurait traîné avec nous rien que pour le kif de nous mentir ?

Cette fois-ci, Léa reste silencieuse.

– J'avoue, continue Maylis, qu'on ne peut pas faire l'impasse sur ça. Mais on va toutes en discuter, calmement…

– Comment tu veux que je sois calme ?

– On va toutes en discuter, calmement. Tu diras ce que t'as à dire, elle dira ce qu'elle a à dire. Rappelle-toi seulement que Sarah n'est plus une Écorcheuse. Si elle a quitté la bande de son père, c'est qu'il y avait une bonne raison. Et ce n'est pas elle… Ce n'est pas non plus elle qui a tué ta mère.

– C'est pareil. Elle aurait pu. C'est tous les mêmes.

– Elle en a déjà honte. T'as vu comment elle était, là-bas ?

– Arrête de lui trouver des excuses. Et ne me demande pas de la plaindre.

Léa vient de hausser le ton.

– Bien, dit Maylis. Alors, c'est quoi le plan ? Tu pars de ton côté, et on se sépare toutes. C'est fini ? Tu veux l'abandonner ?

Léa ferme les yeux, serre les griffes. Puis reprend :

– Je ne pense pas que je continuerai à voyager avec elle. Maintenant que je sais ça, je ne peux plus… De toute façon, qu'on l'abandonne ou pas, les fées vont la punir. Qu'est-ce que ça change ?

Jamais elle n'a parlé sur un ton aussi froid.

– Je te rappelle, dit Maylis, au cas où tu l'aurais oublié, que nos vies sont aussi dans la balance… Enfin, peut-être pas nos vies, mais c'est tout comme. Il n'y a peut-être rien à faire pour Sarah, mais on s'est toujours arrangées pour l'aider, et là, si on ne l'aide pas, si elle échoue à cause de notre absence, c'est nous qui en subirons les conséquences. Et personnellement, j'ai beau être d'un naturel solidaire, je ne tiens pas à partager ce qui l'attend. Et toi ?

Ses paroles laissent visiblement Léa pensive – pensive plus qu'effrayée. Elle essuie les traînées luisantes qu'ont laissées les larmes sur sa figure écailleuse. Ses yeux ont cessé de pleurer.

– Je veux bien lui parler. Après, je ne sais pas. Mais je ne lui pardonnerai jamais.

– C'est pas ce que je te demande.

– Tant mieux.

– Allez, monte sur mon dos. On y va. Et… on verra après, comme tu dis.

Une fois arrivées au bord du ruisseau, un problème apparaît cependant.

Sarah n'est plus là.

– Ben… elle est passée où ? demande Maylis à haute voix.

Son manteau, son tee-shirt et l'arbalète ne reposent plus sur les galets. Elle ne perçoit que des traces résiduelles de son odeur. C'est tout ce qui reste d'elle – ainsi que quelques taches de sang.

– Sarah ! appelle-t-elle.

Mais elle a déjà compris, et n'est pas vraiment surprise que personne ne lui réponde.

– Elle est partie, constate Léa.

– Merci, j'avais remarqué. Merde. J'aurais dû m'y attendre.

Elles se sont concertées pour lui briser les ovaires. Elle s'acharne à pacifier la situation, et elles ne font que piétiner ses efforts.

Maylis marmonne plusieurs injures. Puis elle se souvient de ce qu'a dit l'administratrice. Albi.

– Bon. Au moins, on sait où elle va.

– Tu comptes y aller ?

– Oui. Elle ne sait pas ce qu'elle fait. J'y vais quoi qu'il arrive. Libre à toi de m'accompagner ou non. J'aimerais bien que tu viennes, mais j'ai même plus l'énergie de te forcer.

Léa semble hésiter.

– Je ferai le chemin avec toi, dit-elle finalement. Et puis, tu as raison, ça me concerne aussi. Mais après…

– Je sais. On aura le temps d'en discuter plus tard.

Quoi qu'il arrive, Sarah va regretter de m'avoir laissée sur la touche. Pour qui est-ce qu'elle m'a prise ?

19. les Récupérateurs

Ce n'était qu'une erreur, une erreur depuis le début. J'aurais dû rester avec mon père et continuer à faire des choses qui me ressemblent, qui nous ressemblent à tous les deux, sans aspirer à quoi que ce soit d'autre.

Je ne reverrai jamais la bibliothèque. Je ne reverrai jamais ni Maylis ni Léa. C'est mieux comme ça. Je n'aurais jamais dû me permettre de les aimer.

Au pied d'une butte, je glisse sur des aiguilles de pin, me raccroche à une souche.

Dorénavant, je me fermerai, je ne serai plus qu'une porte de fer. Je ne laisserai plus rien m'affecter. J'endurerai mon châtiment – mon destin, quel qu'il soit – et je m'emmurerai dans une apathie dont nous bénéficierons tous : moi-même, les autres, le monde entier.

Un serpent gras et violet, enroulé sur une branche d'arbre, me siffle au visage. J'ai failli ne pas le remarquer.

Je gamberge trop. Je dois me ressaisir. J'ai tout perdu mais ça arrive à pas mal de gens. Inutile de m'apitoyer sur moi-même. J'ai horreur des pleureuses. Je leur cracherais au visage. Si je ne garde pas un minimum la face, j'aurai encore plus de raisons de me détester.

La menace de Zerka est sérieuse. Les enjeux se sont déplacés. Les noms de Maylis et Léa pèsent dans cette histoire. Je ne peux pas les laisser assumer les conséquences de mes conneries. Je me suis déjà montrée suffisamment irresponsable.

Au loin, derrière les troncs gris des arbres, une forme jaune et anguleuse transparaît. Éclairée par une lanterne dans la pénombre matinale, je finis par reconnaître la silhouette d'une charrette.

Je cours et la hèle :

– Eh !

La charrette s'immobilise. Je remets mon arbalète dans le dos. On aurait vite fait de me prendre pour un bandit.

J'ai bien fait : à l'arrière se trouve un kangourou vert, portant de petits bois de daim – va savoir où les fées sont allées chercher ça –, muni d'un arc et vêtu d'un plastron de ferraille. À l'avant, d'apparence beaucoup plus pacifique, un petit vieux moustachu. La charrette est tirée par une vache. Dans le fond du véhicule, des caisses, remplies de vieux objets en tout genre.

J'ai affaire à des marchands itinérants. Je suis plutôt bien tombée.

– Excusez-moi, dis-je, mon cheval s'est fait attaquer par des fourmis géantes…

Le kangourou me regarde d'un œil suspicieux. Le petit vieux me demande :

– Vous êtes blessée ?

Le sang sur mon épaule.

– Trois fois rien, dis-je. Surtout le sang de mon cheval.

Je pense avoir la tête de quelqu'un qui vient de se tirer d'un pétrin monumental. Étant donné tout ce que j'ai traversé cette nuit, ce n'est pas vraiment faux.

– Est-ce que… est-ce que vous pouvez me prendre avec vous ? J'allais à Albi.

Le kangourou, penchant son cou vers le vieux, lui demande son avis. L'autre fait un geste désinvolte :

– C'est bon. On va aussi à Albi, c'est jour de marché et on a notre camelote à refourguer. On peut vous prendre.

– Je ne vous remercierai jamais assez.

Je m'installe à l'arrière de la charrette, entre deux caisses, juste en face du kangourou. Le vieux secoue ses rênes. La vache se remet en route.

– C'est toujours bien d'avoir quelqu'un en plus. Y a pas trop de bandits, ici, depuis que les Blousons se sont occupés de cette bande, là… Mais y a toujours des bestioles, comme vous avez pu le voir, dit-il.

J'acquiesce sans conviction.

– T'es triste pour ton cheval ? me demande le kangourou.

Il faut croire que je suis plutôt transparente. D'habitude, je dissimule mieux que ça mes émotions.

– Ouais, je lui réponds. Je voyageais depuis longtemps avec lui.

Ils doivent vite comprendre que je ne suis pas vraiment disposée à faire la conversation, car ils arrêtent de me poser des questions. Je m'adosse au fond de la charrette. La fatigue profite de mon relâchement pour s'abattre sur moi.

La nuit que j'ai passée me paraît avoir duré une semaine entière.

Je n'essaie pas de résister. Je ferme les yeux, et je ne tarde pas à m'endormir.

Je ne me réveille même pas toute seule. C'est le kangourou qui me secoue par l'épaule. Alors seulement j'ouvre les yeux.

Nous sommes sur une route, une vraie route. Les arbres la bordent de part et d'autre. D'autres attelages devant, d'autres attelages derrière. Charrettes et chariots chargés de légumes, de citrouilles, de foin, de tout ce que tu veux. Des bêtes qui ruminent, qui meuglent, qui caquettent ou qui hennissent, et d'autres qui restent silencieuses. Odeurs de déjections et de sueur animales. Clameurs en tous sens, indéchiffrables. Des choses ailées volent dans le ciel. Des gens marchent à pied.

Les embouteillages existent toujours. Presque un parfum de nostalgie. Manquent juste les vapeurs d'essence.

J'ai tendance à éviter les endroits bondés. Je n'aime pas les lieux où on se serre et où on se cogne. C'est l'une des raisons pour lesquelles je ne suis jamais allée à Albi.

Et on dirait que nous nous en approchons.

Avant l'Invasion, il s'agissait d'une ville d'envergure moyenne. Seulement, les fées ne l'ont qu'à peine touchée, contrairement à la plupart des autres qu'elles ont rasées : il ne reste rien de Toulouse, de Lyon et de Bordeaux ; de Paris et de Marseille, seulement des ruines. Partout, ça a été le même procédé. D'abord, se focaliser sur une zone urbaine, en téléporter massivement les habitants – dont beaucoup seront au passage changés en Chimères – dans une gigantesque prison cubique, en suspension dans le ciel, de façon à n'en tuer aucun. Ensuite, détruire les immeubles, les réduire à l'état de terre meuble, et développer la végétation. Reposer au sol les ex-citadins traumatisés, les libérer, et enfin passer à la zone suivante.

Franchement miraculée, je ne sais pas pour quelle raison, Albi est sans doute davantage peuplée aujourd'hui qu'elle ne l'a été par le passé. La preuve en sont les bidonvilles périphériques. Tout le monde ne peut pas tenir dans la cité originelle. Les nouveaux arrivants ont construit leurs habitations comme ils le pouvaient. Comme partout.

– On arrive, me dit le kangourou.

– Je vois ça. J'ai dormi longtemps ?

– Quelques heures, me répond-il. Le temps de faire le trajet.

Nos roues avancent à peine sur les résidus de macadam. Je repère déjà, plus loin, un ou deux uniformes rouges, matraque sur le côté, arc ou arbalète dans le dos. Ils font la circulation. Les flics d'aujourd'hui.

Albi est sous le contrôle des Blousons écarlates : forcément, c'est l'emplacement de leur quartier général. Tout cela explique aussi pourquoi, en plus de mon désamour pour les villes, je tenais jusque-là à m'en tenir éloignée le plus possible.

Sans doute y a-t-il des choses à voir. Ce marché, par exemple. Si je me fie à la suite de paysans et de marchands qui se presse pour entrer, il doit être impressionnant. J'aurais pu y emmener les deux autres. Je suis sûre que Léa aurait apprécié. Si elle avait repéré quelque chose de particulier, j'aurais même pu le lui acheter. Je ne sais pas.

Toujours est-il que ça n'arrivera jamais.

– Y a du monde, fais-je remarquer assez platement.

– Comme toujours ! dit le vieux.

– C'est bien pour ça qu'on y va, dit le kangourou. Plus il y a d'acheteurs, mieux c'est.

En embarquant, je n'ai pas prêté beaucoup d'attention au contenu des caisses. J'ai seulement vu qu'il s'agissait d'un gros bric-à-brac. En m'y penchant, je repère des objets aussi divers qu'un couteau suisse, un verre à bière, une trousse, un sac de randonnée, une truelle, un nain de jardin, une théière en métal, un chandelier, plusieurs types de boîtes, et encore d'autres machins, y compris certains dont je ne connais même pas le nom.

– Bon courage, leur dis-je. Vous arrivez vraiment à écouler vos trucs ou bien ?

– Un certain nombre, me répond le vieux. C'est vrai qu'il y a certains articles qui partent plus vite que d'autres. Mais je suis sûr que chaque objet qu'on trouve ou qu'on a trouvé intéresse quelqu'un quelque part. Par exemple… euh… Erwan, tiens, tu te souviens de cette figurine de Dalida qu'on avait ?

– Oui, avec sa vieille voix digitalisée, là…

– C'est ça. C'est ça… On l'a eue sur le site de Rodez, dans un endroit couvert de ronces, difficile d'accès. C'était une figurine assez moche. Honnêtement, je la connaissais bien, hein, mais je crois pas que j'aurais reconnu Dalida, s'il y avait pas eu marqué « Dalida » en dessous. Elle était toute bouffie, mal peinte, la peinture partait de partout…

– Et y avait un bouton, aussi, ajoute Erwan.

– Oui, oui, le bouton évidemment. On appuyait dessus, et elle chantait « Paroles, paroles ». Pas la chanson en entier, hein, juste le bout de refrain : « *Parolé parolé parolé…* » Sauf que la voix de la figurine, elle était plus de première fraîcheur, et que c'était tout dissonant, ça grésillait… Bref. On l'a prise quand même, parce que c'était un truc électrique qui fait de la musique, ce qui est assez rare… Mais elle est bien restée un an dans nos caisses.

– On a hésité à s'en débarrasser.

– Encore heureux, elle prenait pas beaucoup de place. Et puis un jour, on est dans un trou. On déballe nos trucs. Et y a un mec qui s'approche, normal, qui jette un œil à notre stand… Et là, ses yeux se posent sur la figurine, et on dirait qu'un éclair le foudroie. Il pointe un doigt, là, à moitié tremblant, et il nous demande : « C'est Dalida ? »

– Il fallait voir sa gueule, commente Erwan en esquissant un sourire.

– Alors forcément, on lui dit oui, c'est Dalida, y a même son nom marqué, c'est un truc authentique. Et là il demande à la prendre, on la lui donne, on lui dit qu'il y a un bouton. Il la prend comme si… comme si c'était la huitième merveille du monde ou je sais pas quoi. Et il appuie sur le bouton…

– … et on entend cette voix *horrible*.

– Oui, cette voix horrible. Nous, ça nous faisait plus saigner les tympans qu'autre chose. Lui, il regarde la figurine… puis il relève la tête vers nous, et en fait, il était ému aux larmes.

– Il tenait une porcherie, et donc il nous l'a troquée contre une saucisse sèche. Vu l'importance qu'il y accordait, on aurait pu lui en demander plus, mais je tenais pas à profiter de lui, rendre quelqu'un aussi heureux c'est déjà une sacrée valeur ajoutée sur le paiement.

– C'était un vieux fan. Il a dit qu'il allait la voir à tous ses concerts, dans les années 70. Limite il nous aurait fait la bise.

– Le fait est que ça m'a conforté dans mon idée : chaque objet a son acheteur, et il n'y a rien qui n'ait pas de valeur.

– C'est une jolie histoire, dis-je.

La route traverse les bidonvilles. Des gens, l'œil morose, nous regardent passer.

– Qu'est-ce que tu viens faire à Albi ? me demande Erwan.

– Des embrouilles administratives avec les Blousons. Je suis censée régler ça ici. J'ai pas… j'ai pas trop envie d'en parler. Ça me pourrit la vie.

C'est tout ce que j'ai trouvé pour l'instant. Ça a l'air de passer.

– Ah ça, dit le vieux, ils font chier tout le monde. S'il y a bien une chose que je ne regrette pas, du monde d'avant, c'est la paperasse. J'avais l'habitude de me dire : au moins, on est libérés de ça. Mais je les vois, eux, avec leur administration super organisée, et je me dis qu'ils vont tout envahir. Rien que leur redcoin, là… Et les autorisations qu'il faut avoir pour participer au marché. La façon qu'ils ont d'examiner la marchandise et le temps que ça fait perdre à tout le monde…

Le redcoin, c'est la monnaie qu'essaient d'imposer les Blousons écarlates. Elle ne couvre pour l'instant qu'un territoire limité, mais ce n'est qu'une question de temps avant qu'elle ne s'étende. Beaucoup pourtant continuent à préférer le troc. Ça semble être le cas de ce marchand.

Pris dans ce trafic interminable, nous passons les bidonvilles. Nous commençons à pénétrer dans Albi. Devant une barrière, un centaure nous arrête. Le vieux lui montre son autorisation écrite, et le garde vérifie la marchandise. Je me demande s'ils iront jusqu'à nous confisquer nos armes, mais heureusement ils nous laissent tranquilles de ce côté-là.

Dans les rues, les avenues et les boulevards, sous les grandes bâtisses roses de la ville, des emplacements numérotés ont été délimités.

– On doit à chaque fois s'y prendre à l'avance. Les places sont pas infinies. Je compte revenir au marché dans deux semaines, il va falloir que je fasse les démarches aujourd'hui. Après avoir plié le stand, il va falloir que je poireaute trois heures au Bureau du commerce et que je paie la taxe de participation. Ça ne m'enchante pas.

– Moi, dit Erwan, le retour de l'administration ne me gêne pas en tant que telle. Je veux dire… Je pense que c'est nécessaire qu'on… qu'on cadre un peu tout ce foutoir. Le seul regret que j'ai, c'est qu'on a eu la possibilité de recommencer de zéro mais que les Blousons écarlates encouragent une évolution qui tend vers un modèle capitaliste à grande échelle. Ils auraient pu faire plus juste et plus équitable, mais ils ont choisi ça, alors qu'on a déjà vu ce que ça donnait. Il y a des alternatives. Par exemple, dans le Nord, il paraît que…

– Oh non, s'offusque le vieux, me parle pas de tes trucs communistes, là. Ça peut pas fonctionner. Et puis ça tue la libre entreprise : t'es marchand comme moi je te rappelle.

– Apparemment ça marche. Et puis moi, c'est pas la libre entreprise qui m'intéresse, mais la récupération… On peut toujours imaginer faire ce qu'on fait au sein d'une structure collectiviste…

Un point de friction politique, semble-t-il. Erwan s'entendrait peut-être bien avec les Emplumés.

Mais toutes ces discussions restent vaines, pour la raison que j'expose :

– De toute façon, quelle que soit la direction que prend la société, on n'arrivera jamais à rien. Pas tant que les fées seront là, et elles sont bien installées. On ne peut faire… qu'esquisser des choses, sans avoir la possibilité d'aller plus loin. On restera toujours bloqués au Moyen Âge et ce sera toujours le bordel.

Je ne suis pas convaincue des efforts déployés par les Blousons, qui font l'erreur de croire encore en quelque chose. Les Écorcheurs, au moins, ne s'illusionnent pas de cette façon.

Je ne sais pas comment les fées regardent le développement actuel d'Albi. Ça ne m'étonnerait pas si, un jour, elles décidaient d'y lancer un raid massif. Sans doute certains s'y préparent-ils. Les Blousons doivent estimer que tant qu'ils n'instaurent pas de réseau électrique, que tant que leur ville ne possède pas d'usine fumante, que tant que des véhicules motorisés ne parcourent pas les rues, ils sont à l'abri de toute colère féerique.

Mais ils doivent en avoir assez, de se limiter ainsi. Si ce n'était pas le cas, ils n'auraient pas enlevé ce sorcier.

Les deux récupérateurs arrivent finalement à leur emplacement : le numéro 161. Je les aide à installer leur stand.

Après quoi, je leur dis :

– Merci de m'avoir amenée. Franchement, je sais pas ce que j'aurais fait sans vous.

– Pas de souci. Si jamais tu veux qu'on te ramène, quand on aura fini nos affaires…

– Nan merci, ça va aller…

– Faut voir, insiste le vieux, t'habites où ? Peut-être que…

– Sainte-Ursule. Assez loin. Je pense pas que vous voyiez où… Vous savez, vous en faites pas, puis je vais peut-être devoir rester ici plusieurs jours…

– Ah, dit Erwan.

Il a l'air déçu.

– Mais c'était sympa de voyager avec vous. Encore merci. Peut-être qu'on se recroisera. J'ai rien à vous échanger pour le moment, mais je vous aurais bien…

– T'as rien du tout ? me demande Erwan. Attends…

Il s'empare de son sac en bandoulière, fouille dedans, en extrait un vieux porte-monnaie de cuir. Il l'ouvre puis me tend deux billets d'une couleur rouge vif.

– Prends ça. Tu devrais avoir de quoi manger et dormir pour le temps que tu resteras ici.

Je reste à contempler bêtement l'argent qu'il me présente.

– T'es sûr ? lui dis-je. C'est un peu… C'est un peu exagéré. Là, je peux parfaitement me…

– Nan, vraiment. C'est rien. Prends, ça me fait plaisir.

Il me place les billets entre les mains. Je ne sais toujours pas comment réagir. Je ne m'y attendais pas vraiment. Ce sont des gens gentils, faut croire.

– J'accepte… Mais… mais si je vous recroise, je vous revaudrai ça.

Mais je ne les recroiserai probablement jamais, eux non plus. En m'en allant, j'entends Francis dire à Erwan, en riant, que j'ai dû lui taper dans l'œil.

Je parcours les rues encombrées par le marché : d'autres récupérateurs, des stands de gaufres, de crêpes, de brochettes de tout et n'importe quoi. Des couturiers et des menuisiers qui exposent leurs articles. Des bijoutiers. Des gens qui vendent des tableaux. Et, c'est drôle, je vois même des bouquinistes. Si j'avais su, je serais passée ici enrichir le stock de la bibliothèque, quoiqu'il faille encore voir les prix.

« *On te retrouvera quand tu y seras*. » Zerka ne s'est pas embarrassée de précisions. Elle a toujours su me localiser jusque-là, ce n'est pas vraiment un problème. Elle débarquera quand…

Une main se pose sur mon épaule.

Je sursaute en me retournant – par automatisme, ma main se porte à ma hanche, mais je n'ai plus de machette.

Je regarde l'importun qui s'est hasardé à me toucher, et aussitôt, je comprends.

Vêtue d'un déguisement humain, la personne qui se tient devant moi n'est autre que Kala.

20. les Portes

Je m'y étais attendue. Les fées savent changer d'apparence. Elles n'allaient pas venir me voir, au cœur d'Albi, avec leur combinaison noire, leurs dents pointues et leur peau livide. Si ça avait été le cas, les rues se seraient instantanément vidées.

Kala reste cependant reconnaissable. Les changements se cantonnent au strict nécessaire. Ses cheveux blancs sont désormais d'un blond pâle. Ses traits peut-être moins aiguisés. Elle a un peu bronzé, très légèrement, et présente désormais des dents tout à fait plates et ordinaires, d'une régularité à faire fantasmer n'importe quel orthodontiste, si seulement les orthodontistes existaient encore, quoique peut-être trop blanches pour être honnêtes. Ses vêtements sont des loques, mais je note le souci de réalisme. La vieille polaire dépiautée, ouverte sur un tee-shirt fendu d'une large déchirure. La jupe qui n'est qu'un vieux plaid cousu sur lui-même. Cependant, rien n'explique les chaussettes dans les sandales. Discrétion ne veut pas dire mauvais goût.

– Salut, me dit-elle. T'as été rapide.

– Où est Zerka ?

– Elle est occupée. Comme je suis son assistante, c'est avec moi que tu vas devoir discuter…

Je suis partagée entre dépit et soulagement. D'un côté, je n'avais pas envie de revoir le visage de Zerka. Pas après ce qu'elle m'a fait. De l'autre : comment suis-je supposée m'entretenir avec Kala ? Elle ne remplit pas du tout les critères d'intermédiaire : on parle quand même de quelqu'un qui a mis trois plombes à comprendre que non, je n'avais pas tué sa copine, et que je n'étais pas l'individu que les fées recherchaient.

Les prochaines heures promettent d'être laborieuses.

– J'ai des choses à te dire, annonce-t-elle. Des tonnes de choses. Ça sera long. J'essaierai de tout remettre dans le bon ordre. Tu veux qu'on le fasse debout au milieu de la rue ? Moi ça me gêne un peu. Je sais pas pour toi.

– Nan, nan… On va aller quelque part tranquille…

– Boire un verre, dit Kala. Dans un bar. Je me suis renseignée. C'est toujours ce que font les gens dans vos films, quand ils ont un truc louche à faire. Et on est bien en train de faire un truc louche, non ? Un truc louche et *discret*.

Elle regarde des films, elle ?

Kala me prend le bras. Mes pieds suivent.

– Un bar, un café, un cabaret, poursuit-elle. N'importe quoi. Je veux un endroit où il y a de la fumée, où il y a de grandes femmes blondes qui chantent des chansons tristes avec du piano et du saxophone et des hommes à chapeau qui les regardent.

– Le chapeau est passé de mode. On risque de chercher longtemps.

– Oh. Eh bien un bar alors. N'importe lequel.

Des passants tournent leur regard vers nous, elle réussit déjà à nous faire remarquer. Ses yeux furètent à droite à gauche. Jusqu'à ce qu'elle pointe une enseigne dorée : Le Crocodile.

– Là ! Allez. On y va.

Si ça se trouve, elle compte encore boire verre sur verre, comme me l'a raconté Léa. J'espère au moins qu'elle ne me forcera pas à me saouler avec elle. Je ne suis pas venue ici pour ça.

Le Crocodile est un bar bien rempli. Comme le voulait Kala, il y a de la fumée. Et derrière cette fumée, d'autres trucs. Bruits. Chopes vides. Bière. Cidre. Alcools de toutes sortes. Discussions enflammées ou moroses. Il y a du monde.

Kala nous trouve malgré tout une table libre, dans le fond, près d'une fenêtre. Tant mieux : avoir vue sur l'extérieur va rendre l'atmosphère un peu moins étouffante.

– Ils sont censés nous servir, non ? demande Kala. Ou alors on doit aller au comptoir ?

– On peut rester ici. Il y a une serveuse. Pas la peine de l'appeler. Elle viendra toute seule.

Puis, j'ajoute :

– Laisse-moi passer la commande.

– D'accord. Tu connais mieux que moi mais je compte sur toi. Peut-être que sous cette forme, je pourrai être saoule.

– Si t'es censée me dire des trucs importants, je crois qu'il vaut mieux pas.

Je me recule sur ma chaise :

– Je t'écoute. Qu'est-ce que vous voulez que je fasse, avant de me lancer un sort de punition ? Quelles sont les instructions ?

– Oh… eh bien… Zerka n'est pas sûre elle-même. Tu as foutu le bazar. Tu as foutu un gros bazar. Tu as fait la plus grosse erreur que tu pouvais faire. Même si… même si ça aurait pu être pire.

– Où est ma cible ?

– Je ne sais pas. Je ne sais pas où est l'assassin. Zerka ne sait pas non plus. Tu étais notre seul moyen de le voir, grâce à la marque, nous on ne peut pas s'approcher de lui. Et sa présence… rien que le regarder, même à travers toi, suffit à nous approcher des Portes. C'était difficile… c'était difficile de voir ça jusqu'au bout. J'aurais aimé qu'il ne me fasse pas aussi peur.

« *Les Portes* » ? Bien sûr. Je n'ai rien compris.

– On a pensé qu'ils le mettraient dans une de leurs prisons, mais ils l'ont emmené ailleurs. Ils voulaient pas le garder ici, je crois. Mais même si on ne sait pas où il se trouve, on finira par le savoir parce qu'il y a forcément des gens qui savent.

– C'est logique.

– Mais tu as créé d'autres problèmes. Ce que Zerka voulait éviter avec les hommes que j'ai changés en lapin, la rupture de confidentialité, là, ben c'est arrivé pour de vrai. Sauf que cette fois c'est pas ma bêtise, c'est la tienne.

– Oui, j'avais compris.

– Mais tu peux peut-être arranger les choses… Zerka m'a dit de…

Mais Kala a la présence d'esprit de s'interrompre lorsque la serveuse arrive. C'est une trolle munie d'un nez immense, d'une poitrine qui lui retombe jusque sur le ventre, d'une queue de vache, et d'un tablier blanc jeté sur ses poils bruns. Pour attirer la clientèle, on fait mieux. Enfin, ce n'est pas sa faute. Les Chimères moches ont le droit de bosser comme les autres.

Elle nous demande ce qu'on veut boire. Je lui dis deux bières.

– Jamais goûté de bière, dit Kala. J'essaie de m'intéresser à votre gastronomie liquide.

– Eh bien la bière c'est la base.

Elle me sourit. Sans les dents pointues, ça passe définitivement mieux.

Tout compte fait, je ne la hais même pas. Je me demande dans quelle mesure les fées comme elle, qui composent en grande majorité leur peuple, sont responsables de l'Invasion, elles qui sont incapables de planifier ou de s'organiser. Elles ont détruit un monde entier, brisé la vie de milliards d'individus, mais s'en sont-elles vraiment rendu compte ? Les administratrices comme Zerka, cependant, ne bénéficient d'aucune excuse. Elles sont conscientes de ce qu'elles font. Les architectes de cette catastrophe, j'en suis sûre, ce sont elles.

– Continue, je te prie, lui dis-je. Comment est-ce que je peux arranger les choses ?

– Ah oui. Ça.

Elle paraît, l'espace de quelques secondes, fournir un intense effort intellectuel, puis me répond :

– La fille au griffon. Celle qui a entendu que tu travaillais pour nous, et qui t'a mis une flèche dans l'épaule.

C'était drôle. C'était drôle aussi quand elle est tombée de l'arbre. J'ai beaucoup ri. Vous devriez être drôles comme ça plus souvent... Enfin, Zerka a pas trouvé l'homme-*drauth*, mais elle l'a trouvée, elle. C'est quoi son nom déjà ?

– Jeanne.

– Oui, c'est ça. Jeanne.

Elle parle vite ; suivre son rythme est assez ardu. Je n'ai cependant pas manqué de relever comment elle avait qualifié le sorcier. L'homme-*drauth*. *Drauth*. Encore une fois, elle a laissé fuiter ce mot.

Depuis tout ce temps, je ne sais toujours pas ce que ça veut dire.

– Il faudra que tu t'occupes d'elle, dit la fée. C'est un témoin.

– Vous voulez que je la tue elle aussi ?

Kala prend un air horrifié :

– Non, non, non, pas ça, surtout pas ça. On te demande juste de la convaincre. De lui faire peur. De lui dire de mentir sur ce que tu as dit et qu'elle t'a entendu dire...

– La menacer pour la faire revenir sur son témoignage.

– Oui, si tu fais ça, Zerka sera contente. La fille, elle est à l'hôpital. Elle dort toujours. Zerka a dit qu'elle voudrait que tu t'en charges...

Forcément. Le sale boulot, c'est à ça que je sers. Mais même si j'arrive à convaincre Jeanne, ça n'enlèvera rien au fait que ses supérieurs sont au courant de ce que j'ai dit au sorcier. J'imagine que Zerka espère ainsi – au moins – limiter un peu la casse, poser un flou sur la rumeur qui ne manquera pas de s'étendre.

– Je t'aiderai, pour ça. Il faut juste que…

– Kala, c'est quoi une *drauth* ?

Je lui pose cette question avant de me laisser entraîner par le flux de ses paroles. Je sens qu'il s'agit de quelque chose de capital. Tout ce que j'ai bâti a été réduit en cendres à cause de cette affaire, j'estime avoir le droit de savoir.

Mais ma question semble avoir gelé Kala sur sa chaise. Elle se ressaisit, me sourit, mais d'un sourire gêné.

– J'ai dit… est-ce que tu m'as entendue dire « *drauth* » ?

– Oui.

Elle paraît alors sur le point de dire quelque chose ; s'interrompt, reprend, d'un air grave :

– Tu entres ici dans des zones sombres. Ce sont des choses que t'es pas censée connaître. Je suis désolée. Nous-mêmes, on n'aime pas en parler. Pas du tout. Je devrais pas… C'est pas un mot que je devrais dire. Fanwë aimait pas quand je le disais. Rien que ça, ça lui faisait peur.

– J'y suis déjà, dans vos zones sombres, vous m'y avez traînée de force. Je serais plus efficace si je savais ce que c'était. Parce que toi-même tu l'as dit, ça a un rapport avec cet homme… J'en ai marre d'avoir des mauvaises surprises. Par exemple, quand il a essayé de trifouiller l'intérieur de ma tête. Tu sais des trucs, alors dis-les-moi. Qu'est-ce que ça veut dire, « *drauth* » ?

Kala paraît singulièrement embarrassée. Ses genoux s'agitent. Elle regarde ailleurs. Personne ne semble prêter attention à nous.

– Kala… je lui dis.

Mais elle ouvre la bouche :

– On met un mot dessus parce qu'il faut bien un mot. Mais ça ne convient pas. C'est rien qu'un vêtement trop petit. Je suis pas bonne avec… je suis pas bonne pour décrire. Mais je suis bonne pour ressentir.

Elle commence à aborder le sujet, mais j'ai l'impression qu'elle s'éparpille déjà.

Heureusement, elle se recentre :

– Il y a les vraies *drauths*, et il y a les choses qui sont les choses-*drauths*. Ça peut prendre plein de formes, plein de couleurs. Ça peut être joli à regarder, ça peut être noir comme la nuit – mais, au fond, ça sent toujours comme un cadavre. Ça sent un peu comme toi.

J'espère vraiment que sa remarque est à prendre au sens figuré. Un certain temps s'est écoulé depuis ma dernière rencontre avec une baignoire, mais je ne pense pas puer tant que ça.

Elle poursuit :

– Les *drauths*, ça vient de nous, à la base. Ça vient de nous mais c'est aussi autre chose. C'est ce qui se cache derrière les Portes. Tu connais, toi, les Portes ?

– Non. Mais explique-moi, c'est intéressant.

– Les Portes, ce sont…

Mais elle s'interrompt, puis bifurque :

– Tu sais, j'aimerais bien lui faire ce que tu veux lui faire, à *lui*. J'aimerais bien… le tuer. Il a tué Fanwë, et il continue à tuer Fanwë dans ma tête, tout le temps. Je voudrais que ça s'arrête. S'il meurt, ça s'arrêtera peut-être. Mais je ne peux pas le tuer, parce que si je le tue, les Portes s'ouvriront. J'entends déjà cogner, j'entends déjà des ongles qui grattent derrière les Portes. Et rien que le fait d'être là en train de te parler, ça me rapproche des Portes, et ça me prendra du temps, après, pour m'éloigner d'elles.

Ses yeux ne semblent plus regarder nulle part. Pourtant, elle continue :

– Zerka y résiste mieux que nous toutes. Mais elle voit aussi les Portes, elles sont là et ça la torture. Elle ferme les yeux et elle n'arrive pas à dormir, elle ne voit que les Portes.

Deux larmes lui coulent sur les joues, elle se les essuie.

– Elle t'a demandé de faire ça, parce que c'était obligé, mais elle aurait préféré éviter.

Elle termine :

– Les *drauths*, c'est ce qui arrive quand les Portes s'ouvrent. Si j'ouvrais les Portes, je n'existerais plus. À la place, il y aurait une *drauth*.

Plusieurs aspects de la question restent opaques. Cela dit, j'en sais certainement davantage sur les fées que quiconque.

– Cet homme, dis-je... C'est un... c'est une...

– Les *drauths* sont derrière lui. C'est sûr. Ce qu'il fait, ça sent la *drauth*. Depuis le début.

– Et c'est pour ça qu'il arrive à vous tuer.

Elle hoche la tête.

– C'est ce que font les *drauths*. Elles voudraient que rien n'existe. Elles-mêmes, elles n'existent jamais longtemps. Elles ne supportent pas d'exister. C'est pour ça qu'elles finissent toujours par disparaître. Mais en attendant de disparaître, elles tuent, et elles salissent tout sur leur passage.

Le tabou qui entoure le meurtre chez les fées, si je comprends bien, s'étend au-delà de la simple sphère culturelle. Pas étonnant qu'elles cherchent à s'en éloigner le plus possible. Kala parle des *drauths*, et on la dirait plongée dans un cauchemar éveillé.

– Donc, les fées qui tuent deviennent des *drauths*. C'est ça ?

Mais quelque chose fait sursauter Kala. Elle pointe un doigt derrière moi. Je me retourne.

Ah. Elle est de retour.

Derrière nous, entre les tables, nous fusillant déjà du regard, Zerka. Qui visiblement a terminé son enquête, ou a fait chou blanc. À voir.

Elle est déguisée elle aussi, sans surprise. Mais moins mal fringuée que Kala. Tout en noir : pull-over noir, pantalon noir, bottes noires. On note une certaine continuité avec son costume habituel, elle ne doit pas beaucoup aimer le changement. Seule variante : le bandana – noir lui aussi – qu'elle porte enfoncé jusqu'aux sourcils. J'en déduis que si elle peut prendre une apparence humaine, elle ne peut rien faire pour dissimuler la pierre précieuse incrustée au milieu de son front. Forcément, ça attirerait l'attention.

Sans prendre la peine de me saluer, elle tire une chaise, s'assied avec nous. Elle a la tête de quelqu'un qui revient de dix enterrements à la suite – ce qui commence à devenir son expression par défaut.

– De quoi est-ce que vous étiez en train de parler ? nous demande-t-elle.

– De rien, s'empresse de lui répondre Kala. Je... je lui ai juste dit à propos de la fille, comme tu m'as demandé.

– D'accord. À ce sujet : changement de plans. Ce ne sera plus nécessaire. J'ai réfléchi, et je vais m'en occuper personnellement. Finalement, vous deux, je ne le sens pas. Je peux m'en charger moi-même, avec quelques menaces bien senties.

– Ah bon, dis-je. Ben tant mieux, si ça me fait du boulot en moins. Et puis c'est vrai que les menaces, vous connaissez. Du coup, qu'est-ce que je fais ? Vous n'avez plus rien à me dire ? Je peux m'en aller ?

– Ne crois pas que tu vas te tourner les pouces pour autant. J'ai autre chose pour toi, quelque chose de plus adapté à tes compétences.

– Voilà vos bières, dit la serveuse, qui se ramène avec un plateau et deux grandes pintes.

Ben tiens. Je ne les attendais même plus. La serveuse pose le plateau, dispose les bières devant Kala et moi. La fée regarde la sienne avec un enthousiasme certain. Elle va vite déchanter.

La serveuse me demande deux redcoins par personne – je donne un billet, elle me rend directement la monnaie. J'écope de tout un tas de petites pièces.

– Et vous, vous voulez quoi ? demande la serveuse à Zerka.

– Un grand verre d'eau. Bien rempli.

Une fois la serveuse repartie, Zerka reprend :

– Je ne sais pas où est l'homme. Il est déjà passé devant le Conseil, mais ils l'ont déplacé ailleurs, dans un lieu tenu secret. Je connais pourtant des gens qui savent. J'ai un nom à te donner. Il faut que tu lui fasses avouer. Tu pourras mobiliser tout ce que tu as appris avec ton père. Tu devrais être contente.

Attends une seconde.

– Vous me demandez de torturer quelqu'un ?

– Oui, c'est ça.

– Vous pourriez au moins faire l'effort de dire les mots. Soyez franche.

– Je ne te demanderai rien de plus : tu ne le tueras pas.

On dirait que je suis supposée m'en réjouir.

– Il s'agit du colonel Paul Chauveron, explique-t-elle. Directeur de la sécurité intérieure et des prisons. C'est à lui qu'a été déléguée la responsabilité de ta cible. Si quelqu'un sait où il est caché, c'est lui. Je sais déjà où il habite…

– Euh, juste… On peut pas faire comme pour cette fille, Jeanne ? On peut pas juste le menacer ? Avec vous, ce serait facile de le convaincre. Ou le corrompre ? Vous pourriez faire ça, aussi… Pour ce que j'en dis, vous pourriez même directement aller voir le Conseil et les forcer à vous dire où ils ont planqué le sorcier…

– Non, me répond-elle catégoriquement. Nous ne nous dévoilerons pas devant des Blousons écarlates haut placés. Nous ne pouvons pas nous permettre de paraître en position de faiblesse. J'essaie déjà de rattraper tes dégâts, ce n'est pas pour en rajouter. Nous devons nous tenir dans l'ombre autant que possible.

– La *discrétion*, appuie Kala. Zerka a dû lui bourrer le mou.

– De plus, reprend l'administratrice, il existe un dossier sur Paul Chauveron, que j'ai eu l'occasion de survoler. Il a une réputation de machine. Il n'a pas de famille, pas de partenaire amoureux ou sexuel. Il ne vit que pour son travail. Je ne suis pas certaine qu'il soit réceptif à la persuasion. En revanche, il est toujours fait de chair et de sang, et la douleur physique fait parler n'importe qui.

– Dites, vous avez beaucoup de dossiers, comme ça ? Sur combien de gens ?

– Seulement sur les gens dignes d'intérêt.

J'en faisais partie, dois-je croire.

– Bon. D'accord. Je vais faire comme vous voulez.

– Bien sûr, que tu vas faire comme nous voulons. Tu n'es pas en mesure de refuser. Nous ne te demanderons pas de commencer tout de suite, par contre. Il travaille, et il est plutôt bien protégé. Nous te recontacterons ce soir, nous te donnerons le signal, et nous t'aiderons à t'introduire chez lui si besoin… Mais pour le reste…

– Je sais.

Je n'ai pas de raisons de rester ici plus longtemps. Je bois ma chope de bière cul sec, avant de me lever.

– Bon, permettez-moi de vous laisser. C'est peut-être une de mes dernières journées « normales », et j'aimerais en profiter avant de m'engager dans une séance de torture, si ça vous dérange pas.

Je tourne les talons, et je m'en vais. Zerka n'a rien à dire. Si j'avais, comme ce sorcier, le pouvoir de tuer les fées, elle serait la première sur la liste.

21. visites

Jeanne ne s'est jamais sentie aussi humiliée. Elle en veut à cette branche, elle en veut à cette fille, mais la principale responsable, elle le sait, n'est autre qu'elle-même.

Bastien l'avait avertie, en plus. Une branche, une pauvre branche. « *Elle est juste flexible*. » Elle s'entend encore prononcer ces mots, et elle aurait envie de s'enterrer, de disparaître dans les profondeurs de son lit d'hôpital.

– Je suis une merde, dit-elle à Bastien.

Il est revenu la voir, à son chevet, un bouquet de fleurs dans le bec. Il sait qu'elle aime les tulipes. L'infirmière les a déjà glissées dans le vase de sa table de nuit.

– Mais non, dis pas ça, la console-t-il. Tu... tu oublies tout le reste ! T'as réussi à garder le sorcier en vie, et c'était pas gagné ! Tu étais vraiment... l'héroïne de la soirée.

– Ouais... Les autres m'ont pas donné cette impression. OK, le commandant m'a dit « bon travail ». Mais est-ce qu'il m'a dit que j'allais être promue ? Non. Rien. Nada. Et quand tu m'as ramenée, je les ai entendus se foutre de ma gueule. D'ailleurs, t'es le seul à être venu me voir…

– Si je suis le seul, c'est parce qu'ils viennent juste d'autoriser les visites. Je suis venu plusieurs fois avant mais ils arrêtaient pas de me dire que t'étais pas réveillée. Après, y aura d'autres gens que moi… Et… et à propos du commandant, tu sais qu'il n'est pas très démonstratif : « bon travail », c'est déjà bien, venant de lui. Tu verras, à la fin de cette histoire tu passeras à coup sûr au rang de sergent. On te donnera même une médaille…

Il fait de son mieux pour lui remonter le moral, mais les choses ne sont pas aussi simples. Malgré sa complète dévotion vis-à-vis des Blousons écarlates, Jeanne a depuis longtemps arrêté de se voiler la face : son milieu est rongé par le sexisme. Les femmes n'y font que stagner, à moins de se démarquer d'une façon ou d'une autre. C'est ce qu'elle a fait : elle s'est démarquée. Mais son initiative n'a pas suscité l'émoi attendu et, elle en est convaincue, les autres ne se souviendront que de cet accident lamentable. Qu'importe le reste. Bastien, honnête comme il est, n'a même pas pris la peine de leur rapporter une version plus glorieuse. Jeanne, dès sa sortie, se verra affublée de mille surnoms foireux.

Cette foutue branche. Ça va lui coller à la peau le reste de sa carrière.

– Parlons d'autre chose, dit Jeanne. Le sorcier, est-ce que tu sais ce qu'ils vont en faire ? Il va comment ?

– Il est toujours vivant, apparemment. J'ai entendu dire qu'il avait été remis à la charge du colonel Chauveron. Il l'a fait sortir d'Albi, je ne sais pas où. Ils gardent l'endroit secret.

– Forcément.

Au moins, quelques-uns de ses efforts ont porté leurs fruits. Si elle n'a pas réussi à rattraper cette mercenaire, elle est parvenue à sauver ce mystérieux sorcier. Les Blousons ne manqueront pas d'exploiter ses fabuleux pouvoirs.

– Dis... Le Ressoudeur, il est supposé venir quand ? demande Bastien en regardant la jambe suspendue de Jeanne.

– Les infirmiers ont dit cet après-midi.

– C'est bien, il est arrivé à libérer un créneau assez vite. Dès demain, tu seras sur pied.

Pas si sûr. Le Ressoudeur est un sorcier aux pouvoirs de guérison. Comme son surnom l'indique, il est capable de ressouder les os de n'importe qui. Seulement, la procédure est douloureuse, et les os fracturés demeurent sensibles des jours après. Jeanne s'étant, en plus de sa jambe, cassé trois côtes et démis une épaule, sa hiérarchie l'a mise en arrêt pour un temps indéterminé. Elle qui déteste par-dessus tout l'inertie.

L'infirmière finit par écarter Bastien : Jeanne aurait besoin de se reposer. Elle a envie de lui dire de rester, mais les mots sont lents à sortir, et déjà ses yeux se ferment. La morphine l'a transformée en loque.

Je le reverrai demain.

La deuxième visite de la journée a lieu un peu plus tard.

Jeanne vient tout juste de sortir d'un rêve, qu'elle a déjà oublié – mise à part la sensation de doigts glacés se posant sur sa joue. En se réveillant, elle a aussitôt porté sa main à son visage. Évidemment, il n'y avait rien.

Mais s'extirpant peu à peu des brumes du sommeil, elle cligne des yeux et voit, près de sa fenêtre, une silhouette suspecte.

C'est une femme qu'elle n'a jamais vue, pâle, habillée de noir, portant sur la tête un bandana noir. Comment a-t-on pu la laisser entrer dans sa chambre ? L'accès aux visiteurs est supposé être restreint. Elle ne porte même pas l'uniforme des Blousons écarlates.

– Jeanne Massol, dit la femme en noir.

– C'est moi… Caporal Jeanne Massol.

La femme sourit.

– « Caporal »… Vous vous prenez vraiment pour une armée. C'est drôle.

– Est-ce que je peux savoir à qui j'ai affaire ?

La femme en noir s'avance vers elle, s'agenouille à son niveau.

– Je suis une diplomate, dit-elle. Je ne tiens pas trop à perdre mon temps avec toi. Je vais tout de suite te dire pourquoi je suis venue…

– Ça a un rapport avec ce qui est arrivé hier ?

– C'est par rapport à ce qu'a laissé filtrer la mercenaire que j'ai engagée. Vous l'avez entendue dire quelque chose qu'elle n'aurait pas dû dire.

– Quoi ?

– Les fées. Vous l'avez entendue dire quelque chose sur les fées.

– Vous dites avoir engagé cette… Mais…

Soudain, Jeanne se pétrifie. La femme en noir vient de passer sa langue sur une rangée de dents pointues.

Elle n'avait jamais rencontré de fée jusqu'à maintenant. Sa chance vient de tourner.

– Tu sais qu'il ne sert à rien de crier. Si tu te fais remarquer, mes amies et moi, on transforme cette ville en jungle, et toi, je te transforme en rat-taupe aveugle. Tu vois à quel point c'est laid, un rat-taupe. Tu as un joli visage, je suis sûre que ça ne te plairait pas.

Les doigts de Jeanne se crispent sur ses draps. Elle garde les lèvres serrées.

– Bien. Je vais être gentille. Bientôt, le général Darmon va venir te voir, il voudra des renseignements sur ce que tu as entendu. Je veux que tu reviennes sur ce que tu leur as dit. Tu as mal entendu, tu t'es imaginé quelque chose, tu as tout inventé. Dis-lui que finalement nous n'avons rien à voir dans cette histoire.

Jeanne la fixe d'un regard hagard. La fée continue :

– Si tu refuses de collaborer, tant pis, je t'aurai prévenue. C'est cette ville tout entière que tu risques d'emporter avec toi. J'imagine que tu ne souhaites pas en porter la responsabilité, non ?

Finalement, sa bouche s'ouvre :

– Mais… mais… C'est trop tard. J'ai déjà dit au commandant Vallejo que…

– Ne discute pas. J'essaie de minimiser les dégâts. C'est tout. Car oui, à toi toute seule, tu as fait beaucoup de dégâts. Énormément de dégâts. Cet homme est la pire chose qui pouvait vous arriver. Mais moi, je te laisse une chance de t'en tirer, alors saisis-la, c'est quasiment inespéré. On s'est comprises ?

Silence.

– Je te laisse jusqu'à trois pour me donner une réponse satisfaisante. On s'est comprises ? Un, deux…

– Oui, oui… ! Tout ce que vous voulez !

– Bien. C'est tout ce que je voulais entendre. Je te surveille.

Éclair vert. Jeanne reste les yeux écarquillés, comme sonnée. Même sous morphine, avec ça, il lui sera impossible de dormir.

D'un coup, elle prend conscience d'avoir mis les pieds dans une histoire qui la dépasse totalement.

Le général Darmon finit par arriver, dans son uniforme rouge vif. C'est la première fois qu'un membre du Conseil s'adresse à elle directement.

Il veut son témoignage et s'attend à ce qu'elle relate une nouvelle fois ce qu'elle a vu cette nuit.

– J'ai mal entendu, dit-elle. J'ai réfléchi… et je crois pas qu'elle a vraiment dit « fée ». Elle a pu dire autre chose.

– Comment ça, elle a pu dire autre chose ?

– Je ne sais pas, mon général. Autre chose.

Elle n'ose même pas le regarder dans les yeux. Elle se sent à peine plus digne qu'une larve.

– Vous êtes en train de me dire que vous avez échauffé les esprits de tout le monde, en vous basant uniquement sur quelque chose que vous avez *imaginé* ?

– Oui, répond-elle.

Soit il ne me croit pas, soit il me prend pour une folle.

Le général quitte la chambre, à la fois en colère et déconcerté, sans lui avoir fait miroiter aucun espoir de promotion. *Contre les fées, on ne peut pas résister. J'aurais dû me taire depuis le début.*

À peu près une heure plus tard, le Ressoudeur passe dans sa chambre. Sans perdre de temps, lui parlant à peine, il étend ses bras au-dessus d'elle, et fait rayonner les paumes de ses mains. Elle ne prête même plus attention à la douleur, tandis que ses os se reconstruisent sous sa peau.

Le commandant vient la voir peu de temps après. Elle ne s'attendait pas à le voir ici. Lui qui reste stoïque en toutes circonstances paraît furieux.

– Caporal Massol. Pouvez-vous me dire ce que ça signifie ?

Les nouvelles vont vite.

– J'ai tout expliqué au général.

– Vous lui avez menti. Savez-vous ce que le code promet à ceux qui mentent à un gradé ?

– Je n'ai pas menti. Je lui ai dit la vérité.

La fée la surveille-t-elle toujours ? Par quel moyen ? Elles sont omnipotentes. Ce sont des déesses. Ne pas prendre de risques.

– Je lui ai dit la vérité. J'ai mal entendu. Et je me suis emballée. C'est tout.

Le commandant plisse les yeux :

– Je sais que ce n'est pas le cas. Ce n'est pas votre genre. Vous êtes encore en train de me mentir, à moi, frontalement, et vous mentez mal.

Qu'y pouvait-elle, si elle n'avait aucun talent d'actrice ?

– Même si les fées étaient impliquées là-dedans, ce ne serait pas une bonne chose. On en sortirait perdants, dit-elle.

Le commandant reste immobile. Difficile de dire ce qu'il pense.

– Vous n'êtes pas dans votre état normal. Je vous laisse reprendre vos esprits. On connaîtra bientôt le fin mot de cette histoire, de toute manière… Est-ce que vous êtes au courant ?

– Au courant de quoi ?

– Les deux acolytes de cette mercenaire. La licorne et la dragonnette. Elles viennent d'être capturées. Elles doivent être interrogées en ce moment même.

22. scène de rue

Je repère une machette sur un étal. Je l'achète. Ça me coûte presque tout mon argent. Je m'inscris à un stand de fléchettes. Je gagne un prix. Je me trimballe un gros doudou rose de confection artisanale sous le bras. Ça a les oreilles trop courtes pour être un lapin mais trop longues pour être un ours. Sans doute qu'on me remarque mais je m'en fous. Avec mes derniers redcoins, je me paie deux brochettes de légumes. Il y a des trucs dessus mais je n'arrive pas à savoir si c'est du poivron ou de la tomate et ça me perturbe. Mieux vaut éviter la viande : c'est le meilleur moyen de choper une intoxication alimentaire. Au bord du Tarn, je m'installe à côté d'une bicoque qui a les pieds dans l'eau – je peux voir une sirène remonter la rivière.

Près de la petite cabane fluviale, je ne m'en aperçois pas tout de suite, mais il y a un petit siréneau, ou tritonneau, je ne sais pas, un gosse sirène quoi. Sans doute celui de la sirène. Une algue lui pend sur le front et il garde les yeux rivés sur l'énorme doudou assis à côté de moi. Je lui demande s'il le veut. Il me répond que oui. Je le lui donne. Ce machin ne va pas tenir longtemps dans cette baraque pleine de flotte, il va moisir et se déchirer de partout, mais tant pis. Comme ça sent les égouts et la poiscaille, je finis par m'arracher.

Je descends une rue. Assez vite, je tombe sur un attroupement qui me bloque le chemin. Les gens se bousculent, les têtes se haussent. Impossible de voir quoi que ce soit. Ça a pourtant l'air de valoir le coup. Même si c'est seulement deux mecs qui ont décidé de se mettre sur la gueule.

– C'est un dragon, non ? C'est un petit dragon ? dit quelqu'un.

Hein ?

Ça provoque comme un déclic. Il faut que j'arrive à en voir plus.

Je commence à jouer des coudes, quand par-dessus la rumeur de la foule, j'entends un cri :

– Mais lâche-moi, fils de pute !

Je reconnais cette voix. *Merde*. Je continue à forcer mon chemin.

– Eh, vous gênez pas ! me lance quelqu'un que j'ignore.

Arrivée aux premières loges, c'est pire que ce que je pensais.

Elles sont là toutes les deux. Maylis et Léa. Ainsi que trois Bousons écarlates. Deux d'entre eux, un humain et une harpie, encadrent Léa, étendue sur le sol. Elle ne bouge plus. Ses ailes sont mollement ouvertes, tombent de part et d'autre comme deux paravents renversés. Un filet de sang s'écoule de son naseau droit. À côté, un minotaure en uniforme rouge entoure d'un bras massif l'encolure de Maylis, tout en la gardant maintenue à terre. Elle remue encore les pattes, mais de plus en plus lentement.

Il lui comprime la carotide. Elle ne va pas tarder à perdre connaissance.

– Lâche-moi, connard de ruminant de merde, dit-elle. Lâche…

Déjà sa voix se fait plus faible. Ses yeux s'agitent en tous sens. Ils me passent dessus, reviennent sur moi, et se bloquent dans ma direction.

Elle ne dit plus rien. Son regard devient vague. Ses pattes cessent de lutter. Le minotaure relâche peu à peu sa prise. Il lui repose la tête sur les pavés avec une délicatesse surprenante.

Instinctivement, ma main commence à se déplacer vers mon arbalète. Mon geste s'arrête quand je remarque que l'aile de Léa se soulève légèrement. Elle avance un bras. Sa queue bouge. Elle reprend conscience.

Mais l'humain la plaque au sol, lui appuie la tête par terre : impossible pour elle d'ouvrir la mâchoire. Les yeux de Léa clignent d'un air ahuri.

Le Blouson s'adresse alors au minotaure :

– Boris, tu pourrais m'aider ? Ce serait plus simple si tu pouvais l'assommer elle aussi.

Le dénommé Boris s'avance dans sa direction. Léa se débat, ses ailes s'agitent comme pour décoller, mais le Blouson humain l'en empêche. Le minotaure se penche sur elle et lui pose deux énormes doigts sur la gorge.

– Ça marche sur les dragons ? demande la harpie.

– Ça marche avec tout le monde, répond le minotaure.

Et, effectivement, Léa finit elle aussi par perdre conscience. Dans la foule, quelques applaudissements se font entendre.

Peut-être que j'aurais pu…

Mais non. Ici, rien n'est possible. Pas en centre-ville. Pas au cœur du repaire des Blousons écarlates.

Qu'est-ce qu'elles sont venues foutre ici, d'abord ?

La réponse est simple : me rejoindre. Encore une fois, c'est ma faute.

– Circulez, circulez, y a rien à voir, commence à dire la harpie.

D'autres Blousons arrivent sans que la foule s'écarte vraiment.

Elles se sont fait repérer. Un dragon rose et une licorne qui voyagent ensemble, c'est quelque chose dont on se souvient, et qu'on remarque. Cela signifie que l'information a eu le temps de circuler.

Je ne sais pas si je fais bien de rester là. À contrecœur, je m'éloigne.

Mais je reviendrai les aider plus tard. Dès que je revois Zerka, je lui signale que mes priorités ont changé. Et si elle veut continuer à se servir de moi, elle n'aura pas le choix, elle devra se plier à mes demandes.

23. Chauveron

Bon, on s'est fait défoncer.

C'est la meilleure manière de résumer les choses.

Pour être honnête, Maylis ne pensait pas que leur signalement se serait répandu aussi vite. Pourtant, elles étaient entrées dans la ville séparément. Leur erreur a été de se rejoindre plus tard. C'est là que les Blousons leur sont tombés dessus. Elle ne s'était pas montrée assez prudente.

Au moment de l'attaque, elles n'ont rien vu venir. En ville, ce n'est pas comme en forêt. En pleine nature, le danger s'annonce et se dessine plus clairement. Ici, parmi tous ces bruits et ces odeurs, impossible de distinguer immédiatement ce qui est menaçant de ce qui ne l'est pas. Mauvais terrain. Impossible de fuir. Elle a au moins la chance d'être encore vivante : on ne va pas faire les difficiles.

Et puis, elle a réussi à repérer Sarah alors que l'autre tête de vache lui faisait cette prise à la Chuck Norris. Elle aurait pas pu se pointer plus tôt ?

L'endroit où elle se réveille est d'un noir opaque. Ouvrir ou non les paupières n'y change rien. Ça pue le moisi et la vieille pisse.

Ses pattes sont entravées. Une chaîne aux sabots postérieurs, une autre aux antérieurs. Ils auraient pu se contenter d'une seule. Se relever est presque impossible, mais comme Maylis est coutumière des prouesses physiques, elle y parvient tout de même. Un jour, elle viendra réclamer toutes ses médailles.

Autre chose : Léa n'est pas là. Maylis n'entend pas sa respiration paisible, ne sent pas son odeur cuivrée. Ils l'ont mise ailleurs, et ce n'est pas étonnant. Les copains qui se retrouvent dans la même cellule, ça n'est jamais arrivé que dans les films et les séries, du temps où il y avait encore des films et des séries. Dommage.

Elle traîne sa corne sur les murs. Peut-être de la brique, peut-être de la pierre. En forçant un peu, elle pourrait sans doute écrire son prénom, ou une connerie du genre « All Blousons Are Bastards », mais dans le noir, ce ne serait pas évident, et jamais personne ne le lirait. Sa corne, en glissant, finit par crisser sur une surface métallique. Une porte, assez grosse.

Elle est en prison, conclut-elle. Soit une vraie prison, soit un lieu qui n'est pas une prison mais que les Blousons ont reconverti. Dans sa situation, ça ne fait pas vraiment de différence.

Où est-ce qu'ils ont mis Léa ? se demande-t-elle. Les Blousons peuvent se montrer sans pitié, quand ils le veulent. Elle risque sans doute d'en faire les frais s'ils comptent l'interroger.

Pour l'instant, pas grand-chose à faire. Elle décide donc de s'asseoir sur son arrière-train et d'attendre. Ils ouvriront forcément à un moment ou à un autre.

Et comme elle a souvent raison, c'est exactement ce qui se passe. Il ne s'écoule même pas une heure.

Elle entend d'abord des pas qui résonnent derrière la porte. Jusqu'ici, tout était aussi silencieux que dans une morgue. Elle entend une clé tourner. La porte s'ouvre. Une faible lumière orangée vient napper l'intérieur de sa cellule. Des torches sont allumées. Et les Blousons sont là. Pas les mêmes que la dernière fois. Trois hommes, humains naturels, pur jus, de la tête aux pieds. Maylis ne distingue pas bien leurs traits mais elle jurerait qu'ils ont tous la même gueule.

Elle se redresse. Elle compte faire ce qu'il faut pour dissimuler sa peur. Elle a toujours eu quelques réserves à s'avouer vaincue. Et, pense-t-elle, ce n'est pas comme s'ils risquaient de la tuer dans l'instant. Ils attendent autre chose d'elle.

– Je crois que j'ai atterri ici par erreur, dit Maylis. J'espère que vous m'avez ouvert pour me relâcher. Sinon, je tape un scandale.

– Essaie pas quoi que ce soit avec ta corne, répondent-ils, sinon on te pète les pattes. Avance.

Ils se traînent tous une barre de fer à la hanche. S'ils veulent lui casser quelque chose, ils y arriveront sans grande difficulté. Enfin. Les Blousons sont supposés respecter une certaine discipline, ils ont des grades, ils subissent des sanctions. Elle se risque à penser qu'ils ne feront rien de gratuit. Pas sans que ça leur soit ordonné.

Mais mieux vaut éviter la violence, en effet. Même si Maylis se trouve prise d'un accès sanguinaire soudain, elle est passée experte dans la technique du meurtre imaginaire. Par exemple, le connard qui vient de la menacer, elle est déjà imaginairement en train de lui donner un coup de corne au niveau du nombril, elle remonte jusqu'au torse, le sang gicle en geyser continu, mouchète de rouge ses poils blancs, on dirait un film de Tarantino. Elle en est convaincue : peu de gens maîtrisent la visualisation interne comme elle le fait.

Avec les chaînes qui la restreignent, elle manque de trébucher à plusieurs reprises. Elle n'a aucune allonge, ses pattes lui paraissent aussi mobiles qu'un double déambulateur. Un petit pas à la fois. C'est horriblement irritant.

À peine a-t-elle passé la tête dehors que l'un des hommes lui passe quelque chose autour de l'encolure.

– Mais qu'est-ce que… ?

C'est une corde rêche et épaisse, qui se resserre aussitôt. L'un des Blousons tient l'autre bout en main.

– Eh ! Bande de baltringues, je suis pas un cheval. Qu'est-ce que vous me mettez ce machin, enlevez-moi ce truc tout de suite !

Les chaînes, elle veut bien comprendre, mais ça, *ça*, ce n'est rien de plus qu'une humiliation gratuite. Comme chez la LSH. Autant lui enfiler un mors et des rênes, tant qu'on y est.

– Avance, répète le Blouson d'un ton mécanique.

On tire sur la corde. Maylis hésite à résister. *Mais à quoi bon ?* Elle fait un petit pas, et puis un autre, se laisse finalement conduire. Dans sa tête, elle éventre les Blousons les uns après les autres, comme dans une chaîne d'abattage.

Il n'y a aucune fenêtre. Que des torches. Ils doivent se trouver dans un sous-sol. Après avoir traversé un couloir, ils la conduisent dans une salle un peu plus grande. Au milieu de la pièce, planté dans le béton ciré, un énorme poteau. À sa base, de grandes taches sombres tirant sur le brun s'étendent en archipel. Maylis sait reconnaître du sang séché quand elle en voit.

Si ça se trouve, ils les ont laissées exprès. Juste pour faire peur. Si c'est le cas, ça fonctionne plutôt bien.

Les Blousons attachent sa corde au poteau, effectuant un nœud compliqué, que Maylis imagine résistant. Puis ils s'écartent tous. Seul l'un d'eux sort de la salle. Les deux autres s'adossent au mur, tandis qu'elle reste là, debout sur ses quatre pattes.

– Bon, qu'est-ce qu'on fait ? Je reste ici et vous me matez, c'est ça le plan ?

– Ta gueule. On attend.

– Ta gueule toi-même, connard. On attend quoi ?

– On attend le colonel Chauveron, répond l'autre, plus coopératif.

Est-ce un nom qu'elle est censée connaître ? Elle n'est pas très renseignée sur la hiérarchie des Blousons : elle serait incapable de nommer ne serait-ce qu'un seul membre du Conseil.

Elle verra bien par elle-même.

Maylis trompe l'attente en se répétant qu'elle est déjà sortie indemne de son séjour chez les fées et qu'elle s'est tirée sans trop de dommages des griffes de la LSH. Avec un peu de chance, elle fera un tiercé gagnant.

Une main gantée finit par pousser la porte. Les deux Blousons se mettent aussitôt au garde-à-vous. Maylis se retient de pouffer.

Enfin, le colonel pénètre dans la pièce. Il la détaille du regard, et Maylis le détaille en retour.

« Chauveron » n'est pas un nom qui fait rêver. On s'imagine un mec chauve, déjà. Un mec vieux et chauve, peut-être un peu gros. Vous ajoutez « colonel » et ça y est, ça se met à sentir le formol et la naphtaline. On se fait déjà tout un portrait mental, un septuagénaire en képi et tenue militaire, droit et austère, le visage fripé, le torse bardé de médailles inutiles, assis dans un bureau sombre et poussiéreux.

Mais le personnage qui se présente à elle n'a rien à voir.

Premièrement, il est beau, il est beau, qu'est-ce qu'il est beau, du jamais vu, du jamais vu depuis longtemps – on ne trouve plus des têtes comme ça que sur le papier glacé des magazines de Sarah. Tout est régulier : le front, le nez – anguleux comme elle aime –, des traits tracés à la règle et à l'équerre, un menton large et carré, muni (*Oh, achevez-moi*) d'une fossette – la petite fossette magique qui donne toute sa personnalité à l'ensemble, une petite touche de charme rétro. Ses yeux sont d'un bleu clair et métallique. Et il n'est même pas vieux ! Trente, trente-cinq ans, quarante ans grand maximum. Mais après tout, l'âge n'a aucune importance, quand on voit un spécimen comme ça, plus rien n'a d'importance, pas même son uniforme. L'uniforme, d'ailleurs, elle peut le retirer mentalement si elle en a envie. Elle ne va pas s'en priver.

Dans une autre vie, dans un autre monde, elle aurait déjà commencé à le draguer. Mais malheureusement, le sens des réalités la rattrape. Elle garde à l'esprit le sang séché sous ses sabots. Et si le colonel arbore cet air ténébreux, comme s'il posait pour la promotion d'une quelconque marque de fringue, ce n'est probablement pas parce que ça lui va bien (même si c'est le cas) : ça signifie sans doute, avant tout, qu'il compte parler de choses sérieuses.

Essaie-t-il d'être menaçant ? Difficile à dire. Si c'est le cas, il ne produit pas exactement l'effet recherché. *Les choses seraient plus simples s'il était moche*. Ils auraient peut-être dû le remplacer par un troll, ou une autre Chimère dégueulasse.

– Vous pouvez disposer, dit-il d'une voix grave et profonde. Je compte l'interroger seul.

Les deux Blousons s'éclipsent. La tension monte d'un cran. *Ça se met vraiment à ressembler à une fanfiction*.

Mais le colonel continue à la scruter, et son regard à lui est loin d'être énamouré. Pas grave.

– C'est la première fois que je croise une licorne posthumaine, dit-il.

– On n'est pas si rares que ça, pourtant.

– Ton nom.

– Maylis Kruszinsky.

– Maylis, tu sais sans doute pourquoi tu es ici ?

– À cause de ce qui s'est passé près du village du Vieux-Moulin. Oui. Je sais. Ça s'est terminé de façon explosive.

– Trois de nos hommes ont été envoyés à l'hôpital. Ton amie, Sarah, a tué l'une de nos bêtes volantes. Elles sont compliquées à domestiquer, et difficiles à remplacer. Tu encours une peine d'une durée non négligeable. Travaux forcés. On te trouvera une utilité, mais ce sera pénible.

Ne pas se laisser perturber par ce visage hollywoodien. Maylis répond du tac au tac :

– Vous comptiez nous faire prisonnières sans aucune raison. C'est vous qui étiez en tort. Nous, on a fait que fuir. Vous allez pas nous reprocher de sauver notre cul, quand même. Et puis, sur les trois blessés, il y en a une, là, c'est uniquement sa faute. Vous savez qu'elle est tombée d'une branche, non ?

– J'ai eu vent de cette histoire, répond Chauveron, sans développer. Pour le reste, nous avions de très bonnes raisons de vous faire prisonnières. Tout comme j'ai de bonnes raisons de t'interroger. Tu vois de quoi je veux parler.

Il la fixe d'un air entendu. Elle fait mine de ne pas comprendre.

– Ben non, dit-elle. Désolée, mais non.

– Pourquoi tu t'es rendue à Albi ?

– Parce qu'il y a le marché.

Chauveron, en un regard, laisse transparaître tout son scepticisme. Il ne prend cependant pas la peine d'approfondir :

– Où est ta troisième amie ? Où est Sarah ?

– Je ne sais pas. On s'est brouillées.

Là aussi, la circonspection du colonel ne fait aucun doute. Qu'importe. L'aplomb de Maylis est total : elle maintiendra ses mensonges et ses demi-vérités avec autant d'assurance que s'il s'agissait des réalités les plus incontestables.

– Est-ce que je peux savoir où est Léa, d'ailleurs ? demande-t-elle.

– Je l'ai déjà interrogée, ici même. Juste avant toi. Tu comprendras donc que me mentir est inutile. Elle m'a déjà dit, pour ton amie et les fées. Tu ferais mieux d'être honnête, et me donner tous les détails que je souhaite connaître.

Premier coup. Maylis s'en trouve secouée – mais elle essaie de se contenir. Il ment. Même pas besoin d'écouter ses battements de cœur pour le deviner. Rien que du bluff : il souhaitait seulement voir sa réaction. Elle espère ne rien avoir trahi.

– Qu'est-ce que vous me racontez ? Léa n'est pas passée par ici. J'aurais reconnu son odeur. Et puis je sais pas ce que c'est que ce délire avec les fées, mais c'est des conneries. C'est l'autre folle, là, qui s'est mise à gueuler à propos de ça, et c'est tout ce que je sais. Vous croyez vraiment que… ? Parce que c'est complètement con.

Maylis reste sur la ligne définie par Sarah : tout nier en bloc. Après tout, c'est la parole de la meuf au katana contre la leur.

– Je vais vous dire tout ce que je sais, comme ça on gagnera du temps : oui, Sarah veut tuer ce mec. C'est le chef d'un petit patelin, un peu comme Le Vieux-Moulin, mais beaucoup plus au sud, qui l'a engagée pour ça. Il a pas grand-chose à nous offrir – quelques bijoux, un peu de bouffe, on fait limite ça par charité. C'est parce qu'il a tué des Chimères, là-bas aussi. On a fait que le chercher pendant des jours et des jours, et on a vu ce qu'il faisait. Il en est pas à son coup d'essai. Vous aussi, d'ailleurs, vous l'avez vu. C'est un tueur, qui tue les gens gratuitement, et qui fait apparaître tous ces trucs, là… Et pourtant, vous, vous avez décidé de le garder en vie.

Pas de réaction de la part du colonel. Maylis poursuit :

– En tout cas, moi, j'ai plus rien à voir avec ça. Ça m'a gonflée. Je suis même plus avec Sarah. Vous avez gagné. J'ai rien de plus à vous apprendre alors vous feriez mieux de demander à l'intéressé. Il est toujours vivant, non ?

Le visage du colonel reste neutre. Son rythme cardiaque n'évolue même pas.

Il doit encore être en vie. Sarah ne lui a pas infligé de blessures mortelles. Aussi, s'ils n'ont plus qu'un macchabée entre les mains, m'interroger ne les avancerait pas à grand-chose.

– Il vous a dit quoi ? reprend-elle. Je suis curieuse, moi aussi. J'aimerais bien savoir d'où il vient. Vous en savez beaucoup, beaucoup plus que moi. Moi, je suis quoi ? Pas grand-chose. Tout ce que je peux faire, c'est porter des gens sur mon dos et tirer des chariots… J'ai juste fait mon job. Je pense pas mériter… les travaux forcés ou quoi que ce soit dans le genre. Et Léa non plus, d'ailleurs. Elle a que treize ans.

Maylis ne se fait pas d'illusions pour autant, elle n'a que peu de chances d'attirer sa compassion. Même s'il a une belle gueule, c'est un colonel, c'est-à-dire un supérieur hiérarchique, c'est-à-dire forcément un sale con.

– Est-ce que c'est tout ce que tu as à dire ? Rien d'autre à expliquer ?

– Ben non. C'est tout. Vous perdez votre temps avec nous deux. Je suis sûr que vous avez des trucs plus importants à faire.

– Peut-être. Quoi qu'il en soit, tu viens de laisser passer ta chance.

– Ma chance de quoi ?

Chauveron, sans lui répondre, se dirige vers la porte. Il l'ouvre, et dit aux deux Blousons :

– Vous pouvez m'amener la dragonne.

À ces mots, Maylis sent ses entrailles se serrer.

La porte se referme. Le colonel se retourne vers elle.

– Laissez Léa en dehors de ça, dit-elle. Elle sait rien. Elle en sait pas plus que moi.

Il lui décoche alors un petit sourire froid.

– Même si elle ne savait rien, ce ne serait pas important. Ce n'est pas d'elle qu'il s'agit. C'est toujours de toi.

Les Blousons sont rapides. Ils reviennent, portant tous les deux Léa dans leurs bras.

Elle tourne la tête, inspecte les lieux d'un regard affolé. Ils lui ont mis une muselière métallique. Ses larmes dégoulinent dessus. Ses pattes sont liées. Une chaîne lui enserre les ailes, repliées sur ses flancs.

Ils la déposent par terre comme un colis important. Elle la fixe d'un air implorant et Maylis l'entend essayer de prononcer son nom, à travers la muselière. « A-i ». Elle reste étendue sur le ventre, incapable de se relever.

Maylis réalise ce qui est en train de se passer, voit enfin quelles sont les intentions du colonel. Son sang se change en glace.

La vérité s'impose. Chauveron n'est pas un simple connard. Il est tellement pire que ça. Elle ne trouve pas d'insulte appropriée.

Il tend une main vers un Blouson. L'autre lui remet sa barre de fer.

– C'est bon. Retournez à l'extérieur.

Et ils se retrouvent de nouveau seuls. Lui, elle et Léa.

– J'ai discuté avec toi, dit-il. Tu n'as pas été honnête. En conséquence, on en arrive là. Je n'ai pas entendu ce que je voulais entendre. Elle doit en payer le prix. Je veux que tu regardes.

– Attendez, ne... Attendez !

Il ne l'écoute pas. Le colonel pose d'abord une botte sur le dos de Léa, l'appuyant contre le sol. Elle gémit. La barre, doucement, vient lui toucher l'aile : il répète son mouvement comme un golfeur préparant son swing.

– Non ! crie Maylis.

Et alors la barre frappe pour de bon.

On entend un craquement. Léa a comme un hoquet. Et puis, elle hurle. Sous sa muselière, ses narines se mettent à fumer. Chauveron retire sa botte, laissant Léa convulser par terre.

Maylis, elle, tire autant qu'elle peut sur sa corde, qui résiste.

– Lea ! Putain ! Sale fils de...

– Ne m'insulte pas. Ou bien je lui casse l'autre aile. Et ne m'accuse pas non plus. Ce n'est pas ma faute. C'est la tienne. Tu es entrée dans une salle d'interrogatoire. Tu savais quels étaient les enjeux. Et tu as décidé de te moquer de moi. Tu m'as manqué de respect, en me racontant tes mensonges. À présent, nous pouvons repartir sur de bonnes bases.

Léa, du mieux qu'elle peut, avec ses membres entravés, essaie de se traîner jusqu'à elle. Le colonel l'arrête en plantant sa barre devant elle, puis en la repoussant du pied.

Maylis pleure de détresse et de rage. S'il s'approchait assez, elle le tuerait. Sa corne le traverserait de part en part. Mais il maintient toujours une distance de sécurité.

Si elle le pouvait, elle le dirait, elle avouerait tout. Tout ce qui a rapport aux fées. Mais alors elle scellerait aussitôt son destin. Les fées risqueraient de ne pas apprécier. Elles risqueraient peut-être même de punir Léa avec elle, ou Sarah. Peut-être annuleraient-elles définitivement sa mission, et trouveraient-elles autre chose pour tuer ce sorcier. Peut-être arrêteraient-elles d'être discrètes et déchaîneraient-elles les enfers.

Mais elle regarde le colonel, la barre de fer en main, Léa affalée et sanglotant à ses pieds. Peut-on imaginer pire que ça ?

– La tuer ne me dérangerait pas. J'obtiens toujours ce que je veux : ce n'est pas ça qui va m'arrêter. Après elle, je passerai à toi. Mais nous ne sommes pas obligés d'en arriver là.

Aucune option n'est la bonne, Maylis ne peut plus rien espérer. Léa continue à se tordre sur le sol et emplit la pièce de sa voix assourdie.

Le colonel lève son arme, se prépare à frapper de nouveau.

Maylis comprend alors que tout est souhaitable, tant que ça s'arrête.

Elle est sur le point de tout dire quand la porte s'ouvre.

– Colonel.

C'est un Blouson. Un petit moustachu. Son regard erre un moment par terre, vers Léa, mais se ressaisit vite et remonte vers Chauveron. Ce dernier lui dit, sèchement :

– Qu'est-ce qu'il y a, Arif ? Je suis occupé.

– C'est que… le caporal Massol… elle a eu vent de la capture de vos deux… euh… prisonnières, et elle est sortie de l'hôpital. Elle est à l'entrée. Elle demande à les voir de toute urgence. J'ai pensé que… étant donné que…

– Vous affirmez trop votre individualité, Arif. Comme toujours. Ne pensez à rien. Vos pensées, je m'en fous. Retenez Massol. Quand j'en aurai fini avec ces deux-là, j'aurai à lui parler personnellement. Elle aura certaines choses à expliquer. Je n'en ai plus pour très longtemps.

Le Blouson nommé Arif hoche la tête, puis s'en va en refermant la porte. Le lourd bruit métallique résonne implacablement.

Maylis essaie alors de retrouver son calme, d'omettre Léa, de se concentrer sur le général, lui et lui seul. Il n'y aura pas d'évasion miracle. Elle n'est pas l'héroïne de quoi que ce soit. Ça se terminera mal. Sa marge d'action se résume à choisir la moins mauvaise de toutes les fins. Bien qu'elles soient toutes affreuses.

Avec un peu de chance, je serai la seule à écoper. Peut-être même Zerka pourra-t-elle comprendre.

– Alors ? Ça y est ? demande Chauveron. Tu as une idée de ce que je veux entendre ? Tu es prête à me le dire ?

Maylis va tenter une dernière manœuvre, qu'elle sait vouée à l'échec. Après, advienne que pourra. Elle cligne des yeux une fois, inspire, puis dit d'une voix serrée, qu'elle ne contrôle qu'avec difficulté :

– Vous voulez m'entendre parler de fées. Soit. Mais est-ce que vous le voulez *vraiment* ? Est-ce que ce n'est pas plutôt quelque chose que vous croyez vouloir ? Si, par le plus grand des hasards, nous étions impliquées avec les fées, est-ce que ça ne suffirait pas à vous faire peur ? Est-ce que vous croyez que c'est judicieux, de vouloir savoir, de vouloir vous mêler de ces histoires ?

– Je suis avec les Blousons depuis le début. J'ai combattu toutes sortes de choses et j'ai tout vu. Tu ne me feras pas peur. S'il y a des risques, ils méritent d'être courus.

– Vous n'imaginez pas les conséquences.

– Ce n'est pas à toi d'en juger.

– Et si je détenais des informations secrètes sur les fées, qu'est-ce que ça changerait ?

– Beaucoup de choses. Si quelque chose leur fait peur, alors il s'agit d'une faille. Le sorcier que nous détenons est une faille. Une faille, c'est un angle d'attaque. C'est plus important que moi. C'est plus important que toi. Il n'y a rien de plus important que ça. Ce qui te pousse à me cacher la vérité n'est rien d'autre qu'un motif égoïste.

Il appuie la barre de fer sur son épaule.

– La seule chose que tu devrais craindre, c'est moi. Ta copine, je n'ai fait que lui casser une aile. C'est encore gentil. J'ai des choses en réserve que tu n'as pas envie de voir. Vous ne trouverez rien de pire que moi. Pourtant, tu ne m'as pas l'air idiote, tu sais que tu vas parler, à un moment ou à un autre. Alors pourquoi pas maintenant ?

Il est déterminé. Sans surprise.

Maylis n'a pas d'autre choix.

24. le miroir

– Si vous ne faites rien, alors, je m'en fous, j'arrête tout. Je n'ai plus de raisons de continuer.

Je discute avec Kala et Zerka dans une ruelle. Elles se sont pointées assez rapidement. Elles avaient intérêt.

Zerka semble, comme toujours, au bord du gouffre :

– Qu'est-ce qu'elles ont eu à se faire... capturer comme ça, d'abord ? Qu'est-ce qu'il leur a pris de... (Elle se passe la main sur le visage.) J'aurais dû les emprisonner moi-même. Les emprisonner et les relâcher après. Ça aurait évité ça.

– Mais c'est pas grave, dit Kala. Si on veut les sauver, on peut. On peut voir où elles sont, non ? Elles ont la marque, donc...

– Oui, dit Zerka. Oui mais...

– Vous en avez le pouvoir. Faites quelque chose. N'importe quoi mais faites quelque chose.

– C'est pas aussi simple.

Ses yeux fatigués se plantent dans les miens.

– À cause de toi, nous sommes déjà suspectées. J'essaie de faire en sorte que la vérité leur paraisse impossible. La Blouson qui t'a entendue a déjà changé sa version. Si elles s'évadent, comme ça, sans explication, ça paraîtra bizarre, et on risque de penser que nous sommes intervenues, ce qui serait vrai. Il faut que…

– Zerka, vous faites chier. Vous savez très bien ce qui va se passer. Elles vont parler. Et là, *là*, vu ce qu'elles savent, ils risquent vraiment de tout découvrir. Dans les deux cas, vous êtes perdantes.

Elle se mord la lèvre. Elle ne trouve rien à m'opposer, et je sais que ça lui casse les glandes.

– D'abord, dit-elle, d'abord essayons de les localiser. On va voir où elles en sont. Commençons… (Elle déglutit.) Commençons par le commencement.

Nous nous poussons vers l'entrée d'un immeuble. Toutes les trois compressées près de la porte, sous un chambranle de pierre, Zerka fait apparaître, au creux de sa main, un petit écran vert qui, un peu comme les ailes des fées, semble constitué uniquement de lumière. D'étranges arabesques oscillent à sa surface.

– C'est quoi ? je demande.

– C'est notre miroir. Vois ça comme une caméra contrôlée à distance, dit Zerka. Je fais la mise au point.

Les arabesques s'entrelacent et se mélangent, fusionnent, dessinent des ombres, des formes. D'abstrait, le tableau devient impressionniste. Teintes grises et orange. Une figure blanche, au milieu du cadre.

– Je me suis focalisée sur la licorne, dit-elle. Sa marque est en train d'assembler les données environnantes de façon à recomposer le reste de l'image.

– T'es trop compliquée, Zerka, dit Kala. À quoi ça sert de savoir comment ça fonctionne tant que ça fonctionne ?

Il ne lui en faut pas beaucoup pour se sentir dépassée. Normal, de la part de quelqu'un pour qui le simple contact d'un livre de maths constitue un viol psychique. Quelque chose me dit, en revanche, que cette technique ne fonctionnerait pas sur Zerka.

Mais ce n'est pas le moment de se pencher sur ce qui différencie les administratrices des fées ordinaires. Mon attention reste rivée sur l'écran.

J'arrive désormais à reconnaître Maylis. Elle finit par apparaître avec une précision absolue. De la haute définition. On pourrait discerner chacun de ses poils. La zone s'élargit. Le décor, tout autour d'elle, se construit et s'affine. Je vois la corde qui la retient à ce poteau. Ainsi que cet homme – d'abord une silhouette, puis un uniforme, et enfin un visage. Et à ses pieds…

– Attends…

À ses pieds est étendue Léa. Elle a une muselière. Ils lui ont mis des liens et des chaînes. L'homme tient quelque chose dans la main. C'est une barre métallique.

– Cet homme, dit Zerka. Je le reconnais. C'est… c'est le colonel Chauveron.

Le gars que je suis supposée torturer. Quelle coïncidence.

– On dirait qu'ils parlent. Zerka, est-ce que tu peux mettre le son ? demande Kala. Ce serait mieux si on pouvait les entendre.

Pas besoin d'avoir l'audio pour comprendre qu'il s'agit d'un interrogatoire. Mais pourquoi y inclure Léa, si c'est pour la garder muselée ?

J'ai déjà une réponse en tête, qui ne me plaît pas vraiment.

Mon appréhension se confirme lorsque Chauveron frappe l'aile de Léa, d'un grand coup de barre de fer. Même sans le son, j'entends l'os craquer, j'entends le cri de Maylis, la plainte de Léa sous sa muselière. Et tout redevient silencieux.

– Zerka, amenez-moi là-bas. Vous devez arrêter ça.

– Je te l'ai dit. Ce n'est pas… ce n'est pas aussi facile que…

Ma main surgit avant même que j'y pense. Je plaque la fée contre la porte de l'immeuble, je rapproche mon visage du sien, qui affiche un air ahuri. Elle ne s'y attendait pas.

– Il est en train de la torturer. Il se sert de Léa pour faire parler Maylis. Maylis parlera quoi qu'il arrive. Et Léa est en danger de mort. Alors écoute-moi bien, maintenant…

Une main me saisit par le col, me tire en arrière avec une force surprenante. Je me détache instantanément de Zerka.

– On touche pas à l'administratrice, dit Kala, qui l'espace d'un instant perd son air déconnecté pour revêtir la rigidité froide d'un garde du corps.

Ses doigts se desserrent d'un coup, comme les crochets d'un grappin mécanique. Je me redresse, rajuste le col de mon manteau.

Elle se tourne vers l'autre fée.

– Zerka… C'est vrai ce qu'elle dit. Ça rigole pas, de l'autre côté. Ce serait dommage si…

– Je sais, je sais, je sais… répond l'administratrice.

Sa voix est épuisée. Elle ne regarde aucune de nous deux. Le petit écran est toujours allumé. Il flotte du côté de son bras gauche.

Pire que nerveuse, je suis fébrile. Mes mains tremblent, elles tremblent de plus en plus. Les secondes passent. Ça me monte du fond des entrailles, ça me traverse les poumons, ça me court sous la peau. Ma présence ici est insupportable, tout mon corps s'acharne à le hurler, je devrais être là-bas. Et la raison pour laquelle je ne suis pas en train de sauver Léa, c'est cette conne, cette fée qui me pourrit la vie, qui est prête à laisser mon amie se faire torturer, pour de simples raisons de discrétion.

Je menace de repartir à la charge – cette fois-ci pour lui mettre un pain. Mais Kala me retient encore une fois.

– Oh ! Non ! Tu tapes pas Zerka ! Ça sert à rien !

– Alors emmène-moi là-bas, toi, si elle veut pas le faire !

J'ai presque crié. À l'embouchure de la ruelle, le regard d'un passant s'est dirigé vers nous.

– Zerka... dit Kala. Il faut faire quelque chose, quand même.

– Oui...

Elle se passe la main dans les cheveux, son visage scintille de sueur.

– Mais attendez... il faut d'abord que je voie dans quel type de... structure elles sont retenues.

Elle procède à quelques manipulations sur l'écran. Kala et moi nous approchons. L'image s'agrandit. La scène s'éloigne, apparaissent des couloirs, des portes, d'autres étages, des...

– Je vois. C'est le siège de la Sécurité intérieure. Elles sont au sous-sol.

Le long bâtiment rectangulaire que nous montre l'écran ressemble à un établissement scolaire, avec sa cour et ses paniers de basket. Les Blousons ont l'air d'affectionner le recyclage.

– Ça grouille de Blousons ? je demande.

– Oui.

– Si vous ne m'y amenez pas, j'y vais moi-même, et tant pis s'ils me capturent.

– Je veux… je veux bien t'amener, dit-elle. Mais…

Elle tousse, reprend :

– Au sous-sol, il n'y a pas grand monde. Je peux t'y amener sans qu'on te repère.

Zoom sur le bâtiment. Après avoir traversé tous les étages, l'image se fige sur un coin de couloir sombre.

– Mais ça… ça aura l'air bizarre que tu arrives à…

– J'en ai rien à carrer, que ça paraisse bizarre ou pas. Et puis c'est ta seule option. T'as pas le temps d'élaborer tout un plan d'évasion. Admets-le et arrête d'emmerder le monde.

Elle m'énerve tellement que je la tutoie. Je crois qu'il y a aussi une dimension instinctive : elle a perdu de son assurance, elle n'est plus en position de force. Elle n'a même plus l'idée de se mettre en colère : elle ne fait qu'angoisser.

– D'accord, consent-elle, du bout des lèvres.

– Elle pourra interroger le colonel en même temps, dit Kala, comme saisie d'une illumination. Ça fera d'une pierre deux coups !

– Oui, on va dire ça, dis-je. Je mettrai du cœur à la tâche.

– Ce serait bien, dit Zerka, si tu pouvais ne tuer pers…

– Je ferai ce que je peux. Téléporte-moi là-bas.

– Peut-être ailleurs, dit-elle. Ici, c'est trop…

Encore une fois, j'ai envie de la gifler. Mais Kala intervient :

– Y a personne pour l'instant, Zerka. On peut y aller.

Merci. Pour que Kala paraisse rationnelle, c'est vraiment que sa chère administratrice part en sucette. Je peux concevoir la pression qui pèse sur ses épaules, mais comme je l'ai déjà dit, je m'en cogne. Elle ne m'a rien épargné. Je n'ai pas à me montrer compréhensive.

Zerka lève une main :

– C'est un désastre, murmure-t-elle.

Je vois l'éclair. Aussitôt après, le décor n'est plus le même. Aussi rapide qu'un changement de diapositive.

Tout est sombre. Plus loin dans le couloir, une torche éclaire des murs de briques usées.

Zerka m'a amenée au bon endroit. Mais où est-elle, d'ailleurs ? Où sont-elles, toutes les deux ?

– Tu dois avancer jusqu'à un tournant. Tu verras deux hommes qui gardent une porte. Tes deux amies sont derrière. Je te le répète : essaie de ne tuer personne. Mais avant tout : ne tue pas le colonel.

C'est la voix de Zerka. J'imagine qu'elle compte sur moi pour faire le boulot avant de réapparaître. Je sors ma machette et avance selon ses instructions. Je les interprète ainsi : je peux tuer les autres si je veux, seul le colonel est important.

Je n'ai pas une seconde à perdre.

Zerka ne m'a pas menti. Il y a bien deux hommes devant une porte. Deux Blousons. Ils sont seulement armés de barres de fer. Restrictions budgétaires ?

Le carreau de mon arbalète perfore l'œil du premier sans qu'il ait eu le temps de gueuler quoi que ce soit. Je me précipite sur le second. Il a été un peu long à brandir son arme, et il ne pousse qu'un cri bref qui s'interrompt net lorsque ma machette s'enfonce dans son ventre, pour remonter vers son sternum. Un liquide trop épais pour n'être que du sang me coule sur le poignet. Il ouvre et ferme une grande bouche muette, comme un poisson hors de l'eau. Ses yeux se révulsent. Je retire ma lame.

Voilà. J'ai tué des gens. Ce n'était pas si terrible que ça, comme rechute. Je me demande vraiment pourquoi j'ai autant retardé la chose, avec ce sorcier. Qu'est-ce que je craignais, exactement ? Après tout, le meurtre est un parcours dont j'ai déjà franchi les obstacles. C'est comme le vélo : il suffit de reprendre la pratique, et tout redevient naturel.

J'ai eu de la chance qu'il n'y ait pas plus de monde.

Je pousse la porte métallique. Et s'affiche alors, dans toute sa réalité, le tableau que j'avais déjà vu sur l'écran.

Il y a Maylis. Il y a Léa. Ainsi que le colonel, qui se tourne vers moi.

– Sarah ? questionne Maylis, plus incrédule qu'enthousiaste.

Elle sait que les fées sont avec moi, pourtant. Elle aurait dû s'attendre à ce genre d'arrivée soudaine.

Le colonel a une tête de soldat en plastique, de figurine pour gosses – menton carré et bras articulés. Pas un potentiel expressif des plus marqués. Je ne peux même pas dire s'il est surpris ou non. Je suppose que oui. Ce serait logique.

– Toi. C'est bizarre. Comment as-tu fait pour arriver ici ? demande-t-il.

Zerka avait peut-être raison. Il trouve ça louche. Rien ne m'oblige à lui répondre. J'ai seulement envie de lui ouvrir le ventre.

Seulement, deux problèmes se posent. D'abord, je ne peux pas le tuer. Pas avant de lui avoir fait cracher l'emplacement du sorcier. Ensuite, il est armé, et il est impossible de le prendre de court. Sa main est serrée sur sa barre de fer. Il s'attend à ce que je bouge la première.

Derrière lui, Léa se traîne du côté de Maylis. Chauveron ne lui prête plus aucune attention. Tant mieux pour elle.

J'essaie de trouver quelque chose à lui dire, mais je ne suis pas inspirée. Tant pis. Je passe directement à l'attaque.

Je frappe de taille, mais il lève le bras, et ma lame entre en contact avec le fer de sa barre. La vibration me traverse le poignet, tout le bras, et se ressent jusque dans mon épaule. Il est sans doute plus fort que moi. Et non seulement il repousse ma machette, mais il contre-attaque aussitôt. J'ai à peine le temps d'esquiver – sans quoi son coup m'aurait défoncé la cage thoracique. Mon dos heurte un mur. Je n'ai pas le temps de réattaquer, il est déjà reparti à la charge, je me contente de dévier son arme. Mais ce n'est pas suffisant, le choc a manqué de me faire gicler la machette des mains. Je saute sur le côté, garde une distance de sécurité.

Je ne suis pas sûre de pouvoir le battre. Il faut parfois être réaliste. En plus d'être fort, il est rapide – autant que moi. Je ne m'attendais pas à ça. Directeur de prison et de la Sécurité intérieure, c'est ça ? Avec un job pareil, il était censé passer ses journées le nez dans la paperasse, non ? Peut-être n'a-t-il pas volé son grade de colonel.

– Si tu ne veux pas que je te démonte le squelette os par os, lâche cette arme.

Évidemment, c'est hors de question. Je ne peux pas m'empêcher de penser qu'avant l'Invasion, il aurait pu jouer un méchant de film d'action. Il a déjà les répliques. Mais ce n'est pas le moment de penser à ça.

– Sarah ! crie Maylis. Ma corde ! Coupe ma corde !

Tiens. J'y pensais justement. Elle pourrait m'être utile. Mais entre Maylis et moi, il y a cet homme.

– N'y compte pas, me dit-il.

Il se rapproche. Je dois faire quelque chose. Tout sauf me retrouver acculée.

Et les fées qui me laissent me débrouiller.

Arrive un moment où, en avançant vers moi, il lève un peu trop sa garde. Un chouïa. Ses jambes sont trop découvertes. Je m'abaisse, me projette en avant. Je porte un coup à ses pieds, qu'il pare *in extremis* du bout de la barre. Sa poigne est moins assurée, il me repousse avec peu de force, sans possibilité de contre-attaquer. Je le contourne et fonce vers Maylis. Aussitôt après, abattant ma lame, je tranche enfin sa corde. Maylis secoue la tête, le bout de chanvre encore attaché à son encolure ondule comme un ruban.

– Espèce de connard ! rugit-elle en se retournant vers le colonel.

Ses chaînes lui entravent toujours les pattes, ce qui limite encore ses mouvements, mais elle pourra toujours m'assister.

Le colonel nous fait de nouveau face, son arme brandie à deux mains.

– Fais gaffe, je lui dis. Il est balèze.

– M'en fous, je suis plus balèze que lui. On va…

Et puis, deux éclairs verts.

Ça me surprend. Elles ont finalement décidé d'intervenir ?

Et s'il y a quelqu'un de plus étonné que moi, c'est Chauveron. Seulement en cet instant, les traits de son visage se détendent, et ses yeux s'ouvrent grand. Pour la première fois depuis le début du combat, il paraît exprimer quelque chose.

Zerka et Kala se montrent à nous en fées assumées, peau d'albâtre et combinaison noire.

Elles auraient pu nous laisser nous démerder. Le combat venait tout juste de tourner en notre faveur.

– Je le savais, dit le colonel. Je savais que c'était vrai.

– Tu seras le seul à le savoir, et tu n'auras personne à qui le dire, lui répond l'administratrice. On s'en assurera personnellement.

– Attends, Zerka… dis-je. Qu'est-ce que ça veut dire… ? Je croyais que tu voulais pas… ?

– J'ai trouvé une solution, dit-elle. Un moyen de donner un aspect crédible à ton irruption ici, ainsi qu'à ton évasion. Je dois juste faire quelques arrangements sur place. Toi, tu vas avec Kala, tes deux amies et cet homme, et tu m'attends.

Je n'ai pas compris ce qu'elle a en tête, mais elle a retrouvé ses moyens et son angoisse s'est calmée.

Le colonel recule lentement vers la porte. Mais trop tard. Nous sommes déjà téléportés ailleurs.

25. l'évasion

Jeanne attendait depuis vingt minutes dans le hall du siège de la Sécurité intérieure quand un grondement sourd a retenti. Le bruit d'un éboulement ou d'une avalanche.

Exclamations, interrogations. Les Blousons présents se sont rendus en masse au sous-sol. Jeanne, dans la cohue générale, s'est jointe à eux.

Sur place, deux cadavres. L'un avec un carreau dans l'œil. L'autre éventré. Dans la salle où Chauveron interrogeait les deux prisonnières, plus rien : aucune trace des détenues ni du colonel.

Plus loin, tout un pan de mur de briques s'est effondré, s'ouvrant sur une galerie noire et béante, d'où s'exhale une odeur nauséabonde.

Impossible de déterminer quel type d'explosif a été utilisé. Les quelques hommes envoyés ont rapporté que cette ouverture donnait sur le réseau d'égouts de la ville.

Hypothèse qui sera retenue plus tard : les prisonnières, à l'aide d'un élément tiers, qui s'est introduit par les souterrains, se sont évadées par la même voie – enlevant avec elles le colonel Chauveron, pour des raisons inconnues.

Malgré les recherches lancées, les fugitives ainsi que le colonel demeurent encore introuvables à cette heure.

26. Zerka

Forêt. Humus, écorce, gazouillis d'oiseaux. Ça commençait à me manquer, tiens. Pas que je me sois jamais sentie proche de la nature, pourtant.

Nous ne sommes plus à Albi, c'est tout ce que je sais.

Le ciel ne reste pas visible longtemps. Une coupole verte – créée par Kala – se matérialise bientôt au-dessus de nous. Un champ de protection, afin de prévenir l'arrivée de témoins non désirés, comme au campement de la LSH. Je me demande dans combien de temps Zerka nous rejoindra.

Chauveron est immobilisé. Kala a fait sortir une plante du sol, qui maintient le colonel ligoté à un tronc d'arbre. Un minotaure n'aurait pas pu s'en défaire.

Je suis en train de détacher les pattes de Léa. Elle se laisse faire, mollement, ne me regarde même pas. Je perçois une tension sous-jacente. Elle ne m'a pas pardonné, mais ce n'est pas comme si je m'y attendais, de toute façon. Son aile gauche, comprimée sous sa chaîne, reste douloureusement tordue. Une fracture sévère.

– Attends, dis-je, approche ta tête, il faut que je retire ça.

Je lui déboucle la muselière. Elle se recule dès que j'ai fini.

– Merci, dit-elle d'une voix morne.

Kala se ramène :

– Oh ! Toi, faut qu'on fasse quelque chose pour ton aile. Ma pauvre… Tiens, bouge pas…

Léa accepte la fée avec davantage de facilité qu'elle ne m'a acceptée, moi. Ça en dit long.

Kala rompt la chaîne je ne sais trop comment. Puis, par une simple apposition de la main sur son aile, l'os se redresse. Léa ferme les yeux tandis que son aile reprend sa place initiale.

– Pourquoi t'es partie comme ça ? demande Maylis, qui arrive derrière moi.

Ah. C'est vrai. Évidemment qu'elles veulent que je leur explique. Ça m'emmerde d'avance. Heureusement, j'ai une parade.

– Et vous, pourquoi vous m'avez suivie ? C'était très con. Aller à Albi. T'es plus fine que ça d'habitude, Maylis.

Comme elle ne répond pas, j'ajoute :

– Si je voulais être seule, c'est que je voulais être seule.

Je m'éloigne un peu, elle reste sur mes pas :

– Si tu voulais qu'on te foute la paix, t'avais qu'à le dire clairement. Là, c'était franchement bas. On aurait pu discuter.

– Tu m'aurais pas lâché la grappe quoi qu'il arrive. T'aurais dû embarquer Léa avec toi. Je pense pas qu'elle aurait eu envie de me revoir, après ce qu'a dit Zerka.

– T'oublies un peu que ton problème est devenu *notre* problème. Et je te rappelle qu'à l'heure qu'il est, sans notre aide à toutes les deux, tu serais morte, ou pas loin. Alors au lieu de nous traiter comme des boulets, réfléchis un peu à ce que tu nous dois.

Et Zerka apparaît avant que je réponde – halo vert au coin de mon œil. On dirait qu'elle a fini ses arrangements. Je me retourne.

– C'est bon, dit-elle. Officiellement, vous vous êtes échappées par les égouts. J'ai simulé une évasion de maître.

Les égouts. Aurais-je vraiment pu mettre en œuvre un plan pareil ?

– Maintenant, passons à la suite, poursuit-elle. Sarah, viens ici.

Je m'exécute, laissant Maylis derrière moi. Je suis soulagée que notre conversation s'abrège. Ça commençait déjà à virer au psychodrame.

Pourquoi reste-t-elle avec moi, de toute façon ? On dirait qu'il y a quelque chose qu'elle n'a toujours pas compris, à mon sujet. Léa, au moins, réagit de façon sensée.

– Tu sais ce qu'il te reste à faire. Rends-toi utile, et charge-t'en, me dit Zerka en me désignant le colonel sur son arbre, muet comme une souche.

– Avant ça…

– Quoi ? m'interroge-t-elle, exaspérée d'avance.

– Maylis et Léa. Vous avez dit tout à l'heure que vous auriez dû les tenir à l'écart, les garder prisonnières le temps que ça se finisse. Ça m'arrangerait, et ça vous arrangerait aussi, je crois.

J'entends déjà Maylis qui s'avance :

– Attends, attends, tu viens de dire *quoi*, là ? Répète un peu ?

– T'as entendu ce que j'ai dit. Ce sera mieux pour tout le monde.

– Ah non, ah non, ça va pas le faire, ça va pas le faire du tout ! Je suis pas d'accord ! crie Maylis.

– Kala, dit Zerka. Emmène-les.

– Sarah ! Espèce de...

Mais je n'entends pas l'insulte, puisque Maylis n'est déjà plus là. Léa non plus. Toutes deux envolées avec Kala.

Il n'y a plus désormais que le colonel, Zerka et moi.

– En effet, dit-elle, c'est mieux comme ça. Elles t'ont été utiles, mais la fin approche. Tu n'auras plus besoin d'elles.

– Ne leur faites rien.

– Elles sont en sécurité et je m'engage à ne rien leur faire. Toi, c'est une autre histoire, je suis obligée de te punir. Tu le sais, et tu sais pourquoi.

– Oui.

– Mais j'essaierai d'être indulgente.

Je regarde le colonel. Je m'imagine déjà en train de le travailler. J'essaie de me mettre dans le bain. À voix basse, je demande à Zerka :

– Si c'est vous qui le torturez, ça risquerait de vous rapprocher encore un peu des Portes, dites ?

Ses yeux s'étrécissent.

– C'est Kala qui... ? Oui, forcément. Ce ne sont pas des questions qui te regardent. Ne m'en reparle plus.

Je m'attendais à l'ébranler davantage. Je suis déçue. Depuis son petit instant de flottement à Albi, elle a totalement repris sa contenance. Et je sens qu'elle ne la perdra plus.

Je fais quelques pas vers le colonel et me plante face à lui.

C'est bizarre. J'avais pensé vouloir absolument le faire douiller, étant donné ce qu'il a fait à Léa. Mais en le regardant de haut en bas, je m'aperçois avoir perdu ma motivation. À l'idée de ce que je vais devoir lui faire subir, je suis seulement saisie d'un écœurement sourd, qui rend mon travail pénible d'avance.

C'est ce genre de sensations qui m'a, entre autres, poussée à quitter les Écorcheurs.

– Tu les as entendues, elles veulent que je te pose des questions. Tu sais où est le mec qu'elles cherchent. Donc tu vas me le dire. Sinon, je vais être obligée de te torturer, et ça me fera chier, et toi évidemment ça te fera encore plus chier que moi, donc ce serait bien qu'on termine ça rapidement. Tu l'auras un peu cherché, si je puis me permettre. J'ai pas aimé que tu casses l'aile de Léa. C'est pas quelque chose que je peux vraiment excuser.

– Pourquoi est-ce que tu fais ça ?

– Pour que tu me dises où est le sorcier et que je lui fasse sa fête, voilà pourquoi.

– Non. Pourquoi tu fais ce qu'elles te disent ? Pourquoi tu travailles pour elles ?

– Parce qu'elles me laissent pas le choix. Quelle question. Je fais pas ça pour le plaisir.

– Tu les aides à anéantir l'un des seuls espoirs de l'humanité. Est-ce que tu t'en rends compte, au moins ?

– Pff… T'as vu la gueule de l'espoir ? De l'espoir, il n'y en a plus, il n'y en a jamais eu, et il faut s'y faire. C'est pas avec ce sorcier, là, que les choses vont changer. Est-ce que t'as réussi à obtenir quoi que ce soit de lui, d'ailleurs ? Est-ce qu'il t'a dit vouloir aider l'humanité dans son ensemble, et mettre ses pouvoirs au service de la veuve et l'orphelin ?

Le colonel ne répond pas, mais son regard est sans équivoque.

– C'est bien ce que je pensais. Il a le cerveau encore plus déglingué que celui d'une fée. Il a fait que marcher, marcher, marcher en fumant des clopes, en tuant des Chimères, et en faisant apparaître des trucs à la con. Vous n'en tirerez rien. Et vous avez de la chance que les fées veuillent s'en occuper discrètement. Si elles y arrivent pas, elles auront pas d'autre choix que de mettre le paquet. Zerka, pas vrai que démolir Albi reste une option ?

– Si les choses nous échappent, nous raserons cette ville, effectivement. Et nous nous arrangerons pour que les Blousons appartiennent au passé.

Je suis ravie qu'elle collabore à mon approche pacifique, même si je sais que ça ne suffira pas.

– Tu comptes me tuer, après, de toute façon, dit-il.

– Pas nécessairement. Je suis pas supposée le faire. Elles veulent pas… Tiens, c'est vrai ça, d'ailleurs, Zerka.

Je me tourne vers elle.

– Qu'est-ce que vous comptez faire de lui ?

– Le garder enfermé. Avec ce qu'il sait, on ne le laissera pas sortir. Il est dangereux.

– Voilà, dis-je au colonel. T'as ta réponse.

– Oui. Mieux vaut mourir, en fait.

C'est sans doute mal à propos, mais je ne peux pas m'empêcher de sourire.

– C'est sûr, c'est pas jouasse comme destin. Enfin, reste à voir ce que ça donne, la captivité, chez les fées. On peut toujours être surpris.

– Passe à l'essentiel, me dit Zerka. Parler ne mène nulle part.

– D'accord.

Je sors un carreau de mon carquois. J'en montre la pointe au colonel.

– J'avais pensé commencer avec un arrachage d'ongles. Je fais avec les moyens du bord – la pointe de ce carreau d'arbalète. C'est ceux que vous utilisez, ils sont taillés assez finement. Parfait pour ce genre de trucs…

– Est-ce que tu as vraiment l'habitude de faire ça ? me demande-t-il.

Je ne sais pas s'il s'agit de simple curiosité ou s'il remet en cause mes compétences de tortionnaire. Je lui clarifie les choses :

– Je suis Sarah Zenati, la fille d'Isaac Zenati, le Roi-Dragon. Je suis… j'ai longtemps été une Écorcheuse, et oui, je m'y connais un peu. Il y a plus technique que moi, sûrement, mais j'ai l'estomac solide.

– Ah. Je n'ai donc pas affaire à n'importe qui, répond-il d'un ton semi-ironique.

Il pousse une longue expiration fatiguée :

– Écoute. On sait comment ça va finir. Je céderai à un moment ou à un autre. Je choisirai la solution qui nous arrange tous. Tu n'auras pas besoin de m'arracher les ongles.

Je reste avec mon carreau en main, saisie de surprise. Pourtant, je m'étais préparée à forcer un peu. Est-il vraiment possible – miracle absolu – que je sois tombée sur quelqu'un enclin à me *faciliter la vie* ? J'en reviens à peine. Comme quoi, Zerka avait tort en me disant qu'il était complètement immunisé à la persuasion.

– J'ai seulement une condition.

Ah. Révisons nos espérances, un peu de circonspection s'impose. J'attends de voir ce qu'il compte me demander.

– Une fois que je t'aurai dit ce que j'ai à te dire, je voudrais que tu me tues. Je ne supporterais pas de rester prisonnier des fées. Je veux une mort rapide tant que j'en ai l'occasion.

Des gens, par le passé, m'ont déjà suppliée de les épargner. L'inverse est beaucoup moins courant. Dans un contexte différent, j'aurais immédiatement accepté, bien sûr. De plus, j'ai déjà commis deux meurtres aujourd'hui, je ne suis plus à ça près. Seulement, la consigne de Zerka, je ne l'ai pas oubliée : ne pas le tuer.

Je me tourne vers elle :

– Qu'est-ce que je fais ?

Elle est adossée à un arbre. Elle mange un drôle de fruit à la chair violette – je ne sais pas d'où elle l'a sorti. Elle finit de mâcher, s'essuie le menton.

– S'il le demande, alors… c'est entre lui et toi. Fais ce que tu veux.

L'important, pour elle, c'est de ne pas être responsable. Elle me dégoûte toujours autant. Même en sachant pour cette histoire de Portes.

– Je te tuerai, dis-je au colonel, je te le promets. Tu peux y aller. Je t'écoute.

Et il répond à nos questions. Durant tout le temps qu'il parle, Zerka s'approche. Elle enregistre chacune de ses paroles.

Il me parle d'un vieil entrepôt, pas si éloigné que ça d'Albi, une vingtaine de kilomètres, là où autrefois se trouvait Gaillac. C'est une ancienne structure utilisée pour garder des dragons, puis laissée à l'abandon. Il a décidé de cacher le sorcier là-bas, accompagné d'une garde de treize Blousons, qui ont pour consigne de le surveiller en permanence.

– Treize ? je demande. Pas plus ?

– C'est largement suffisant pour le protéger des assassins.

Il me lance un regard aiguisé.

– Mais sa principale protection était surtout le secret de son emplacement.

Treize Blousons. Ça aurait pu être pire, même si ça reste un problème.

– J'ai confié cette mission au major Diaby. Un homme fiable. Mais je me demande ce que vous comptez faire d'eux. Il est impossible que tu les tues tous, à toi toute seule. Et les fées… les fées tiennent à ce qu'on ne suspecte pas leur implication, je me trompe ?

Il regarde Zerka et lui demande :

– Ces treize hommes, qu'est-ce que vous allez leur faire ? Les capturer ? Treize Blousons écarlates qui disparaissent comme ça, ça ne paraîtra pas très *crédible*, comme vous dites.

Il conclut par un petit sourire sarcastique. Il a raison mais il y a toujours une solution possible. J'en parlerai avec Zerka plus tard.

La fée est occupée à consulter quelque chose sur son écran :

– Le choix de notre mode opératoire ne te concerne aucunement, dit-elle au colonel. Je suis en train de vérifier si tu ne nous as pas menti… et…

Elle s'arrête de parler. Fronce les yeux.

– C'est bon, me dit-elle. J'ai trouvé le lieu dont il parle. Au nord-est du site de Gaillac, rive nord du Tarn. En revanche, je ne peux pas avoir un aperçu de la situation en temps réel. Il faut que j'aille vérifier sur place.

Elle n'est décidément pas omnisciente. Sans moi et ma marque, elle ne peut pas voir grand-chose. Ça concorde avec ce que Kala m'a expliqué.

Elle soupire :

– Je te laisse avec lui quelque temps. Je reviens après. Le temps de savoir s'il nous a menti ou non. Reste avec lui.

Et elle s'en va.

– Je ne vous ai pas menti, dit Chauveron. Je veux juste en finir.

– On n'est jamais trop prudent, dis-je.

Il ne s'est même pas écoulé une minute que Zerka est de retour.

– C'est bon, dit-elle. J'ai ressenti son aura. Il est là-bas.

– Combien de Blousons ?

– Je ne suis pas entrée, j'ai préféré me tenir à distance, mais j'ai sondé les lieux. En plus de la cible, malgré les perturbations, j'ai détecté un peu plus d'une dizaine de présences. À l'extérieur de l'entrepôt et à l'intérieur. Ça concorde avec ce qu'il nous a dit.

– Bon, alors, ça vous convient ? je lui demande. Vous attendez rien de plus de sa part ?

– Non, rien de plus.

– Bien, dis-je.

J'empoigne ma machette. Je dirige la lame vers le colonel.

– Je vais frapper directement le cœur, ça devrait…

Et c'est alors que la lumière verte m'éblouit. La tige de la plante qui ligotait le colonel s'effondre sur elle-même : elle n'a plus rien à retenir. Chauveron est parti.

Je crispe mes doigts sur le manche de mon arme.

– Qu'est-ce que vous venez de faire, exactement ?

– Je l'ai envoyé en cellule, me répond Zerka. Voilà ce que j'ai fait. Je n'allais pas vraiment te laisser le tuer. Qu'est-ce que tu as cru ? J'ai seulement fait semblant d'accepter pour que ce soit plus facile, et ça a fonctionné.

– Je lui avais promis.

– Et alors ? Tu as de drôles de principes, Sarah Zenati.

Peut-être. Peut-être que mes principes sont bizarres. Je n'adhère à aucun credo spécifique, et l'honneur, somme toute, n'est qu'un concept superflu. Mais je m'efforce néanmoins de toujours tenir mes engagements. Quels qu'ils soient.

– Vous n'aviez pas le droit de lui refuser ça, dis-je.

– Bien sûr que si. Il n'était pas en position de discuter. Et pourquoi tu te soucies de ce qu'il voulait ? Tu as vu ce qu'il a fait à ton amie dragonne ? N'essaie pas de te donner des airs charitables. Je te l'ai déjà dit : tout ça, ça ne te convient pas.

Je laisse retomber ma machette. Tout cela devrait me laisser indifférente mais ça reste planté en moi comme un pieu dans le dos.

– J'avais cru, au début, que vous étiez meilleure que les autres fées, Zerka. Parce qu'on pouvait discuter avec vous, au moins. Mais en fait, vous êtes la pire de toutes. Ce que vous venez de faire, c'était juste cruel.

– Tu sais ce qui est cruel ? C'est mon travail. C'est que je sois obligée de te superviser, toi, de réparer tes erreurs, et d'être en contact avec toute la mort qui t'environne. Je n'ai rien demandé. Toi, ce sorcier, tes amies, les Blousons écarlates, vous tous, vous me faites vivre un cauchemar. Mais il faut bien que quelqu'un s'en charge, et ce quelqu'un, malheureusement, c'est moi. Tu ne peux pas imaginer tout ce que je suis en train de sacrifier.

Puis, soudain, son œil scintille d'un éclat métallique :

– Enfin si, tu as des éléments de réponse. Kala a trop parlé, comme d'habitude, non ? Tu aimes fouiner là où tu ne devrais pas. Tu commences à avoir une idée de ce que je risque.

– Les Portes, les *drauths*… Si j'ai bien compris, passer les Portes, c'est…

– Si je passe les Portes, je deviendrai une *drauth*. C'est aussi simple que ça. Le meilleur moyen de passer les Portes, c'est de tuer, c'est de supprimer une conscience intelligente. La voilà, la raison première pour laquelle les fées doivent s'en abstenir. Vous, vous n'avez pas les moyens de nous tuer, mais les *drauths*, si. Il n'existe pas une chose qu'elles ne savent pas tuer. C'est leur raison d'être. La simple proximité des Portes me souille à jamais. Ma simple participation à cette affaire d'assassinat, dans laquelle tu me pousses à m'investir. Tu ne sais pas comment les autres me regardent. Hormis Kala, elles ne me parlent plus que pour les questions officielles. Ma compagne m'a quittée dès qu'elle a su ce que je faisais. Je vais perdre ma fonction, et puis quelqu'un me remplacera. On me mettra en isolement, dans un endroit reculé. Je ne sais même pas si j'arriverai à me purifier un jour… Je…

Sa bouche prend un pli mauvais.

– Peux-tu me dire ce qui te fait rire ?

Un sourire incontrôlé, je le jure. À peine visible. Les coins de mes lèvres se sont seulement rehaussés d'un millimètre. Mais ça ne lui a pas échappé.

– Excusez-moi, c'est pas vous, mais c'est quand même démesuré, pour quelque chose d'aussi… banal qu'un meurtre. Je me demande comment ça fonctionne. Vous pouvez détruire la Terre, et ça passe crème, mais vous commanditez la mort d'un mec et là c'est le gros sketch avec les Portes et tout et tout ? Ça n'a aucune logique.

Loin de se trouver déstabilisée par le paradoxe que je viens d'énoncer, elle me répond le visage fermé, déjà lassé – comme si ce que je venais de dire était d'une insondable stupidité.

– Nous n'avons pas détruit la Terre. Nous l'avons *transformée*. Nous ne serions pas intervenues si nous n'avions pas la certitude que tout allait bientôt s'effondrer. Vous croyez avoir perdu quelque chose, mais il n'y a rien à regretter. Tout ça aurait quand même disparu. Il ne vous restait même pas un siècle. Avec nous, l'air est pur, la terre reste fertile. Vous n'avez pas de raison de vous plaindre.

– Euh… je ne sais pas. J'ai pas le pourcentage exact de la population humaine qui a disparu suite à votre invasion, mais entre les prédateurs mortels, les maladies qui reviennent…

– C'est la nature. Ce n'est pas notre fait. Que nous l'ayons changée ou non, la nature a toujours été comme ça. Et je continue à te le dire, sans nous, ça aurait été pire. Fin du débat.

Quelle mauvaise foi. Enfin, c'est fini. Discuter de ça n'aurait abouti à rien, de toute manière.

Elle change de sujet :

– Tu sais ce qui te reste à faire. Il y a ces treize Blousons qui le gardent, ce ne sera pas facile. On va devoir trouver un plan d'action.

– J'ai déjà une idée, dis-je.

Elle prend un air presque surpris.

– Bien. Je suis ouverte à toutes les suggestions, je t'écoute.

– Le Vieux-Moulin.

On dirait qu'elle ne comprend pas tout de suite – je crois qu'elle met du temps à identifier le nom. Enfin son visage s'éclaire :

– Ah ! Eux…

– Ils détestent ce sorcier et c'est justifié. La dernière fois, ils ont pas pu le tuer et comme moi, là, ils doivent mariner dans leur haine. On a des objectifs communs.

Zerka affiche une moue songeuse. Son regard s'aventure ailleurs, le temps de quelques secondes.

– Oui. Tu peux essayer de les convaincre. Va les voir.

– Vous m'y amenez ? Ce sera plus rapide…

– D'accord, j'espère pour toi que tu y arriveras.

– Ils ne demandent que ça, j'en suis sûre.

Elle cherche sur son miroir la localisation du Vieux-Moulin, ainsi qu'un endroit où elle pourra me déposer sans que l'on soit vues.

Et puis c'est à mon tour de prendre l'éclair-express. Encore une fois.

J'arrive dans une clairière parsemée de fleurs violettes. Téléportée en même temps que moi, Zerka tend un doigt, m'indiquant la direction :

– Tu vas tout droit, et tu y devrais y arriver. On se revoit plus tard.

Et elle me laisse. Ses directives ont l'avantage d'être sobres et claires. Je me mets en route.

27. le Vieux-Moulin

Au Vieux-Moulin, surprise, il y a effectivement un vieux moulin. Un grand édifice cylindrique, tout en pierre, couvert de mousse, dont les bras ne sont plus que des arêtes déchiquetées. Il se situe au centre du village, à la manière d'une église. Les maisons consistent – comme dans beaucoup d'autres endroits – en un mélange de ruines plus ou moins retapées et de domiciles construits *ex nihilo*. Au milieu de tout ça, disposés sans régularité entre les habitations, des potagers et des enclos à bestiaux.

Il n'y a pas un Blouson en vue. Déjà du positif : après l'incident du centre commercial, ils n'ont pas décidé d'annexer Le Vieux-Moulin. Cependant, j'aperçois déjà des yeux qui se tournent vers moi, et qui me reconnaissent. Ici, à mon passage, une bêche interrompt son travail. Là, une bouche vient marmonner quelque chose à l'oreille de son voisin.

C'est finalement un visage familier qui décide de m'aborder. Baltasar. Je n'ai pas oublié son nom. Lui, en revanche, semble souffrir de quelques trous de mémoire :

– Eh… euh… vous ! Qu'est-ce que vous êtes venue faire ici !

– Ah ! Baltasar ! Comment va votre jambe ?

On pourrait trouver inapproprié de poser cette question sur un ton aussi enjoué, étant donné que je suis responsable de sa blessure et que, en accourant vers moi, Baltasar a toujours l'air de boitiller un peu. Heureusement, il ne s'en formalise pas.

– Ça va… C'est en voie de guérison.

– Tant mieux. Désolée, hein.

– Qu'est-ce que vous venez faire ici ? Je m'attendais pas à vous revoir. Les Blousons, ils ne vous ont pas eue, finalement ?

– Non. J'ai eu de la chance.

– Et la licorne et la dragonnette, elles sont pas avec vous ?

– Non plus.

C'est drôle, pourtant : en pénétrant dans ce village que je n'avais jamais visité, je sentais presque leur présence à mes côtés, comme deux membres fantômes. J'étais à la limite d'entendre traîner derrière moi les roues de notre bibliothèque. Une question d'habitude.

Je me sens obligée de donner une explication :

– On s'est brouillées. Elles me font la gueule. Et puis c'est devenu trop craignos pour elles.

– Quoi donc ?

– Mon projet d'assassinat.

– Ça peut se comprendre.

– J'aimerais parler à votre maire et à son adjointe. Où est-ce que je peux les trouver ?

Il m'indique une maison, pas loin du moulin.

Je retrouve Fanny, la Chimère mi-femme mi-biche. Elle était occupée, dans l'âtre d'une cheminée, à faire cuire une soupe de légumes. Une odeur de chou emplit la pièce. On peut manger pire.

À mon arrivée, ses grands yeux bruns se sont braqués sur moi, sa spatule bloquée en l'air, une expression de stupeur sur le visage.

– Salut, c'est moi, dis-je.

– Toi, je ne m'attendais pas à te revoir.

– Je peux entrer ? J'aimerais te parler, à toi et à ta sœur.

– Louise est partie chasser. Mais installe-toi.

Elle me désigne une chaise d'un mouvement de spatule, je m'assieds.

– Je me serais attendue à ce que les Blousons aient décidé de vous coloniser, mais on dirait qu'ils vous ont laissés tranquilles.

– Non. Ils ont seulement pris le contrôle du centre commercial qui est apparu. Ils vont le vider, prendre tout ce qu'il contient, et ils vont tout ramener à Albi. Nous, on aura rien.

– C'est dégueulasse.

– Oui. Est-ce que tu veux de la soupe ou pas ?

Je ne vais pas refuser. Un bol rempli d'un liquide vert et aqueux atterrit bientôt devant moi. Je m'empare de ma cuillère, tandis qu'elle me demande comment j'ai réussi à échapper aux Blousons. Sur cet épisode spécifique, je n'ai pas grand-chose à cacher – je ne fais que quelques modifications mineures. Elle esquisse un sourire lorsque je lui raconte comment Jeanne est tombée de son arbre.

– Ils sont trop cons, dit-elle.

– C'est dingue. Elle me tenait, pourtant.

– Tu as de la ressource.

Et dire que ces événements n'ont eu lieu qu'hier soir. J'ai peine à y croire. Ces derniers jours, le temps se plaît à durer plus que de raison.

Fanny porte son bol à ses lèvres. J'anticipe les questions qui risquent de suivre :

– Je me suis séparée de Léa et Maylis, la dragonne et la licorne qui m'accompagnaient. C'est devenu compliqué. Je les reverrai une fois que j'aurai réglé mes comptes avec ce sorcier.

– Parce que t'es toujours là-dessus ?

Cette fois-ci, elle n'a pas l'air vraiment surprise. Sans doute sait-elle déjà pourquoi je suis venue ici.

– Évidemment que je suis toujours là-dessus. Je fais les choses jusqu'au bout.

– C'est mort. Les Blousons ont capturé ce mec. Ce qu'ils vont en faire, c'est leur problème.

Elle reste raisonnable et pragmatique. Ça ne m'arrange pas. Pour tout dire, j'avais davantage compté tomber sur sa sœur jumelle : Louise m'est apparue nerveuse et colérique, suffisamment, sans doute, pour être davantage réceptive à ce que j'ai à proposer.

– Est-ce que, par hasard, tu serais venue nous demander de t'aider ? demande Fanny.

– J'avais cette idée, c'est vrai. J'ai trouvé l'endroit où ils gardent le mec. Ça a été galère, mais j'ai réussi.

– En si peu de temps ?

– Je suis quelqu'un d'efficace. Écoute, ils le gardent dans un entrepôt. On aurait pu penser qu'ils l'auraient emmené à Albi, mais ils ont préféré le mettre ailleurs à cause de ses pouvoirs. Franchement, il n'y a pas des masses et des masses de Blousons. Treize seulement, on m'a dit. C'est faisable sans dommage, si on s'organise. Vous pourrez non seulement mettre une carotte aux Blousons, mais vous venger comme il se doit. Il a tué combien de mecs, au total ?

– Cinq, dont deux pendant l'attaque. On a enterré Marc et Titus ce matin.

Il y a vraiment des mecs qui s'appellent Titus ? je songe, tout en hochant la tête d'un air solennel afin de ne pas paraître complètement insensible.

– Ça fait beaucoup, dis-je.

– Justement. Ça fait beaucoup. C'est une raison de plus pour ne pas en rajouter.

– J'aurais plutôt tendance à dire que ça vous fait des raisons de plus pour…

– Non, répond-elle sèchement. Je veux bien t'écouter, je veux bien t'accueillir ici, mais ça s'arrête là. Je vois ce que tu essaies de faire. Tu essaies de me manipuler, de *nous* manipuler. Je sais pas quelles sont tes raisons, mais elles ne sont pas claires, pas claires du tout.

– J'essaie simplement de punir un meurtrier.

Elle laisse échapper un petit rire acerbe. Je peux la comprendre : je n'ai pas dû être très crédible.

– Oui, bien sûr… bien sûr… Mais ça n'explique pas pourquoi les Blousons ont parlé de fées.

Je ne tressaille pas.

– Les Blousons m'ont accusée d'avoir été engagée par les fées pour tuer cet homme, dis-je. Pourquoi elles feraient ça ? C'est débile au plus haut point.

Encore une fois, elle n'a pas l'air convaincue. Fanny se penche, pose ses mains sur la table, et dit :

– On va faire comme ça. Tu peux finir ta soupe, tu peux même rester ici pour la nuit. Mais concernant tes idées de nous recruter, là, tu ferais mieux de les…

La porte s'ouvre, et Fanny s'interrompt aussitôt.

Louise vient d'arriver. Elle porte un arc dans le dos, et tient un blaireau mort par la queue. Elle dégage une odeur de sueur et de sous-bois.

– Eh ben. C'est vrai, t'es vraiment de retour, dit-elle en me regardant.

Le visage béat qu'elle arbore me laisse penser qu'elle accueille ma visite avec beaucoup moins de réserves que sa sœur. Fanny, elle, semble encore se durcir.

Elle s'avance vers moi, je me lève. Je m'attends à une poignée de main cordiale, mais ce sont ses bras qui viennent se draper autour de moi. Elle me serre contre elle, puis me relâche :

– T'es mon héroïne, meuf. T'en as mis trois hors service : trois ! On les a vus les ramener un par un. T'es trop forte. Et puis comment tu t'es échappée, et tout…

– Oui, en effet, c'était un grand moment, commente Fanny d'une voix qui ne suinte pas l'enthousiasme. J'ai fait de la soupe, Louise.

– Ouais. Je vois ça. T'aurais pu attendre que je revienne. J'ai chopé ce blaireau. Vaudrait mieux le faire tout de suite parce qu'après il sera plus bon.

Je me souviens de la méfiance de Louise, quand elle m'a vue la première fois, devant le centre commercial. Apparemment, ça a changé. Latter quelques Blousons a suffi à acheter son respect. Je retourne à mon bol, tandis qu'elle étend le blaireau mort – gueule ouverte et langue pendante – sur la table.

– C'est pas ma meilleure chasse, dit-elle, mais bon. On fait avec ce qu'on trouve.

Elle s'assied à côté de moi et me demande directement :

– Et toi, qu'est-ce que tu viens faire ici ? Les Blousons te cherchent toujours ?

– Sarah est venue se reposer ici. Elle est juste de passage, elle reprendra bientôt la route.

Ce disant, Fanny me coule un regard menaçant.

On peut aisément deviner ce qui lui fait peur. Et elle a raison. Maintenant que Louise est là, tout sera beaucoup plus facile.

Fanny m'en voudra certainement à mort, mais je ne compte pas renoncer.

– Je sais où les Blousons gardent le sorcier…

– Quoi ? réagit Louise. Comment est-ce que t'as appris ça ?

– J'ai interrogé le bon mec.

S'il était possible d'égorger quelqu'un avec les yeux, Fanny m'aurait déjà vidée de mon sang.

– Je lui ai déjà répondu, dit-elle. On ne l'aidera pas.

– Je vous demande seulement d'écouter ce que j'ai à vous dire. Ta sœur était pas là quand j'en ai parlé. C'est bien qu'elle sache, non ?

– Je veux savoir. Dis-moi tout.

Rien qu'à l'entendre, au tranchant de sa voix, on sent revenir la haine. Il n'aura pas fallu longtemps.

Je dis tout ce que j'ai à dire. J'avance mes arguments : à plusieurs, c'est abordable, et si on la joue finement, il n'y aura pas de morts… Louise m'écoute avec gravité. La pointe de sa chaussure tape compulsivement contre le pied de la table. Fanny se tient raide, campée sur ses sabots, la main cramponnée à son bol de soupe. Elle le serre si fort que ses jointures blanchissent.

– Et voilà, dis-je. J'étais venue ici pour voir si vous pouviez m'aider, mais Fanny m'a fait comprendre qu'elle était pas emballée. Mais toi, qui es l'adjointe, t'as peut-être ton mot à dire. Là, on a une opportunité, et ce serait dommage de laisser ce mec s'en tirer comme ça.

Alors Louise se tourne vers Fanny :

– Il faut qu'on fasse quelque chose, dit-elle.

Et ça y est. Elle a été encore plus sensible à mes arguments que prévu.

Mais Fanny répond sèchement :

– Non. Je le lui ai déjà dit, c'est absolument, catégoriquement hors de question. Pense aux conséquences. Les Blousons nous ont déjà dans le nez. Les attaquer serait complètement inconscient. Il y aura des représailles. Le village va en souffrir. Et puis, il y aura encore des morts. Et pour quoi ? Qu'est-ce que ça nous rapportera ?

– La vengeance. Y a pas de raison qu'on se fasse baiser par tout le monde sans rien faire. Ce fils de pute a tué Jean, il a tué Marc, il a tué Karim… Il a tué Karim, putain ! On ne peut pas laisser passer ça. C'est une question d'honneur. On sait où ils le gardent, ce mec est en train de se la couler douce, je suis sûre que les Blousons sont aux petits soins avec lui, et ça me rend malade. On a une chance, et il faut pas la laisser passer. On doit ça à nos morts.

– Mais il y aura d'autres morts ! crie Fanny, montant encore le ton.

– Pas si on gère bien, je précise.

– Toi, ta gueule !

Fanny me crache littéralement ces mots au visage. Sa colère n'est plus contenue.

– De toute façon, toi, t'en as rien à foutre. Toi, tu penses juste à ta pomme.

Elle se tourne à nouveau vers sa sœur :

– Louise, tu sais qu'elle roule pour les fées, non ? Comment tu peux faire confiance à quelqu'un comme ça ?

Je ne sais pas si elle y croit vraiment, ou s'il s'agit juste d'un argument qu'elle trouve à m'opposer, une manière opportune de me discréditer.

– Je le répète : ce n'est pas vrai. Je ne vois même pas comment on peut croire quelque chose comme ça.

– Moi, je m'en fous, même si c'est vrai, dit Louise. C'est pas important. Tant qu'on tue ce mec, tout me va. Je peux juste pas rester ici le cul par terre si je sais où il est. Et tant pis si on tue quelques Blousons… Ils l'auront mérité.

– Si vous voulez éviter les représailles, il suffira de ne pas laisser de témoins. Sans témoins, tout ira bien. C'est le moyen le plus simple.

Je me surprends à parler de massacre consciencieux. On croirait entendre mon père. Pensant à lui, j'ajoute :

– On aura qu'à peindre l'emblème des Écorcheurs sur les lieux, vous savez, le lys sanglant, et on leur fera porter le chapeau. Si les Blousons comptent se servir de ce mec comme d'un atout, alors les Écorcheurs auraient toutes les raisons du monde de vouloir le tuer. Comme ça, on évite que les soupçons pèsent sur vous. Pour ce qui est des risques concrets, il n'y a que treize

Blousons qui assurent la garde du mec, et c'est tout. Honnêtement…

– C'est décidé, dit Louise. Je viens avec toi. Il faut rassembler du monde dès maintenant. Allez, je sais déjà qui voudra nous rejoindre.

Elle me prend par le bras, m'amène à la porte d'entrée. Alors que je quitte la maison, Fanny me fixe d'un air à la fois triste et sentencieux. « *T'es fière de toi ?* » semble-t-elle dire.

Inutile de culpabiliser, nous sommes entre adultes. Je n'ai forcé personne. Tous ceux qui viendront seront libres de leur choix. Je ne suis responsable de rien.

28. fazgur

– Et voilà mes appartements ! annonce Kala d'une voix chantante.

Comme partout ailleurs dans la tour, il s'agit d'une pièce verte, vide et neutre – arrondie, sans angles. Une bulle.

– C'est… spacieux, dit Maylis. Spacieux et épuré.

C'est tellement impersonnel, pense Léa. *Elle vit vraiment là-dedans ?*

– Oh, je les ai pas encore aménagés, dit la fée. J'ai quand même quelques meubles, il faut juste que je les fasse pousser. Attendez…

Émergent alors du sol, lentement, comme des morts-vivants sortant d'un marécage, deux gigantesques masses gélatineuses, vertes et translucides. Léa, l'espace d'une seconde, s'imagine les voir ramper vers elle pour l'engloutir. Heureusement, ces gros tas de gelée se contentent de rester en place.

– Voici vos *sfefs*, dit Kala. Ce sont vos lits, vos fauteuils, vos baignoires, ça dépend de ce que vous en faites. Vous pouvez vous installer.

Un troisième *sfef* apparaît derrière Kala. La fée s'y laisse tomber, les bras écartés. Elle fait un geste de la main : Maylis et Léa se retrouvent à flotter en l'air – sans avoir le temps de dire quoi que ce soit –, et atterrissent chacune sur leur blob respectif.

Léa plisse les yeux, anticipant un contact froid et gluant. Étonnamment, ce n'est pas le cas. Il s'agit d'une matière tiède et douce, nullement visqueuse, tout juste moite.

– C… c'est… c'est bizarre, dit-elle.

– C'est pas bizarre, c'est un *sfef*, dit Kala. C'est tout. C'est pour se détendre. Vous vous sentez détendues ?

– Oh… ouais… je crois que… nan, c'est cool en fait, dit Maylis, avant de s'étendre de tout son long sur le *sfef*, qui s'aplatit en conséquence. On dirait… on dirait un matelas à eau, sans le côté chiant.

Elle prend une inspiration stupéfaite.

– Mon Dieu, j'y suis même pas depuis deux secondes, et je sais que je pourrais y rester toute ma vie. Il manque plus qu'une chicha et de la musique des années 70, et tout serait parfait.

Se débarrassant de son scepticisme initial, Léa s'étend sur le ventre. Elle se délasse les ailes. Lui prend déjà une irrépressible envie de bâiller.

Lors de leur arrivée, Maylis et Léa avaient d'abord été parquées dans une cellule, comme lors de leur premier enlèvement. Cependant, Kala a obtenu de la châtelaine l'autorisation de les faire sortir, pour les garder dans ses propres quartiers. Selon elle, ce sont des invitées et non de vulgaires prisonnières. Léa s'est aperçue que, d'une façon ou d'une autre, la fée l'a prise en affection. La raison précise lui échappe toujours. Ça doit remonter à leur buvette à deux, au village des Pins-Bleus.

– Je suis contente d'avoir du monde. Ça sera moins silencieux, avec vous deux. On pourra parler. On pourra regarder des films, jouer ensemble… Je ferai tout ce que je peux pour pas que vous vous ennuyiez. Vous serez bien traitées, je sais comment m'occuper de vous. Vous aurez de quoi manger, vous aurez de quoi boire, j'ai mis une trappe dimensionnelle que vous pouvez utiliser comme toilettes, dit Kala en indiquant un carré sombre dans le fond de la pièce. Tout ira bien.

Elle sourit de toutes ses dents pointues, avec une joie enfantine.

– Vous n'allez rien nous faire, donc ? demande Maylis. Pas de sortilèges, ni rien ?

– Non ! Vous avez déjà été transformées, ça ne servirait plus à rien. J'aime bien les dragons, j'aime bien les licornes… Y a aucune raison de changer. Et puis même Zerka, elle parle beaucoup, elle parle, elle parle, elle parle, et parfois quand elle parle elle dit des trucs très méchants, mais elle va rien vous faire. On vous enverra pas de mauvais sort.

La parole d'une fée. Il faudra faire avec.

Maylis – qui, passée sa rancœur envers Sarah, reste en proie à des préoccupations d'ordre pratique – pose des questions à propos de la nourriture, de ce que Kala compte leur apporter. Kala lui répond. Léa ne prête pas attention à ce qu'elles se disent. Leur conversation devient un bruit de fond.

– Dis, qu'est-ce qui va pas ? dit soudain la fée.

Léa ne réalise pas tout de suite que la question s'adresse à elle.

– Hein ? fait-elle.

– Euh, comme vous le savez, explique Maylis, on a passé un mauvais moment, avec l'autre Blouson. Surtout Léa.

– Pour son aile ? Mais je l'ai guérie, pourtant. Tout devrait aller mieux, non ?

– Elle est aussi triste à cause de ce que Zerka a... révélé, explique Maylis. C'était assez dur pour elle d'apprendre tout ça sur Sarah.

– Ah, ça... Je t'avais prévenue, pourtant, non ? Il me semble...

– Je sais, répond Léa. Vous m'aviez dit que Sarah puait la mort et le mensonge. Vous m'avez aussi dit que rien de bon ne m'attendait avec elle. C'était vrai. J'aurais dû vous écouter.

– Ah oui. J'ai dit ça. Ça fait plaisir de l'entendre. Ça montre que je suis capable d'avoir raison, parfois.

– C'est pas... C'est pas exactement ce qu'il aurait fallu lui dire, fait remarquer Maylis.

– Ah. Désolée si j'ai dit quelque chose qu'il fallait pas. C'est compliqué... C'est une situation compliquée.

La fée prend une inspiration.

– J'avais prévu de vous mettre un miroir pour que vous puissiez voir où est Sarah, ce qu'elle fait, pour que vous vous sentiez proche d'elle, mais si elle ne vous amène que des idées noires, je sais pas si ça en vaut la peine.

– Un miroir ? demande Maylis, perplexe. J'ai pas bien compris. Qu'est-ce que vous racontez, là ?

Kala claque des doigts. Un rectangle flottant se matérialise à côté d'elle, s'élargit peu à peu. Léa redresse la tête.

Et, effectivement, *elle* est ici, au centre de l'image. L'air lassée. Les traits tirés, des cernes sous les yeux, adossée à un mur. C'est à travers cet écran que Léa, pour la première fois, s'aperçoit à quel point cette aventure a éreinté Sarah.

Mais Léa essaie de se reprendre. Instinctivement, elle se soucie toujours d'elle. Elle devrait arrêter. Tout serait plus simple si elle parvenait à la haïr de tout son être. Les raisons ne manquent pas : c'est la fille du chef des Écorcheurs, une tueuse et une tortionnaire. Logiquement, cela devrait suffire. Chaque seconde passée à lui accorder pitié ou compassion résonne comme une insulte à sa mère et à tous ceux qui ont vu leur vie détruite par des gens comme Sarah.

– Attends, dit Maylis. Je la reconnais, la fille à côté d'elle. C'est…

Il y a en effet quelqu'un d'autre sur le miroir, ou sur l'écran, quel que soit le mot. Léa parvient à resituer le visage.

– C'est l'adjointe au maire du Vieux-Moulin. C'est l'une des deux jumelles.

– Oui, c'est ça. Sa sœur, c'est la centaure-biche, c'est ça…

La centaure-biche en question n'apparaît même pas à l'image. Il n'y a que sa sœur, pleinement humaine, qui explique des choses avec de grands gestes. Le son emplit soudain la pièce.

– On ne vaut rien, si on se laisse marcher dessus comme ça, on ne peut plus se regarder en face, *je* ne pourrai plus me regarder en face si on les laisse nous traiter comme des merdes, si on nous retire notre vengeance. Il est là, il nous attend, il doit payer. C'est tout.

– Mais de quoi est-ce qu'elle parle ? Et à qui elle parle ? demande Maylis.

La caméra, ou l'équivalent magique d'une caméra, s'éloigne un peu, donnant un plus large aperçu de la scène. Murs de pierre, sol de paille – l'intérieur d'une grange, on dirait. En plus de Sarah et de l'adjointe au maire, toute une petite foule est présente. Les habitants du Vieux-Moulin.

– Pourquoi elle est retournée là-bas ? demande Maylis. Qu'est-ce que... ?

– Les Blousons, il y en a combien ? demande un villageois encadré dans le miroir. Parce que je veux bien, si ça peut permettre de venger Marc et tout, mais il faut pas qu'on coure au suicide non plus...

Alors Sarah prend la parole :

– Selon mes sources, il n'y a que treize Blousons. D'accord, ce n'est pas négligeable, mais c'est toujours moins que ce à quoi on a eu droit la dernière fois. Avec l'effet de surprise, on a toutes nos chances. En revanche, il faut faire vite, parce que ça peut changer.

– Vous n'avez pas une idée de la configuration des lieux et d'une stratégie à adopter ?

– Euh... répond Sarah, l'air quelque peu embarrassée. Tout d'abord, il faut vous dire que je n'ai pas été en mesure de...

Kala fait un geste ; le son se coupe brusquement.

– Eh ! dit Maylis. Pourquoi vous avez fait ça ? Vous pouvez remettre ?

– Nan. Elle parle stratégie. J'aime pas quand ça parle stratégie. J'en ai déjà assez avec Zerka, ça me fait mal à la tête. Pas de ça chez moi. Elle va seulement voir ces gens pour aller s'occuper de l'homme-dr… euh, du sorcier. Y a rien de plus à comprendre, le reste, c'est du blabla, pire que du blabla. Il y a un mot, chez nous, *fazgur*, pour les choses comme ça, qui sont en même temps ennuyeuses et stressantes : *ça* (elle montre l'écran du pouce), c'est *fazgur*. Dans les films, quand il y a ce genre de passages, là, je coupe le son et je regarde l'image. Ici, par exemple, on a un joli effet de lumière, avec le soleil couchant qui passe à travers le toit et éclaire les gens. Vous trouvez pas ça beau, vous ?

Difficile, pour Léa, d'adopter un état d'esprit aussi distancié.

– Elle ne devrait pas faire ça, dit-elle. Elle les manipule. Ils vont peut-être mourir, à cause d'elle.

– J'aurais fait pareil, à sa place, assure Maylis. Elle n'a pas le choix. Elle va quand même pas se jeter dans la gueule du loup toute seule. Et puis on peut tout à fait voir ça comme une collaboration consentie. Ils ont juste un ennemi commun.

– Ça va leur retomber dessus, d'une façon ou d'une autre, et tu le sais, répond Léa avec un air grave.

– Ce qu'elle fait là, c'est dans ton intérêt aussi, je te signale.

– Si ça doit se terminer en bain de sang, j'en vaux pas la peine, et toi non plus.

Maylis soupire :

– Tu comprends rien à rien. Tu sais pas ce que tu dis.

Kala se lève alors, l'écran se ferme, disparaît totalement.

– Bon, je sens qu'il y a des tensions, donc je préfère arrêter. On va plutôt essayer de se vider l'esprit, d'accord ? On va mettre une bonne ambiance. Un peu de musique, d'abord.

Autre geste. S'extirpant alors lentement du silence, en fondu, la douce complainte d'un saxophone se met à résonner dans les appartements de Kala.

– Du jazz, dit Maylis. Tiens. Je me serais pas attendue à ça.

– Avant, c'était surtout Fanwë qui écoutait ce morceau. Si vous connaissez un bar avec des jazzmen, comme on voit dans les films, je suis preneuse.

– Je sais même pas s'il y a encore un groupe de jazz en activité sur toute la planète.

– Oh ! Si, il doit y en avoir un. Vous parlez souvent comme si c'était la fin du monde, mais il y a encore de tout, je vous rassure.

– Qui est Fanwë ? demande Léa.

Elle se rappelle avoir déjà entendu Kala prononcer ce nom, lors de l'incident de la station-service. Mais à peine a-t-elle posé sa question qu'une ombre passe sur le visage de la fée.

– Ah, dit Kala. Ça ne vous sert à rien de savoir ça. Vous ne la croiserez pas. Ne parlons pas d'elle. Faisons plutôt autre chose. J'ai un très bon film en réserve, que je n'ai pas encore vu ! C'est un dessin animé, *Bambi*. Vous l'avez vu ?

– Il y a très longtemps, dit Maylis.

– Non, pas vu, répond Léa.

Elle n'a que des souvenirs très vagues du temps où les appareils électriques peuplaient les foyers, où chaque salon avait son téléviseur. Il était courant, à l'époque, de regarder davantage de films qu'on lisait de livres.

– Eh bien on va le regarder, dit Kala. Les films, c'est mieux quand on est à plusieurs.

L'écran-miroir s'allume, et aussitôt le film commence.

Bambi, en soi, est loin d'être un long dessin animé. Cependant, la séance en elle-même finit par s'étendre au-delà de deux heures. Pour cause, Kala met régulièrement l'image sur pause, détaillant la composition de tel ou tel plan ; il lui arrive aussi d'effectuer des retours rapides en arrière, repassant certaines scènes jusqu'à trois fois, comme si elle craignait d'avoir manqué quelque chose. Et quand arrive la séquence où meurt la mère de Bambi, Kala relance le passage encore et encore, ne comprenant pas ce qui vient d'arriver et où est passé le corps.

– Si on voit pas le corps, c'est qu'elle est pas morte, c'est comme ça que ça marche. Donc où est-ce qu'elle est partie, la maman biche ?

Léa peine à retenir ses larmes. Maylis est à bout de patience. C'est le premier film qu'elle regarde depuis l'Invasion, et la pire séance à laquelle elle ait jamais assisté. Avec une fée, forcément, c'était un mauvais plan.

Une fois le film terminé, Maylis demande à repasser sur Sarah. L'image devient alors très sombre. Seules luisent quelques flammes de torches, quelques lanternes – points orange sur fond bleu-noir. Sarah est ici, au centre du cadre, perchée sur un cheval. Elle avance en compagnie d'une troupe, les villageois du Vieux-Moulin. À côté d'elle, Léa reconnaît l'adjointe au maire.

– On dirait qu'ils se sont mis en route, dit Kala. Vous voulez que je laisse le miroir focalisé sur elle ou bien ?

– Oui, c'est très bien comme ça, dit Maylis. Maintenant, on regarde et on attend.

29. le commandant

Tout le monde parle d'une évasion spectaculaire. Jeanne, elle, a une idée de la vérité.

Penser que les fées puissent être à l'origine de cette manœuvre lui aurait paru absurde avant. Mais elle a entendu ce qu'elle a entendu, elle a vu ce qu'elle a vu. La fée qui est venue lui rendre visite à l'hôpital serait tout à fait capable d'élaborer un plan pareil.

L'évasion de Sarah sonne pour elle comme une mise en scène, et pas très bonne, qui plus est. Un scénario trop hollywoodien pour être réaliste. Impossible que cette mercenaire, ou quoi qu'elle soit, ait mené – *en si peu de temps* – une opération de cette ampleur. Elle, ses deux amies et le colonel Chauveron se sont comme volatilisés dans les égouts, aucun indice n'a été retrouvé. Un lourd parfum féerique embaume cette affaire.

Quelque chose de gros, d'incommensurable, est tapi derrière tous ces secrets. Pourquoi les fées ont-elles engagé quelqu'un pour *tuer* cet homme ? Et pourquoi agir dans l'ombre ?

Mais elle ne peut en parler à personne. Si elle avait été la seule à être menacée, elle aurait ouvert la bouche depuis longtemps. Mais si toute une ville est menacée d'être détruite, alors se taire devient un impératif absolu.

En sortant de l'hôpital, elle avait d'abord voulu rendre visite aux deux acolytes de Sarah. Écouter ce qu'elles avaient à dire sur leur amie. Trouver un début de réponse à ses questions. Et puis… était arrivé ce qui était arrivé.

Jeanne est allée voir le commandant le soir même.

– Vous vous tenez plutôt bien sur vos jambes, pour quelqu'un qui vient de passer par un ressoudage, dit-il en la jaugeant du regard. Vous avez entendu ce qui vient de se passer, je suppose.

– J'y étais. Après ce que vous m'avez dit, j'ai voulu parler aux deux prisonnières, mais je suis arrivée trop tard.

– Ah. On dirait que vous jouez de malchance, caporal.

Il la fixe de ses yeux froids de chèvre, aux pupilles horizontales.

– Puisque vous vous tenez sur le pas de ma porte, je suppose qu'il y a quelque chose d'autre que vous souhaitez me dire ?

– Oui. C'est très important.

– Est-ce que ça a un rapport avec votre témoignage ?

Jeanne préfère éviter de répondre. Elle craint qu'un refus n'amène le commandant à lui fermer la porte au nez. Heureusement, constatant sa gêne, ce dernier recule, ouvre la porte et l'invite à entrer.

Dans l'appartement de fonction du commandant, assez spacieux et dont il a l'occupation exclusive, ça sent le bouc. Cette odeur est le lot des faunes. Rien d'irrespirable pour autant.

Elle décide de ne pas perdre de temps :

– Cette fille, Sarah, si c'est vraiment elle qui est à l'origine de l'enlèvement de Chauveron, alors elle doit sûrement savoir où est enfermé le sorcier. Si…

Le commandant lui indique un fauteuil. Elle s'assied et poursuit :

– Si elle l'a emmené, c'est forcément pour l'interroger. Il lui a sans doute tout dit. Et elle va sûrement agir. Je ne pense pas qu'elle ait abandonné son projet comme ça.

– Vous faites beaucoup de suppositions.

– Pourquoi elle l'aurait pris avec elle, si ce n'était pas pour lui poser des questions ? Il était en charge du sorcier. D'une façon ou d'une autre, elle doit maintenant connaître son emplacement. Et j'ai des raisons de croire qu'elle est bien renseignée…

Elle s'arrête. Il est possible qu'elle ait été trop loin. Mais aucune fée n'est encore apparue à côté d'elle. Elle décide d'interpréter cela comme un bon signe.

– Renseignée par qui ? demande le commandant.

Son supérieur prend la peine de le demander, mais, Jeanne le sait, il a une idée très précise de ce qu'il souhaite entendre. Il ne la prend pas pour une folle : il n'aurait pas accepté sa visite, si c'était le cas. Il l'a eue assez longtemps sous ses ordres pour savoir que le changement soudain de son témoignage est suspect. Et elle ne se gêne pas pour laisser transparaître son malaise : si les oreilles des fées sont penchées sur elle, et limitent son choix de mots, elle peut toujours compter sur la communication non verbale.

– Je ne peux pas vous le dire, répond-elle. Je suis désolée. C'est… C'est compliqué. Je ne reviendrai pas sur ce que j'ai dit au général.

– Je vois, répond le commandant.

– Mais je peux vous dire ceci : Sarah est dangereuse. Je suis sûre qu'elle essaiera de tuer cet homme malgré tout. Il faut… Je sais que vous pouvez parler avec des gradés, que vous avez une certaine influence… Alors, il faut que vous leur disiez de mettre en place les mesures nécessaires : au moins, avertir les soldats qui gardent les prisonniers.

– C'est un individu isolé. Vous semblez vraiment croire qu'elle serait capable de…

– Vous savez ce qu'elle a fait. Il ne faut pas la prendre à la légère.

Ce qui est le plus à craindre, en réalité, ce n'est pas cette mercenaire en tant que telle, mais les forces qui la soutiennent. *Je suis en train d'œuvrer contre les fées, mais en ne disant rien, je continue à jouer leur jeu. Je suis en train de me comporter comme un paradoxe vivant, mais au moins, je ne brise pas l'accord.*

– Ce sorcier, vous savez s'il a dit quelque chose ? demande-t-elle.

– D'après ce que j'ai entendu, même réveillé, il reste muet comme une tombe.

– Oh.

Elle ne peut pas dire pourquoi, mais ça ne l'étonne pas vraiment. *Peut-être vaudrait-il mieux, finalement, que cette fille arrive à le tuer.* Mais cela impliquerait tellement de questions sans réponse. Ce sorcier est capable d'*effacer* les Chimères. Se pourrait-il que les fées aussi soient… ?

C'est une idée invraisemblable, mais le vraisemblable a déjà foutu le camp depuis longtemps. Si au-delà de ses pouvoirs de création, cet homme peut faire disparaître les fées, alors il s'agit à coup sûr du plus grand talent magique jamais découvert. Qu'il soit un meurtrier, un fou, ou les deux, n'y change rien.

Un homme comme celui-ci vaudrait-il la peine d'endurer la colère des fées ? Peut-être bien. Si les Blousons ont trouvé là la seule chose susceptible de les effrayer, alors elle doit prendre le risque, dans l'intérêt de l'humanité tout entière.

– Vous vous êtes encore montrée laconique. Je n'aime pas ça, dit le commandant.

– Je sais. Désolée. Je n'ai pas le choix.

– J'aimerais vraiment savoir ce qui vous en empêche. Mais je présume que c'est important.

Jeanne se retient d'acquiescer. Elle enchaîne :

– Cette fille. Elle sait des choses. Elle traque le sorcier depuis longtemps. Elle pourra nous renseigner sur lui, sur ce qu'il est. Aussi… je voudrais rejoindre les gardes du prisonnier. Je suis consciente de vous demander une faveur, et de ne pas forcément la mériter, surtout compte tenu de… la comédie que j'ai faite, dernièrement. Mais… Mais c'est vraiment important, parce que…

– En effet, vous m'en demandez beaucoup.

Une réponse prévisible.

– Vous nous plongez tous dans la confusion, et ensuite vous demandez des privilèges. De plus, votre requête pourrait être interprétée comme une volonté de régler des comptes personnels. Enfin, pour ne rien arranger, vous faites de la rétention d'informations. Ce qui ne me plaît pas, je vous le dis encore une fois.

Bon. C'est mort. Tant pis. Au moins aura-t-elle essayé.

– Je pourrais, néanmoins, si je le voulais, vous affecter là-bas. Voyez-vous, je suis bien informé, et je sais où est gardé le sorcier.

– Ah… C'est vrai ?

– Oui.

En fin de compte, ce n'est pas si *mort*.

– J'aimerais vraiment savoir ce que vous cachez. Est-ce que ça a un rapport avec les fées ?

Jeanne ne répond pas. Regarde ailleurs. Le silence peut-il être considéré comme un aveu ?

Le commandant pousse un soupir.

– Vous êtes un élément en qui je peux ordinairement faire confiance. Je sais que la cause vous importe, je sais quelle importance vous accordez à l'ordre. J'ose penser que si vous agissez ainsi, c'est dans l'intérêt du plus grand nombre.

– Toujours, répond-elle. J'ai… des raisons de me comporter comme je le fais, mais je ne peux pas les divulguer, même à vous. Si je rencontre à nouveau cette fille, alors j'aurai plus d'informations, et je pourrai peut-être vous le dire.

Est-elle en train de mettre en danger le commandant ? Est-elle en train de pousser les fées à intervenir ? Encore une fois, rien ne se passe. *Peut-être était-ce du bluff. Peut-être ne prennent-elles pas la peine de me surveiller.*

Néanmoins, elle s'est montrée le plus sincère possible. Elle espère que le commandant s'en est aperçu.

Il semble hésiter. Il tapote, de sa main poilue, le bras de son fauteuil.

– Il convientdrait – si votre hypothèse est juste – d'avertir rapidement les soldats en charge du prisonnier. Rien ne m'interdit de vous envoyer là-bas. Laissez-moi seulement le temps de vous faire un papier certifié, et de vous donner les coordonnées de l'endroit.

– Merci. Je vous jure que…

– Gardez vos remerciements. J'espère des réponses en retour, et le plus tôt possible, n'oubliez pas.

Une heure plus tard, Jeanne vole sur le dos de Bastien, son mot signé en poche. Son katana est de nouveau fixé à sa hanche.

30. l'entrepôt

Je me suis aperçue d'une chose. Les sœurs Rouet – c'est le nom des jumelles – dirigent toutes deux Le Vieux-Moulin, mais à un niveau différent. Fanny a des compétences de gestionnaire : calme et réfléchie, elle a un tempérament qui s'accorde aux prises de décision importantes. Louise, en revanche, avec son franc-parler, bénéficie d'un charisme supérieur, et s'est révélée être une oratrice aux talents insoupçonnés.

Quand elles sont ensemble, les choses tournent. Elles sont à l'écoute des gens, appréciées et respectées pour leurs qualités propres. Ce ne sont pas des chefs concernés uniquement par leur petit pouvoir et leur confort personnel. Elles s'assument comme simples composants à l'intérieur de la machine. Il est difficile de remettre en cause leur dévouement au village, qui est certainement l'une des communautés les plus soudées qui m'ait été donné de voir.

Mais c'est ce qui les perdra : cette solidarité excessive, même envers leurs morts – dont l'assassin doit absolument être puni. Fanny est assez intelligente pour y voir clair : ce qu'ils font, cette deuxième expédition vengeresse, ne leur sera d'aucune utilité. Pourtant, ils se sentent obligés d'y participer. Je n'ai qu'à peine eu besoin d'attiser les flammes. Fanny a essayé de raisonner les villageois, mais Louise et moi l'avions déjà emporté.

Je me serais attendue à ce que la centaure-biche demeure au village, en compagnie des enfants et des quelques rares autres réfractaires, mais – cherchant à me surprendre – elle s'est finalement décidée à nous accompagner.

– Ça ne veut pas dire que j'approuve, m'a-t-elle dit. Mais si ça doit vraiment arriver, alors autant que je sois sur place.

Elle m'a glissé, quelques secondes après :

– Si ça foire, je te tue.

Je veux bien la croire. Elle en aurait toutes les raisons.

La nuit est tombée. Nous en avons pour deux ou trois heures de route. Ce qui nous laisse le temps de nous préparer mentalement. Pour ma part, je redoute moins ce qui se passera là-bas que ce qui m'arrivera *après*.

Sur les ruines de Gaillac ne s'est reconstruit qu'un petit village, Louise le connaît, il est sous contrôle des Blousons. Notre troupe prend la décision de l'éviter.

Un peu plus loin, à une centaine de mètres du Tarn, se trouve l'entrepôt. Sans doute l'ancienne annexe d'une grande surface, d'un magasin de mobilier ou de bricolage.

Pour un peu, on pourrait le prendre pour une des créations de ce sorcier. Il a seulement subi le passage du temps. La rouille et la végétation, lierre et autres plantes grimpantes, ont recouvert la structure. Un drapeau, que je devine rouge même s'il fait noir, est planté dessus.

En attendant l'attaque, il vaut mieux ne pas se faire remarquer, étudier les lieux. Louise et moi, ainsi que trois villageois, sommes cachés dans un fourré, Louise s'est munie d'une paire de jumelles. Plutôt bien équipée, pour quelqu'un qui se définit comme fermière. Évidemment, nous gardons nos torches et nos lanternes éteintes.

– Fait chier, dit Louise, on voit rien.

– Y a une silhouette près de l'entrée, je crois. Assise sur une chaise. Un peu en dehors de la lumière.

– Ah oui, dit Louise, après un mouvement de jumelles. T'as bonne vue, dis-moi.

– Ça doit pas être le seul garde à l'extérieur… Dis, y a personne sur le toit ?

– Je vois personne.

Je me retourne vers la Chimère qui se trouve à côté de moi. C'est un naga, un mec avec une queue de serpent à la place des guibolles. Je lui demande :

– Dis, les serpents, ils ont pas un super odorat ? Tu pourrais pas renifler un peu et me dire combien de gardes y a dehors ?

– Euh, y a que la partie d'en bas qui est serpent, chez moi. Moi, j'ai plutôt tendance à avoir le nez bouché.

Tant pis. Dans ces moments-là, Maylis m'aurait vraiment été utile.

– Bon, dis-je. On va faire un rapide tour du bâtiment, juste au cas où. Une fois qu'on aura toutes les données, il faudra sûrement trouver un moyen d'en attirer quelques-uns à l'ext…

Louise a comme un sursaut ; elle lève brusquement ses jumelles. La seconde d'après, je repère à mon tour ce qu'elle a aperçu.

Quelque chose vient de faire irruption dans le ciel étoilé. Une forme ailée – celle d'un griffon.

– Oh non, dit Louise, pas elle.

Quoi ?

– Attends… c'est… ?

– Ouais, dit-elle. C'est la meuf au katana.

Jeanne. Aux dernières nouvelles, elle était à l'hôpital. Que quelqu'un m'explique comment elle n'a pas fini dans un fauteuil roulant.

– Elle était pas supposée avoir la jambe pétée ? me demande Louise.

– Si. Et pas que la jambe, à mon avis. Je comprends pas.

– Elle doit être passée chez le sorcier-guérisseur des Blousons. Ils en ont un, j'en ai déjà entendu parler. C'est pas possible autrement.

Ça doit être ça. Après tout, la veille, j'avais un carreau dans l'épaule.

Le griffon se pose. Je vois des ombres qui accourent. Trois. Les gardes extérieurs au complet, j'imagine. Jeanne met pied à terre et commence à s'entretenir avec eux.

Personne parmi nous n'a d'ouïe supra-performante et nous sommes trop loin pour entendre quoi que ce soit. Par conséquent, nous écoutons leur échange en version muette. Jeanne leur montre un papier, que prend l'un des gardes, qui ouvre ensuite une porte, laissant passer un rai de lumière, et qui s'engouffre à l'intérieur.

– T'aurais dû la tuer la dernière fois, dit Louise. Là, ça fait un Blouson de plus.

– Je sais. Je m'attendais pas à la revoir, c'est tout. Mais bon, je vais avoir l'occasion de corriger le tir.

– Il faudra faire attention à son griffon, aussi, dit le naga. Histoire que ça fasse pas comme la dernière fois. Il serait capable d'aller chercher des renforts encore une fois, ce con.

Mon attention reste fixée sur Jeanne. Que fait-elle ici, exactement ? Quel est ce papier qu'elle leur a communiqué ? A-t-elle fait le chemin depuis Albi ? J'ai comme le sentiment que les gardes non plus ne s'attendaient pas à la voir arriver.

Et surtout, Zerka n'était-elle pas censée l'avoir intimidée ? Lui avoir dit de se tenir à carreau ? *Alors que fait-elle ici ?* Je suis persuadée que l'administratrice, probablement en train de regarder la scène, est en proie à la même incompréhension que moi.

Le Blouson à qui elle a donné le papier finit par ressurgir, et lui fait signe d'entrer. Elle entre, suivie de son griffon.

Sa présence n'annonce rien de bon. Les personnes qui causent problème un jour ont une fâcheuse tendance à en causer d'autres ensuite. J'aurais dû la tuer. Tant pis pour elle, elle mourra avec les autres. Personne ici, désormais, ne se sent d'humeur à faire des largesses.

31. réalité

À l'origine, les Blousons avaient réquisitionné cet endroit pour en faire un garage à dragons, dans le cadre d'un programme spécifique. Ils avaient capturé quelques gros spécimens pour les domestiquer et les mobiliser en vue de potentielles opérations militaires. Ce projet ne s'est avéré que peu fructueux. Au-delà d'une certaine taille, les dragons deviennent rapidement ingérables – compliqués à entretenir, dangereux, et tout cela pour une efficacité de terrain somme toute décevante. Après un incident impliquant la mort de six Blousons, le Conseil a pris la décision de tout arrêter.

Il en subsiste aujourd'hui encore quelques traces. Des marques de griffes sur les murs, d'énormes cages, des chaînes massives attachées au sol. D'une certaine manière, l'entrepôt faisait déjà office de prison.

Mais le sorcier, cette fois-ci, se trouve être l'unique pensionnaire.

Le major Diaby, en charge de la garde, accueille Jeanne d'un œil peu amène. Il tient toujours, dans sa main gauche, le mot qu'a écrit le commandant.

– L'illustre caporal Jeanne Massol, dit-il sur un ton railleur. Eh bien. J'ai entendu dire que vous étiez mal en point.

– Je me suis remise.

– Vous pouvez dire merci au Ressoudeur, surtout. Qu'est-ce qui vous amène ici ?

– Le commandant Vallejo m'a chargée de vous transmettre des informations de première importance.

– J'aimerais savoir d'où il a pris cette initiative. Je suis sous les ordres directs du colonel Chauveron.

– C'est bien ce que je pensais. Je suis donc la première à vous mettre au courant.

– Nous mettre au courant de quoi ?

Elle lui explique. Tous écoutent. Le silence tombe.

Une fois son récit achevé, le major demande, sceptique :

– Donc vous me dites qu'une fille, toute seule, s'est introduite par les égouts, a non seulement libéré ses deux potes Chimères, mais en plus a… a carrément kidnappé le colonel ?

– C'est tout à fait ce que je dis.

Un murmure court parmi les Blousons assemblés.

– Elle était pas toute seule, si ça se trouve, intervient l'un d'eux. Les… les fées sont derrière cette meuf, non ? C'est vous-même qui l'avez dit…

Ah. Personne ne les a informés, non plus, qu'elle était revenue sur son témoignage.

– Je me suis rétractée à ce sujet face au général Darmon, dit-elle.

Répéter ce mensonge lui occasionne une douleur presque physique :

– Je crois ne pas avoir très bien entendu ce qu'elle a dit. Et il n'y a que peu de chances que les fées embauchent vraiment quelqu'un pour tuer un mec. Je vois pas pourquoi elles auraient besoin de ça. Je m'étais un peu… je m'étais un peu enflammée.

– Vraiment, dit le major. Vous dites des trucs énormes, comme ça, et puis vous vous rétractez tout de suite après, c'est ça ?

– Oui. Je préférerais ne pas en parler. Le vrai sujet, c'est que fée ou pas fée, cette fille veut absolument tuer l'homme que vous gardez. Et je suis sûre qu'elle a déjà connaissance de cet endroit.

– Ici, il n'y a pas d'égouts, dit le major, et nous avons pour consigne de rester vigilants. Toute seule, elle n'arrivera à rien. Il n'y a aucun moyen qu'elle arrive, mettons, à s'infiltrer : on monte la garde. Vous avez envie que je vous montre où se trouve notre prisonnier ? Venez voir. Oh, par contre, il vaut mieux que le griffon ne s'approche pas de lui… Si tout ce qu'on dit sur ce mec est vrai, il pourrait le faire disparaître en claquant des doigts.

– Je sais, dit Bastien, ouvrant le bec pour la première fois.

Malgré son apparence, il a toujours eu un talent certain pour se fondre dans le décor.

– Je n'ai pas envie de le voir non plus, sans façon.

Jamais il ne s'exposerait à de tels risques.

Jeanne suit le major qui se dirige vers une petite porte métallique.

Il s'agit d'une salle secondaire. Un espace plutôt réduit, au plafond bas, et coupé en son milieu par une épaisse grille de fer. Devant, deux chaises sont posées, sur lesquelles sont assis deux Blousons. Dans leurs mains, ni arc ni arbalète : ils tiennent tous deux la crosse d'un pistolet automatique. Chose exceptionnelle, mais Jeanne conçoit tout à fait que la surveillance d'un prisonnier tel que celui-ci demande d'être bien équipé. Une forte odeur de tabac sature l'atmosphère.

Et, de l'autre côté des barreaux, évidemment, il y a l'homme.

De nouveau cette tête barbue et émaciée. Il est allongé sur un lit de fer forgé, avec matelas, oreiller et draps blancs. Des bandages ensanglantés enveloppent son torse décharné, d'autres sont noués autour de son bras.

Après avoir introduit Jeanne auprès des deux gardes, le major lui désigne le sorcier :

– Je sais pas si vous le savez, mais ils ont fait venir le Ressoudeur quand il était inconscient. Mais, bizarrement, sa magie n'a pas fonctionné sur lui. On a dû y aller à l'ancienne. Maintenant, il est tout recousu, on doit régulièrement changer ses bandages, mais il va survivre. C'était assez moche, quand même, ce qu'elle lui a fait, cette fille. Vous l'avez sauvé à temps, on dirait.

– Oui.

D'autres objets parsèment la cellule du sorcier. Des objets qui semblent avoir été choisis de façon aléatoire. Un arrosoir. Une grosse machine à laver. Une table pliante. Une bassine. Une rallonge électrique. Un pot de fleurs – sans fleurs. Quelques emballages en plastique jonchent le sol, ainsi qu'un nombre impressionnant de mégots de cigarette.

– Il a commencé par faire apparaître le lit, explique le major. À la base, on lui avait mis un matelas en mousse. C'était sans doute pas assez luxueux pour lui. Après, tous ces machins, honnêtement, je comprends pas, j'y comprends rien et je sais pas s'il y a quoi que ce soit à comprendre… Il se fait sa propre bouffe, que des sandwichs triangulaires, bourrés de mayonnaise, comme ceux qu'on trouvait avant, dans les distributeurs à snacks, vous voyez ?

– Je vois.

– Je me demande pourquoi il s'inflige ça, vraiment, dit un Blouson. Pourquoi il se fait pas apparaître des kebabs et des pizzas, au lieu de bouffer… ces trucs-là ?

– Chacun ses goûts, dit le major. Chacun ses goûts.

Il se retourne vers Jeanne.

– Vous remarquerez, caporal, que nous le tenons sous bonne garde. Nos hommes ont pour consigne de l'empêcher de faire n'importe quoi…

– Comme matérialiser un centre commercial dans sa cellule ? demande Jeanne.

– Oui. Ce genre de choses. Il n'y a pas une seconde où il n'est pas surveillé.

– Il n'a rien tenté de dangereux pour l'instant, dit le garde. Il bouffe. Il bouffe et il clope, il arrête pas de cloper, c'est une horreur. Le tabagisme passif va tous nous tuer.

À ce moment-là, l'homme, prenant appui sur un coude, se redresse sur son matelas. Ses yeux se posent sur Jeanne.

– Il parle vraiment pas ? demande-t-elle.

– Ben… essayez. Vous aurez peut-être plus de chance qu'à peu près tout le monde ici.

Elle s'approche des barreaux. C'est la première fois qu'elle voit cet homme clairement. Il a quelque chose de dérangeant. Son regard est fixe, suit une trajectoire définie sans pourtant s'arrêter sur rien de précis. Comme si tout était transparent.

Est-ce qu'on arrivera vraiment à faire quelque chose de lui ? Est-ce que ce mec est autre chose qu'un aimant à problèmes ?

– Bonsoir, dit-elle.

Le sorcier ne répond pas. Un garde se fend d'un raclement de gorge, probablement moqueur.

Elle poursuit néanmoins :

– Je ne sais pas si vous vous souvenez mais sans moi, vous seriez mort à l'heure qu'il est. Sans les Blousons, cette foule en colère aurait eu votre peau. Vous devez nous renvoyer l'ascenseur. Pourquoi vous ne parlez pas ? Pourquoi vous ne collaborez pas ? Faites pas comme si vous étiez muet, vous avez été très bavard avec cette fille. J'ai tout entendu.

Les yeux du sorcier clignent, une fois.

Bon. Il est complètement à la masse. Je vois pas pourquoi il me dirait quoi que ce soit, à moi, alors que…

– Je ne me souviens pas de votre visage. Mais je me souviens de votre voix. Vous avez une jolie voix.

Tous les autres Blousons s'arrêtent de respirer.

Jeanne tourne la tête vers le major : celui-ci, d'un regard autoritaire, lui intime de continuer.

– Euh… oh… c'est la première fois qu'on me fait ce compliment.

C'est la première chose qui lui est venue à l'esprit. Sans doute pas la meilleure réplique possible.

– Votre voix me fait penser à la voix de ma femme, dit-il. Quand tout était encore réel. Quand nous ne vivions pas tous dans un rêve.

Son regard s'est définitivement détaché d'elle, à présent. Il s'est rallongé sur son lit. Fixant le plafond.

– Je vous remercie de ce que vous avez fait pour moi. Mais ça ne change rien. Là-bas, j'aurais eu une mort réelle. C'était peut-être bien. Mais ici, c'est bien aussi. C'est réel aussi. Ça en a l'air. Ces murs sont réels. Ces gens sont réels. Vous êtes réelle vous-même. C'est un bon endroit où passer ses derniers jours.

Hein ? Qu'est-ce qu'il dit ?

– Attendez… Pourquoi vous dites que… Vous dites que vous allez mourir ? Pourquoi ? On ne compte pas vous…

– C'est trop tard. C'est trop tard depuis longtemps, de toute façon. Je me suis trompé depuis le début. J'ai cru pouvoir faire retrouver un peu de sa réalité au monde. En fait, je n'ai fait que perdre la mienne. J'ai cru pouvoir sortir du rêve, mais c'était seulement pour rejoindre un gigantesque cauchemar.

Sa bouche se ferme. *Mais c'est quoi ce délire ?*

– Elles sont venues me voir, continue-t-il. J'ai passé un pacte avec elles. Je n'aurais pas dû.

Elle voudrait lui demander d'éclaircir ses propos, mais c'est à ce moment-là qu'un déluge de cris se déverse dans l'entrepôt.

Forcément, quelque chose devait arriver.

32. cris et fumée

Parfois, les choses se déroulent proprement. Ça arrive. Rapidement, et en silence.

Nous parvenons à nous débarrasser des deux gardes extérieurs de cette manière. Louise égorge le premier. Je tire un carreau dans le cœur du deuxième. Je vise particulièrement bien, ces derniers temps.

Ils auraient dû mettre davantage de sentinelles.

Tous les autres villageois, embusqués, sortent du bois. Nous lançons l'opération enfumage. Le naga nous a sorti de son chapeau une plante qui, une fois brûlée, produit une fumée épaisse et pestilentielle, aux effets quasi lacrymogènes. Les gens du Vieux-Moulin, apparemment, s'en servent pour faire sortir les bêtes de leurs terriers. Il nous a fabriqué de véritables bombes artisanales dans de petites bouteilles de glaise, dont il suffit de faire flamber le contenu.

Nous nous couvrons tous, préventivement, le visage d'une étoffe de tissu. Nous nous mettons en place. Je frappe à la porte. C'est ainsi que je les ai vus faire. S'ils ne sont pas trop regardants, ils devraient ouvrir sans se poser de questions.

Et c'est ce qui se produit.

À peine la porte s'entrebâille-t-elle que je fais jaillir ma machette ; j'embroche le garde qui se trouve de l'autre côté. Il affiche une expression ahurie, tout comme les deux autres Blousons derrière lui. Tenant toujours le garde épinglé à mon arme, je repousse la porte de métal ; j'ouvre grand. Le naga a la place de balancer l'une de ses bombes. Et voilà l'entrée intégralement baignée de fumée.

Les villageois postés de part et d'autre de l'entrepôt font de même, envoyant leurs projectiles à travers les fenêtres, enfumant le bâtiment.

Nous pouvons désormais entrer dans l'entrepôt par la petite porte sans risquer de nous faire dégommer un par un. Je retire ma lame du Blouson, qui tombe à mes pieds, et j'entre. À travers la fumée, toutes les silhouettes sont vagues. J'espère que mes alliés ne me tireront pas dessus par erreur. Mon long manteau devrait me rendre reconnaissable.

J'envoie un autre carreau dans un Blouson agité de quintes de toux. Un projectile siffle à mon oreille. Je trouve un pan de mur où me mettre à couvert. Les autres villageois débarquent. Malgré leurs protections, eux-mêmes sont aveuglés. Tant pis : toute stratégie a ses revers.

Les Blousons se replient vers le fond du bâtiment. Je recharge mon arbalète. Mais les villageois ont déjà commencé à déferler dans l'entrepôt, avec une imprudence consternante, ils me dépassent. Je préfère m'abstenir de tirer. J'aurai l'air bête, si je tue un allié. Et puis ça crie de partout. Louise s'y croit vraiment. Insultes, jurons, ordres, encouragements. Ça faisait longtemps, tiens, que je n'avais pas vécu ça.

Peut-être que je vais pouvoir rester dans mon coin en attendant que ça passe. Je ne voudrais pas m'exposer inutilement.

Une détonation retentit alors. C'est la débandade. Les villageois se mettent à reculer.

– Il a un flingue ! Il a un flingue !

Merde. Ça fait comme la dernière fois. Un pistolet entre dans l'équation, et tout part en saucisse. Ils sont bien armés. Et ils sont prêts à prendre le risque d'attirer les fées.

Fanny, l'une des dernières à avoir passé la porte, s'est arrêtée près de moi. Elle a une pauvre faucille en main, tandis que sa sœur est en première ligne.

– Ça tourne mal ! me crie-t-elle. Je savais que ça tournerait mal !

– Meuh non, je lui réponds, avant de me lever.

Je ne vois pas le tireur. Il faut que j'avance. Il serait capable de repousser toute notre offensive. Je n'ai pas fait tout ça pour rien.

Je finis par repérer quelqu'un dans la fumée, un pistolet tendu au bout du bras. Avant qu'il ne me voie, je l'ajuste, et…

C'est alors qu'un reflet métallique pénètre mon champ visuel. Un clignement de lumière blanche. Je lève ma machette avant même de comprendre.

Et je me retrouve à parer, dans une volée d'étincelles, la lame d'un sabre japonais.

Jeanne, à peine son coup porté, bondit en arrière.

– J'en étais sûre !

Comme elle se tient à distance, je juge préférable de lui tirer dessus ; j'ai tout juste le temps de la mettre en joue que, du bout de son sabre, elle fait gicler l'arbalète de ma main. Elle est rapide : son coup m'a même éraflé le poignet.

Jamais je n'ai eu l'occasion d'estimer ses compétences de combattante. Je peux constater, en fin de compte, qu'elle sait se servir de son katana. Une question de résolue.

Elle passe à nouveau à l'attaque – taille, estoc, feintes, la totale. Un tigre enragé. Je pare, j'esquive et je riposte dans la mesure de mes capacités. La fumée et le vacarme ambiant n'offrent pas les conditions idéales pour un combat réfléchi. Mais c'est le cas de tout champ de bataille.

Un carreau d'arbalète passe entre elle et moi. Impossible de dire d'où il provenait, ou laquelle de nous il visait. Toujours est-il que ça suffit à me déconcentrer. Et à donner à Jeanne une occasion de m'étriper.

J'appréhende – deux dixièmes de seconde – le tranchant froid de son sabre. Mais bizarrement, ce n'est pas ainsi qu'elle profite de l'ouverture. J'ai la surprise de la voir bondir : sa jambe se déplie, se détend comme un mécanisme à ressort – et sa botte me percute le visage avec la violence d'un coup de maillet.

Je suis propulsée en arrière. Des nuées de paillettes bleues tourbillonnent devant mes yeux. Un filet de sang chaud s'écoule de ma narine gauche. Mes pieds ont quitté le sol. Je tombe.

Elle vient de me battre. Une abrutie avec un sabre... vient de me battre.

Je mettrai longtemps à digérer cette humiliation.

J'atterris sur le dos. Au moins n'ai-je pas lâché mon arme. Aussitôt, quelque chose m'écrase la main. La botte de Jeanne. Je laisse échapper un cri. Mes doigts s'écartent.

– Fini ! dit-elle.

Elle envoie ma machette valser d'un coup de pied, se penche sur moi, sa lame sur ma gorge. Elle arrache le foulard de mon visage.

– Maintenant, tu vas me dire ce que...

Un villageois se précipite derrière elle, un gourdin à la main. Je nourris momentanément une lueur d'espoir.

Malheureusement, le griffon de Jeanne se jette sur lui et le plaque à terre de ses quatre grosses pattes.

– Fais attention, Jeanne ! T'es pas prudente !

– Merci ! lui crie-t-elle.

– Qu'est-ce que tu fous à me parler, comme ça. Pourquoi tu me tues pas ? je lui demande.

Et, à ce moment précis, alors qu'elle s'apprêtait à me répondre, toutes les lumières s'éteignent. Simultanément.

La fumée. Les combattants. Tout s'est volatilisé. Tout a viré au noir complet. Comme lors d'une coupure de courant. Cela aurait été un phénomène explicable si, justement, il y avait eu de l'électricité. Si le bâtiment était éclairé par autre chose que des torches et des lampes à huile.

Les cris s'interrompent eux aussi. Émergent alors seulement quelques murmures, quelques exclamations stupéfaites.

Jeanne ne lève pas son sabre pour autant.

J'entends son griffon dire :

– Jeanne… c'est… c'est quoi ?

S'ils n'ont pas encore réalisé, ils sont longs à la détente. Ça ne peut être qu'une seule personne, qui se trouve dans cet entrepôt même.

Retentit alors un bruit, d'abord discret, puis de plus en plus fort. Une feuille de papier qu'on déchire avec lenteur et application. Le son s'épaissit. La déchirure s'amplifie. Bientôt, c'est comme si la terre elle-même se disloquait. Secousses. Tous se remettent à hurler à pleins poumons, des hurlements qui vont au-delà de la simple terreur, le genre de hurlements que pousse quelqu'un qu'on écorche, que pousseraient vingt personnes qu'on écorcherait en même temps.

Et alors que le bruit s'arrête, les hurlements, eux, ne cessent pas. Ils persistent. Ils continuent de plus belle. Ne reste plus qu'un concert de cris, de gémissements, d'appels à l'aide. Quelque chose – je ne sais pas quoi – s'est produit dans cette obscurité.

– Qu'est-ce qui se passe ! crie le griffon, carrément paniqué.

– Mais j'en… mais j'en sais rien !

En haut, au plafond, quelque chose clignote. Une barre blanche. Le clignotement s'accompagne de petits tintements secs et répétés. Enfin, la barre s'allume définitivement.

Un néon.

Et puis, un deuxième. Et plus loin, un troisième.

Et c'est une fois tous les néons allumés que je vois ce qui est arrivé.

Jeanne relève son sabre, abasourdie. Moi-même, je me redresse.

Des étagères ont poussé. De hautes étagères métalliques. Le genre d'étagères qu'on pouvait trouver, justement, dans certains entrepôts.

Elles dégoulinent de sang. Sur ces étagères, des morceaux de corps. Ici, une jambe empalée sur une barre. Là, un tronc sectionné, soutenu en hauteur. Des bras. Des têtes. D'autres membres. Et des viscères en tout genre. Certaines victimes, parmi les plus entières, sont toujours vivantes. Sans doute plus pour longtemps, déjà en train d'agoniser.

Je comprends. Le sorcier n'a fait que restaurer l'entrepôt. Les malchanceux, Blousons comme villageois, se sont retrouvés *avalés* par les étagères en train de pousser. Il faut le voir pour le croire.

Jeanne, elle, se plaque une main sur la bouche. Peut-être va-t-elle vomir. Le griffon et d'autres survivants errent parmi les étagères, le regard levé.

– Louise ! j'entends crier.

Une voix emplie de larmes.

– Louise !

Je sais de qui il s'agit.

Est-ce qu'il faisait déjà ça, avant ? Est-ce que ses objets… tuaient des gens, comme ça ? Le sorcier qui vient de découper au moins vingt personnes est-il vraiment le même que celui qui me fuyait, revolver à la main, dans les allées du centre commercial ?

Et, comme pour répondre à ma question, je l'entends.

Lui.

– Mes œuvres ont perdu leur innocence. Tout était lié, dès le début, à la mort. Avec mes alliées, tout est toujours lié à la mort. C'est quelque chose qui doit forcément se révéler, à un moment ou à un autre. Mais ce n'était pas mon intention, à l'origine.

D'où vient sa voix ? Jeanne réagit en même temps que moi, brandit son sabre.

Je me redresse. Je me retourne. Et je le vois.

33. les spectatrices

Les tressaillements de l'écran ont commencé à l'approche de l'entrepôt. Rien de bien grave. Les formes oscillent occasionnellement, comme des remous à la surface d'un étang.

– Ce sont des perturbations, explique Kala. Ça veut dire qu'on est au bon endroit.

– Des perturbations ? Comment ça ? demande Maylis.

Elle ajoute, d'un air ironique :

– C'est votre Wi-Fi qui lague ?

– Je comprends pas trop ce que tu veux dire. Il y a des perturbations parce qu'il y a l'homme qu'on cherche. Quand on s'approche de lui, ça fait ça. C'est sa faute, si l'image est pas claire.

Mais que l'image soit nette ou non, ce n'est pas la préoccupation première de Léa. Sarah est sur le point de mener l'attaque.

Elle va tuer des gens. Non seulement ceux qui sont avec elle vont mourir, mais elle va tuer. Ça va être un massacre.

Et il y a aussi l'éventualité que Sarah meure elle-même. C'est quelque chose que Léa ne parvient pas à désirer. Malgré tout ce qu'elle sait à son sujet.

N'y a-t-il vraiment aucun autre moyen ? Le plus meurtrier, le plus dangereux de tous les plans est-il forcément le meilleur ?

– Vous ne pouvez vraiment pas intervenir, faire quelque chose, n'importe quoi ? demande Léa. Si on laisse faire, elle va…

– J'ai pas le droit. Je dois laisser faire. C'est le problème de Sarah.

– Léa, dit Maylis. Je… je crois pas que tu sois obligée de regarder, en fait. Sarah aurait pas voulu que tu voies ça. Peut-être que…

– Vous voulez que j'éteigne le miroir ? demande Kala d'un ton presque déçu. Si vous voulez pas regarder, je peux, mais…

– Non, répond Léa. C'est bon. Vous pouvez laisser. J'ai pas envie… j'ai pas envie de détourner les yeux non plus.

Même la chaleur relaxante du *sfef*, à présent, ne peut plus rien pour elle. Ses muscles se tendent, ses griffes se crispent. Elle ne peut qu'attendre – et si agir est impossible, elle regardera néanmoins jusqu'au bout.

Arrive le moment où Sarah tire un carreau et atteint un Blouson en pleine poitrine.

Puis celui qu'elle transperce avec sa machette.

C'est fait. Elle tue. Je ne devrais pas en être surprise.

S'ensuit un chaos de fumée et de cris, difficile à déchiffrer.

– Comme vous pouvez le voir, les choses sérieuses ont commencé, dit la voix de Shenn Zerka.

Léa, pour la première fois depuis le début de l'attaque, quitte l'écran du regard. L'administratrice vient tout juste d'arriver dans la chambre de Kala.

– Ah ! Zerka ! Tu veux un *sfef* ? lui demande Kala, tandis que Sarah, dans le miroir, tue à nouveau.

– Non merci. Je préfère rester debout. Ne faites pas attention à moi.

Et en silence, elle regarde froidement l'écran.

Léa sursaute quand le sabre de Jeanne apparaît à l'écran, et porte un coup à Sarah. Elles l'ont vue revenir, un peu plus tôt. Aussi ne sont-elles pas surprises de sa soudaine apparition dans le cadre.

– Elle, dit Zerka. J'aurais dû la surveiller plus étroitement. Si elle ne meurt pas, je m'occuperai de son cas.

Sarah pare les coups – pare et pare encore, de sa machette. C'est la deuxième fois que Léa la voit combattre avec autant d'intensité. La première, c'était contre ce colonel, quelques heures auparavant seulement.

Je devrais être en train de l'aider. De nouveau, c'est une pensée qui vient toute seule. Puis : *Elle va mourir.* Léa ne parvient même plus à respirer. *C'est peut-être là qu'elle va mourir, l'autre est trop rapide, elle va se faire…*

– Mais attaque, putain ! crie Maylis à l'adresse de l'écran. Arrête de te laisser faire et attaque, merde !

Mais ses encouragements n'ont visiblement aucun effet, puisque Jeanne décoche à Sarah un coup de pied monumental en plein visage.

– Elle est vachement douée, la fille au sabre, dit Kala.

– C… c'était quoi ça ? dit Maylis. Ils suivent des cours de kung-fu chez les Blousons ou bien ?

Zerka, elle, ne fait aucun commentaire. Seule sa contrariété placide embaume l'atmosphère et parle pour elle.

Sarah est tombée. Jeanne se penche sur elle. Son sabre – Léa manque de fermer les yeux – ne vient pas transpercer Sarah, mais s'immobilise au niveau de sa gorge. Tandis qu'en arrière-plan l'affrontement fait toujours rage.

Toutes entendent Jeanne demander :

– Maintenant tu vas me dire ce que…

Zerka émet un soupir agacé lorsque le villageois au gourdin qui accourt pour sauver Sarah se fait renverser par le griffon. Parfois, la chance tourne.

Mais quand l'écran devient entièrement noir, plus personne ne comprend.

– Qu'est-ce que… ? dit Kala. C'est une perturbation ?

– Non, répond Zerka. Le miroir continue à afficher. Ce sont les lumières qui se sont éteintes.

– Comment ça se fait ?

Léa reconnaît la voix du griffon, qui pose une question du même ordre :

– Jeanne… c'est… c'est quoi ?

Ensuite résonne ce bruit, qui va grandissant, à la fois sonore et insidieux. Qui produit sur Léa l'effet d'une lame de couteau lui descendant le long de l'échine. Toute une série de cris se fait entendre.

– Mais qu'est-ce qui se passe ? demande Maylis.

– Je sais pas, dit Zerka. Il faudrait régler l'image pour qu'on puisse y voir clair. Kala, tu t'en charges ?

– Euh, oui, il faut juste que je voie les paramètres…

Soudain, le bruit cesse. Seuls les cris continuent.

– Ah, ben ça s'est arrêté, dit Kala.

Mais remets-nous l'image, plutôt !

À ce moment, les lumières reviennent. Étant donné sa surprise, Léa comprend que Kala n'y est pour rien.

Léa regarde alors l'écran et regrette aussitôt de ne pas avoir fermé les yeux.

Dans la chambre, personne ne trouve les mots. Kala reste statufiée sur son *sfef*. Maylis cligne une paire d'yeux horrifiés. Même Zerka semble avoir tressailli.

Jamais Léa n'a vu autant de sang. Des corps démembrés répartis sur les étagères, à la manière de marchandises, d'articles de magasin.

– C'est lui, dit l'administratrice. C'est lui qui a fait ça.

Une évidence. Léa avait déjà compris. Elle reste happée par le tableau. Un vertige nauséeux la saisit, son estomac se retourne.

– J'ai envie de vomir... dit-elle d'une voix blanche.

– La trappe dimensionnelle, répond Kala.

Léa se jette au bas de son *sfef* et court rendre l'entièreté de son dernier repas dans le petit carré de vide incrusté dans le sol.

Elle pensait qu'aucune horreur ne pouvait plus lui faire cet effet. Mais ça...

Il n'y avait pas ce genre de choses, la dernière fois. Quelque chose a changé.

Elle se tourne brusquement vers le miroir : Sarah est toujours là. Au moins n'a-t-elle pas été tuée. Au moins ne s'est-elle ni retrouvée disloquée ni embrochée par l'apparition de ces étagères. *Des étagères*. Plus que jamais, ça ressemble à un cauchemar, un cauchemar absurde.

Elle doit partir. Tant qu'il est encore temps, pense-t-elle en se rapprochant de nouveau du miroir.

– Zerka… dit-elle… il faut…

– Chut, tranche l'administratrice, sans même la regarder.

Évidemment, elle est intraitable. Elle forcera Sarah à rester. Et ce, même si Sarah doit mourir.

Une autre voix. Une voix grave, une voix d'homme. Qui parle et qui dit des choses que Léa ne comprend pas.

– Il est là, dit Kala. C'est l'homme-*drauth*. C'est l'homme-*drauth*.

Elle s'incline en direction du miroir, les dents serrées.

– Tue-le, dit-elle à l'adresse de Sarah. Tue-le pour ce qu'il a fait.

Derrière Sarah, une porte s'est ouverte. Une ombre pose un pied, puis l'autre.

Léa, la dernière fois, n'avait fait qu'apercevoir le sorcier de loin. Elle reconnaît seulement sa barbe. Pas le reste. Il est livide, maigre comme un cadavre, le ventre creusé et les côtes apparentes. Couvert de bandages encore tachés de sang.

Il s'avance. Sarah s'est relevée. Jeanne, elle, se cramponne à son sabre.

– Il faut que tu saches, dit-il, que…

Mais il n'a pas le temps de terminer sa phrase. Déjà Sarah a ramassé sa machette, s'est élancée, s'est jetée sur lui.

Jeanne ne fait que tendre le bras, comme pour l'arrêter. Mais l'épaisse lame de Sarah est déjà plantée dans la poitrine du sorcier et ressort entre ses omoplates. L'homme ne pousse pas un cri.

Malgré tout, il ne tombe pas. Le cœur ainsi transpercé, il demeure debout.

Et les perturbations du miroir redoublent. Les formes se diluent et s'estompent, l'image tressaute, striée de ridules aqueuses.

– Ce n'est pas normal, dit Zerka.

34. les *drauths*

Les jambes du sorcier, pour quelqu'un que je viens de planter de cette manière, restent étrangement stables. Une quantité infime de sang s'est écoulée de sa plaie. C'est à se demander si ça circule encore, là-dedans.

Je retire ma machette. Rien à faire. Toujours vertical. Les bras ballants.

Et je le vois relever la tête.

– Ça devait arriver, dit-il.

– J'aimerais que tu meures au lieu de parler. Là, tu fais vraiment chier, je lui réponds.

– Mais je viens de mourir. Tu viens de le faire : tu viens de me tuer.

Oui. C'est aussi l'impression que j'ai eue. J'apprécierais seulement qu'il ferme sa gueule, comme tous les cadavres.

– Tu viens de m'offrir une mort concrète, réelle. C'est bien. Je devais mourir, de toute façon. Et je suis content que ça vienne de toi. J'espérais que ce serait toi. Je me doutais bien que tu allais revenir.

Je lui enfonce ma lame dans le ventre. Il parle toujours.

– J'ai des amies qui veulent te parler, dit-il. Ça fait un certain temps qu'elles attendaient d'en avoir l'occasion.

– Qui ça ?

– Tu vas les rencontrer.

Sur ces derniers mots, c'est étrange, mais j'ai entendu comme une deuxième voix se détacher derrière la sienne, aigre et aiguë.

Mais il ne me vient pas en tête de le questionner à ce sujet, puisque je m'aperçois que quelque chose déconne sérieusement avec ses yeux : depuis quand les paupières ont des dents ?

Elles ont poussé sans que je m'en rende compte. J'arrache ma machette de son ventre, et je recule.

Ce n'était pas prévu. Si jamais je revois Zerka, elle me devra des explications. *Elle savait peut-être. Elle savait peut-être, depuis tout ce temps, que des trucs comme ça risquaient d'arriver.* Qu'est-ce que j'y connais, moi, aux *drauths* et aux hommes-*drauths* ? Elle est et a toujours été mieux renseignée que moi.

Autour de nous, les survivants – ceux que les étagères n'ont pas dévorés – nous regardent, lui et moi.

– Bastien, dit Jeanne. Tu ferais mieux de t'en aller.

Ne le regardant pas, je ne sais pas s'il obéit ou non. Je me félicite du fait que Léa et Maylis ne soient pas à mes côtés. Même si elles se trouvent chez les fées, elles sont en sécurité. Infiniment plus que moi.

Ses yeux sont deux bouches dentelées à présent. Deux bouches de fée. Les globes oculaires gonflent légèrement puis les bouches commencent à les mâcher.

Ils crèvent, se vident, dégoulinent sur les joues du sorcier en un liquide visqueux et transparent. Ses orbites n'abritent maintenant plus que des dents, des dents et une obscurité insondable.

Une flèche file. Vient se planter droit dans sa tête. Le sorcier cille à peine. Il lance un regard, ou plutôt un non-regard, sur le côté. Aussitôt, une deuxième flèche vient se ficher dans sa hanche.

Je vois de qui viennent les projectiles. C'est le naga qui nous accompagnait. Muni d'un arc. Il affiche un air hébété, la main figée, sur le point de prendre une autre flèche dans son carquois.

– Tu ne devrais pas exister. Je te réfute, dit le sorcier.

Il tend une main, et le naga disparaît. Tout simplement. Ni sang ni cri de douleur. Comme si un courant d'air venait de le souffler. Son arc et ses vêtements tombent à terre.

Des rires éclatent. Des rires féminins, aigres et aigus. Je regarde le visage du sorcier et je remarque alors que ce sont ses deux bouches-yeux qui se marrent. Elles affichent toutes leurs dents.

L'hilarité finit par retomber :

– La preuve vivante que le courage ne sert à rien, dit une bouche. Qu'est-ce qu'il croyait ?

– On aimerait bien parler tranquillement à la fille en face de nous ! crie l'autre. On peut tous vous tuer, si on en a envie. Alors restez tranquilles, et regardez si vous voulez. Sinon… Dis, Loïc, montre-leur ce que tu peux faire, ils ont pas bien compris.

Je suppose que Loïc est le nom du sorcier. Quelle démonstration nous réserve-t-il encore ?

Il tend une autre main. Quelque part, entre les étagères, un Blouson gémit et se plie en deux. Il lève la tête. J'entends ce même bruit de déchirure. Une tige métallique lui sort de la bouche, des branches de fer lui jaillissent du torse. Il n'a même pas l'occasion de hurler son agonie, il produit juste un glouglou bizarre. Il s'affaisse. Puis meurt.

De son corps vient d'émerger un magnifique portemanteau tout ensanglanté.

C'est sûr : Loïc, il n'était pas capable de faire ça, avant.

Évidemment, les survivants se dispersent. Cris d'horreur. Cavalcade. Nombreux sont ceux qui fuient l'entrepôt.

Quelques-uns sont restés, néanmoins. Pas plus de quatre. Jeanne s'est éloignée, mais je sens toujours sa présence, même si mon attention reste exclusivement portée sur le sorcier.

– J'aime bien ce que fait Loïc, dit la bouche de droite. Je trouve ça poétique.

– C'est moins poétique que le néant, répond l'autre.

– Oui, évidemment. Tout est moins bien que le néant. Ne compare pas l'incomparable, s'il te plaît.

– Loïc était très drôle, mais peu efficace. Il n'a pas été à la hauteur de nos attentes.

– Non, pas du tout. On n'avait pas les mêmes projets.

– Le souci, c'est qu'au moment de passer un contrat avec lui, en lui rendant visite dans ses rêves, on a confondu sa nostalgie pathologique avec du nihilisme. Alors que c'était loin d'être la même chose.

– Non, pas du tout.

– Bon, au moins, il nous a servi de porte d'entrée. Mais à part ça : pas grand-chose. Une fée de tuée, oui. Quelques morts. Mais si peu. On s'attendait à mieux.

Tout est trop irréel, même selon les standards actuels. Le monde tangue. Je resserre les doigts sur le manche de ma machette – j'ai le sentiment qu'elle pourrait glisser, m'échapper à tout moment.

Mais je m'éclaircis la voix. Parler m'aidera à me raccrocher à quelque chose, à ne pas dériver.

– Vous êtes des *drauths*, si je comprends bien.

Les bouches effectuent toutes deux une moue amère.

– Pourquoi nous donner un nom ? demande celle de droite.

– Ils sont bien obligés, dit celle de gauche. Ils donnent des noms à tout ce qu'ils peuvent nommer. À tout ce qui existe, et même à ce qui n'existe pas. Et bon, malheureusement, nous, il faut bien l'admettre : on existe.

– Oui, c'est vrai, répond l'autre, qui prend soudain des accents mélancoliques. C'est notre tragédie.

– Mais c'est une mission sacrée ! Nous sommes les ambassadrices du néant ! On n'a pas le choix. C'est un sacrifice nécessaire.

– On veut tout effacer.

– Oui. Tout, dans l'idéal. Ce serait bien. Le néant est mieux que tout. On se fatigue à en faire la promotion, personne nous croit, mais si en fait, nous sommes dans le vrai, le vrai le plus absolu.

– Ils s'en rendront tous compte, un jour.

Je ne sais pas s'il s'agit d'une situation dont je pourrai me sortir à coups de blabla. Je ne sais pas s'il s'agit d'une situation dont je pourrai me sortir tout court, d'ailleurs.

Mais je décide de dire ce qui me passe par la tête. J'ose penser que parler me fera gagner du temps. Dans quel but ? Je l'ignore. Je parle quand même.

– Personnellement, ça m'arrangerait si là, tout de suite, vous pouviez regagner le néant, justement. J'ai un boulot à finir, et si votre Loïc, là, il est mort-mais-pas-tout-à-fait-mort, je suis pas sûre que mes commanditaires apprécieront. J'aimerais bien qu'il soit mort, genre, 100 % mort. Et du coup, là, vous saoulez un peu.

– Oh oh oh… Cette nonchalance ! J'adore.

– Plus je la regarde, plus je suis fan. Elle est la candidate *par-faite.*

Candidate à quoi ? La tournure que prend cette conversation me déplaît fortement.

– Ne t'en fais pas à propos de tes commanditaires, poursuit la bouche. Les fées ne te causeront bientôt plus de soucis.

– On tue absolument tout ! Même les soucis !

– Elles ne peuvent faire que regarder. D'ailleurs, elles sont en train de te regarder en ce moment. On leur fait coucou ?

– Coucou ! dit l'autre bouche.

La tête du sorcier s'oriente légèrement vers la droite, comme s'il reportait son attention sur un point situé juste à côté de moi. Les deux bouches-*drauths* sourient de toutes leurs dents.

– Elles sont deux.

– Avec un dragon et une licorne.

– Elles ont toutes peur de nous.

– Mais il y en a une qui nous hait. La fée aux cheveux blancs, tu vois ?

Elles ne me parlent plus. Elles communiquent entre elles. Ce que je dois en retirer, c'est que Léa et Maylis sont elles aussi en train d'assister à ce qui pourrait être mes derniers instants.

– Elles sont impuissantes. Elles ne viendront pas. Personne ne viendra. Tu vois ? me dit une bouche. Oublie-les.

– Qu'est-ce que vous comptez me faire ? je leur demande.

– Loïc est arrivé en fin de course !

– De toute façon, il devait forcément finir par mourir. On a tendance à tuer tout ce qu'on touche. Et on ne peut pas tenir très longtemps en place.

– Du coup, maintenant, on a besoin d'un nouveau porteur. Ou d'une nouvelle porteuse.

Elles me font un clin d'œil. Au cas où elles auraient été trop implicites.

– Je ne suis pas intéressée, je réponds.

Elles pouffent. Rient à nouveau, d'un rire plus bref que la dernière fois.

– C'est drôle, dit la bouche de gauche. Tu crois vraiment qu'on en a quelque chose à faire, de ton avis ?

– On te prend si on veut, quand on veut. Avec Loïc, on a gagné en puissance, on a plus besoin de demander. Ce que tu veux, toi, on s'en tamponne complètement. La seule chose qui compte, c'est le vide qu'il y a en toi, et le fait que tu aies déjà franchi les Portes.

– Oui. Il y a largement la place pour nous. Haine de soi, solitude, tristesse profonde et cruauté latente, les conditions sont idéales.

Je me demande pour qui elles se prennent, pour me balancer comme ça leur diagnostic psychologique. Et depuis quand la notion de Portes s'applique aux humains ?

– Si vous comptez me prendre, je ne me laisserai pas faire.

– Tant mieux ! Ce sera plus drôle comme ça !

– On fait un pari ? dit l'autre bouche. Moi, je parie sur nous.

– T'as aucune chance. Mais c'est quand même beau, l'esprit sportif, même si c'est inutile.

– Allez ! Assez parlé. On va vraiment finir par mourir pour de bon si on fait rien, et pour le moment on peut pas se le permettre !

La bouche de l'homme s'ouvre alors – sa vraie bouche. La façon qu'elle a de s'ouvrir est étrange, ses mâchoires se sont comme amollies, il ne s'agit plus que d'une béance flasque, qui s'écarte encore, s'agrandit, informe, au-delà de toute proportion humaine. Ses dents se détachent, crépitent comme du gravier en tombant à ses pieds. Son visage, qui n'est déjà plus vraiment un visage, se lève : désormais ce n'est qu'un immense trou. Une ouverture large comme un puits, dont les bords commencent à se retrousser, comme l'ourlet d'un col. Il se retourne littéralement de l'intérieur, exposant une chair pâle et veinée de rose.

Je n'exprime pas ma terreur à haute voix. Je reste seulement pétrifiée sur place. En silence, tentant de maîtriser les tremblements de mes mains, de garder ma lame stable. Je n'ose pas quitter la scène des yeux. J'ai la certitude, peut-être irrationnelle, que si je tourne le dos, je perdrai tout. Je suis ici au cœur de l'abîme. Ma mort – non, pire que ça encore – se déploie devant moi. Il faut que je me concentre. Il faut que je me concentre.

Le sorcier n'est rien de plus qu'une enveloppe vide. Il glisse encore, s'affaisse peu à peu, à la manière d'un vieux déguisement. Une main en émerge. Une deuxième l'accompagne. Trois. Quatre. Je m'attendais presque à en voir sortir d'autres, mais on dirait que c'est terminé.

Ce sont quatre mains grises, sans peau – des mains d'écorché. Muscles et veines apparents, reflets poisseux à la lumière des néons. Ces mains s'accrochent au bord du trou. Aident leur costume humain à glisser vers le bas.

Et les quatre mains sans visage dévoilent ainsi leurs deux têtes, identiques l'une à l'autre. Grises elles aussi. Sans yeux. Leurs bouches sont des bouches de fées, avec des dents de fée – les mêmes que tout à l'heure. Leurs corps présentent l'anatomie maigre et longiligne des corps féeriques.

Le sorcier gît désormais à leurs pieds. Elles finissent de s'en dépêtrer.

Et, enfin, les deux *drauths* me font face.

35. intervention

Le miroir reste parasité de perturbations. Le décor ne consiste plus qu'en un ramassis de couleurs ternes et mouvantes. Les silhouettes de Sarah et du sorcier se tordent, sinuent, agitées de vagues.

Mais si la définition de l'image s'est détériorée, le son demeure audible – quoique distordu, et parcouru d'échos étranges.

Deux autres voix sont apparues.

– Elles sont là, dit Zerka. Elles ont tout le temps été là, avec lui. Elles ne se sont pas contentées de lui donner des pouvoirs. Elles sont… entrées en lui.

Ses traits sont empreints d'une terreur atone. Toujours en fixant l'écran, elle ajoute :

– Votre amie ne va pas s'en sortir.

– Comment ça ? dit Maylis. De quoi est-ce que vous parlez ? Qu'est-ce qui est en train de se passer ?

– Des *drauths*, dit Kala. Elles sont ici.

– Elles ne sont pas censées pouvoir se matérialiser dans ce monde… explique Zerka. Jamais je n'aurais cru qu'elles y parviendraient de cette manière. Elles le possédaient depuis le début.

Léa, elle, reste bloquée sur « *Votre amie ne va pas s'en sortir.* »

– Elle... elle va mourir ?

L'administratrice hoche la tête.

– Elle n'a aucune chance.

– Mais... mais...

Léa se dresse sur ses pattes arrière.

– Mais vous devez faire quelque chose ! Vous ne pouvez pas la laisser comme ça, si...

– Il n'y a rien à faire. Elles nous tueront si on approche. On ne peut pas l'aider. Je ne sais pas... je ne sais plus ce qu'on peut faire...

À cet instant précis, les deux voix disent :

– Elles sont en train de te regarder en ce moment. On leur fait coucou ?

– Coucou !

Léa perçoit très distinctement Kala se raidir, serrer les poings.

– Elles sont deux, continuent les *drauths*.

– Avec un dragon et une licorne.

– Elles ont toutes peur de nous.

– Mais il y en a une qui nous hait. La fée aux cheveux blancs, tu vois ?

Kala marmonne quelque chose, probablement une insulte en féerique. Elle se passe la langue sur les gencives.

– Je vais vous...

– Taisez-vous toutes, dit Zerka. J'écoute ce qu'elles disent.

Toutes lui obéissent. Y compris Léa, dont les larmes se sont mises à couler en silence.

Sarah devrait fuir. Pourquoi elle ne fuit pas, au lieu de parler, comme ça ?

Lorsque les *drauths* annoncent « On a besoin d'un nouveau porteur. Ou d'une nouvelle porteuse », Zerka porte la main à sa bouche.

– Elles ne comptent pas la tuer, dit-elle. Elles comptent lui faire bien pire…

– Il faut arrêter ça, dit Kala. Il faut arrêter ça tout de suite.

Elle se lève :

– Je vais y aller, déclare-t-elle.

– Non, c'est hors de question. Tu risques de mourir.

– Maintenant qu'elles ont plus l'homme-*drauth*, elles pourront pas me réfuter.

– Mais elles vont te vaporiser ! Ce sera du pareil au même !

– Je peux pas laisser ça arriver, c'est tout. J'y vais. Et tant pis si t'es pas d'accord.

Et c'est alors que les *drauths* disent :

– Allez ! Assez parlé. On va vraiment finir par mourir pour de bon si on fait rien, et pour le moment, on peut pas se le permettre !

Kala se tourne alors vers le miroir, et disparaît dans un éclair.

36. l'affrontement

Ce sont des fées, je me répète. *C'est un genre bizarre de fées, dont même les fées ont peur.*

Je regrette de ne plus avoir mon livre de maths avec moi. Il aurait pu me servir. Mais je peux toujours tenter autre chose.

Elles avancent déjà vers moi. Ne pas bégayer.

– Prenons une baignoire d'une capacité de cent litres. Sa vitesse de remplissage est de deux litres toutes les vingt secondes. Combien de temps faudra-t-il pour la remplir aux deux tiers ?

– Arrête ça tout de suite.

Les *drauths* se sont arrêtées. Mais ce ne sont pas elles qui viennent de me répondre. Une main se pose sur mon épaule.

Kala… ?

Je sais que cette fée, entre toutes, est une spécialiste des apparitions impromptues. Elle ne fait que ça, depuis le début. Mais elle trouve encore le moyen de me surprendre.

Elles avaient toutes les raisons de m'abandonner. Alors pourquoi… ?

– Oh, dit la première *drauth*. Une fée courageuse !

– Elles sont rares, dit sa jumelle.

– Incroyablement rares. Mais elles sont toujours aussi bêtes.

– On aime tuer les fées. C'est pas un problème.

Mais Kala garde tout son sang-froid. Elle pointe les deux *drauths* de l'index.

– *E wë rid thas*.

Elle ne me fait pas la traduction, mais le ton de défi, dans sa voix, est sans équivoque.

– Ah ouais ? dit l'autre *drauth*. Ben non, ça se passera pas comme ça.

Elle s'adresse à sa comparse :

– Vise-la, mais fais attention de pas tuer…

Kala a réagi avant elles. Elle effectue un large mouvement de bras. L'une des grandes étagères se renverse aussitôt, pour s'écraser sur les *drauths* dans un grand fracas métallique.

Elle attrape alors ma manche.

– Allez ! dit-elle. Je te sauve.

Ah bon. *Est-ce que ça sera aussi facile que ça, vraiment ?*

L'instant d'après, mes doutes se révèlent fondés.

Il y a eu l'éclair vert, bien sûr. Mais nous atterrissons à terre, et je m'aperçois que nous n'avons pas quitté l'entrepôt.

Nous sommes juste à un autre endroit. Derrière une série de caisses. J'y remarque Fanny. Elle se cache, les pattes repliées, et tient quelque chose dans ses mains.

Je reconnais la tête de Louise. Elle m'adresse un regard vide, mouillé de larmes. Plus terrible encore qu'un regard de haine.

– *Kaïsh* ! crie Kala. Qu'est-ce qui s'est passé ? Pourquoi on n'est pas… ?

Nous nous téléportons à nouveau, cette fois-ci juste en face de la grande porte coulissante. Toujours les néons, toujours les étagères, et nous voyons de nouveau les deux *drauths*.

Elles se sont relevées, sans blessure apparente.

– Vous ne pouvez plus partir, disent-elles.

– On ne va pas vous laisser faire.

Kala se mord la lèvre.

– Ma magie, dit-elle. Elle est plus faible, face à elle. Elles ont tout déréglé. Et je peux pas leur lancer de sorts.

– Ah…

Elle me téléporte à nouveau. J'ai seulement le temps d'entendre un bruit de déchirure. Nous nous retrouvons à quelques mètres de notre emplacement précédent. Un gigantesque trou, qu'on dirait découpé à la scie à métaux, est apparu dans la porte. Les *drauths* ont tenté de tuer Kala. Si elle n'avait pas bougé…

C'est sans espoir. Elle va mourir. Et moi, je…

À ma droite surgit alors la sale gueule d'une *drauth*. Je ne l'ai pas vue approcher. Elle lance une main vers moi. Je la lui coupe, lui assène un coup de pied dans le ventre. Elle recule en souriant. Son bras tranché remue et tressaute au sol comme un poisson hors de l'eau. Kala, qui frappe aussitôt après, lui envoie un poing en pleine figure, projetant la *drauth* quelques mètres plus loin, dans une bruine de sang noir.

Peut-être sa magie ne fonctionne-t-elle plus aussi bien que d'ordinaire, mais elle conserve sa force féerique.

– Au moins, elles, je peux les taper sans les tu…

– Derrière toi ! je lui lance.

Elle évite le sort de la deuxième *drauth* en se jetant à terre. Il fait exploser une caisse un peu plus loin. De la magie destructrice pure et simple.

Elles étaient plus créatives quand elles possédaient le sorcier, on dirait. Lui, il aurait dit « je vous réfute ». Il aurait invoqué un rocking-chair ou une planche à repasser. Ça aurait déjà été plus fin. J'imagine que c'étaient ses particularités propres : les *drauths* ne sont pas exactement dans le même délire.

Quelque chose se rue sur moi ; je m'écrase contre une étagère. C'est l'autre *drauth*. Son bras a déjà trouvé le temps de repousser. Je la transperce, comme pour le sorcier.

Malheureusement, là aussi, ça n'a strictement aucun effet. J'aurais dû m'y attendre.

– Ton manège est fini, dit la *drauth*, désormais sans sourire.

– Kala ! je crie.

Je regrette immédiatement d'avoir ouvert la bouche, car ses doigts s'y engouffrent. Elle y fait entrer sa main entière. Je ne peux plus respirer.

Et son bras continue à coulisser dans ma gorge, comme un serpent dans un tunnel. C'est froid et gluant. Même pas le goût de chair crue, même pas le goût de sang – le goût de rien.

– Laisse-toi faire, ce sera plus facile comme ça…

Je n'ai pas envie de finir comme une simple peau à enfiler. Je n'ai pas envie de finir comme *lui*. J'essaie de la repousser, de me dégager. Des pieds, des mains. Mais elle ne bouge pas, aussi inamovible qu'une statue de plomb.

Mais que fait Kala ? Que fait… ?

Une détonation interrompt le cours de mes pensées. La tête de la *drauth* éclate sous mes yeux, m'éclaboussant le visage de sang noir. Le bras se retire de ma gorge – la *drauth* décapitée recule, de quelques pas titubants. Un autre impact lui crève le torse.

Je me laisse tomber sur les genoux, prends une grande inspiration. Et c'est alors que je lève les yeux, et que s'offre à moi une vision surréaliste de plus.

Zerka. Portant, dans ses deux bras frêles, un immense fusil à pompe, au canon fumant. Elle me toise de son air supérieur habituel.

J'ai dû m'assommer entretemps. Je suis en train de délirer, c'est pas possible.

Mais déjà sa main – bien réelle – me saisit. Et c'est reparti : éclair vert, téléportation, je commence à avoir l'habitude. Mon estomac encaisse comme il peut.

Zerka m'a amenée auprès de Kala, plaquée derrière un mur.

– Pas le temps de vous expliquer en détail, dit l'administratrice. On ne peut pas s'échapper du périmètre. Tout ce qu'on peut faire, c'est fuir en attendant que le temps passe. C'est le seul moyen de les battre.

J'aurais mille questions à lui poser. Savoir d'où elle tire son arme est celle qui me travaille le plus mais sans doute n'ai-je pas le sens des priorités.

– Il faut juste durer, dit-elle. Il faut durer, et si on dure assez longtemps, elles finiront pas disparaître d'elles-mêmes…

Déchirure. Le mur derrière nous se volatilise – sans explosion, sans débris, sans nuage de plâtre. Il n'y a plus, à la place, qu'un gigantesque trou, au travers duquel apparaît une *drauth*.

Zerka l'aligne immédiatement. Mais je sais que c'est une mauvaise idée. Son fusil n'est une arme efficace qu'à courte portée. Le sait-elle ? Moi, je reste où je suis. *Elles ne peuvent pas lancer leur sort si je suis près des fées. Elles ne veulent pas me tuer.*

Mais Zerka n'a pas le temps de tirer qu'elle s'arrête.

Un soubresaut l'agite, accompagné d'un bruit humide.

Comme une ombre, l'autre *drauth* se tient derrière elle. Et je remarque alors la main grise qui sort du ventre de l'administratrice.

Elle ouvre de grands yeux étonnés, même pas horrifiés. Son fusil tombe.

– Zerka ! hurle Kala.

Je saisis le fusil. Je vois que la main de la *drauth*, à travers Zerka, s'aligne sur Kala. Je m'interpose. L'autre *drauth* apparaît, dans un éclair incolore, juste devant moi. Pas question que leurs sales bras m'approchent une deuxième fois.

J'actionne la pompe du fusil, je presse la détente.

La poitrine de la *drauth* explose, tandis que le recul m'expédie droit sur Kala.

– Faut qu'on parte ! je lui crie.

L'autre *drauth* retire son bras du ventre de Zerka, jette son corps sans vie sur le côté et se précipite sur moi.

Les doigts de Kala s'enfoncent dans mon bras, comme pour le déchirer. Nous nous téléportons encore une fois.

Une faible brise souffle. Le plafond a changé. Le ciel nocturne a remplacé les néons.

Est-ce que… est-ce que Kala a réussi à nous emmener ailleurs ?

Mais, sous mes mains, je ne sens qu'une surface d'acier. Je ne tarde pas à comprendre.

Nous sommes sur le toit. Tout compte fait, nous n'avons pas réellement quitté l'entrepôt.

À côté de moi, j'entends les bégaiements de Kala.

– Elles… elles l'ont… elles l'ont… Elles l'ont…

Zerka est morte. J'ai vu une fée mourir. On dirait que Kala ne parvient pas à assimiler l'information.

J'agrippe mon fusil, actionne la pompe une nouvelle fois

– Il faut continuer, Kala ! T'as entendu ce qu'elle a dit, il faut gagner du temps.

Car si elles veulent me posséder à ce point, c'est qu'il y a une raison. Zerka me l'a confirmé. Si elles restent à l'extérieur trop longtemps, elles vont disparaître. Comme elles l'ont dit : « *On va vraiment finir par mourir pour de bon si on fait rien, et on peut pas se le permettre pour le moment !* »

Mais Kala se prend la tête entre les mains, replie les genoux. Des larmes lui coulent sur les joues.

– Kala… C'est pas le moment.

Les *drauths* ne sont pas encore là mais ce n'est qu'une question de secondes.

– Elles l'ont tuée… dit-elle. Comme Fanwë…

– Oui ! Alors aide-moi ! Qu'elle soit pas morte pour rien !

Elle n'a pas le droit de me lâcher, pas maintenant. Mais elle ne me regarde même plus.

– Elles ont tué Zerka… Elles ont tué…

Kala n'est plus en état d'assurer quoi que ce soit.

Me vient alors une idée, mais elle ne me plaît vraiment pas.

Quelque chose de noir apparaît près de nous. Kala se redresse mais d'un revers de bras, l'une des *drauths* l'envoie valdinguer du haut du toit. Je l'entends crier en tombant.

Je peux tirer une croix sur la téléportation, maintenant.

Elles se désintéressent vite de la fée et ne cherchent même pas à l'achever. Elles marchent droit sur moi. Me fixent de leur visage sans yeux.

Avant qu'elles aient le temps de m'attraper le col, je pointe le canon sous mon menton.

Elles s'arrêtent net.

La voilà. Mon idée. À voir leur réaction, on dirait qu'elle n'est pas si stupide que ça.

– Est-ce qu'on peut savoir ce que tu fais là, exactement ? me demande la première.

Je leur réponds :

– Ça se voit, non ? Si vous approchez encore, juste un pas, je me fais exploser la tête. Vous avez besoin que je sois vivante, non, pour me posséder ? Eh ben bonne chance, après ça.

Les deux *drauths* me scrutent en silence.

– J'ai rien contre le suicide, d'habitude. Si tout le monde, si chaque être vivant dans l'univers et au-delà décidait de se mettre une balle dans la tête, ça nous mâcherait le travail. Mais en l'occurrence… Tu préfères vraiment mourir comme ça, plutôt que de t'unir à nous ?

– Oui. Absolument.

Et je ne leur mens pas. Quoi qu'il arrive, à présent, je suis sûre d'une chose : elles ne m'auront pas. Je viens, avec ce fusil, de mettre un monde entre elles et moi. Je peux remercier Zerka pour le cadeau. Mon cœur bat toujours aussi fort, la sueur me coule le long du front, mais je me sens presque soulagée. Les *drauths* me regardent de leur tête aveugle, les bras ballants, impuissantes. Elles ne me font plus peur, plus vraiment. Elles vont sans doute essayer quelque chose, mais j'ai le doigt sûr. Je réagirai tout de suite. Ce sera rapide, je ne sentirai rien. Il n'y aura ni son ni douleur. Le feu d'artifice, ce ne sera déjà plus moi, je ne serai déjà plus là pour le voir. Aussi immédiat et silencieux qu'une télé qu'on éteint. Une mort de luxe.

Ce serait peut-être le moment d'organiser mes pensées, de réexaminer mon vécu et de faire un genre de bilan. Mais je manque de temps, et de toute manière à quoi bon chercher une leçon à tirer de tout ce bordel, puisque je vais mourir ? Pour les quelques secondes qui me restent, je crois que je vais seulement me contenter d'être là, d'exister. Pas grand-chose de plus. Penser un peu à Léa. Me demander quelle sera sa vie et ce qu'elle deviendra.

Mais les *drauths* ne bougent toujours pas. Elles n'esquissent même pas un geste. Ça commence un peu à s'éterniser.

– Foutues fées, dit l'une.

– Foutues fées, reprend l'autre.

– Sans leurs conneries, on aurait déjà… Maintenant c'est trop tard. Je le sens.

– C'est trop tard. Je le sens aussi.

Elles soupirent en chœur.

– Félicitations. T'as gagné.

– C'est peut-être pas plus mal comme ça. On va regagner le néant.

– Tant pis pour notre mission. Il fallait bien que ça finisse un jour.

Je ne retire pas le canon pour autant.

La chair des *drauths* commence à fumer, au niveau des épaules, d'une fumée blanche et inodore.

– On s'est bien amusées, avec vous.

– C'étaient de beaux moments.

– Mais moins bien que le néant.

– Oui. Bien sûr. Moins bien que le néant.

Elles fument de partout désormais. De fines volutes, d'abord, qui s'épaississent, qui les enveloppent. Les *drauths* s'évaporent. Bientôt, c'est toute une brume qui les recouvre. Je ne perçois même plus leur silhouette, seulement leurs deux bouches, qui me sourient jusqu'au bout, avant de s'effacer à leur tour.

La fumée se dissipe. Sans rien laisser derrière elle.

37. la pierre

Je reste quelques secondes dans la même posture, sur le point de me faire sauter le caisson. Ce n'est qu'avec beaucoup de méfiance que j'écarte le canon de mon menton. *Est-ce que j'ai vraiment gagné ? Ce n'est pas une ruse ?*

Mais elles ne reviennent pas. Il n'y a que le silence. Même pas de vent. Quelques stridulations de grillon, lointaines. La nuit.

Je m'assieds puis m'allonge sur la pente du toit. Pour le moment, je ne vois pas quoi faire d'autre. Si je m'abaissais à des considérations pratiques, je me demanderais comment descendre. Mais il y a un moment pour tout.

Il s'écoule peut-être une minute, peut-être cinq, quand quelque chose de lourd atterrit sur la tôle, quelques mètres à ma droite.

Je sais de qui il s'agit avant même de tourner la tête. Jeanne et son griffon. Elle a déjà quitté le dos de sa monture et avance vers moi, arbalète en main.

Je suis trop fatiguée pour ça.

– Quoi que tu veuilles me faire, je lui dis, fais-le, c'est bon, je me rends. J'ai pas envie qu'on se tape à nouveau.

– Je veux que tu m'expliques. Explique-moi ce que c'était que *ça !* dit-elle d'une voix tremblante.

– Avec ça, j'ai assez de matériel pour cauchemarder pendant toute une vie, dit le griffon derrière elle, à peine plus serein. J'aimerais moi aussi mettre un nom dessus. Si possible.

– C'est quoi, des *drauths* ? demande Jeanne. C'était…

– C'était ça, c'était ce que t'as vu. Pourquoi me demander ? T'as la réponse à ta question. Tu comprends maintenant pourquoi il valait mieux pas garder ce sorcier prisonnier ? T'as vu le résultat. T'aurais dû m'écouter. C'est un peu ta faute.

Ses sourcils se froncent. Elle ne doit pas apprécier ma leçon de morale.

– Tu as tué plusieurs Blousons, tu as kidnappé un colonel…

– Lui, vous ne le reverrez probablement jamais.

– Je dois t'embarquer et te ramener à Albi. Tu seras interrogée, jugée, enfermée, et on saura tout ce qu'il y a à savoir, tout ce que tu nous caches…

– Les fées sont impliquées. Tu le sais. C'est pas très malin de continuer à fouiller.

– Jeanne, sur ce coup, elle a peut-être pas tort, dit le griffon. Ça… ça nous a rien apporté de bon, de nous mouiller là-dedans. Et les fées…

– Mais je peux pas la laisser s'en tirer comme ça ! lui répond-elle. Elle peut pas juste…

– C'est une histoire de fées. D'ailleurs… d'ailleurs elles peuvent revenir. Je pense surtout qu'on ferait mieux de partir.

Ce griffon doit avoir un sacré sixième sens puisque, immédiatement après, le flash accompagnant l'arrivée d'une fée illumine la nuit d'un vert vif.

La patte du griffon s'avance vivement : il rabat Jeanne contre son poitrail, ses ailes s'agitent, et il l'emporte dans les airs, sans qu'elle ait eu le temps de protester.

Bon débarras. J'espère ne plus jamais la recroiser.

Kala se tient debout à côté de moi. Je me redresse. C'est la moindre des choses.

– C'est bon, lui dis-je. Elles ont disparu… Écoute, je suis désolée pour Zerka, je sais que…

Quelque chose, sur son visage, retient alors mon attention.

Entre deux de ses mèches blanches, sur son front : une petite pierre verte. La pierre précieuse de l'administratrice.

Elle est allée la récupérer ? Elle est allée l'arracher au cadavre de Zerka ?

Kala renifle une fois. S'essuie le nez d'un revers de bras. Puis, d'une voix qui accuse encore le passage des larmes, elle dit :

– Elle est morte. C'est moi, l'administratrice, maintenant. C'est moi qui dois m'occuper de toi. Il faut bien que quelqu'un s'en charge.

Elle prend une inspiration.

– Merci de pas t'être laissée faire, poursuit-elle. Tu as réglé le problème, même si involontairement tu aurais pu le faire empirer…

– Comment ça ?

– Si elles t'avaient possédée, nos ennuis n'auraient pas connu de fin.

Quelque chose a changé. Sa manière de parler, le ton qu'elle emploie. Une parole cadrée, presque froide, qui ne lui ressemble pas.

C'est la pierre qui… ?

– Maintenant que c'est terminé, dit-elle, tu vas pouvoir revoir tes amies. Je vais les libérer. Après quoi nos routes se sépareront. J'ai des choses à faire, beaucoup de choses, je vais être très occupée. D'autres se chargeront de pleurer Shenn Zerka à ma place.

Cette soudaine métamorphose psychique n'en finit pas de me perturber. Alors, au fond, Zerka n'a jamais été qu'une fée comme une autre. Les spécificités des administratrices résident donc seulement dans ce petit caillou vert ?

Je comprends enfin que la pierre n'indique pas la fonction, mais qu'elle *est* la fonction.

Est-ce normal d'y voir un côté sinistre ?

– Je suis désolée, je répète.

– C'est comme ça.

– Est-ce que tu avais vraiment à faire ça ? Pour le… euh…

Je complète en me tapotant le front.

– Tu parles du *brig*, me répond-elle. Quand tu portes le *brig*, la pensée ne fait plus de détours. Elle va à l'essentiel. Elle tend vers l'utile. Par conséquent, nous perdons forcément quelque chose. Les fées ont coutume de dire que quiconque porte le *brig* ne peut jamais être heureux. Mais je n'avais pas grand-chose à perdre. J'étais déjà malheureuse. Si ça n'avait pas été moi, ça aurait été quelqu'un d'autre.

Elle toussote, puis me demande :

– C'est plus facile de communiquer avec moi, maintenant, non ?

– C'est un peu plus fluide.

– Tant mieux. Au moins, il y a des bons côtés. C'est étrange pour moi aussi. Il y a… il y a des chemins qui sont fermés. Je ne fais que les entrevoir, et je n'arrive pas à les emprunter. C'est comme si je restais clouée au sol. Avant, c'était différent.

Ses pensées, au fond, ne font que se rapprocher des standards humains. Mais quand elle dit que quelque chose s'est perdu au passage, je veux bien la croire.

– Tu auras vengé Fanwë, au moins, je lui dis.

– La vengeance ne sert à rien, dit-elle en secouant la tête. Je m'en rends compte. Je ne me sens pas mieux pour autant. Je le croyais, mais… Enfin, ce n'est pas grave. Les résultats sont là. La seule chose qui compte, c'est que les *drauths* aient disparu, et qu'elles ne puissent pas tuer d'autres fées. C'est tout. Mais assez parlé de moi. Parlons de toi, plutôt.

On y arrive.

– Mon châtiment, hein ? Qu'est-ce que vous avez prévu pour moi ?

– Je ne comptais pas parler de ça. À quoi est-ce que ça m'avancerait de te punir, maintenant ? Et puis tu as déjà reçu un châtiment suffisant. La nuit dernière. J'imagine que tu t'en souviens.

Je reste interdite.

– Hein ? Mais Zerka avait dit que…

– Zerka était en colère. Mais maintenant, l'affaire me revient, et c'est ma décision. Tu as tué le sorcier, comme nous te l'avons demandé. Tu as accompli ta part du contrat. Maintenant, c'est à moi de respecter celle de Zerka.

Elle me tend une main, et me dit :

– Viens. On va retrouver tes amies. Elles t'attendent.

Mais mes mains restent à pendre le long de mes jambes. Je ne saisis pas son invitation.

– Je ne suis pas sûre que ce soit une bonne chose que je les revoie. J'aimerais bien, mais… Tout ce qu'a dit Zerka à propos de moi, tout est vrai, tu sais. Et… et les *drauths* ont voulu me posséder : tout ce qu'elles ont vu en moi… je suis supposée en penser quoi ?

Tout en gardant sa main tendue, elle soupire.

– Tu te poses trop de questions. Ça, on s'en fout. Ce que Zerka t'a dit, ce que moi-même, j'ai pu te dire, ça n'a pas d'importance. Ce n'est même pas de toi qu'il s'agit. C'est pour tes deux amies. Tout ce que tu as à savoir, c'est qu'elles tiennent encore à toi.

– Je ne sais pas si… Je sais que Léa me déteste, maintenant. Et elle a ses raisons.

– Elle a été la première à nous demander d'intervenir. Elles ont tout regardé, depuis le début, tu sais. Et elles regardent encore sûrement en ce moment même.

C'est vrai que je me souviens d'avoir entendu les *drauths* parler de Léa et Maylis comme des spectatrices de mes dernières péripéties. C'est bête mais je cherche instinctivement du regard l'endroit d'où me fixe la caméra invisible.

– Tu as la chance d'avoir encore des gens, des gens vivants, qui sont heureux de te savoir en vie. Alors arrête de te rabaisser, comme ça, c'est juste énervant. On y va.

Je n'ai plus rien à ajouter mais il reste un problème béant, qu'on ne réglera pas grâce aux pouvoirs magiques de l'amitié et autres niaiseries du genre. Néanmoins Kala a raison, s'il y a un jugement à rendre sur moi, il faut que ça vienne d'elles. Les écarter comme ça est profondément égoïste. Il faut que je me confronte à leur regard – au regard de Léa.

Lentement, avec appréhension, je saisis la main de la nouvelle administratrice.

38. l'Écorcheuse

La lune brille encore. Nous sommes désormais au pied de la tour féerique, celle qui se trouve près de Sainte-Ursule. C'est là que Léa et Maylis étaient retenues prisonnières, bien que Kala préfère parler d'« invitées ». Quand j'y repense, c'est d'ailleurs là que tout a vraiment commencé.

Comme toutes les tours, celle-ci brille dans l'obscurité. Une lumière vive et homogène irradie sous la surface lisse de ses parois. On dirait une lampe moderne au design minimaliste. Une lampe de cent mètres de haut. Tout autour d'elle, la nuit s'éclaire de mille nuances de vert.

– C'est ici qu'on se dit au revoir, dit Kala. Je vous laisse vous rendre au village et reprendre vos affaires. J'imagine que vous savez où…

– Oui, pas de souci, dis-je. On connaît le chemin.

– Parfait, alors.

– Kala… hasarde Léa.

Elle s'avance vers la fée.

– Je voulais vous dire… euh… Mes condoléances pour Zerka. Je la connaissais pas très bien mais… je sais qu'elle était pas méchante.

– Elle était pas méchante, dit Kala. Elle faisait seulement son travail. Et le travail ne rend pas toujours aimable. J'ai déjà ramené son corps. Elle suivra les rites funéraires appropriés.

Puisqu'on se retrouve à parler d'elle, j'en profite pour demander :

– Dis-moi, Kala, d'où est-ce qu'elle a tiré ce fusil à pompe, en fait ? Vous avez pas l'habitude de ça, vous, les fées, non ?

– C'était un objet confisqué. Zerka en avait beaucoup dans ce genre. Elle en avait toute une collection. Sur ses quelques rares heures de temps libre, elle étudiait la mécanique, le fonctionnement de la technologie humaine. J'ai toujours trouvé ça bizarre, personnellement.

J'aurais aimé savoir ça avant. Comme quoi elle était un peu plus qu'un robot surmené. Peut-être que cela me l'aurait rendue un peu plus sympathique.

Je lui serai toujours reconnaissante, néanmoins, de m'avoir sauvée du sort que me réservaient les *drauths*.

Kala se penche vers Léa.

– Toi, prends soin de toi.

Puis, à Maylis et à moi :

– Prenez soin de vous. Et la prochaine fois que vous tombez sur une station-service au milieu de la forêt, ne vous y arrêtez pas.

– On s'en souviendra, dit Maylis. Même si c'était pas moi la responsable, ici. Moi, j'étais contre qu'on y aille.

Et elle n'hésitera jamais à nous le rappeler.

Enfin, puisqu'il faut bien qu'elle s'en aille, Kala nous laisse. Retournant dans sa tour sans portes.

Nous n'avons plus rien à faire ici.

Tandis que nous repartons en direction de Sainte-Ursule, un épais silence nous accompagne. Je sais que le temps est venu, rien ne pourra se débloquer si je ne fais pas cet effort. J'attends un peu, cependant. Je ne suis pas bonne pour ce genre de choses, tout ce qui implique de s'ouvrir, de se mettre à nu, de dépasser la simple sincérité de façade. Je ne sais pas non plus guérir les blessures intérieures, et je suis complètement démunie face aux larmes des autres. Néanmoins, je ferai de mon mieux.

– Il faut qu'on parle, finis-je par annoncer.

Je m'arrête. La tour est assez loin, désormais. Il n'y a que la plaine, quelques rochers dont les arêtes se dessinent à la lumière de la lune. Tout est calme.

Maylis renâcle.

– C'est surtout entre toi et elle, je crois, dit-elle. Je crois que je ferais mieux de vous laisser causer en privé. Je vais m'éloigner. Comme ça, vous serez plus tranquilles.

C'est ça. La bonne blague. Comme si elle n'était pas capable, même à cinquante mètres, d'entendre tout ce que nous allons nous dire, avec ses oreilles d'espion russe, là. Je la laisse tout de même dégager l'espace. Quitte à ne pas pouvoir disposer d'une intimité réelle, autant que ça en ait l'apparence.

Léa reste à me regarder, muette. Je ne sais pas comment engager ce qui va suivre. Ça commence mal – déjà.

J'amorce la conversation :

– Bon. Il faut… il faut qu'il y ait une petite mise au point… Je sais pas ce que tu veux m'entendre dire… ou si toi-même tu as des choses sur le cœur. En tout cas, je…

– J'ai une question. Depuis que… depuis que je sais, pour toi, je me demande… Je me demande : *pourquoi*, au juste ?

– Comment ça ?

– Je me demande comment ça se fait. Comment toi, tu as pu… faire tout ça. Ce n'est pas logique. Je ne l'aurais jamais cru… et… et même maintenant, j'ai toujours du mal à le croire. Je ne sais plus vraiment quoi penser. J'aimerais… j'aimerais que tu m'expliques. Même si tu n'y arrives pas, au moins essaie.

La question que je redoutais. Je ne peux pas être claire vis-à-vis de ce que je ne comprends pas moi-même. Mais ses yeux sont presque implorants. Je lui dois une réponse.

– Je ne sais pas vraiment quoi dire. J'ai toujours évité de trop réfléchir là-dessus. Mais… mais si tu veux vraiment une explication, alors… alors je vais m'y coller. Je ne sais pas à quoi tu t'attends, mais ça sera sans doute décevant.

– Je t'écoute quand même.

Je pousse un long soupir, et je commence.

– C'était comme une tempête. Si je m'y suis retrouvée embarquée, au début, c'est par la force des choses. Je ne faisais que rester avec mon père. Au début de l'Invasion, on était comme tout le monde, on y comprenait rien, on était complètement paumés. Mon père… étant devenu ce qu'il était, il a quand même pu me protéger. Ça a commencé comme ça. Et ça a évolué sans même que je m'en rende compte. Des gens l'ont rejoint. Il a monté sa bande. Il disait que c'était pour survivre, au début. Après, évidemment, ça a dérivé sur autre chose. Les raids, les pillages organisés, tout ça. Mais j'étais prise dans le truc. On était dans cette dynamique-là, tu sais : la loi du plus fort, etc. Je ne me posais pas trop de questions. Au début, je regardais faire. Et puis, au bout d'un moment, j'ai commencé à faire moi-même, avec les autres. Tout... tout se justifiait, d'une manière ou d'une autre. Si tu coupes la main à ce type, c'est qu'il t'a manqué de respect. Si tu le tues, c'est qu'il aurait fait pareil avec toi de toute façon. Si tu voles, c'est que t'en as besoin. Tu te rends compte de ce que t'as vraiment fait qu'avec du recul. Mais généralement, le recul, t'essaies de pas en avoir. Hors du groupe, c'était comme si les choses cessaient d'exister. C'était comme si les gens n'étaient plus de vraies gens. Comme si ce monde n'était plus le vrai monde... C'est drôle, ça a duré plusieurs années, et je m'en souviens presque comme un genre de rêve. C'est un peu comme ça que je le vivais. Les Écorcheurs, c'était mon univers. Je ne pouvais même pas imaginer les quitter, parce qu'à part eux, il n'y avait rien d'autre. Et mon père, rien n'était plus réel que lui. Il veillait sur moi. Même quand je combattais avec eux, même quand je risquais ma vie avec eux, je me sentais protégée. C'était le principal. Au début, du moins. Parce que j'ai bien fini par partir.

– Et pourquoi tu es partie ? Parce que tu avais des remords ?

– C'était un sentiment de dégoût global. Le sang a joué, bien sûr, les affrontements aussi, les tortures, toutes les horreurs qu'on a pu faire. Une accumulation. Mais pour pas te mentir, il y avait aussi d'autres choses. La bande s'était étendue trop loin. Il y avait trop d'hommes. Mon père ne se comportait plus comme un chef, mais comme une sorte de monarque. On commençait d'ailleurs à l'appeler le Roi-Dragon depuis un moment, et ça ne le dérangeait pas. Même avant l'Invasion, il avait toujours aimé commander, même s'il n'en avait pas souvent l'occasion. Il n'aura jamais fini de combler ses frustrations. Les Écorcheurs s'agrandissaient, et moi, je commençais à étouffer. J'en avais marre. Peut-être que ça devait arriver à un moment ou un autre. Alors, j'ai fini par lui dire que je partais, et il m'a laissée faire. Je ne voulais plus de tout ça. J'ai eu l'idée de la bibliothèque. Et puis peu de temps après, je t'ai rencontrée. Mais pour répondre à ta question… J'ai des remords, évidemment. Mais peut-être pas autant que je devrais. En fait, je ne pense même pas avoir vraiment changé. Je ne m'en suis rendu compte que dernièrement. Avec vous, avec la bibliothèque, je pensais être devenue différente. Sauf que c'était pas vrai, je me mentais à moi-même. Sur beaucoup de choses, je reste identique à celle que j'étais avant. Tu m'as observée. Tu as pu t'en rendre compte. J'ai encore tué des gens. D'autres sont morts à cause de moi. Par ma faute, quelqu'un vient de perdre sa sœur jumelle.

Je m'arrête. Léa ne dit rien. J'ai essayé d'être sincère.

– Voilà tout ce que je peux te dire. Je regrette que tu aies autant souffert à cause des Écorcheurs – à cause de gens comme moi. Je sais que ta mère était quelqu'un de bien. Jamais je n'aurais voulu que ça t'arrive.

– C'était quelqu'un de bien, me répond-elle sévèrement. Et ça ne devrait arriver à personne, absolument personne.

– Je sais.

J'ai parlé longtemps. Peut-être un peu trop. Je crois avoir dit tout ce que j'avais à dire, je pense avoir traduit en mots tout ce que j'étais capable de traduire. Que le résultat soit satisfaisant ou non, Léa seule se chargera de trancher.

– Si tu ne veux plus me revoir, je le comprends. Je m'en irai. Je vous laisserai la bibliothèque, à toi et à Maylis… Je…

– Je t'ai pas demandé ça, m'interrompt Léa.

Je me tais. Elle me regarde droit dans les yeux.

– Je te remercie, dit-elle, d'avoir parlé honnêtement. C'est… ce que j'attendais, au moins, tu ne me caches plus quoi que ce soit.

Elle marque une pause. Je plonge les mains dans les poches de mon manteau.

– Tu sais, je ne peux pas oublier ce que je sais sur toi. Même si c'est du passé, je ne peux pas… excuser tout ça. Plus rien ne sera comme avant. Mais je n'arrive pas à te détester non plus. J'ai essayé. J'y arrive pas. Et… je n'ai pas envie que tu partes non plus. De toute façon, la bibliothèque, on peut pas la gérer sans toi.

Elle agite mollement les ailes, une fois.

– Pour le reste, je suis toujours un peu perdue. Il faudra que je prenne du temps pour réfléchir. En tout cas, dit-elle, être loin de la bibliothèque, ça ne te réussit pas.

Avec la bibliothèque, malgré tout ce que tu peux dire, tu as réussi à changer. La version de toi que je connais, ce n'est pas une Écorcheuse. Rester est la meilleure chose que tu puisses faire, pour tout le monde.

Puis elle part rejoindre Maylis.

– Je ne veux plus parler de ça, déclare-t-elle. Pas pour le moment. Je pense qu'on devrait juste profiter du fait qu'on est encore toutes vivantes. Avec tout ce qu'on a traversé, on a eu beaucoup de chance. Surtout toi.

Je la suis. Maylis ne se donne pas la peine de commenter la conversation que Léa et moi avons eue. Le silence revient. Ce n'est pas pour me déranger.

39. reprise

En lieu et place du soleil n'apparaît qu'une lumière pâle, qui bave au travers d'une épaisse couche de nuages gris. Il risque de pleuvoir à tout moment. Pourtant, les villageois demeurent sur la place centrale, assis en rangs, en posture de méditation, la bouche close et les yeux fermés. Devant eux, leur faisant face, une Emplumée vert et rouge, aux couleurs de perruche, calée sur le sol, les pattes pliées. Elle est la seule à parler.

– Focalisez-vous sur votre souffle. Laissez-vous porter par le rythme de votre souffle. Inspiration. Temps d'arrêt. Expiration.

Sa voix traverse l'air en flottant, douce comme une brise chaude. Moi-même, qui ne participe pas, je sens quelque chose se dénouer au creux de mes épaules.

– Tu vois, elle est douée, me glisse Baptiste en murmurant.

– Ouais, je vois ça, je lui réponds.

Je prends garde moi aussi à ne pas monter le ton. Il y aurait là quelque chose de sacrilège : l'Emplumée a transformé la place du village en temple à ciel ouvert. Baptiste se tient à côté de moi.

Léa, Maylis et moi sommes arrivées à Sainte-Ursule en pleine nuit. Martin, qui officiait aux remparts en tant que garde, nous a laissées passer. Nous nous sommes rendues dans le vieux bistrot, et nous avons dormi longtemps. À notre réveil, non seulement nous nous sommes aperçues qu'il y avait des Emplumés dans l'enceinte même du village, mais nous nous sommes retrouvées face à… ça. Les Ursulois, tous ensemble, en pleine méditation.

– Je comprends pas, dis-je. On revient à Sainte-Ursule pour récupérer notre bibliothèque, et on se rend compte qu'en même pas une semaine, t'as trouvé le temps de convertir tous les villageois au bouddhisme. Tu peux m'expliquer comment t'as fait ? Ça m'intéresse.

– Eh bien, dit-il en m'entraînant un peu à l'écart, déjà, la pratique de la méditation n'est pas forcément religieuse, là c'est juste spirituel. Et puis, c'est l'idée de Karine. Elle a fait trente-six séminaires de ce genre, plusieurs voyages en Inde et au Népal, elle connaît son sujet. Après ta visite, on s'est concertés, on a essayé de trouver des solutions au problème. On a pensé à ça. On offre nos services à Sainte-Ursule, et en échange, ils nous donnent des trucs. Au début, pour pas te mentir, ils étaient pas convaincus, mais maintenant, ils sont tous à fond. Même Cluzel.

Oui, je l'avais déjà remarqué. Le maire, en effet, est présent, immobile comme les autres, à se concentrer sur sa propre respiration. C'est lui qui a la clé du garage où est parquée la bibliothèque. Dans l'immédiat, impossible de m'entretenir avec lui.

– Je crois qu'ils en avaient besoin, même s'ils le savaient pas. C'est encourageant. Ça nous donne envie de tester d'autres trucs… Si tout se passe bien, Antoine devrait sous peu lancer un atelier d'initiation au slam. Ça pourrait être cool.

J'espère ne pas être là pour voir ça.

– Mais toi, reprend Baptiste, dis-moi : c'est fini, ta chasse à l'homme ? T'as retrouvé le mec qui fait apparaître des cabines de chiottes ?

– Oui. Mais j'ai pas trop envie de m'étendre là-dessus. C'était épuisant. Je m'en porte mieux si j'en parle pas.

Baptiste semble à la fois étonné et déçu par ma réponse :

– D'accord, je vais pas te forcer la main. J'aurais bien aimé savoir comment ça a tourné, c'est tout.

– Mal, dis-je. Mais ça aurait pu être pire.

Je reporte mon regard vers la séance de méditation collective.

– En tout cas, vous m'avez bluffée. Ça me fait plaisir que tout se soit arrangé.

Et moi qui voyais déjà les Blousons déferler sur leur camp. J'aime parfois avoir tort.

Léa est perchée sur un toit, un peu plus haut. À l'origine, elle observait juste les villageois méditer, mais à présent, elle ferme les yeux, je crois qu'elle s'est laissé prendre au jeu. Maylis, elle, s'est absentée je ne sais où.

– Le niveau de connerie est trop élevé dans cette zone, je préfère me barrer, m'a-t-elle dit.

– On aimerait bien que toi et ta bibliothèque vous passiez au camp, dit Baptiste. Ça fait longtemps qu'on t'a plus vue là-bas.

– J'essaierai. Mais essayez de plus atomiser les bouquins que je vous prête. Ce serait gentil.

– Je ferai passer le message.

Peu après, la séance se termine. Je retrouve le maire pour qu'il m'ouvre le garage. Se ferme donc, officiellement, la parenthèse qui a interrompu nos activités. Il nous faut maintenant reprendre là où nous nous étions arrêtées. Quitter Sainte-Ursule. Emmener à nouveau la bibliothèque sur les routes.

Alors que nous repartons, les roues crissent sur le gravier. Maylis tire le chariot. Léa s'est installée dessus. Elle a repris un livre – un recueil de Prévert, cette fois-ci. Moi, je me tiens à ma place habituelle, à côté d'elle.

Il y a toujours en Léa un froid, une distance, qui accuse le passage de ces quelques jours. Même si, inévitablement, il en restera des traces, j'ose croire que ça s'estompera un peu, avec le temps. Et, si elle ne m'a peut-être pas encore pardonnée, elle m'accepte, et j'en suis déjà heureuse.

Dans la forêt, les arbres s'enchaînent et s'enchaînent encore. Nous avançons sur un chemin qui n'existe pas : la même surface de feuilles mortes, partout. Et du haut des cimes elles continuent à tomber, lentement, en tournoyant, comme une neige ocre. J'entends gazouiller dans les branchages, j'entends bruisser dans les taillis. Des ombres passent parmi les troncs, une multitude d'observateurs invisibles. Il y a des fleurs aux pétales en bol, des fleurs aux pétales en hélice qui tournent sans s'arrêter, des fleurs qui ne sont pas des fleurs et qui sourient d'une gueule garnie de crocs, et aussi des fleurs qui n'ont rien de spécial. Il y a des fossés, des lianes, des fougères, des racines traîtresses, des plantes grasses escaladeuses d'écorce et des champignons colorés. Ça n'en finit jamais. Et au-delà, encore d'autres gens, d'autres villages, et même de vraies villes qui continuent à s'agiter obstinément. De grandes tours vertes qui abritent des fées tristes et endeuillées. D'autres dragons, d'autres licornes, des faunes, des centaures, des griffons, des samouraïs anachroniques, des sorciers fous et des choses innommables, et c'est une profusion perpétuelle. On peut essayer d'y mettre de l'ordre, on peut tenter de tout détruire, ou bien on peut tout simplement s'y perdre.

En comparaison, la peinture rose et écaillée de notre charrette paraît plutôt terne. Ce n'est pas grave. C'est là qu'il faut que je sois. Cette configuration précise. Nous trois et quatre roues.

Je tiens à remercier mes bêta-lecteurs Tanguy, Arthur,
Nathalie, Jean-Marc, Patrick et Céline.
Merci également à Olivier, Charlotte et toute l'équipe
du Rouergue pour avoir rendu ce livre possible.

Pour les lecteurs assoiffés de voyages dans l'imaginaire, découvrez encore plus de romans épik

Laïka est revenue
JEAN-FRANÇOIS CHABAS
Au commencement, il y a eu les Tic Tac. Des engins immenses en forme de gélule, se déplaçant dans l'air à une vitesse phénoménale. Une technologie étrangère, venue d'ailleurs. Puis il y a eu les animaux. D'abord, la chienne Laïka. Puis les autres, TOUS les autres. Et enfin la fin du monde tel que nous le connaissons. Anita Bum, quinze ans, habitant à Beltsville dans le Maryland, a été le témoin de tout cela. Et a survécu. Laïka est revenue est son histoire.

Dolpang
MYLÈNE MOUTON
Depuis des générations se transmet la légende du migoï, le yéti, aussi sacré que cruel. Au royaume du Dolpang, rares sont ceux qui l'ont croisé et en sont revenus vivants. Alors, quand un migoï enlève la Kumari, la jeune déesse vénérée de tous, nul ne sait comment la retrouver. Personne, sauf Tao, un danseur-combattant du monastère aux Portes d'or. Seul, il part sur ses traces et lie à jamais son destin avec celui de la bête.

Azul
ANTONIO DA SILVA
Et s'il était possible d'entrer dans les tableaux ? De ne plus faire qu'un avec eux ? D'avoir la possibilité d'y évoluer et d'y rencontrer d'autres personnes ? Et même y tomber amoureux... Miguel a ce pouvoir. Et ce qu'il adore, c'est apporter des légères améliorations aux œuvres des plus grands maîtres. Mais ce jeu peut s'avérer dangereux surtout lorsque l'on attire l'attention de la Protection des Œuvres dont les méthodes sont expéditives. Un jeu qui va se transformer en chasse à l'homme...

La Route de Ness
ALICE DE PONCHEVILLE
Il y a la Colline avec ses maisons fleuries et la Ceinture avec ses immeubles de béton. D'un côté les Bleus, d'une intelligence hors du commun, de l'autre les Pâles, destinés à les servir. C'est le monde de Ness, le seul qu'elle ait jamais connu. Comme ses amis, elle occupe sagement la place que les Bleus lui ont réservée. Jusqu'au jour où les questions et les dangers surgissent. Alors Ness n'aura plus le choix, elle devra fuir. Emprunter une route mystérieuse qui la mènera à découvrir les secrets de cette société.

épik

Découvrez et entrez dans la saga du *Royaume de Pierre d'Angle* en 4 tomes

Le Royaume de Pierre d'Angle - tome 1
PASCALE QUIVIGER
Après deux années à sillonner les mers avec son équipage, le prince Thibault décide enfin de rentrer chez lui. Là-bas, sur son île natale, son père l'attend et compte sur lui pour régner sur le royaume de Pierre d'Angle après sa mort. Mais en chemin, une rencontre va bouleverser l'existence du Prince : un passager clandestin, Ema, une esclave en fuite. Ensemble, ils vont devoir faire face aux dangers qui guettent Pierre d'Angle.

Le Royaume de Pierre d'Angle - tome 2
PASCALE QUIVIGER
Un voile sombre s'est posé sur le royaume de Pierre d'Angle et les douces années semblent déjà bien lointaines. Un hiver extrême, une épidémie, des complots et cette ombre qui ne quitte plus les yeux de la reine plongent le tout nouveau roi Thibault et l'ensemble de ses sujets dans l'inquiétude.
Tout le monde pressent la même chose : de grands bouleversements approchent et nul n'en ressortira indemne.

Le Royaume de Pierre d'Angle - tome 3
PASCALE QUIVIGER
La reine Ema et le roi Thibault ont sacrifié ce qu'ils avaient de plus précieux. Dévastés, ils doivent maintenant faire face à la plus grande des menace : Jacquard. Le frère du roi est prêt à tout pour s'emparer du trône et la toile qu'il tisse autour du couple royal est un piège implacable.

Le Royaume de Pierre d'Angle - tome 4
PASCALE QUIVIGER
Un nouveau jour se lève sur le royaume de Pierre d'Angle et avec lui arrive la certitude que rien ne sera plus comme avant. Ema, Lysandre, Lucas et tous les habitants de l'île s'apprêtent à affronter le plus grand changement qu'ils n'aient jamais connu. Un bouleversement, aussi sanglant que brutal, mettant un terme au fonctionnement utopique du royaume. Mais tandis que certains se résignent déjà, d'autres organisent la résistance. La forêt de la Catastrophe, elle, surplombe cette tempête et s'apprête à délivrer ses ultimes secrets...

Ouvrage réalisé par Cédric Cailhol Infographiste

Reproduit et achevé d'imprimer
par l'imprimerie Laballery à Clamecy
en avril 2022.
N° d'impression : 201859

Dépôt légal : mai 2022
ISBN : 978-2-8126-2357-8
ISSN : 2416-7274

«Loi 49-956 du 16 juillet 1949
sur les publications destinées à la jeunesse»

Imprimé en France